Arena-Taschenbuch

Band 2137

»Ein wundervoller Fantasy-Roman,
spannend bis zum Schluss.«
BRAVO GIRL!

Andreas D. Hesse
erblickte einer Familienlegende zufolge als »illegitimer Nachkomme
von Friedrich dem Großen (Kammermädchen)«
am 6. Mai 1974 in München das Licht der Welt.
1980 startete er seine Schulkarriere, die er 1994 mit dem Abitur beendete.
Im Laufe der Jahre stellte er seine Vielseitigkeit
als Hausmeister, Sekretär, Eisverkäufer, Lagerarbeiter, Koch,
Kellner, Barmann, Programmierer, Statistiker, Diskjockey
und Grafiker unter Beweis.
Seit 1996 verläuft sein Leben mit der Aufnahme des Germanistik- und
Geschichtsstudiums wieder in ruhigeren Bahnen.
Schatten über Fraterna ist sein erster Roman.

Von Andreas D. Hesse sind im Arena Verlag erschienen:
Schatten über Fraterna (gebundene Ausgabe)
Das Grab des Ritters
Das Spiel des Hexers
Die letzten Magier

Andreas D. Hesse

SCHATTEN ÜBER FRATERNA

Ein phantastischer Roman

Arena

Für meinen Vater

Mein besonderer Dank für ihre unschätzbare Hilfe gilt:
Anita (alles & jedes)
Christian Clason (Ratschläge & Ideen)
Thomas Ruf (Schweinsbraten & Knödel)
Ulrich Sperl (Kaffee & Zigaretten)

und meiner Familie

In neuer Rechtschreibung

1. Auflage als Arena-Taschenbuch 2000

Umschlagillustration: Thomas Thiemeyer
Umschlagtypographie: Agentur Hummel + Lang
Gesamtherstellung: Westermann Druck Zwickau GmbH
ISSN 0518-4002
ISBN 3-401-02137-0

PROLOG

Ich duckte mich tiefer und spähte vorsichtig hinter dem verwitterten Grabstein hervor.

»Jetzt hab ich dich!«, rief Sarah plötzlich hinter mir. Lachend griff sie nach mir, doch ich wich ihr aus und rannte davon. Plötzlich stolperte ich über eine Wurzel, verlor das Gleichgewicht und fiel hin. Wütend blieb ich liegen und wartete, bis meine Schwester bei mir war.

»Blöde Kuh!«, schrie ich zornig und hielt mir den Knöchel. Es war nicht wirklich schlimm, aber ich war sauer, dass sie mich erwischt hatte. »Mist, tut das weh!«

Ihr Lächeln erstarb, sie wurde sofort ernst. »Zeig, wo hast du Schmerzen?«, fragte sie und kniete vor mir nieder.

»Nun tu nicht so blöd!«, machte ich meinem Herzen Luft. »Du hast mich geschubst, verdammt!«

»Das stimmt doch nicht«, sagte sie verletzt. »Du bist über die Wurzel da . . .«

»Nein, du hast mich geschubst!«, schrie ich und stöhnte theatralisch. »Oh Gott, mein Fuß!«

Sofort stand Sarah wieder auf und half mir liebevoll hoch.
»Geht's?«, fragte sie besorgt.
»Muss ja«, ächzte ich und stützte mich so kräftig wie möglich auf sie, damit sie merkte, wie schlecht es mir ging. Als wir so ein Stück über den Friedhof gehumpelt waren, auf dem ich so gerne meine Zeit verbrachte, schämte ich mich auf einmal wegen dieses erbärmlichen Schauspiels, das ich hier abzog.
»Ist schon in Ordnung«, sagte ich, ließ sie los und humpelte alleine weiter. Sarah blieb stehen. »Jetzt komm schon«, brummte ich und drehte mich nach ihr um. »Ich bin okay.«
»Aber ich nicht«, glaubte ich zu hören.
Was hieß das? Mir wurde ganz anders. Vorsichtig drehte ich mich um. Sarah hatte sich kein Stück bewegt. Mein Herz begann unruhig zu schlagen. »Was hast du? Sarah, was ist los?«, fragte ich.
Meine Schwester hielt beide Hände gegen die Brust. Sie gab ein leises Keuchen von sich und sank lautlos zusammen wie in alten Westernfilmen die Cowboys, die erschossen werden. Aber Sarah war kein Cowboy und dies hier kein Western.
»Sarah?«, rief ich ungläubig, lief zu ihr und rüttelte sie hilflos an der Schulter.
Sie rollte auf den Rücken und starrte mit weit geöffneten Augen in den Himmel. Zitternd versuchte ich ihren Puls zu fühlen. Aber entweder hatte sie keinen oder ich fand ihn nicht. Dann horchte ich an ihrer Brust und atmete zuerst erleichtert auf. Ihr Herz pochte noch. Dann erschrak ich. War das nicht viel zu leise? Es hörte sich an, als wollte es jeden Moment stehen bleiben.

Was sollte ich jetzt machen? Mund-zu-Mund-Beatmung? Aber das tat man doch nur, wenn das Herz nicht mehr schlug! . . . Hilfe. Ich musste sofort Hilfe holen. Aber ich konnte doch Sarah nicht hier liegen lassen. Am ganzen Körper zitternd sprang ich auf und sah mich um. Doch gerade jetzt war niemand in der Nähe!

Nun rannte ich los – wie gehetzt durch den Friedhof, die Straße hinunter zu unserem Haus. Keuchend sprang ich die Treppe zu unserer Wohnung hinauf, fummelte den Schlüssel ins Schloss und stürzte in Vaters Arbeitszimmer. Er saß vor seinem Schreibtisch und hackte auf seiner Tastatur herum.

»Papa, komm schnell!«, rief ich außer Atem. »Sarah geht es nicht gut. Ich glaube . . . ich glaube, sie stirbt!«

Er fuhr herum, zornig über die Unterbrechung. Dann begriff er, was ich gerade getan hatte. Ich hatte es gesagt: Das eine Wort, das bei uns seit dem Tod unserer Mutter nicht mehr verwendet wurde. Sterben. Er sprang so heftig auf, dass sein gewaltiger Ledersessel nach hinten umkippte.

»Was ist passiert?«, schnappte er, machte zwei schnelle Schritte auf mich zu und packte mich am Arm. »Martin, was ist passiert?«

»Ich weiß nicht«, heulte ich. »Wir haben Fangen gespielt und dann ist sie plötzlich weiß geworden und umgefallen. Ihr Herz schlägt ganz schwach und sie sagt nichts mehr.«

»Wo ist sie?«

»Drüben, im alten Friedhof«, weinte ich. »Komm schnell!«

Doch Vater dachte einen Moment nach. Dann erst ließ er mich los. Er griff zum Telefon und wählte eine kurze Nummer. »Mein

Name ist Georg Timmes«, sagte er betont deutlich in den Hörer. »Meine Tochter hat sich schwer verletzt. Sie liegt im alten Nördlichen Friedhof in der Nähe von« – er sah mich fragend an. »Gleich beim Haupttor«, flüsterte ich – »in der Nähe des Haupttores. Bitte schicken Sie sofort einen Notarzt. Nein, ich weiß nicht genau, was geschehen ist. Mein Sohn war bei ihr. Ja, wir sind auch dort. Ja doch, ich erwarte sie.«

Damit legte er auf und starrte mich an. »Los, komm, Martin!«

Wir liefen los. Als wir uns dem Haupttor näherten, hörten wir bereits die Sirene des Notarztwagens, der gleich darauf auch um die Ecke bog. Drei Männer in rot-weißen Uniformen sprangen heraus, dicke Alukoffer in den Händen.

»Sind Sie der Vater?«, fragte einer nur.

»Ja.« Vater nickte. »Martin, wo ist sie?«

Wie im Traum rannte ich vor den Männern her durch den kleinen längst verlassenen Friedhof, der heute nur noch ein kleiner Park mit verwitterten Steinen ist, die still im Schatten zwischen den Bäumen stehen.

Eine halbe Stunde später saßen wir im Krankenhaus in einem scheußlichen Wartezimmer. Vater blätterte in irgendwelchen Zeitschriften, ohne sie auch nur anzusehen. Ich hatte die Arme verschränkt und starrte meine Fußspitzen an. Wir saßen jetzt schon über drei Stunden hier herum, ohne dass uns jemand gesagt hätte, was wirklich los war. Mein Blick traf sich mit dem von Vater. Er zog seine Brauen nach oben, holte seinen Geldbeutel hervor und gab mir ein paar Markstücke.

»Hol uns doch irgendwas zu trinken, okay?«, bat er. »Ich habe am Eingang einen Automaten gesehen, denke ich.«

Ich war froh, dass ich hier wegkam. Mit dem Fahrstuhl fuhr ich hinunter ins Erdgeschoss, obwohl ich in Fahrstühlen immer Angst bekam. Ich vermisste meine große Schwester jetzt schon. Sie hätte mich nie allein in diesen eisernen Fahrkorb gelassen. Wahrscheinlich wäre sie für mich hinuntergefahren. Ich seufzte, während die Stockwerk-Nummern furchtbar langsam eine nach der anderen aufblinkten und verglommen.
Sarah war für mich da, seit Mutter gestorben war. Sie war nur für mich da. Nicht einmal einen Freund brauchte sie wie die anderen Mädchen in ihrer Klasse. Dabei hätte sie sicher sofort einen haben können. Meine Schwester war ziemlich hübsch mit ihren langen schwarzen Haaren und den großen blauen Augen. Das hatte sie von Vater geerbt, während ich selbst mehr nach Mutter kam: strohblond und grünäugig.
Endlich kam das E. Im Erdgeschoss kämpfte ich eine Weile mit dem blöden Automaten, der mein Geld einfach nicht nehmen wollte. Doch dann endlich hatte ich ihm zwei Dosen abgerungen und fuhr zurück.
Gerade als ich in den Gang zum Wartezimmer einbiegen wollte, hörte ich aus einem Untersuchungszimmer Vaters Stimme.
». . . was soll das heißen, bitte schön?«, fragte er irgendjemanden in diesem Ton, der mir Schauer über den Rücken jagte. »Es muss doch möglich sein, das herauszufinden.«
»Das ist es, natürlich«, erwiderte die ruhige, tiefe Stimme eines anderen Mannes. »Bei Ihrer Tochter gibt es nur ein Problem. Aber nun setzen Sie sich doch bitte, damit wir in Ruhe darüber reden können.«
»In Ordnung«, sagte Vater tonlos.

Mich hatte er anscheinend völlig vergessen.
Vorsichtig schlich ich näher. Mein Vater saß vor dem Schreibtisch eines noch ganz jung aussehenden Arztes und wandte mir den Rücken zu. Der Arzt hätte mich zwar sehen können, aber er war vollends damit beschäftigt, meinem Vater irgendwelche Folien zu erklären, die zwischen den beiden Männern auf dem Schreibtisch lagen.
». . . sehen Sie diese schwarzen Flecken hier?«, fragte der Arzt gerade. Mein Vater brummte zustimmend und er fuhr fort. »Hier hat die Infektion sich bereits festgesetzt.«
»Und was bedeutet das?«, fragte mein Vater in dem Ton, den er immer hatte, wenn er jeden Moment zu explodieren drohte.
Der Arzt seufzte und rieb sich unter der Brille die Augen. »Das Herz Ihrer Tochter ist von einer Erkrankung befallen, die ich so noch nie gesehen habe. In der Literatur wird meines Wissens nichts Vergleichbares beschrieben. Diese Erreger zersetzen das befallene Gewebe in einer Geschwindigkeit, die einfach unglaublich ist.«
»Aber es wird doch ein Mittel dagegen geben«, blaffte mein Vater und fummelte ein Taschentuch hervor, mit dem er sich die Stirn abwischte.
»Sicher gibt es das.« Der Arzt sah Vater offen an. »Doch ich will ehrlich sein – ich habe keine Ahnung, ob wir es noch rechtzeitig finden. Wie schon gesagt, diese Infektion pflanzt sich mit hohem Tempo fort, sodass wir ab jetzt unter Zeitdruck stehen. Wir werden es also mit den üblichen Breitbandmitteln versuchen müssen. Es tut mir Leid, dass ich Ihnen nichts anderes sagen kann, Herr Dr. Timmes.«

Mein Vater ließ sich in seinen Stuhl zurücksinken. »Sie sagen mir gerade«, brachte er mit zitternder Stimme hervor, »dass meine Tochter sterben könnte . . .«

Die letzten Worte hatte er nur noch kraftlos gehaucht. Dennoch hallten sie wie Donner in meinem Kopf wider.

»He, du! Was machst du denn da?«

Erschrocken sah ich, wie ein Pfleger mit wütendem Gesicht auf mich zumarschierte. Das Knallen seiner Schuhe auf dem Linoleum löste mich aus meiner Erstarrung. Ich sprang auf und rannte den Gang hinunter. Ohne zu wissen, wohin ich eigentlich wollte, floh ich Treppen und Gänge hinunter. Der Ausgang tauchte vor mir auf und ich drängelte mich schluchzend zwischen den Besuchern hindurch, die gerade hereinkamen. Auf der dunklen Straße fiel ich eine kleine Treppe hinunter, rappelte mich wieder auf und lief weiter, blind vor Tränen.

Dann flammte hinter mir ein helles Licht auf und eine Hupe dröhnte los. Hastig sah ich mich um, gerade noch rechtzeitig, um das entsetzte Gesicht des Busfahrers über mir zu erkennen. Ich wurde durch die Luft geschleudert, überall tanzten Lichter um mich herum, dann presste mir der Aufschlag die Luft aus den Lungen und ich versank in warmer Dunkelheit.

KAPITEL I

Etwas kitzelte mich im Ohr. Ich brummte unwillig und legte meinen Kopf auf den Arm, um weiterzuschlafen. Doch es gelang mir nicht, denn ich zitterte am ganzen Körper. Als ich meine Hand ausstreckte, fuhr mir ein stechender Schmerz durch den Schädel, sodass ich aufstöhnte. Ich blieb bewegungslos liegen und wimmerte leise vor mich hin, bis die Schmerzen nachließen.

Sobald es ging, sah ich mich um. Ringsumher erstreckte sich eine saftige grüne Wiese, auf der im ersten Tageslicht die Tautropfen glitzerten. Feucht schimmernd standen da Grabsteine aus weißem und schwarzem Marmor, Engel und andere Statuen. Gewaltige Eichen und Ahornbäume überschatteten sie mit dichtem Blätterwerk, das leise im Wind rauschte. In der Ferne sah ich eine Mauer aus rotem Backstein, an der dichter Efeu und wilder Wein wuchsen.

Ich lag inmitten des alten Friedhofs. Aber wie war ich hierher gekommen? Mit aller Kraft zwang ich mich ruhig zu bleiben und nachzudenken. Natürlich! Der Bus hatte mich überfahren.

Kein Wunder, dass es mir so schlecht ging. Wahrscheinlich hatte ich einen Schock und brauchte Hilfe. Ich musste sofort nach Hause! Mühsam stand ich auf und machte mich auf den Weg.
Doch nun bemerkte ich Dinge auf dem Friedhof, die mir komisch vorkamen. Gestern noch war das Gras viel kürzer gemäht gewesen und das Moos an manchen Grabsteinen war inzwischen dichter und dunkler geworden. Aber das konnte auch an dem Morgentau liegen und wahrscheinlich war ich immer noch nicht ganz richtig bei Sinnen.
Ich schüttelte den Kopf und ging weiter an der roten Ziegelmauer entlang, bis mich etwas innehalten ließ.
Dort, wo eigentlich das Tor sein sollte, befand sich nur noch eine breite Kluft in der Mauer. Es war zwar zu erkennen, dass sich hier einmal ein Tor befunden hatte, aber die breiten Flügel aus kunstvoll geschmiedetem Eisen lagen verbogen und rot von Rost im Gras. Und die Mauer war eingerissen und von Ranken überwuchert. Langsam ließ ich meinen Blick umherwandern. Das hier war nicht der Friedhof, den ich kannte.
Sicher, er hatte große Ähnlichkeit mit dem in meiner Stadt, aber irgendwie war alles anders. Die Grabsteine sahen anders aus oder standen an anderen Plätzen. Die Bäume wirkten viel größer und älter und alles war verfallen und überwuchert.
Vorsichtig bewegte ich mich auf das Tor zu. Als ich hindurchblickte, blieb mein Herz stehen. Wo sich gestern noch eine kleine, ruhige Straße erstreckt hatte, wo gestern noch vierstöckige Häuser voller Menschen gestanden hatten – lag nun ein dunkler, kühler Wald vor mir.
Langsam ging ich zwischen den Bäumen hindurch und genoss

das Gefühl mit bloßen Füßen auf weichem Moos zu laufen. Trotzdem konnte mich einfach nicht daran hindern, von Zeit zu Zeit über die Schulter zu sehen.

Der Tag verging und schon bald wurde mir langweilig. So beeindruckend der Wald auch war, so mild und klar die Luft roch – die Landschaft blieb eintönig und veränderte sich nicht. Von Zeit zu Zeit gelangte ich auf eine kleine Lichtung, aber hier stach nur die Sonne zu heiß herunter, als dass ich gerne geblieben wäre. Langsam taten mir die Füße weh und ich bekam Durst. Wie gerne hätte ich mich irgendwo niedergelassen, eine Decke ausgebreitet und ein Picknick gemacht! Nur hatte ich leider nichts zu essen.

Schließlich hörte ich in der Ferne Wasser plätschern und schon nach wenigen Minuten erreichte ich einen kleinen Bach, der sich in einem schmalen Bett zwischen den Baumriesen hindurchschlängelte.

Ich rutschte die Böschung hinunter und schöpfte das Wasser mit beiden Händen. Vorsichtig probierte ich einen Schluck. Es war kühl und klar und ich trank gierig. Zuletzt setzte ich mich mit einem erleichterten Seufzer nieder und ließ die schmerzenden Füße ins Wasser baumeln.

Die Sonne sank bereits auf den Horizont zu, als ich mich wieder in Bewegung setzte. Ich beschloss dem Bächlein zu folgen, um zu sehen, wohin es führte. Wo Wasser war, waren oft auch Menschen und ich hatte genug vom Alleinsein.

In meine Gedanken versunken, bemerkte ich den Rauch zwischen den Bäumen erst, als ich auch schon die Hütte sah, aus deren Kamin er quoll.

Es war eine Holzhütte wie aus einem Märchen, mit schiefem Dach und einem dazu passenden Schornstein und mit Feuerholz, das an allen Seiten des Hauses gleichmäßig aufgestapelt war. Daneben stand noch ein kleiner Schuppen, der sich wie schutzsuchend neben die Hütte kauerte.

Jetzt fehlt nur noch die Hexe dazu, dachte ich. Es war immer noch totenstill, aber ich ging vorsichtig weiter. Nur das Plätschern des Baches störte die völlige Ruhe. Aber jemand musste in der Hütte sein, sonst hätte der Kamin ja wohl nicht geraucht. Noch während ich überlegte, ob ich anklopfen sollte, öffnete sich knarrend die Türe. Das unerwartete Geräusch ließ mich zusammenzucken und ich sprang hastig hinter einen Baum.

Heraus kam eine Frau von etwa vierzig Jahren, die sich daran machte, weiteres Feuerholz in die Hütte zu schaffen. Sie trug ein Kleid, das aus Postsäcken zusammengeschustert schien, und ihr Haar wirkte mehr wie ein Haufen Putzwolle als irgendetwas anderes. Da ist sie ja schon, die böse Hexe! Fast hätte ich laut aufgelacht. Das hier war ja wie im Märchen.

Bevor die Frau wieder in der Hütte verschwinden konnte, trat ich aus meinem Versteck hervor.

»Guten Tag«, begrüßte ich diese seltsame Traumgestalt.

Die Frau fuhr herum, ließ das Holz fallen und starrte mich an.

»Wer bist du?«, stieß sie mit rauer Stimme hervor. »Was willst du von uns?«

»Ich heiße Martin«, brachte ich heraus, während ich überlegte, wen sie wohl mit »uns« gemeint haben mochte.

»Und was willst du?«, wiederholte sie barsch. Ich bemerkte

überrascht, dass sie Angst vor mir zu haben schien. Jetzt musste ich mir ganz rasch eine Antwort überlegen.

»Ich wollte Sie fragen, ob ich vielleicht etwas zu essen haben könnte«, antwortete ich schließlich.

»Etwas zu essen sollte sich schon finden lassen«, sagte sie nervös.

»Das wäre sehr nett«, lächelte ich unsicher. In ihre Augen war plötzlich ein seltsamer Ausdruck getreten.

»Dann komm herein«, sagte sie und versuchte ein freundliches Gesicht zu machen. Plötzlich ertönte aus der Hütte eine finstere Männerstimme.

»Mit wem redest du da, verflucht? Ist da jemand?«

»Nur ein Junge, der etwas zu essen haben will«, rief die Frau über die Schulter zurück. Sie sah mich fragend an. »Oder ist noch jemand hier?«

»Nein, ich bin alleine da«, sagte ich und hatte plötzlich das Gefühl, etwas Dummes gesagt zu haben. In der Hütte polterte es und ich sah einen Mann, der sich durch die niedrige Türe bückte. Er war etwas größer als ich und hatte breite Schultern. Sein Gesicht war fast völlig von seinem wirren schwarzen Bart verdeckt. Auch seine Kleider sahen nach etwas aus, das man sonst nur im Müll fand, so verdreckt und zerfetzt waren sie.

Als die Frau einen Schritt auf mich zumachte, schlug mir ein entsetzlicher Gestank entgegen. Mit Mühe hinderte ich mich daran, vor ihr zurückzuweichen. Doch sie bemerkte meine Regung.

»Du musst keine Angst haben, Söhnchen«, lächelte sie und

zeigte tiefgelbe Zahnstümpfe. »Wir freuen uns einem verirrten Wanderer weiterhelfen zu können. Komm nur herein, dann bekommst du alles, was du brauchst.«
»Richtig«, tönte der Mann und legte mir seine riesige Hand auf die Schulter. »Mein Name ist Haron und dies ist meine Frau Redda. Jetzt wirst du gefüttert und ich denke fast, dass wir auch ein Nachtlager für dich finden werden.«
Der Griff um meine Schulter war mir ein wenig zu fest und eigentlich wollte ich nur noch weg. Die beiden waren zu widerlich. Aber andererseits war ich neugierig, wie es in dieser finsteren Behausung aussah, außerdem starb ich fast vor Hunger – und vielleicht war alles nur ein Traum. Nach kurzem Zögern gab ich dem Druck der Hand nach und trat ins Innere der Hütte.
Sobald sich meine Augen an das Dunkel gewöhnt hatten, konnte ich mich umsehen. Ich befand mich im einzigen Raum, den dieses Häuschen hatte. In einer Ecke lag eine Matratze, die nur aus gebündeltem Stroh mit einer groben Decke darüber bestand. Daneben im Kamin, der für diese kleine Hütte viel zu groß war, hing ein riesiger, rußgeschwärzter Kessel, aus dem ein überraschend köstlicher Duft aufstieg. Inmitten der Hütte lagen vier Rehkörper übereinander, die teilweise schon gehäutet und ausgenommen waren.
»Wir sind gerade dabei, etwas für den Winter einzukochen«, erklärte Redda hastig, als sie meinen Blick bemerkte.
Ansonsten bestand die Einrichtung nur noch aus zwei großen Truhen, die in einer anderen Ecke standen, und einem grob aus Bäumen gezimmerten Tisch mit Sitzschemeln. Während

ich mich umsah, machte sich Redda daran, das Feuer weiterzuschüren. Haron zog ein klobiges Messer hervor und bearbeitete die Rehe damit. Jedes Stück Fleisch, das er abschnitt, landete sofort in dem Kochtopf. Ich fragte mich, woher er die Rehe hatte. Mir war nicht einmal ein Eichhörnchen über den Weg gelaufen und er hatte so viel Wild gefangen?
Als hätte er meine Gedanken gehört, wandte sich Haron zu mir um und zeigte mir seine blutigen Hände.
»Ein guter Fang, nicht wahr? Vor allem, wo es in diesem verdammten Wald so wenig Tiere gibt. Aber mir ist gleich eine halbe Herde in die Grube gestolpert. Es gibt ein paar Stunden von hier einen Wechsel, da findet man noch etwas Essbares.«
»Ich habe kein einziges Tier gesehen, seit ich aus dem Friedhof gekommen bin«, nickte ich. »Aber vielleicht war das nur ein Zufall.«
»Mit Sicherheit«, bestätigte Haron und widmete sich wieder seiner Arbeit. Doch dann hielt er noch einmal inne. »Vom Friedhof kommst du? Was hattest du dort zu suchen?«
»Mein Großvater liegt dort begraben«, erwiderte ich ohne langes Nachdenken. »Ich habe sein Grab besucht.«
»Dein Großvater?« Redda kicherte vom Kamin her. »Dann muss dein Vater ja ein langes Leben gehabt haben.«
Der Blick, den die beiden sich zuwarfen, sprach Bände. Sie hielten mich für einen Irren. Ich konnte es ihnen nicht verübeln. Der Friedhof war offensichtlich jahrhundertelang nicht mehr genutzt worden.
»Ein Ahne von mir«, berichtigte ich hastig. »Ich nenne ihn nur immer Großvater und lasse die ganzen Ururs weg.«

»Na dann«, lachte Haron in sich hinein und zerrte mit dem Messer weiter an dem Rehfleisch herum, während ich ihn dabei beobachtete. Er hatte davon gesprochen, dass ihm die Tiere in die Grube gegangen wären. Die Grube musste ziemlich tief gewesen sein, denn die Flanken und Hälse der Rehe waren durch tiefe Risse entstellt, die grausig anzusehen waren.

Bis alle vier Rehe ihren Weg in den Topf gefunden hatten, war es draußen dunkel geworden. Ich hatte die ganze Zeit über am Tisch gesessen und meinen Gastgebern bei ihren Tätigkeiten zugesehen. Redda hatte noch Zwiebeln, gelbe Rüben und verschiedene Kräuter in riesigen Mengen in den Topf geschnitten. Mein Magen knurrte inzwischen und mir lief das Wasser im Munde zusammen. Ich hatte zuerst Angst gehabt, dass die beiden mich weiter ausfragen würden, doch sie schienen völlig vergessen zu haben, dass ich da war. Sie sprachen weder mit mir noch untereinander, ein jeder arbeitete still vor sich hin.

Schließlich holte Redda drei Holznäpfe und geschnitzte Löffel hervor, füllte sie aus dem Topf und stellte sie auf den Tisch. Ohne sich auch nur guten Appetit zu wünschen, begannen die beiden unter Schlürfen und Schmatzen ihre Näpfe zu leeren. Ich tat es ihnen bereitwillig gleich. Das Essen schmeckte hervorragend. Solange ich nur das Gesicht der Frau nicht ansah, vergaß ich glatt, wie unappetitlich sie war.

Heißhungrig verdrückte ich zwei weitere Portionen und aß, bis ich zu platzen glaubte. Haron übertrumpfte mich um ein Vielfaches und ich glaubte schon, er wolle den ganzen Topf alleine leeren. Endlich hatte auch er sich gesättigt, doch der Inhalt war kaum weniger geworden. Zu gerne hätte ich gewusst, was mit dem Rest geschehen sollte. Wir kochen etwas für den Winter ein, hatte Redda gesagt. Aber wie sollte sich das Essen denn bis zum Winter halten?

Mir war klar, dass sie mich angelogen hatte. Aber warum nur?

Stöhnend erhoben sich die beiden schließlich vom Tisch. »Es ist Zeit fürs Bett«, gähnte Haron. Mir kam sein Gähnen nicht echt vor, aber vermutlich wollte er sich meiner Gesellschaft entledigen. Ich hoffte nur, er erwartete nicht, dass ich bei ihnen schlief.

»Du kannst im Schuppen schlafen, Martin«, erklärte Redda zu meiner Erleichterung. »Da ist es schön warm und im Stroh hast du es weich.«

»Das wäre wunderbar«, beeilte ich mich zu sagen.

»Ich zeige dir noch schnell die Tür«, bot Haron an und zog ein brennendes Scheit aus dem Feuer. »Im Dunkeln findet man sich kaum zurecht.«

Im Flammenschein stapften wir zum Schuppen hinüber und Haron stieß die Türe vor mir auf. »Wenn du dich da hinlegst, wirst du schlafen wie ein König«, grinste er und seine gelben Zähne leuchteten schauerlich in dem buschigen Bartgewirr.

»Nochmals vielen Dank«, sagte ich und ließ mich in das stachelige Stroh fallen.

Haron schloss die Tür. »Ich mache lieber zu, wegen der Tiere«, sagte er. Ein Riegel wurde vorgeschoben. Dann entfernten sich seine Schritte hastig.

»Moment!«, rief ich und stolperte durch das Dunkel zur Tür.

Sie rührte sich nicht, als ich mich dagegen warf. »Ich muss vielleicht mal raus!«, schrie ich Haron hinterher. Verdammt, was dachte der Kerl sich? Er konnte mich nicht einfach einsperren! Was führte dieses Pärchen bloß im Schilde?
Plötzlich wünschte ich mir sehnsüchtig, dass alles wirklich nur ein Traum war und dass ich bald aufwachte. Alles wurde immer unheimlicher.
Schließlich bezwang ich meine Angst und rollte mich zusammen. Das Stroh stach mich überall und ich konnte beim besten Willen nicht einschlafen.
Eine Ewigkeit lang lag ich einfach reglos da und lauschte in die Finsternis. Und dann hörte ich es: leise, quiekende Stimmen und das Getrappel von vielen Füßen. Mir lief ein Schauer den Rücken hinab. So lautlos wie möglich erhob ich mich und schlich zur Türe. Ich überlegte, ob ich schreien und Haron und Redda warnen sollte. Aber andererseits war ich hier in diesem Schuppen jedermann völlig hilflos ausgeliefert. Deshalb beschloss ich fürs Erste einfach abzuwarten und zu lauschen.
Bei dem Klang der Stimmen wurde mir kalt. Das waren keine menschlich klingenden Laute.
Von der Hütte her hörte ich ein lautes Klopfen, hart und ungeduldig. »Wir kommen ja schon!«, rief Haron durch die Dunkelheit. Das quiekende Gemurmel wurde immer lauter, als die Tür der Hütte knarrte. Ich wurde kurz geblendet, als das Licht von Harons Fackel durch eine Ritze fiel, und rieb mir die Augen. Doch sofort drängte ich mich wieder gegen die Schuppenwand, um das Geschehen vor der Hütte zu beobachten.

Um ein Haar hätte ich laut aufgeschrien. Vor der Hütte drängten sich wenigstens vierzig grausige Wesen. Sie waren etwa hüfthoch und über und über mit schwarzem, struppigem Pelz bedeckt, den sie ununterbrochen mit dünnen Krallenfingern kratzten. Ihre Gesichter erinnerten an Ratten, nur mit dem Unterschied, dass Ratten bei weitem nicht so bösartige gelbe Augen hatten.

Sie standen aufrecht, wenn auch leicht vornübergebeugt, und bewegten sich schleppend. Es schien, als würden sie grundsätzlich den Gang auf allen vieren bevorzugen. Und richtig: Als Haron mit Redda den großen Kochtopf hinausschleppte und in die Mitte der Wesen stellte, huschten viele von ihnen vierfüßig umher, um den besten Platz am Futternapf zu erbeuten. In Sekundenschnelle war der Topf unter einem großen Knäuel von schwarzen Leibern verschwunden. Doch dann hörte ich, dass diese Tiere auch wirklich sprechen konnten.

»Was soll das?«, fiepte eines der Rattenwesen. »Seht ihr nicht, dass das zu wenig ist! Was soll denn jetzt der Rest meiner Leute fressen?«

»Wir können nichts dafür«, verteidigte sich Redda. »Ihr habt uns nur vier Rehe gebracht. Wenn ihr mehr essen wollt, müsst ihr auch mehr jagen und herschaffen.«

»Warum habt ihr nicht einfach eure verletzten und toten Kameraden wieder mitgebracht wie beim letzten Mal?«, fragte Haron mürrisch. »Dann wäre jetzt kein Mangel.«

»Weil wir in einen Hinterhalt geraten sind«, quiekte ein anderes Wesen. »Die Ritter des Herzogs haben uns aufgelauert und alles niedergemacht, was ihnen in den Weg kam. Wir mussten sehen, dass wir wegkamen.«

»Heißt das, dass auch dieser Weg nicht mehr sicher ist?«, keuchte Haron entsetzt. »Was wird dann mit uns?«

»Ihr werdet wahrscheinlich nicht mehr benötigt«, antwortete das erste Tier. »Höchstens als . . .«

»Als was?«, fragte Haron mit einer Stimme wie ein Peitschenknall.

»Als Wegzehrung«, kicherte ein Rattenwesen und fletschte die kleinen, spitzen Zähne.

»Ich rate euch gut: Vergesst diesen Gedanken wieder«, antwortete Haron und hob eine schartige Axt, die er bis jetzt hinter seinem Rücken versteckt hatte. »Ich nehme noch einige von euch mit. Und vergesst nicht: Wir genießen den Schutz des Löwen.«

Wer zur Hölle war dieser Löwe?

»Aber nur, solange ihr uns auch gut versorgt!«, begehrte eine Ratte auf. »Und das tut ihr nicht, überhaupt nicht!«

Haron und Redda warfen sich einen Blick zu, bei dem ich mir auf die Knöchel biss. Ich hatte eine furchtbare Ahnung, was nun kommen würde. Ich musste sofort aus diesem gottverfluchten Schuppen raus! Hektisch tastete ich mich durch die Dunkelheit an der Wand entlang. Wenn irgendwo ein Brett lose war . . .

»In dem Schuppen dahinten ist ein lebender Junge«, tönte Harons Stimme draußen.

Dieser verfluchte Hundesohn!

»Er schläft, denke ich. Nehmt ihn mit oder fresst ihn hier, es ist mir egal. Aber macht schnell! Ich will nicht, dass hier die Ritter des Herzogs vorbeikommen, weil sie euer Geschmatze hören.«

Meine Knie stießen schmerzhaft an den eisernen Rand eines Fasses. Mit zusammengebissenen Zähnen stieg ich darauf und tastete an der dünnen Decke des Schuppens herum.

»Ach so, ihr habt noch eine Überraschung für uns bereit«, quiekte die Ratte erfreut. »Sagt das doch gleich! Übrigens, vor den Rittern müsst ihr keine Angst haben. Die haben unsere Spur vor vielen Meilen verloren.«

»Dann guten Appetit«, erwiderte Redda tonlos. »Lass uns ins Haus gehen.«

Ich fand ein Brett, das sich bewegen ließ. Mit aller Kraft zerrte ich daran und rüttelte es hin und her, während sich die Wesen freudig kichernd dem Schuppen näherten. Die Latte löste sich. Ich schob sie auf das Dach hinauf und griff nach der nächsten, aber sie ließ sich nicht bewegen. Sie saß fest wie angeschmiedet. Schon glitten dünne Krallenfinger an der Türe entlang und suchten den Riegel.

Zur Hölle, der Spalt müsste genügen, um aufs Dach zu klettern! Mit einem Klimmzug hatte ich Arme, Schultern und Kopf durch die Ritze gezogen. Kühle Nachtluft umwehte mich, als ich auch noch die Brust und den Bauch Zentimeter für Zentimeter nach oben zerrte. Die ungehobelten Dachlatten rissen mir überall die Haut auf, aber in meiner Panik spürte ich es kaum. Ächzend versuchte ich meine Hüfte nachzuziehen. Es ging nicht! Sosehr ich es auch versuchte, es ging nicht! Unter mir klappte ein Riegel und die Türe wurde aufgestoßen. »Auf-

wachen, süßer Junge«, quiekte eines der Wesen. »Du bist unser Nachtmahl!«
»Wo ist er? Ich sehe ihn nicht!«
»Ich auch nicht! Haron hat uns offensichtlich angelogen, dieser Sohn eines Molches!«
Ich wagte nicht zu atmen und versuchte meine Beine so ruhig wie möglich zu halten. Vielleicht, mit ein bisschen Glück . . .
»Halt! Da ist etwas. In der Ecke!«
»Da ist er! Der kleine Mistkerl versucht zu fliehen! Haltet ihn!«
»Nein!«, brüllte ich auf, endlich befreit von der Not, kein Geräusch zu machen. »Lasst mich in Ruhe, ihr miesen Ratten!«
Dünne Finger schlossen sich um meine Knöchel. Mit aller Gewalt trat ich um mich und versuchte diese Bestien abzuschütteln, doch ich konnte sie durch die enge Luke nicht sehen, sie mich aber sehr wohl. »Ich halte es nicht mehr aus!«, hörte ich unten eines der Wesen begeistert schreien. »Komm her, Söhnchen!«
Zwei Hände schlossen sich um meinen linken Knöchel und im selben Moment fuhr mir ein wilder Schmerz durchs Bein. Laut schreiend trat ich mit dem rechten Fuß zu und diesmal traf ich. Ein Knochen knackte. Ich schob mich mit aller Kraft nach oben und plötzlich flutschte ich so leicht durch die Spalte wie ein Stück Seife.
Das Licht des Nachthimmels reichte gerade aus, um die Wesen vor der Hütte zu erkennen, die nun nach und nach von dem Topf abließen und sich in meine Richtung umwandten. Neben mir lag die Latte, die ich herausgedrückt hatte. Sie war ein wenig kürzer als ich selbst, aber schwer genug, um jeder

Ratte, die hier heraufkommen wollte, eins aufs Dach zu geben. Meine Panik schwenkte um in wilde Kampflust. Ich ahnte tief in mir, dass sich dies schnell wieder ändern konnte. Aber jetzt hatte ich gute Lust, es diesen Bestien zu zeigen. »Kommt nur her!«, wollte ich höhnen. Doch was herauskam, war eher ein dünnes Piepen.

In diesem Moment steckte eine Ratte schon ihre Schnauze durch den Spalt im Dach. Ich holte weit aus und ließ die Latte hinuntersausen. Das Wesen zog sich gerade noch rechtzeitig zurück und meine Waffe schlug knallend auf das Dach, dass der ganze Schuppen erzitterte.

»Das war knapp!« Ich lachte hysterisch. »Wer will noch mal?«

»Das ist mir zu gefährlich«, quiekte es unter mir. »Wir holen ihn da anders herunter. Wartet einen Augenblick!«

Ich sah eine der Ratten zur Hütte eilen und darin verschwinden. Wenige Augenblicke später kam sie mit einigen brennenden Scheiten zurück. Mir wurde schwindelig.

»Los, steckt das verdammte Ding in Brand! Wenn wir Glück haben, hält er es lange genug aus, um gar zu werden!«

Jetzt war es aus. Ich rannte panisch von einer Seite des Daches zur anderen. Der Schweiß stand mir auf der Stirn, während ich fieberhaft nach einem Ausweg suchte.

Bald roch ich den würzigen Duft von brennendem Holz und rings um mich herum stieg weißer Rauch in den Nachthimmel. Als die Flammen an den Wänden emporleckten, konnte ich die Ratten um den Schuppen herum besser sehen. Sie hatten lange weiße Schnurrbarthaare, die gespannt zitterten. Der Rauch brannte in den Augen und ich konnte kaum noch etwas sehen. Aber es war mir klar: Lieber wollte ich dreimal hier oben verbrennen als von diesen widerwärtigen Kreaturen bei lebendigem Leib verspeist werden. Ich versuchte möglichst viel Rauch einzuatmen, um ohnmächtig zu werden. Doch alles, was ich erreichte, war ein Hustenkrampf, der unten vielstimmiges Gelächter auslöste.

»Halt! Was tut ihr denn da, ihr verfluchten Aasfresser!«, dröhnte plötzlich Harons Stimme durch das Knistern der Flammen. »Ihr sollt alle verdammt sein!«

»Wir bereiten uns nur das Essen zu, das du uns gegeben hast, Mensch«, erwiderte eine Ratte kalt. »Sei still und stör uns nicht oder du kannst dich gleich dazusetzen!«

Und dann hörte ich einen kleinen Schrei, ein angstvolles Quieken in dem gemeinsamen Gekicher der Ratten. Ich sah auf und konnte es kaum glauben.

Über den gesamten Hügelkamm über der Hütte zog sich eine Kette aus Reitern, deren Rüstungen im Schein des Feuers blitzten. Der Ritter in der Mitte der Reihe hob sein Schwert. Als er es sinken ließ, donnerten die Männer auf ihren riesigen Rössern den Hügel hinab. Wie eine Welle brachen sie über die verwirrten Ratten herein und ließen sie auseinander stieben wie ein Häufchen Asche im Wind. Haron blieb stehen, wo er war und starrte die Krieger unbewegt an. Dann schrie er entsetzt: »Die Ritter des Herzogs!«

KAPITEL II

Ich stand in den mittlerweile immer höher schlagenden Flammen und winkte und winkte. Schon verschwanden die Rattenwesen und die Ritter hinter den Flammen. Seltsame Bilder begannen vor meinen Augen zu tanzen, als mich die Kraft zunehmend verließ und ich hustend und würgend in die Knie sank.

Wie aus der Ferne hörte ich eine Stimme »Rettet den Herzog!« rufen und sah, wie jemand sein Pferd vor der Schuppenwand steigen ließ. Das Tier bäumte sich auf und schlug seine Vorderhufe gegen das brennende Holz. Ich schrie vor Angst auf, als das kleine Gebäude schwankte wie ein Baum im Wind. Mit quälender Langsamkeit brach alles unter mir zusammen, wieder und wieder, und für einen Moment bestand die Welt nur aus Flammen, Funkenwolken und Rauch. Dann tauchte der Kopf des Pferdes über mir auf, die Augen vor Angst so verdreht, dass ich nur noch das Weiße sah.

Nun konnte ich den Reiter sehen. Ich hob mühsam den Arm, um mich bemerkbar zu machen. Er sah mich, griff beherzt nach meiner Hand und zog mich zu sich aufs Pferd. Kaum war ich oben, floh das Tier mit gewaltigen Sätzen aus dem Scheiterhaufen. Wie betäubt hing ich quer über dem Sattel vor meinem Retter, während Sterne vor meinen Augen tanzten und das Pferd panisch durch den Wald preschte. Endlich brachte der Ritter sein Pferd unter Kontrolle und ein paar hundert Schritte weiter fiel es in Schritt und blieb dann schwer atmend stehen.

»Seid Ihr schwer verletzt, mein Fürst?« Sachte ließ mich der Mann vom Rücken des schweißnassen Tieres gleiten.

»Es geht«, war alles, was ich herausbrachte. Ich konnte kaum stehen, hustete und schnappte verzweifelt nach Luft. »Danke schön.«

»Hier, trinkt einen Schluck.« Der Ritter drückte mir die Öffnung eines ledernen Beutels an den Mund. Ohne viel nachzudenken, nahm ich einen tiefen Zug. Es war Wein oder so etwas. Die Flüssigkeit rann mir herrlich kühl die Kehle hinab und mein Husten besserte sich ein wenig. »Geht es nun besser, Herr?« Sein Ton war sehr angenehm. Die Besorgnis klang echt. Trotzdem war ich auf der Hut und beschloss mich ihm nicht anzuvertrauen. Ich wartete.

»So Ihr es vermögt – steigt doch bitte nieder in den Sattel und lasst uns zur Hütte zurückkehren. Alleine kann ich hier nicht für Eure Sicherheit einstehen.«

So froh ich war, dass dieses Gespräch zu Ende schien . . . Nun stand ich vor einem neuen Problem. Der Ritter sah mich an.

»Es tut mir furchtbar Leid«, erklärte ich schließlich verlegen, »aber ich kann nicht reiten.«

»Habt Ihr Euch etwas gebrochen? Haben Euch die Skarven etwas getan?«, erkundigte er sich sofort und musterte mich.
»Ich habe mir nichts gebrochen.« Und dann wusste ich nicht mehr weiter.
Der Blick, den der Mann mir darauf zuwarf, lässt sich kaum beschreiben. Schließlich zuckte er die Schultern. »Ich hoffe, Ihr werdet wieder gesund, mein Fürst. Aber das ist nun nicht meine Sache.« Er fing an in einer Satteltasche zu kramen. »Hier, zieht das über«, sagte er, als er mir einen Umhang zuwarf. Misstrauisch betrachtete ich das Kleidungsstück. Trotz der Dunkelheit konnte ich den Raubvogel erkennen, der mit silbernen Stichen am Rücken in den schweren Samt gestickt war. Ungelenk streifte ich mir den schweren Umhang über die Schultern und verschloss ihn vorne mit dem goldenen Kettchen am Kragen.
Während ich trank, hatte ich Zeit, ihn genauer anzusehen. Er hatte ein kantiges, vernarbtes Gesicht, das von einem blonden, kurz geschnittenen Schopf und einem dichten, blonden Bart eingerahmt wurde. Die Augen blitzten in kühlem Blau über einer scharfen, schmalen Nase. Seine Rüstung bestand aus einem Gewebe aus silbern glitzernden Stahlringen und bedeckte seinen Oberkörper, Schultern und die Oberschenkel. An seinem schweren, eisenbeschlagenen Gürtel hingen ein langes Schwert und ein Dolch in schlichten Lederscheiden.
»Bitte lasst uns nun zu den Männern zurückkehren, mein Fürst«, bat er ruhig. »Hier ist es zu dunkel, um alleine herumzustehen. Ich werde aufsteigen und Euch dann in den Sattel helfen, einverstanden?«

»In Ordnung.« Ich nickte erleichtert. Was mochte wohl geschehen, wenn er im Hellen feststellte, dass ich nicht der war, für den er mich hielt? Aber darüber konnte ich mir im Moment nicht den Kopf zerbrechen. Ich war dankbar, dass er mir in den Sattel half und wir in den Schein des Feuers zurückkehren konnten.

Der Schuppen – oder was von ihm übrig geblieben war – war nunmehr fast völlig niedergebrannt. Doch der Schein reichte aus, um den Platz vor der Hütte zu erleuchten.

Auf dem Boden vor der Hütte knieten Haron und Redda. Man hatte ihnen die Hände hinter dem Rücken gefesselt. Ihre Gesichter waren kreidebleich, und als sie mich sahen, schienen sie in Ohnmacht fallen zu wollen.

»Herr«, quiekte Redda und sah mich verzweifelt an. »Es tut mir Leid! Wir haben versucht Euch zu verteidigen, aber es waren zu viele! Haron wollte Euch gerade zu Hilfe eilen, als Eure Krieger kamen!«

»Was davon ist wahr, Herr?«, brummte der Ritter hinter mir leise, während er mir vom Pferd half. »Wir wissen nicht genau, was geschehen ist.«

»Alles gelogen«, war ich überrumpelt von Harons Lüge. »Sie haben mich in den Schuppen eingesperrt und den Ratten zum Fraß vorgeworfen!«

»Pack!«, schnaubte der Ritter wütend. Einen Moment lang musterte er das widerwärtige Paar. Dann wandte er sich den anderen Kriegern zu und befahl: »Knüpft die beiden auf!«

»Nein!«, schrie Haron, während Redda lautlos zusammensackte. »Wir haben Euch bewirtet und Euch versorgt! Bitte Herr, im Namen des Lichts – lasst uns leben!«

Trotz des Geschreis ergriffen vier Männer die beiden und schleppten sie zum nächsten Baum. Einer warf zwei Stricke über einen niedrigen Ast und knüpfte die Enden um ihre Hälse. Dieser Anblick brachte mich rasch zu mir zurück.

»Wollen Sie die zwei wirklich aufhängen?«, fragte ich meinen Retter. »Ohne Gerichtsverhandlung und so?«

Diese Frage brachte den Mann völlig aus der Fassung. Langsam entgegnete er: »Eine bessere Gerichtsverhandlung werden die beiden wohl kaum bekommen, Herr. Ihr habt doch selbst gesagt, dass die zwei schuldig sind. Ihr habt gerade Recht gesprochen, wie es kein Fürst hätte weiser tun können. Wenn Ihr die zwei jedoch nicht aufhängen lassen wollt, so sprecht schnell, denn bald hat es keinen Sinn mehr.«

»Natürlich will ich die zwei nicht aufhängen lassen«, sagte ich laut und bereute meine Worte fast sofort wieder, als sich alle Ritter zu mir umwandten und mich ungläubig anstarrten.

»Danke, Herr! Ich wusste, Ihr seid ein großer Fürst!«, plärrte Redda unter Tränen.

Mein Retter sah mich an, als ob ich vollkommen wahnsinnig wäre. Einen Augenblick lang schien er zu überlegen, ob er sich nicht einfach über meinen Wunsch hinwegsetzen sollte. Doch dann straffte er sich. »Der Herzog hat nicht vor euch zu begnadigen. Er will nur noch herausfinden, was euch zu dieser Mordtat bewegt hat.«

Nun war es an mir, mit offenem Mund dazustehen. »Was sagen Sie denn da?«, flüsterte ich aufgebracht. »Das habe ich doch nie gesagt, verdammt!«

»Beruhigt Euch, mein Fürst . . .«

»Ich bin nicht Ihr Fürst, zum Teufel!«

Wir sahen einander an. Dann sagte der Krieger: »Ich denke, wir sollten die Nacht hier verbringen, Herr. Ihr seht nicht so aus, als würdet Ihr den langen Ritt schon verkraften.«

»Da haben Sie wahrscheinlich Recht«, stimmte ich zu. Es hatte bestimmt keinen Sinn, ihm noch auch noch zu erklären, dass ich nicht reiten konnte. »Wie heißen Sie eigentlich?«

»Mein Name ist Rasuth, Herr«, war die erschöpfte Antwort. Der Kerl wurde sich anscheinend langsam darüber klar, dass er es hier mit einem Irren zu tun hatte. »Ich bin Euer Schwertmeister.«

»Und wer bin ich?«, fragte ich lauernd weiter. Es war mir jetzt egal, was dieser Rasuth von mir hielt, ich wollte wenigstens ungefähr wissen, was los war.

»Ihr seid Martin, der Herzog von Fraterna.«

Auf einmal begann ich schallend zu lachen. Natürlich! Ich hatte ganz vergessen, dass es ein Traum war!

»Der Herzog von Fraterna!«, prustete ich. »Das hatte ich ganz vergessen! Danke schön, Sie sind ein lieber Krieger!«

»Es ist sehr spät«, erklärte Rasuth und sah sich verzweifelt nach seinen – oder eher meinen – Männern um, die misstrauisch zu uns hersahen. »Ihr solltet erst einmal schlafen und die Schrecken dieser Nacht vergessen.«

»In Ordnung.« Ich gähnte vergnügt. »Vielleicht träume ich ja etwas Hübsches.«

Die Soldaten bereiteten mir eilig ein Lager aus Blättern und Decken, nachdem ich mich standhaft geweigert hatte in der Hütte zu übernachten. Ihre sorgenvollen Blicke machten mir

mittlerweile großen Spaß. Das Einzige, was mich ärgerte, waren meine Verletzungen. Einer der Soldaten hatte mir die Beine zwar mit einer öligen Salbe eingerieben, aber die Haut begann sich trotzdem schon zu schälen und tat furchtbar weh.
Es war zwar recht einfallsreich von mir, mich im Traum zu einem mächtigen Fürsten zu machen. Aber diese Quälereien hätte ich mir wirklich sparen können! Leider kann man kaum bestimmen, was einem im Traum widerfährt. Aber nun war ich doch wieder recht zufrieden mit mir, als ich unter die warmen Decken der Soldaten kroch und sofort einschlief. So konnte mir der Traum gefallen.

Wieder der alte Friedhof . . .
Langsam sah ich mich um. Zuerst glaubte ich erschrocken, dass sich mein Traum wiederholte. Doch diesmal war es wirklich unser alter Friedhof. Das Tor stand da wie immer und die Grabsteine waren, wie sie sein sollten.
Es war nur zu still. Eigentlich sollten hier Kinder spielen und Leute spazieren gehen. Aber es lag eine eigenartige Ruhe über allem, wie ein unsichtbarer Nebel. Langsam erhob ich mich und ging über die Wiese zu dem großen Marmorengel an der Ecke. Er trug immer noch die Schrifttafel – diesmal kein Schwert – und hatte dieselbe Haltung, die er schon immer hatte. Aber dennoch war etwas anders.
Beunruhigt trat ich näher heran. Ein Angstschrei entfuhr mir, als der Engel seinen marmornen Kopf mit einem leisen Knirschen drehte und mich ansah. Wimmernd wich ich ein Stück zurück. Ich kannte dieses steinerne Gesicht. Es war meine Schwester Sarah.

»Wir sterben«, flüsterte der Engel mit Sarahs Gesicht, ohne seine Lippen zu bewegen, und es klang wie ein Blätterrascheln in der Nacht. »Wir sterben und du bist schuld.«

»Wieso bin ich schuld?«, flüsterte ich zitternd.

»Du hast zu lange durch mich gelebt«, wisperte es in meinem Kopf. »Und nun ist unsere Zeit um.«

»Ich will nicht, dass du stirbst!«, versuchte ich zu schreien, doch die Luft dämpfte meine Stimme wie dicker Stoff. »Und ich will auch nicht sterben«, setzte ich weinend hinzu und fiel vor dem Engel auf die Knie. »Was kann ich nur tun? Kann ich irgendwas tun?«

»Glaube an deinen Traum, Martin! Glaube an deinen Traum . . .«

Schweißgebadet fuhr ich hoch. »Sarah!«, brüllte ich und schlug weinend die Hände vor das Gesicht. »Sarah«, flüsterte ich noch einmal und schmeckte salzige Tränen auf meinen Handflächen.

»Was ist mit Euch, Herr?«, hörte ich Rasuth neben mir sagen. Eine Hand legte sich tröstend auf meine bebende Schulter. »Wie kann ich Euch helfen?«

»Es ist in Ordnung«, schluckte ich und wischte mir mit dem Arm über die Augen. »Alles in Ordnung.«

»Ruht Euch noch aus! Ich lasse Euch etwas zu essen bringen.«

»Danke schön«, brachte ich hervor und versuchte ein Grinsen zu Stande zu bringen. »Sie halten mich für völlig wahnsinnig, oder?«

»Selbst wenn Ihr wahnsinnig wärt – Ihr wärt immer noch mein Fürst, Herr«, erwiderte der blonde Ritter ruhig und seine Augen strahlten warme Freundschaft aus.

Mir brummte der Kopf und immer wieder hörte ich: *Glaube an deinen Traum, Martin! Glaube an deinen Traum!*
Etwas in mir verriet mir, dass ich diesen Rat besser nicht in den Wind schlagen sollte.
»Hier, Herr«, sagte Rasuth freundlich und reichte mir einen Holznapf mit würzig duftender Suppe. »Stärkt Euch erst einmal! Wir haben heute noch einen langen Ritt vor uns.«
»Danke schön«, erwiderte ich das Lächeln des Mannes. »Ihr habt mir heute Nacht ganz schön aus der Patsche geholfen.«
»Das kann man sagen, Herr«, grinste der Soldat und sah kurz über seine Schulter. Ich folgte seinem Blick. An einem Baum saßen gefesselt Haron und Redda. Ihre Gesichter waren grau vor Verzweiflung. Als sie bemerkten, dass ich sie ansah, brachten beide ein grauenvoll gespieltes Lächeln zu Stande.
»Entschuldigt meine Frage, aber warum habt Ihr die beiden gestern nicht gleich aufknüpfen lassen, Herr?«, erkundigte sich der Soldat vorsichtig. »Was habt Ihr mit den beiden vor?«
»Ich wollte sie noch ein wenig ausfragen«, erklärte ich und versuchte möglichst gleichgültig zu klingen. Es gelang mir recht gut. Der Soldat nickte nur zufrieden und ging los, um sein Pferd zu versorgen.
Anscheinend waren alle hier der Meinung, dass es nur gerecht wäre, die beiden hinzurichten. Langsam dämmerte mir, dass ich in dieser Welt das Recht dazu gehabt hätte. Ein Schauer überkam mich. Es war hier, wo immer ich hier sein mochte, tatsächlich wie im Mittelalter. Ich schien der Fürst zu sein und konnte tun und lassen, was mir gefiel.
Wenn ich die Sache von der Seite her betrachtete, gefiel mir

die Idee mit dem Hängen immer besser. Die beiden hätten mich an diese Ratten verfüttert, ohne mit der Wimper zu zucken. Eigentlich war es wirklich nur gerecht, wenn ich sie umbringen ließ . . .

Um Gottes willen, was dachte ich denn da! Wenn dies hier die Wirklichkeit war und kein Traum, dann waren Haron und Redda auch *wirkliche* Menschen, die *wirklich* furchtbare Angst hatten und mich anflehten sie nicht hängen zu lassen. Und egal, wo ich mich hier befand – ich war immer noch ich. Und ich wusste ganz einfach, dass es falsch war, jemanden umzubringen, egal, was er getan hatte.

»Was stellen wir nun mit den beiden an?«, fragte Rasuth, als er meinen Blick nachdenklich auf dem Paar ruhen sah, während ich die Suppe schlürfte.

»Rasuth«, begann ich vorsichtig und stellte den leeren Napf ab. »Wenn ich Ihnen nun einige Fragen stelle, beantworten Sie sie mir bitte, ohne sich zu sehr zu wundern, ja?«

»Was immer Ihr befehlt, mein Fürst.« Rasuth sah mit einem Mal sehr erleichtert aus. Er hatte sofort begriffen, dass ich mich den Umständen nicht mehr widersetzen wollte. »Fragt, was Ihr wollt!«

»Zunächst einmal: Was ist mit mir geschehen? Ich bin gestern Morgen in einem alten Friedhof irgendwo im Wald aufgewacht und hatte keine Ahnung, wo ich herkam.«

»Wenn ich das wüsste, wäre ich auch glücklicher, Herr. Ihr wart vor zwei Tagen plötzlich verschwunden und niemand wusste, wohin Ihr gegangen seid. Ich nehme an, dass Euch diese seltsame Verwirrung überkommen hat und Ihr einfach zu dem Friedhof marschiert seid, wenn ich auch keine Ahnung habe, wie das zu machen sein sollte.«

»Und was waren das für furchtbare Rattenwesen, die mich beinahe verschlungen hätten? Woher kommen die denn bitte?«

»Man nennt sie Skarven. Sie kommen von den Bergen aus dem Äußeren Dunkel und sind Diener des Schwarzen Löwen. In letzter Zeit sind sie immer weiter in unser Land vorgedrungen und haben Überfälle auf verschiedene Dörfer verübt. Mit einem Trupp gut bewaffneter Männer kann man diese feigen Bestien leicht verscheuchen, aber ein unbefestigtes Dorf ist leichte Beute für diese Kreaturen. Dass wir Euch endlich gefunden haben, verdanken wir im Grunde ihnen.«

»Das habe ich schon mitbekommen«, nickte ich. Rasuth hatte etwas gesagt, was in mir eine Erinnerung auslöste. Irgendetwas ...

»Der Löwe!«, rief ich. »Sie haben etwas von einem dunklen Löwen gesagt, stimmt's?«

»Der Schwarze Löwe«, bestätigte er und sein Gesicht verfinsterte sich. »Der Herrscher des Äußeren Dunkels. Es ist nicht gut, seinen Namen zu laut auszusprechen.«

Als er mein gespanntes Gesicht sah, wurde ihm klar, dass ich nicht wusste, wovon er sprach. »Der Löwe ist der Feind allen Lebens«, sprach er wie zu einem Kind. »Seit jeher versucht er das Reich des Inneren zu unterjochen und alles zu zerstören, was lebt. Wenn Ihr wissen wollt, was das Böse ist – nun, er ist es.«

»Warum sollten Haron und Redda dann mit ihm zusammenarbeiten?«, erkundigte ich mich, wusste aber im selben Moment schon die Antwort. Es würde immer und überall Menschen geben, die zu feige waren sich zu verteidigen. Sie versuchten andere über die Klinge springen zu lassen, nur um die eigene Haut zu retten.

»Das wüsste ich auch gerne, Herr«, schnaubte Rasuth nach kurzem Nachdenken. »Ich weiß aber mit Sicherheit, dass wir das nicht zulassen können. Lasst sie mich hängen und dann endlich nach Hause reiten!«

Einen Herzschlag lang war ich im Zweifel. Rasuth hatte eigentlich Recht, aber ich konnte das nicht tun. Als die Ratten in meinen Schuppen geschlichen kamen, hätte ich es vielleicht zulassen können. Aber jetzt, da dieses Paar gefesselt und hilflos dasaß und auf sein Ende wartete, brachte ich es nicht übers Herz.

»Lassen Sie die beiden laufen«, entschied ich schließlich.

Rasuth setzte an zu widersprechen. Innerlich hoffte ich, dass er es nicht tun würde. Ich hatte doch im Grunde keine Ahnung, was ich hier gerade tat. Wenn er mit mir streiten würde, würde ich irgendwann nachgeben.

Aber er widersprach mir nicht.

»Wie Ihr befehlt, Herr«, nickte er knapp und erhob sich. »Ich werde Euch noch Kleidung bringen lassen und dann sollten wir aufbrechen.«

»Danke, Rasuth«, sagte ich ehrlich. »Ich wüsste ohne Sie nicht, was ich eigentlich tun sollte.«

»Das Gefühl habe ich nicht, Herr«, grinste er und ging, um seinen Männern die Sache zu erklären.

Obwohl ihre Blicke Bände sprachen, taten die Soldaten tatsächlich, was ich befohlen hatte. So wurden Haron und Redda losgebunden. Ich beobachtete, wie Rasuth mit den beiden sprach. Dann schlichen sie wie getretene Hunde davon. Schnell waren sie im Wald verschwunden.

Man brachte mir Kleidung und ich zog mich an. Die Haut an meinen Beinen schmerzte noch immer unerträglich, aber ich zwang mich trotzdem auch die Hose überzuziehen. Schließlich sah ich durchaus mit Stolz an mir hinab. Nun trug ich eine Hose aus feinem schwarzem Leder, feste Stiefel und ein wollenes Hemd, das noch nicht einmal kratzte. Man hatte mir sogar einen schweren Gürtel gegeben, an dem ein Schwert und ein Dolch in ledernen Scheiden baumelten. So weit, so gut. Doch außerdem hatte mir Rasuth ein Kettenhemd übergestülpt, das mich jeden Moment klirrend zu Boden zu ziehen drohte.

»Wie kann man so ein Ding nur den ganzen Tag tragen?«, wunderte ich mich laut und rasselte anklagend mit den stählernen Ärmeln.

Mein Schwertmeister lachte nur. »Jeden Abend frage ich mich dasselbe, wenn meine Schultern wund gescheuert sind. Aber sobald dieses Ding einen Streich abgewehrt hat, der Euch sonst getötet hätte, wisst Ihr es wieder.«

Erfreuen konnte mich diese Antwort nicht im Geringsten. Ich hatte nämlich überhaupt keine Lust, einen Streich abzuwehren, weder mit diesem ungeheuren Panzer noch sonst wie. Meine liebste Vorstellung war einfach gar keine Schläge abzubekommen, aber das konnte sich Rasuth sicher denken.

Das nächste Problem löste sich von alleine. Die zwanzig Soldaten, die mich gerettet hatten, besaßen schlicht nur reichlich unbeholfen ebenso viele Pferde. So setzte ich mich hinter Rasuth auf sein riesiges dunkelbraunes Ross und hielt mich gut an ihm fest.

Den ganzen Tag über ritten wir durch den sonnendurchfluteten Wald. Schon bald schwitzte ich in meinem Ritterkostüm, dass ich meinte, das Wasser müsste mir jeden Moment aus den Hosenbeinen laufen. Meine Brandwunden schmerzten dadurch schier unerträglich, aber ich wagte es nicht, mich noch einmal bei Rasuth zu beklagen, und litt stumm vor mich hin.

Je weiter wir kamen, umso angenehmer wurde unsere Umgebung. Es war, als erwache der Wald langsam aus einem tiefen Schlaf. Die Zahl der Insekten nahm zu, irgendwann sah ich Vögel und Eichhörnchen und schließlich nahmen auch Rehe und Hirsche vor unserem Trupp Reißaus.

»Die Tiere meiden die Grenzregionen, aus denen wir jetzt kommen«, erklärte Rasuth mir die Wandlung. »Von der Stelle aus, an der wir Euch gefunden haben, sind es nur noch wenige Stunden bis zum Ostgebirge. Dahinter erstreckt sich das Äußere Dunkel und ein Reh spürt manche Dinge besser als wir. Der einzige Ort voller Leben hier im Östlichen Wald ist der alte Friedhof. Er ist ein Heiligtum aus grauer Vorzeit, als das Äußere Dunkel und die Horden des Schwarzen Löwen noch weit hinter dem Ostgebirge lauerten. In diesem Friedhof hat das Dunkel noch keine Macht.«

»Warum hat der Schwarze Löwe eigentlich so an Macht gewonnen?«, wollte ich nun wissen.

»Seit die Königin des Äußeren gestorben ist«, erzählte Rasuth und kratzte sich nachdenklich am Kinn. »Auch das Äußere Dunkel war früher ein Land voller Leben und man erzählt sich, dass jeder Baum, jedes Tier und jeder Mensch seine Vorfahren dort hat. Die Königin dieses wundervollen Landes war die Mutter unserer Ewigen Herrscherin. Als sie starb, brach der Schwarze Löwe mit seinen Horden wie eine Flutwelle über unsere Welt herein. Die Dunklen Horden kamen bis zum Ostgebirge und nun umschließen sie das Reich des Inneren wie eine Henkersschlinge. Und diese Schlinge zieht sich in letzter Zeit immer fester zusammen.«

»Und die Ewige Herrscherin regiert über das Reich des Inneren?«, fragte ich nach kurzem Nachdenken. »Sie ist meine Oberherrin?«

»Sie ist unser aller Herrin.« Rasuth nickte. »Und noch mehr als das. Sie ist die Hüterin von Lîfstein, dem Ursprung allen Lebens. Dieser Kristall lässt die Quelle des Lebens entspringen, ohne die wir nicht existieren könnten.«

»Moment mal!« Nun wurde mir das alles zu bunt. »Irgendein dummer Stein sorgt dafür, dass es diese Welt überhaupt gibt?«

»Ihr wisst wirklich gar nichts mehr, nicht wahr?«, staunte Rasuth. »Ein Rat: Erwähnt niemandem gegenüber, dass Ihr Lîfstein für irgendeinen dummen Stein haltet. Niemals!« Er atmete schwer durch. »In diesem Kristall konzentriert sich das Wesen des Lebens. Ohne ihn – nun ja, es gäbe diese Welt nicht.«

Als die Sonne sich dem Horizont entgegenneigte, erreichten wir eine weite Graslandschaft, die sich in endlos erscheinenden, fla-

chen Hügeln bis zum Horizont zog. Über dieser Ebene wehte ein warmer Wind, der das Gras in Wellen vor sich herschob als wäre es das Meer.
»Wir sind in einer Stunde da.« Rasuth seufzte erleichtert. »Dahinten ist es.« Er deutete auf eine Erhebung in der Ferne. Es war ein kleiner Berg, auf dessen Spitze sich eine hoch aufragende Burg schwarz gegen den rötlichen Abendhimmel abhob. »Das ist Euer Heim – Falkenfeste.«
Während wir die letzte Strecke bis zur Burg zurücklegten, ließ ich meine Gedanken schweifen. Nun drang die Erinnerung an den nächtlichen Traum wieder in mein Bewusstsein. Lange grübelte ich, was dieser Traum bedeutet haben mochte. Dass ich einfach keine Antwort fand, bedrückte mich. Dennoch ließ ich mir die Freude an all diesen wundervollen und seltsamen Geschehnissen nicht nehmen. Denn langsam gefiel ich mir in der Rolle eines Herzogs.
Es hatte etwas Besonderes, diesem gestandenen Krieger blödsinnige Fragen zu stellen und sie von ihm höflich und möglichst gut beantwortet zu bekommen. Und nun platzte ich fast vor Spannung, wie meine Burg wohl aussehen mochte. Meine Burg – alleine das war so unglaublich, dass ich am liebsten auf dem Pferd herumgezappelt hätte wie ein Kleinkind.
Endlich war Falkenfeste so nahe, dass ich erste Einzelheiten erkennen konnte. Gespannt betrachtete ich die gewaltigen Mauern und Wehrtürme, die aus dem Grasmeer heraus bis in den Himmel zu ragen schienen. Das Mauerwerk war aus riesenhaften grauen Steinblöcken zusammengefügt und sah selbst älter aus als der kleine Berg, auf dem sich die Burg erhob. Ein

gepflasterter Weg führte in eng geschlungenen Serpentinen hinauf. Mir war schnell klar, dass Falkenfeste uneinnehmbar war. Bis auf den Hang mit der Straße war der Berg so steil, dass man ihn kaum besteigen konnte. Angreifer waren auf der Straße völlig schutzlos dem Blick der Wachen auf den Zinnen ausgeliefert und hatten einen weiten Weg zurückzulegen, bevor sie die Mauern erreichten.

Selbst eine Hand voll Verteidiger könnte Falkenfeste gegen ein riesiges Heer halten, erkannte ich. Immer wieder sah ich besorgt zu den Zinnen empor, als wir die Straße hinaufritten. Mit ein paar schweren Steinen konnte man von dort oben schon einiges Unheil anrichten und ich hoffte inständig, dass niemand aus Versehen etwas auf uns hinunterfallen ließ.

Je weiter wir die Straße hinaufritten, desto größer wurde meine Begeisterung für dieses gewaltige Bauwerk. Über allen Türmen wehten Fahnen, die den silbernen Falken auf blauem Grund zeigten und sich stolz im Wind bauschten.

Schließlich standen wir vor dem riesenhaften Tor aus eisenbeschlagenen Holzbohlen.

»Öffnet das Tor!«, brüllte Rasuth zu den Zinnen empor. »Der Herzog kehrt zurück!«

Sofort erhob sich auf den Mauern und hinter dem Tor ein gewaltiges Stimmengewirr. Einen Augenblick später schon wurden Riegel zurückgeschoben, Holz knirschte auf Eisen und die Torflügel öffneten sich mit einem Knarren, das an das Gähnen eines Riesen erinnerte.

»Der Herzog ist zurückgekehrt!«, scholl es uns entgegen und unser Trupp ritt, begleitet von einer wachsenden Menschenmenge, durch einen Bogengang ins Innere von Falkenfeste. Ich saß noch immer hinter Rasuth und versuchte nun mich so klein wie möglich zu machen. Rasuth bemerkte mein Versteckspiel.

»Ihr solltet winken und nett aussehen, Herr«, riet er mir leise. »Die Menschen machen sich sonst Sorgen. Tut ihnen doch den Gefallen!«

Nun musste ich wohl oder übel lächeln und winken und konnte kaum fassen, wie mir geschah, als daraufhin eine ungute Spannung von den Menschen zu weichen schien. Sie jubelten mir selig zu. So fühlt sich ein Rockstar, dachte ich und grinste wie ein Honigkuchenpferd. Die Freude der Leute über meine »Wiederkehr« legte sich glücklicherweise recht schnell wieder. Aber ich hatte bemerkt, dass die Menschen hier sich tatsächlich Sorgen um mich gemacht hatten. Rasuth war mit seinen Ängsten um das Reich also nicht alleine.

Wir ritten durch eine Reihe von größeren und kleineren Innenhöfen. Falkenfeste war eigentlich weniger eine Burg als vielmehr eine stark befestigte Stadt. In den Innenhöfen spielten Kinder, saßen die Menschen, arbeiteten oder tranken. Ich sah Händlerbuden und Pferdeställe, Schmieden und Gasthäuser, Schlafsäle und Werkstätten. Dann endlich gelangten wir an eine Mauer, die noch einmal mit einem Tor und einem Fallgatter gesichert war.

Als die Hufe der Pferde auf dem Pflaster des Tordurchgangs klapperten, begriff ich: Dies war die eigentliche Burg und mein Zuhause in dieser Welt.

Vor einem großen kastenförmigen Gebäude zügelte Rasuth

sein völlig erschöpftes Ross und ließ mich absteigen, wobei ich beinahe über mein Schwert gestolpert wäre. Nur seine eilig ausgestreckte Hand verhinderte, dass ich hinstürzte.

»Danke«, schnaufte ich. »Ohne Sie würde ich jetzt daliegen und wegen diesem verdammten Panzer nicht mehr hochkommen. Ich glaube . . .«

»Herr!«, rief jemand hinter mir und ich wandte mich um. Ein kleiner, hagerer Mann mit grauem, kurz geschnittenem Haar stürzte aus dem Eingangsportal des Gebäudes heraus. Mit hastigen Schritten rannte er auf mich zu und verbeugte sich kurz vor mir. »Herr, ich habe Euch sehnlichst zurückerwartet.«

Hilflos sah ich zu Rasuth auf, der gerade abstieg. »Das ist Degov, der Haushofmeister«, raunte er mir ins Ohr. »Einer Eurer treuesten Untertanen.«

»Degov«, lächelte ich unsicher. »Was ist denn los?«

»Herr«, japste der kleine Mann in den feinen Samtkleidern, »die Ewige Herrscherin hat nach Euch geschickt. Ihr . . . Ihr sollt sofort an den Hof kommen. Euer Bruder ist verschwunden und er . . .« – der Haushofmeister sah sich hektisch um und flüsterte mir den Rest der Botschaft ins Ohr – ». . . und Lîfstein ist auch verschwunden.«

KAPITEL III

Ich fühlte Rasuths kräftige Pranke auf meiner Schulter. So leise mir Degov die Botschaft auch ins Ohr geflüstert hatte, musste der Krieger sie doch mitgehört haben.

»Bitte begleitet uns, Herr«, sagte er tonlos und bemühte sich mir die Schulter zu zerquetschen. »Dergleichen sollten wir nicht hier besprechen.«

»Wenn Sie mich loslassen, komme ich gerne mit.« Ich stöhnte und versuchte seine Hand zu lösen. »Loslassen, verdammt! Das tut weh!«

»Entschuldigt, Herr«, sagte er verlegen und lockerte hastig seinen Griff. »Aber bitte kommt jetzt mit!«

Damit stapfte er die Treppe zum Portal hinauf. Ich und der kleine Haushofmeister hatten alle Mühe, mit seinen langen Schritten mitzuhalten.

Unser Weg führte uns über verschiedene Treppen und Gänge, die mit rußenden Laternen erleuchtet wurden. Überall herrschte eifrige Betriebsamkeit. Diener in rot-blauen Uniformen liefen in steifer Haltung herum und verbeugten sich fast bis zum Boden, wenn sie mich sahen, Mädchen und Frauen in weißen Kleidern – das waren wohl die Zimmermädchen – machten einen Knicks und die allgegenwärtigen Soldaten nahmen Haltung an und salutierten. Ich versuchte jeden freundlich anzulächeln, der mich grüßte. Aber meist wurde das dadurch verhindert, dass ich mich furchtbar beeilen musste, um Rasuth zu folgen.

»Ich hasse das!«, keuchte Degov neben mir. Der alte Haushofmeister schien meinen Schwertmeister nicht gerade zu mögen.

Als Rasuth schließlich vor einer Tür aus eisenbeschlagener Eiche stehen blieb, waren Degov und ich völlig außer Atem.

»Für den Fall, dass Ihr Euch nicht erinnern könnt«, erklärte der Krieger und öffnete die Türe, »dies ist Euer Ratssaal.«

Hinter der Türe bauschte sich ein schwerer Vorhang. Vermutlich sollte er Lauschern das Handwerk schwer machen. Schnaufend wühlte ich mich durch den dicken Stoff und sah mich im Saal um. Er war gar nicht besonders groß. In seiner Mitte aber stand ein riesiger Tisch aus schwarzem Holz, an dessen Seiten insgesamt dreizehn unbequem aussehende Stühle mit hohen Lehnen aufgereiht waren. Das eine Kopfende war rund, das andere gerade.

Am runden Ende stand kein Stuhl, wohl aber am geraden. Die Lehne dieses Stuhles war noch ein Stückchen höher als die der anderen. Auf ihr saß ein kunstvoll geschnitzter Falke. Das musste der Stuhl des Herzogs sein – mein Stuhl. Zufrieden nahm ich zur Kenntnis, dass dieser Thron als einziger gepolstert war und breite Armlehnen hatte. Die Wände des Raumes waren mit bestickten Wandteppichen geschmückt. Nahe dem runden Kopfende des Tisches wölbte sich ein Kamin aus der Mauer, der so groß war, dass ich ohne Probleme darin hätte schlafen können. Es lag zwar sauber aufgeschichtetes Holz darin, aber das Einheizen hob man sich wohl doch für den Winter auf.

Durch die Bleiglasfenster schimmerte noch das allerletzte Tageslicht, aber ohne die brennenden Kerzen hätte man schon nichts mehr erkennen können.

»Bitte, Herr, setzt Euch«, forderte Rasuth mich schließlich auf.

Nur zu gerne kam ich der Bitte nach und ließ mich in den Stuhl mit dem Falken darüber fallen.

»Soll ich den Rat zusammenrufen, Herr?«, erkundigte sich Degov gespannt bei mir. Beinahe hätte ich Rasuth hilflos angesehen, aber dann verkniff ich es mir doch noch. Irgendwann musste ich ja damit anfangen, den Herzog zu spielen.

»Nein«, erklärte ich mit möglichst fester Stimme. »Rasuth, sagen Sie Degov doch bitte, was mit mir geschehen ist! Und dann will ich von Ihnen hören, welche Botschaft die Ewige Herrscherin geschickt hat.«

Rasuth warf mir einen erfreuten Blick zu, den ich mit einem unsicheren Lächeln beantwortete.

»Uns ist etwas Entsetzliches zugestoßen«, wandte er sich dem Haushofmeister zu, der sich mittlerweile auch gesetzt hatte. »Der Finsternis muss es gelungen sein, den Herzog zu entführen und sein Gedächtnis auszulöschen. Er kann sich kaum noch daran erinnern, wer er selbst ist, geschweige denn daran, wer wir sind.«

»Götter!«, rief Degov atemlos und starrte mich an. »Ich dachte mir schon, dass Euch etwas zugestoßen ist, aber das . . .«

»Ja, es ist furchtbar«, unterbrach mein Schwertmeister ihn ungeduldig. »Aber nun ist es unsere Pflicht, dem Herzog so gut beizustehen, wie wir es vermögen. Das heißt, dass wir ihm alles möglichst genau erklären, was gerade geschieht.«

»Natürlich«, stimmte Degov sofort zu. »Wollen wir den Rat einweihen?«

»Ich würde das nicht tun«, schüttelte Rasuth nach kurzem Nachdenken den Kopf. »Die Dunklen Horden bedrängen uns immer mehr. Die Menschen haben schon genug Angst. Wenn sie erfahren, dass der Herzog sein Gedächtnis verloren hat – und das werden sie, wenn wir den Rat einweihen –, könnten sie alle Zuversicht verlieren.«

»Ihr habt Recht«, gab Degov zu. »Und was sagen wir nun der Herrscherin?«

»Wie wäre es, wenn Sie mir erst einmal sagen, wie ihre Botschaft lautet?«, mischte ich mich ein. »Das wüsste ich schon ganz gerne, bevor wir irgendwas anderes machen.«

»Seine Sprache hat auch gelitten«, sagte Degov so leise, als stünde er an einem Krankenbett. »Hoffentlich gibt sich das wieder, bevor er mit der Herrscherin spricht. Oder ist er dazu gar nicht in der Lage?«

»Verdammt, natürlich bin ich in der Lage, zu sprechen!«, sagte ich wütend. »Ich bin nicht verrückt oder so etwas, also tun Sie nicht so, als ob . . . – okay!«

Dem würde ich es zeigen!

»Bis auf meine fehlende Erinnerung ist mein Geist völlig klar und ich möchte *Euch* bitten dies bei *Eurer* Rede zu bedenken!«

Das saß.

»Verzeiht mir bitte, Herr«, sagte der Haushofmeister sofort kleinlaut. Beim Anblick von Rasuths Gesicht hätte ich am liebsten losgelacht. »Entschuldigt meine Unverschämtheit, es soll nicht noch einmal geschehen.«

»Kein Problem«, war ich gönnerhaft. »Und nun sagen Sie – Entschuldigung, *sagt* mir doch bitte, wie die Botschaft der Herrscherin lautet!«

»Verzeiht, Herr«, entschuldigte sich Rasuth hastig bei mir, bevor Degov den Mund aufmachen konnte. »Wann war der Bote hier?«

Degov schnaufte tief durch. »Der Bote kam vorgestern früh in Falkenfeste an, kurz nachdem Ihr und Eure Männer aufgebrochen seid. Er hatte Anweisung, die Botschaft nur dem Herzog persönlich oder ansonsten Euch, dem Schwertmeister, oder mir zu übermitteln. Nun, da weder der Herzog noch Ihr anwesend wart, teilte er sie mir mit, verbunden mit dem persönlichen Befehl der Herrscherin, absolutes Stillschweigen zu bewahren.«

»Das heißt, die Botschaft ist jetzt mindestens zwölf Tage alt«, schnaubte Rasuth.

»Gut, mag ja sein«, erklärte ich ungeduldig, »aber wie lautet sie nun?«

»Vor etwa drei Wochen verschwand Euer Bruder Martéen aus Hohenstayn . . .«

»Das ist der Hof der Ewigen Herrscherin«, unterbrach Rasuth ihn und fing sich einen wütenden Blick von Degov ein.

». . . verschwand aus Hohenstayn. Zur selben Zeit ist auch Lîfstein von seinem Platz im Quell des Lebens genommen worden und seitdem nicht wieder aufgetaucht. Ihr sollt sofort an den Hof kommen und der Herrscherin Auskunft über Euren Bruder geben.«

»Und das ist alles?«, fragte Rasuth ungläubig. »Mehr hat der Bote nicht gesagt?«

»Bei meinem Leben«, knurrte Degov empört, »kein Wort mehr! Was denkt Ihr von mir, Schwertmeister?«

»Das kann doch nicht sein!«, fuhr Rasuth nun auf und schlug zornig mit der Faust auf den Tisch. »Das Innere Reich droht vernichtet zu werden und Ihr redet wie ein beleidigtes Waschweib! Wenn Ihr Eure Pflicht . . .«

»Augenblick mal!«, rief ich.

Beide Männer wandten sich mir überrascht zu.

»Verzeiht meinen Ärger, Herr«, begann Rasuth sich zu entschuldigen, »ich habe mich von meiner Sorge übermannen lassen. Wenn Ihr meinen Ausbruch . . .«

»Das meine ich doch nicht, verflucht! Ich habe gar keinen Bruder!«

Einen Moment lang herrschte Stille. Schließlich räusperte sich Degov. »Sein Gedächtnis ist tatsächlich völlig verloren.«

»Ihr habt einen Bruder«, erklärte Rasuth schlicht. Er schien fest entschlossen sich durch nichts aus der Ruhe bringen zu lassen. »Euer Zwillingsbruder Martéen. Erinnert Ihr Euch?«

»In Ordnung«, sagte ich und rieb mir die Augen. »Ich hätte es mir ja denken können. Einen Zwillingsbruder also?«

»Er vertritt das Herzogtum Fraterna am Hof der Ewigen Herr-

scherin.« Rasuth sagte dies in einem so neutralen Ton, dass in mir das Gefühl aufkam, als wäre dies nur die halbe Wahrheit.
»Was ist mit meinen Eltern? Habe ich sonstige Geschwister?« Ich wollte erst einmal Ordnung in meine Familienangelegenheiten bringen, bevor ich irgendetwas anderes unternahm.
»Euer Vater ist seit über fünf Jahren tot und Eure Mutter starb nach der Geburt.« Degov sah Rasuth seufzend an. »Martéen ist Euer einziger Bruder. Schwestern habt Ihr nicht.«
»Warum bin ich dann Herzog und nicht mein Zwillingsbruder? So etwas wird doch normalerweise durch das Alter geregelt. Wir müssten beide gleich alt sein.«
»Ihr kamt ein wenig vor Martéen auf die Welt«, sagte Rasuth, sichtlich zufrieden über diese vernünftige Frage.
Ich nickte müde. Fürs Erste hatte ich genug Neuigkeiten zu verdauen. »Was machen wir jetzt?« Ich konnte ein Gähnen nicht mehr unterdrücken.
»Meiner Meinung nach solltet Ihr erst einmal essen und schlafen«, war Degovs Antwort. »Ich sage dem Küchenmeister Bescheid, dass er Euch eine Mahlzeit zubereiten soll. Rasuth, zeigt Ihr dem Herzog seine Gemächer?«
»Mit Vergnügen«, erwiderte Rasuth und sah mich fragend an. »Wollt Ihr mir folgen?«
Erst als ich aufstand, erhoben sich auch die beiden Männer. Herrgott, war das alles kompliziert! Aber nun wollte ich erst mal schlafen. Auf dem Weg durch die Burg machte mir der Schwertmeister ein Kompliment.
»Wenn man bedenkt, wie schwierig das alles für Euch sein muss, macht Ihr Eure Sache recht gut.«

»Danke«, sagte ich überrascht. »Ich gebe mir wirklich Mühe.«

»Mehr kann man von niemandem verlangen.« Der Schwertmeister machte auf mich einen stillen, fast verzweifelten Eindruck. Ich hätte ihn gerne ein wenig aufgemuntert, aber wie sollte ich das tun? »Wie lange kennen wir uns schon, Rasuth?«, fragte ich.

Er verharrte einen Augenblick. »Seit Eurer Geburt, mein Fürst«, erwiderte er leise, dann ging er weiter.

Langsam verstand ich, was diesem starken Mann so zusetzte. Er schien so etwas wie mein Leibwächter zu sein, und wenn mein Vater gestorben war, als ich – und mein Zwillingsbruder – fünf Jahre alt waren, musste ich so etwas wie ein Sohn für ihn sein. Mir kam in den Sinn, wie er mitten in den brennenden Schuppen geritten war, um mich aus den Flammen zu retten.

»Wir waren gute Freunde, nicht wahr?«

»Ich habe mich immer bemüht Euch ein guter Schwertmeister zu sein«, sagte er ausweichend. »Da sind wir . . .« Vor uns befand sich eine weitere Türe aus schwarzem Holz. Diese allerdings hatte eine feine Einlegearbeit aus helleren Hölzern, die wieder einen Falken zeigten. »Ihr wart aber auch stets ein Herr, wie ich ihn mir nicht anders hätte wünschen können.«

»Wir waren Freunde«, stellte ich fest.

»Ja«, gestand er schließlich ein. »Aber von so etwas spricht man nicht.«

»Wie Ihr meint.« Diese komische Anrede fiel mir mittlerweile ganz leicht, stellte ich fest. »Gute Nacht.«

»Gute Nacht, mein Fürst.«

Sobald er die Türe hinter sich geschlossen hatte, ertönte hinter mir eine Stimme.

»Einen guten Abend, mein Fürst.« Ich fuhr herum. Da stand ein Junge von etwa zehn Jahren und verbeugte sich vor mir. »Ich denke, das Essen wird sofort gebracht werden«, fuhr er fort. »Soll ich Euch bis dahin beim Ausziehen behilflich sein?«

»Guten Abend«, erwiderte ich verdutzt. »Ja, ich würde dieses Zeug ganz gerne loswerden.«

Der Junge lief vor mir her in ein anderes Zimmer. Dies musste das Schlafzimmer sein. Mein Blick wanderte sofort zum Bett in der Mitte des Raumes. In ihm hätten leicht drei Menschen schlafen können, ohne sich zu stören. Ich war nur ein wenig enttäuscht, dass es kein Himmelbett war. Stöhnend ließ ich mich darauf nieder.

»Wie heißt du denn?«, erkundigte ich mich, während der Junge mir die Stiefel von den Füßen zog und sie durch herrlich weiche Pantoffeln ersetzte.

»Jossad, Herr«, war die verblüffte Antwort. »Kennt Ihr mich nicht mehr?«

»Doch, natürlich«, log ich. »Ich bin noch ein bisschen verwirrt von den letzten zwei Tagen. Danke für die Pantoffeln.«

Nachdem ich den Schwertgurt gelöst hatte, beugte ich mich vor und schüttelte mit Jossads Hilfe das Kettenhemd ab.

»Ich habe Euch Euer Nachtgewand aufs Bett gelegt, Herr«, erklärte er mir, während er meine Rüstung davonschleifte. »Wünscht Ihr Euch zu waschen, Herr?«

»Nein, danke«, winkte ich ab und begutachtete sehnsuchtsvoll das Nachthemd neben mir. Es war aus dunkelrotem Samt und wirkte ziemlich kuschelig. In wenigen Augenblicken hatte ich die verschwitzten Kleider ausgezogen, die mir Rasuth gegeben hatte. Meine Beine waren nun mit aufgeplatzten Blasen bedeckt, die Haut hing in Fetzen daran herunter. Doch so schlimm es auch aussah, es tat nicht mehr so unerträglich weh.

Gerade, als ich das Nachthemd übergestreift hatte, ging die Türe auf und mehrere Mädchen in weißen Kleidern kamen herein. Sie waren mit Tabletts voller silberner Schüsseln, Brotkörben und anderen Dingen bepackt. Sie luden ihre Fracht im Esszimmer ab und verschwanden mit einem Knicks.

Mit großen Augen ließ ich mich auf einen der Stühle fallen. Es war unglaublich, was Jossad da vor meinen Augen ausbreitete. Von den Mengen hätten leicht fünf ausgewachsene Männer satt werden können. Da gab es herrlich duftenden Braten, einige kleine gebratene Vögel, die ich nicht kannte, verschiedene Schinken- und Käsesorten, eine Art Weißbrot, jede Menge Obst und Blätterteiggebäck, das von Honig triefte.

Jossad richtete mir gewissenhaft den Teller her und goss mir einen Kelch Rotwein ein. Ich dachte kurz daran, dass Vater mir nie erlaubte Wein oder Bier zu trinken, und schüttete den silbernen Kelch schnell hinunter. Ohne mit der Wimper zu zucken, goss Jossad mir nach. Es störte mich, dass er die ganze Zeit hinter mir stehen blieb. Aber ich war einfach zu hungrig, um mich gegen diese Bedienung zur Wehr zu setzen.

Gerade, als ich mich über das Essen hermachen wollte, klopfte es an der Türe und ein rundlicher Mann von etwa sechzig Jahren kam herein.

»Wie froh ich bin Euch gesund und bei Appetit wieder zu sehen, mein Fürst.« Er lachte freundlich und stellte seine Tasche neben mir ab. »Der Schwertmeister hat mir berichtet, dass Ihr ein wenig angebraten worden seid?«

»Das kann man wohl sagen«, antwortete ich mit vollem Mund. »Es sollte Herzogshaxe geben.«

»Zeigt Ihr mir die Verbrennungen?«, bat er, zog einen Stuhl neben mich und setzte sich. »Das sieht nicht gut aus«, brummte der Mann, sobald er einen kurzen Blick auf die zerfetzte Haut geworfen hatte.

»Fühlt sich auch nicht gut an«, gab ich ihm sofort Recht und nahm noch einen Schluck. Ich hatte bereits meinen dritten Kelch Wein geleert und fühlte mich wunderbar gelöst und munter. Der Schmerz in meinen Beinen war plötzlich weit entfernt und kaum noch zu spüren. »Macht aber nix.«

»Dennoch werde ich Euch eine Salbe geben und das Ganze verbinden«, war die entschiedene Antwort. »Jossad, du kannst jetzt zu Bett gehen. Ich werde mich um den Herzog kümmern.«

Der Knabe warf mir einen kurzen Blick zu. »Is schon okay«, entließ ich ihn. »Unser Freund hier wird schon alles managen, nicht wahr?«

»Wie Ihr befehlt, Herr. Gute Nacht, Herr«, sagte Jossad langsam und machte seine Verbeugung. Ich fand das zu komisch und brach in leises Gekicher aus, als der Junge verschwand.

»Ihr solltet den Wein nicht so schnell trinken, Herr«, bemerkte der dicke Mann beiläufig, sobald Jossad verschwunden war. »Sonst könntet Ihr betrunken werden und ich muss jetzt mit Euch sprechen.« Währenddessen kramte er in seiner Tasche und brachte einen kleinen Tontopf zum Vorschein, der mit einem sauber darüber gebundenen Lederlappen verschlossen war.

»Was wolln Se denn mit mir besprechen?«, fragte ich heiter nach. »Wie schlimm meine Beine aussehen oder was?«

»Der Schwertmeister hat berichtet, dass Euer Gedächtnis von den letzten zwei Tagen in Mitleidenschaft gezogen wurde«, antwortete der Arzt ruhig. Er legte weiße Bandagen auf dem Tisch aus und strich sie mit einer streng riechenden Paste ein, die er aus dem Tontöpfchen löffelte. »Für den Fall, dass Ihr Euch nicht an mich erinnert – ich bin Thiery, Euer Leibarzt und Feldscher. Achtung, das wird jetzt ein wenig kalt.«

Ich stieß ein Keuchen aus, als er mir die erste Bandage auf das Bein legte. Im ersten Augenblick brannte es wie kaltes Eisen, aber gleich darauf breitete sich wohltuende Kühle auf meiner Haut aus.

»Mein Gott, das tut gut«, seufzte ich erleichtert, als der rundliche Mann sein Werk beendet hatte.

»Der Zinkverband lindert die Schmerzen, wie ich sehe?«, fragte Thiery nach und lächelte.

»Was es auch ist, es hilft«, nickte ich und lächelte. Das Schwirren in meinem Kopf störte mich nun fast mehr, als dass ich es genossen hätte. »Ihr habt Recht mit dem Wein, Thiery. Ich sollte das anscheinend etwas langsamer angehen.«

»Ist mir selbst schon oft genug passiert.« Der Arzt grinste verständnisvoll. »Aber nun – erzählt mir doch bitte, was in den letzten Tagen geschehen ist! Ich meine, was Ihr glaubt erlebt zu haben.«

»Bleibt das auch unter uns?«, fragte ich vorsichtig. »Haben Sie – habt Ihr so etwas wie eine Schweigepflicht?«

»Wenn mir mein Fürst befiehlt über das Gesagte Schweigen zu bewahren, werde ich gehorchen«, erwiderte er. »Ich hoffe, dass Euch das zufrieden stellt.«

Müde nickte ich. Mein Bauch war gefüllt, meine Beine fühlten sich wieder erträglicher an und ich mochte diesen Mann. Und wenn ich ehrlich war, hatte ich große Lust, endlich einmal jemandem die ganze Geschichte zu erzählen. Wer weiß, vielleicht konnte Thiery mir ja helfen? Zuerst stockend und dann immer flüssiger begann ich zu erzählen.

». . . und dann sind wir hierher geritten«, schloss ich endlich. Mein Mund war ganz trocken von der langen Geschichte, aber diesmal schenkte ich mir etwas aus der Wasserkaraffe ein. Wein hatte ich für heute sicherlich genug. »Nun, was meint Ihr?«

»Ich habe schon erlebt, dass Menschen wegen einer Verletzung oder wegen eines furchtbaren Erlebnisses Lücken in ihrer Erinnerung erlitten haben«, sagte der Arzt schließlich nachdenklich. »Aber so etwas habe ich noch nie gehört. Dass jemand seine gesamten Erinnerungen verliert, sie aber zugleich durch andere Erinnerungen an nie geschehene Dinge ersetzt – nein, das verstehe ich nicht.«

Obwohl ich nichts anderes erwartet hatte, konnte ich meine Enttäuschung nicht ganz verbergen.

»Es tut mir Leid, Herr«, fügte er traurig hinzu, als er mein Gesicht sah. »Aber ich kann Euch lediglich den Rat geben, Euch auszuruhen und Euch keine Sorgen zu machen. Es mag durchaus sein, dass Ihr Euer Gedächtnis mit der Zeit wieder findet.«

»Ihr wisst niemanden, der mir helfen könnte, oder?«

Der Arzt dachte eine Weile nach. »Vielleicht schon«, sagte er schließlich vorsichtig. »Der Herzog von Patray könnte über so etwas Bescheid wissen.«

»Wer ist denn das?«

»Nun, er gilt als der weiseste Mann des Reiches und er ist in den unsichtbaren Künsten bewandert. Selbst die Ewige Herrscherin fragt ihn gelegentlich um Rat, wenn sie nicht mehr weiterweiß. Sein Reich liegt aber weit im Norden und es ist ein langer und nicht ungefährlicher Weg dorthin.«

Wirre Gedanken kreisten in meinem Kopf, als Thiery schließlich gegangen war und ich im Bett lag. Ich war fest entschlossen diesem Herzog von Patray einen Besuch abzustatten. Immerhin war er meine letzte Hoffnung, Licht in das Geheimnis zu bringen . . . Das Bett war weich und warm und bald war ich eingeschlafen.

»Einen guten Morgen, mein Fürst.« Neben mir stand Jossad und blickte munter auf mich herab. »Schwertmeister Rasuth hat mir Anweisungen gegeben, Euch zu wecken.«

»Einen Herzog weckt man nicht«, beschwerte ich mich und gähnte. »Oder doch?«

»Ich wollte Euch nicht verärgern, Herr«, war sofort die erschrockene Antwort. »Aber Schwertmeister Rasuth . . .«

». . . hat gesagt, dass du mich wecken sollst, ich weiß«, grunzte ich und wühlte mich aus den Decken hervor. »Ist schon gut, du hast nichts falsch gemacht«, fügte ich schnell hinzu, als der Knabe vor mir zurückwich. »Es ist alles in Ordnung.«

Herrgott, hier wurde ja jedes Wort auf die Goldwaage gelegt!

»Ich habe Euch Waschwasser bereitet«, erklärte Jossad erleichtert und deutete auf eine dampfende Schüssel, die auf einem Tischchen an der Wand stand. Daneben lagen ein Stück Seife und ein dickes Handtuch. »Und ich soll Euch die Bitte des Schwertmeisters und des Haushofmeisters aussprechen, ob Ihr wohl mit Ihnen zu speisen gedenkt.«

»Frühstück? Ja, ist gut, können wir machen. Wo wollen sie denn essen?«

»In Euren Gemächern. Sie warten bereits vor der Türe. Soll ich sie hereinbitten?«

Ich dachte kurz nach. »Nein«, entschied ich. »Ich will mich erst waschen und mir etwas anziehen.«

Wenn die beiden darauf bestanden, mich so früh zu wecken, dann konnten sie auch noch ein bisschen warten. Schließlich war ich der Herzog, nicht wahr? Genussvoll wusch ich mich mit der stark duftenden Seife, die Jossad mir hingelegt hatte. Und als ich frische Kleider über einem Stuhl liegen sah, war ich völlig zufrieden.

Nach kurzer Zeit war ich eingekleidet wie ein König – oder wohl doch eher wie ein Herzog. Ich trug schwarze hohe Stiefel aus Leder und eine Hose aus weicher schwarzer Wolle, die seitlich mit einem feinen Silbermuster bestickt war. Darüber bauschte sich mein weißes Hemd unter einer Weste aus dunkelblauem Samt, die ebenfalls mit silbernen Stickereien verziert war.

Das Kettenhemd und der Schwertgurt waren verschwunden. Jossad musste sie weggebracht haben, während ich noch schlief. Nun gut, ich würde beides nicht vermissen.
Schließlich ließ ich mich am gedeckten Tisch nieder. Jossad hatte einen Brotkorb, Schinken, Wurst und Käse, einige Zwiebeln, verschiedene Krüge mit Milch und Bier angerichtet.
»Lass doch die beiden herein, Jossad«, rief ich und begann mir mit gutem Appetit ein erstes Brot mit Wurst einzuverleiben. Das Bier ließ ich lieber stehen und begnügte mich stattdessen mit der frischen Milch.
»Einen guten Morgen wünschen wir Euch, mein Fürst«, begrüßte mich Rasuth. Es war das erste Mal, dass ich ihn ohne Rüstung sah. Er trug ein einfaches Gewand aus schwarzem Stoff, von dem sich sein blonder Bart allerdings beeindruckend abhob.
»Ich hoffe, Ihr habt gut geschlafen«, ergänzte Degov und verbeugte sich. Seine Kleider ließen ihn im Vergleich zu den Soldaten wie einen Papageien aussehen.
»Wie ein Stein. Setzt Euch doch zu mir und bedient Euch!«
Die beiden Männer ließen sich nieder und nahmen sich jeder einen Krug Bier und ein wenig Essen. Ich hatte den Verdacht, dass sie beide bereits gefrühstückt hatten. Wahrscheinlich hatten sie dabei besprochen, was sie nun weiter mit ihrem verrückten Herzog anstellen wollten. Und richtig: Es dauerte nicht lange, bis sie darauf zu sprechen kamen.
»Wir haben uns heute schon ein wenig darüber Gedanken gemacht, ob es sinnvoll ist, wenn Ihr nach Hohenstayn aufbrecht«, erklärte Degov schließlich.

»Und zu welchem Ergebnis seid Ihr gekommen?« Ich war wirklich gespannt, was die beiden ausgetüftelt hatten.

»Der Haushofmeister hatte die Idee, dass zuerst einmal ich mit ein paar Leuten an den Hof reiten sollte«, berichtete Rasuth bedächtig. »Wir wissen nicht, was Euch dort erwartet. Es mag sein, dass Ihr Probleme mit der Herrscherin bekommt, mit denen Ihr auf Grund Eurer Verfassung nicht umgehen könnt.«

»Und wie wollt Ihr mein Fernbleiben vom Hof entschuldigen? Dass ich krank bin und im Bett bleiben muss?« Mir kam es nicht so vor, als ob man sich in dieser Situation von der Mutter eine Entschuldigung schreiben lassen könnte.

»Es wäre alles andere als eine Lüge, zu sagen, dass Ihr unpässlich seid«, behauptete Degov. »Ihr habt Euer Gedächtnis verloren.«

Gespannt sahen mich die beiden Männer an. Der Plan schien Rasuth im Grunde gegen den Strich zu gehen, aber er hatte sich wohl von Degov überzeugen lassen. Anscheinend respektierte er den alten Haushofmeister mehr, als ich gedacht hatte.

»Nein«, entschied ich schließlich. »Ich habe vielleicht mein Gedächtnis verloren, aber nicht meinen Verstand. Es wäre unehrenhaft, sich so aus der Affäre zu ziehen. Ich habe die Pflicht, nach Hohenstayn zu gehen.«

Und dann so schnell wie möglich zum Herzog von Patray. Ein paar Antworten finden.

»Wie Ihr befehlt, Herr«, antwortete Rasuth sofort. Ich glaubte einen stolzen Schimmer in seinen Augen zu sehen. Meine

Worte sprachen ihm aus der Seele. Degov sah dagegen sehr unglücklich drein. Ihm wäre es entschieden lieber gewesen, mich in Sicherheit auf Falkenfeste zu sehen.

»Wie Ihr befehlt, mein Fürst«, gab aber auch er nach kurzem Zögern sein Einverständnis.

»Gut«, beschloss ich die Unterhaltung. »Rasuth, Ihr bereitet unsere Abreise vor!«

»Sofort, Herr.« Der Soldat erhob sich und hielt dann noch einmal inne. »Welches Pferd wünscht Ihr zu reiten?«

»Verdammt, das habe ich ganz vergessen!«, rief ich und dachte kurz nach. »Habt Ihr nicht ein Pferd, das sich von selbst reitet?«, erkundigte ich mich schließlich kleinlaut. »So ein ganz braves?«

»Wir werden etwas Passendes finden«, versprach der Schwertmeister mit steinerner Miene.

Wenn ich gehofft hatte meinen ersten eigenen Ritt unter begünstigten Bedingungen zu machen, wurde ich enttäuscht. Jossad erschien mit einem schweren Umhang, einem Schwertgehänge und – einem Kettenpanzer.

»Ich kann mich gar nicht erinnern das schwere Zeug angefordert zu haben«, wehrte ich mich, kannte die Antwort aber schon.

»Der Schwertmeister Rasuth . . .«, begann der Junge schüchtern.

». . . hat dich beauftragt mir das zu bringen, danke schön«, schloss ich für ihn. »Also gut. Du könntest mir beim Anlegen behilflich sein. Wo steige ich denn hier ein? Und was sind das für Riemen?«

Als ich jedoch neben Degov die Treppen zu den Stallungen hinunterstieg, konnte ich mich sogar ein wenig für das Eisen erwärmen, das ich nun in Massen mit mir herumschleppte. Unter dem Panzer fühlte ich mich zwar so beweglich wie ein Nashorn, aber ich sah wenigstens gut aus. Der Panzer war auf Hochglanz poliert, und so wie er blitzte, musste er fast versilbert sein. Der Umhang war aus demselben dunklen Blau wie die Flaggen über der Burg und auch er trug auf dem Rücken den silbernen Falken.

Und wenn ich auch immer wieder fast über das Schwert stolperte – es war das schönste, das ich je gesehen hatte. Die alten Waffen in den Museen waren immer irgendwie klobig und oft furchtbar verrostet. Der goldene Knauf hatte die Form einer Greifvogelkralle, die einen roten Edelstein umklammerte. Der Griff war mit weichem Leder umwickelt und die Parierstange sah aus wie zwei Flügel. Und die Klinge war wirklich verdammt scharf, wie der Schnitt in meinem rechten Daumen bewies.

Vielleicht lag es an meiner Verkleidung, dass sich die Leute auf unserem Weg noch etwas tiefer verbeugten als gestern. Jedenfalls sah Rasuth sehr zufrieden aus, als er mich in meiner Aufmachung sah. Auf dem Hof der Stallungen standen zehn Soldaten in voller Rüstung neben ihren Pferden. Sie salutierten kurz, als ich aus dem Haus trat, und gingen sofort wieder ihrer Arbeit nach.

»Ich habe Euch einen ruhigen Wallach satteln lassen, mein Fürst. Er heißt Karm«, sagte Rasuth leise und führte mich zu einem herrlichen, weißgrauen Tier, das – oh Wunder – still dastand und mich neugierig musterte.

»Liebes Pferd«, murmelte ich und näherte mich vorsichtig. Im Fernsehen sahen Pferde immer sehr viel kleiner aus. Meine Schulter reichte nicht einmal bis zum Rücken des Rosses. Ich glaubte nicht, dass ich ohne Hilfe überhaupt würde aufsteigen können. Der Wallach wandte seinen Kopf zu mir und knabberte behutsam an meinem Umhang.

»Er liebt Wollfäden.« Rasuth erlaubte sich ein Grinsen, als er meinen verzweifelten Gesichtsausdruck sah.

»Solange er darauf verzichtet, mich zu fressen«, gab ich leise zurück. »Und was soll ich jetzt tun?«

»Ihr wisst wirklich gar nicht mehr, wie man reitet?«

»Zügel locker lassen, Pferd rennt – Zügel anziehen, Pferd hält an«, gab ich alle meine aus Western gesammelten Weisheiten zum Besten.

»Das ist ein Anfang,« stöhnte Rasuth leise. »Es gibt aber noch ein, zwei weitere wissenswerte Dinge.«

Seine ganzen Ratschläge erwiesen sich als überflüssig. Karm war tatsächlich ein nettes Pferd. Er lief einfach dem Pferdehintern vor seiner Nase hinterher und ich musste im Grunde nur zusehen, dass ich nicht hinunterfiel. Aber sobald wir die Straße zu Falkenfeste hinauf hinter uns gelassen hatten und der Trupp in der Grasebene ein flotteres Tempo einschlug, wurde selbst das schwer genug.

Hinter Falkenfeste erstreckten sich noch über einige Kilometer Getreidefelder, die nur gelegentlich durch einen Baum oder einen Schuppen unterbrochen wurden. Wir sahen einige Bauern, die uns freundlich zuwinkten. Dann endlich hatten

wir jedes Zeichen von Zivilisation hinter uns gelassen und preschten durch das kniehohe Gras Richtung Norden.
Obwohl ich meine liebe Mühe hatte, mich auf Karms Rücken zu halten, überkam mich ein seltsames Gefühl. Es war dasselbe Gefühl, das ich schon im Östlichen Wald gehabt hatte. Immer wieder sah ich über die Schulter, aber außer den Soldaten hinter mir war nichts zu sehen. Das ewige Gras wogte um uns herum und der Wind pfiff uns warm um die Nasen.
Gegen Mittag war Falkenfeste hinter dem Horizont verschwunden. Rasuth schlug ein gemächlicheres Tempo ein, damit sich die Pferde ein wenig ausruhen konnten. Ich schwitzte erbärmlich unter meinem Umhang, aber im Gegensatz zu den Soldaten konnte ich ihn nicht einfach ausziehen, ohne vom Pferd zu fallen. Aber ich wollte Rasuth deswegen nicht belästigen und so tropfte ich tapfer vor mich hin, während sich die Soldaten gemütlich unterhielten und sich Witze zuriefen.
Als es schon früher Nachmittag war, wandte sich Rasuth von selbst an mich. »Mein Fürst, wollen wir nicht einmal rasten. Die Tiere sind müde und wir haben schon ein gutes Stück unseres heutigen Weges zurückgelegt.«
Er rief es in einer Lautstärke, dass es bestimmt alle Männer gehört hatten. Im Stillen dankte ich ihm für diese Hilfe. So sah es für die Soldaten nicht so aus, als bestimme er das Tempo. Im Gegenteil konnte ich jetzt den Herzog in Eile mimen, der sich erst zu einer Rast überreden lassen musste.
»Ich hätte zwar noch gerne ein paar Schritte gemacht«, erklärte ich zögerlich. »Aber das können wir später immer noch

wettmachen. Sagt den Männern, dass wir eine kleine Rast machen, Schwertmeister.«

»Wir rasten«, brüllte Rasuth. »Los, alles absitzen!«

Er wirkte sehr zufrieden mit der Wirkung unseres kleinen Schauspiels. Selbst ich bekam mit, wie sich die Männer leise darüber unterhielten, warum es der Herzog wohl so eilig habe.

Obwohl meine Beine völlig steif waren und ich meinen Hintern wohl nie mehr spüren würde, schaffte ich es irgendwie ohne Hilfe, mich von Karms Rücken fallen zu lassen. Sofort zog ich den Mantel aus und setzte mich darauf. Es war eine Wohltat, den Wind wenigstens ein bisschen durch den Kettenpanzer wehen zu lassen.

Die Männer packten eine deftige Brotzeit aus ihren Satteltaschen. Schon bald saßen wir da und kauten genüsslich. Zu meinem Entsetzen stellte ich fest, dass sich in allen Trinkbeuteln mit Wasser verdünnter Wein befand. Wenn diese Sache vorüber wäre, würde ich als Erstes eine Entziehungskur machen müssen. Aber ich hatte zu großen Durst, um mich zurückzuhalten, und war schon bald wieder recht heiter.

Leicht beduselt legte ich mich auf meinem Mantel zurück und blinzelte in den wolkenlosen Himmel. Müde verfolgte ich den Flug eines Vogels, der in großer Höhe seine Kreise über uns zog. Er schlug nur gelegentlich mit seinen gewaltigen Flügeln und ließ sich von der Luft tragen.

Aber irgendetwas war an dem Tier merkwürdig. Ohne meine Augen von dem Vogel abzuwenden, stand ich langsam auf.

Seine Kreise wurden immer enger und es verlor immer mehr an Höhe. Ich konnte die Spannweite seiner Flügel nicht abschätzen, aber sie waren riesig. Bald hörte ich das entfernte Rauschen seiner Schwingen und dann sah ich etwas, was mir einen Schauer über den Rücken jagte. Einen langen, peitschenden Echsenschwanz.

»Rasuth«, sagte ich. Der Schwertmeister unterhielt sich gerade mit einem der Soldaten und hörte mich nicht. »Rasuth!«, rief ich lauter und sein Kopf fuhr zu mir herum.

»Was ist, Herr?«

»Seht mal da!«

Sein Blick folgte meinem Arm. Kurz blinzelte er in die Sonne, dann erstarrte er.

»Alles aufsitzen!«, brüllte er in der nächsten Sekunde. »Ein Draghnar!«

Innerhalb weniger Augenblicke sprangen alle auf ihre Pferde und starrten mit gespannten Gesichtern in den Himmel über uns hinauf. Ich raffte meinen Mantel zusammen und kletterte zitterig in den Sattel. Langsam gewöhnte ich mich an das Gewicht der Rüstung, wie ich abwesend feststellte.

»Was ist das für ein Vieh?«, erkundigte ich mich bei Rasuth, als wir uns wieder in Bewegung setzten.

»Eine Drachenart«, knurrte er und zog seinen Schwertgurt zurecht. »Feige, aber verflucht schlau. Von ihm selbst haben wir wohl nichts zu befürchten, aber sie werden als Kundschafter eingesetzt.«

»Von wem?« Ich ahnte, was jetzt kommen würde.

»Vom Schwarzen Löwen. Na los, gebt Karm ein wenig mehr

Zügel! Wir müssen zusehen, dass wir dieses flache Land hinter uns lassen. Hier sind wir so hilflos wie auf einer Schlachtbank.«

Plötzlich waren die Schmerzen in meinen Beinmuskeln vergessen. Ich hielt mich mit aller Kraft fest, während der Wallach mit erstaunlicher Ausdauer über das gräserne Meer dahinflog. Jetzt brauchte ich mich nicht mehr umzusehen. Ich wusste, dass etwas Böses hinter uns her war.

KAPITEL IV

Der Drache zog ruhig seine Kreise und hielt mühelos immer den gleichen Abstand ein, so schnell wir auch ritten.

»Rasuth«, stieß ich hervor. »Ich dachte, im Reich des Inneren gäbe es keine Wesen aus der Äußeren Dunkelheit.«

»Das dachte ich auch, mein Fürst!«, schrie der Schwertmeister. »Normalerweise können sich Kreaturen des Schwarzen Löwen auch nicht so weit vorwagen. Aber das Verschwinden von Lîfstein muss sie enorm gestärkt haben. Und unsere Grenztruppen sind zu schwach, um jedes Schlupfloch zu stopfen. Wenn der Kristall nicht bald wieder auftaucht – dann mögen die Götter uns gnädig sein!«

»Wo reiten wir eigentlich hin? Ihr habt gesagt, wir müssten das Flachland hinter uns lassen.«

»Ich versuche den Sumpf von Thorn zu erreichen«, erwiderte Rasuth und sah über die Schulter. »Wir müssen damit rechnen, von einer Übermacht verfolgt zu werden. Der Dunkle Herrscher gebietet nicht über allzu viele Draghnars. Wenn er einen von ihnen einsetzt, um uns zu beobachten, müssen wir ihm sehr wichtig sein.«

»Liegt dieser Sumpf denn auf unserem Weg?«

»Nein. Wenn wir geradewegs nach Hohenstayn gingen, hätten wir noch zwei Tage im Grasland vor uns. Thorns Sumpf befindet sich westlich von hier. Es ist ein Umweg von einem Tag, aber dafür werden wir ihn heute Nacht erreicht haben. Mit ein bisschen Glück verliert uns der Draghnar dort aus den Augen. Dann müssten wir unserem Verfolger eigentlich entkommen können.«

Ich dachte eine Weile darüber nach. Was den Umweg anging, konnte ich Rasuth nur aus vollem Herzen zustimmen. Lieber ein noch so weiter Umweg als gar nicht anzukommen. Schließlich fand ich heraus, was mich an der Sache beunruhigte.

»Ist dieser Sumpf nicht gefährlich?«, erkundigte ich mich. »Kennt Ihr Euch dort aus?«

Der Schwertmeister warf mir einen kurzen Seitenblick zu. »Nein. Aber ich habe noch von niemandem gehört, der darin Schaden genommen hätte.«

»Habt Ihr denn schon von jemandem gehört, der den Sumpf durchquert hat?«

»Nein«, erwiderte Rasuth, ohne mit der Wimper zu zucken.

Als die Sonne sich langsam vor uns dem Horizont näherte, fing Karm zu keuchen an. Den anderen Pferden ging es nicht besser. Ihre Flanken glänzten vom Schweiß und Schaum tropfte ihnen aus den Mäulern. Dennoch verlangsamte Rasuth das Tempo nicht. Sogar ich wusste, dass Pferde nach zu großen Anstrengungen zusammenbrechen können. Dass der

Schwertmeister so besorgt war, dass er dieses Risiko einging, machte mir wirklich Angst.

Immer noch war hinter uns nichts zu sehen, außer dem ewig wogenden Gras des Flachlandes. Langsam hoffte ich geradezu, dass uns unsere Verfolger einholten. Wenn nur diese schreckliche Ungewissheit ein Ende nahm!

Die letzte Stunde unseres Ritts sahen wir praktisch nichts mehr, denn wir preschten geradewegs auf die untergehende Sonne zu. Als die glutrote Scheibe völlig hinter dem Horizont verschwunden war, sahen wir vor uns den schwarzen Schatten eines Waldes, der sich unendlich lang von Süden nach Norden zu ziehen schien.

»Thorns Sumpf«, erklärte Rasuth zufrieden und sah zum Draghnar hinauf.

Das Tier erkannte, was wir vorhatten. Mit einigen schnellen Schlägen seiner Schwingen setzte es sich vor uns und stieß hinab. Etwa dreihundert Meter vor uns landete der Drache im Gras, richtete sich auf und brüllte. Mir lief ein Schauer den Rücken hinab. Er war bestimmt fünf Meter hoch. Die ledrige Haut des Tieres glänzte in mattem Grün, während seine Augen rot leuchteten. Es hatte zwei riesenhafte Hinterbeine, deren Stampfen selbst auf diese Entfernung noch zu hören war. Die Vorderbeine dagegen waren klein und wirkten fast verkümmert. Die Flügel waren bestimmt jeder fünf Meter lang und die Luft rauschte unter ihren kraftvollen Schlägen.

»Das Biest versucht uns abzudrängen!«, schrie Rasuth. »Alles Halt! Macht Eure Bögen bereit! Diesem fliegenden Lurch werden wir ein paar Nadeln in den Hintern stecken!«

Die Soldaten hielten ihre Pferde sofort an, sprangen ab und holten ihre Bögen hervor. Auch Karm hielt bereitwillig an, so bereitwillig sogar, dass ich beinahe über seinen Kopf hinweg abgestiegen wäre. Ein kurzer Blick zeigte mir, dass auch ich einen Bogen mit lose darum gewickelter Sehne und einen Pfeilköcher hinter mir hängen hatte.

»Soll ich meinen Bogen auch bereitmachen?«, fragte ich Rasuth flüsternd.

»Um der Wahrheit die Ehre zu geben, mein Fürst«, antwortete er ehrlich, »wenn Ihr so schießt, wie Ihr reitet, würde ich mir zu große Sorgen um meine Männer machen.«

»In Ordnung«, nickte ich. »Aber davon abgesehen – konnte ich gut schießen?«

»Ihr wart einer der Besten, Herr. Wir haben oft zusammen geübt.«

Ich hätte schreien können vor Wut. Warum hatte ich bloß mein Gedächtnis verloren! Meine Männer brauchten mich und alles, was ich tun konnte, war zusehen. Diese ganzen falschen Erinnerungen an diese andere Welt – was nützten sie mir? Ich war nicht mehr als ein Traumtänzer, ein überflüssiges Wesen aus einer Wirklichkeit, die hier so viel wert war wie ein Haufen Asche!

»Alles aufsitzen!«, rief Rasuth, sobald die Soldaten ihre Bögen gespannt und die Köcher bereit hatten. »Los, zeigt es diesem Wurm!« Zu mir gewandt, fügte er etwas hinzu, was meine Wut noch mehr steigerte. »Ihr haltet Euch besser ein wenig hinter uns, mein Fürst.«

Mir kamen Tränen der Empörung, als ich hinter den Soldaten

herpreschte, auf den Draghnar zu. Der Drache richtete sich mit erneutem Gebrüll zu seiner vollen Größe auf, als er uns kommen sah. Ich hatte mich verschätzt. Er war bestimmt nicht größer als drei Meter, aber was meine Furcht vor ihm anging, hätten es auch dreißig sein können.

Die vordersten Soldaten waren noch etwa hundert Meter von dem Tier entfernt, als sie in vollem Galopp ihre Bögen hoben, Pfeile anlegten, die Bögen spannten und schossen. Sobald sich die ersten Pfeile von den Sehnen gelöst hatten, schrie der Draghnar wütend auf und erhob sich mit einem gewaltigen Satz in die Luft. Keiner der Pfeile traf den Drachen, alle schwirrten unter ihm hindurch.

Feige, aber verflucht schlau, hatte Rasuth gesagt. Er schien Recht zu behalten. Der Drache hatte sofort erkannt, dass er uns nicht einschüchtern konnte – zumindest Rasuth und seine Männer nicht –, und entschied sich für eine hastige Flucht. Doch es war zu spät. Der Schwertmeister hatte nur darauf gewartet, dass die ersten Pfeile die Bestie aufscheuchten. Jetzt ließ er seinen Bogen losschnellen und der Pfeil bohrte sich tief in den faltigen Bauch des Wesens. Schwarzes Blut ergoss sich in einer feinen Tropfenwolke über uns, als der Draghnar sich mit einem Schmerzensschrei weiter in die Lüfte erhob und taumelnd Richtung Osten davonrauschte.

Die Männer brachen in Triumphgebrüll aus, während sie ihre Pferde zügelten und dem fliehenden Drachen nachsahen.

»Wenn ich das Biest nur tödlich getroffen hätte!«, fluchte Ra-

suth wütend. »Den kleinen Stich steckt er locker weg und dann haben wir ihn wieder am Hals.«
»Hauptsache, er steht uns nicht mehr im Weg«, versuchte ich ihn zu beruhigen. »Jetzt kann er uns zumindest nicht mehr beobachten. Oder was meint Ihr?«
»Ich meine, dass uns jemand verfolgt. Machen wir, dass wir den Sumpf erreichen!« Damit gab er seinem Pferd die Sporen und preschte zwischen den Soldaten hindurch, die ihm rasch folgten. Auch ich bemühte mich Karm anzutreiben. Aber der Wallach hatte einfach keine Kraft mehr und ich traute mich nicht, ihm die Sporen zu geben. Als Rasuth bemerkte, dass ich immer weiter zurückfiel, verringerte er sein Tempo so weit, dass ich wieder mitkam.
Ich schämte mich, als mich die Soldaten verwundert ansahen. Eigentlich war ich ihr Anführer und nun mussten sie auf mich Rücksicht nehmen. Ich packte Karms Zügel fester und trat ihm die Hacken in den Bauch. Obwohl er wiehernd protestierte, setzte der Wallach zu einem letzten Spurt an.
Mich überkam ein Hochgefühl, als das brave Pferd trotz seiner Erschöpfung schneller als je zuvor dahingaloppierte. Fast schien es mir, als erinnerte ich mich meiner Fähigkeiten. Dieser unsinnige Traum der anderen Welt verblasste von Minute zu Minute mehr. Langsam erinnerte ich mich wieder, wer ich wirklich war.
Ich war der Herzog von Fraterna und keine Macht der Welt konnte etwas daran ändern!
Obwohl ich die Soldaten nicht überholen konnte, so hielt ich nun wenigstens mit ihnen Schritt. Ich erkannte endlich die

einzelnen Bäume in der schwarzen Masse vor uns und dann erreichten wir auch schon die ersten Büsche und Sträucher. In vollem Galopp brachen wir durch das Gestrüpp in die Dunkelheit des Waldes. Wir hatten Thorns Sumpf erreicht.

»Gut, das wäre geschafft«, erklärte Rasuth laut und sah sich um. »Alles absitzen. Wir wissen nicht, wie sicher der Boden hier ist. Führt die Pferde am Zügel, dann können sie sich auch ein wenig ausruhen.«

»Wir wissen überhaupt nichts über diesen Sumpf«, gab einer der Männer zu bedenken. »Warum bleiben wir nicht einfach hier, wo der Boden noch sicher ist?«

»Weil ich sagte, dass wir verfolgt werden«, bellte Rasuth zur Antwort. Dann senkte er seine Stimme und sagte: »Seid vorsichtig, wo ihr hintretet, und bleibt dicht beieinander!«

Während wir uns hintereinander langsam in den Sumpf vorarbeiteten, wurde es rasch dunkler. Die feuchten, breiten Blätter der Bäume über uns schluckten jedes Licht und schon bald konnte man kaum noch die Hand vor Augen sehen.

Jetzt erst ließ Rasuth uns halten, aber er entschied, dass wir kein Feuer machen durften, nicht einmal ein kleines, um unsere Kleider zu trocknen. »Wer in der Nähe eines Feuers steht, ist auf Meilen sichtbar«, belehrte er mich, »und sieht selbst überhaupt nichts mehr.«

Gähnend zog ich meine durchgeschwitzten Kleider aus und wickelte mich in die Decke, die auf Karms Rücken trocken geblieben war.

In dieser Nacht hatte ich einen entsetzlichen Alptraum. Und als Rasuth mich am nächsten Morgen weckte, fühlte ich mich todmüde und wie erschlagen. Alles um mich herum erschien mir unwirklich. Geistesabwesend sah ich Rasuth und den anderen zu. Erst als alles gepackt war und wir ein kleines Frühstück zu uns genommen hatten, wich das bleierne Gefühl langsam aus meinem Kopf und meinem Körper.

Schon gegen Mittag hatten wir den Waldrand wieder verlassen und ritten so schnell wir konnten nach Norden. Immer wieder sahen wir uns nervös um. Doch hinter uns lag nur das grün-gelbe Gras der Steppe.

Dennoch waren unsere Nerven am Abend zum Zerreißen gespannt. Jeder versuchte auf seine Art damit fertig zu werden. Wie einige andere Soldaten auch versuchte ich an einem Baum meine Schießkünste. Irgendetwas in mir zeigte mir auf einmal die nötigen Handgriffe und lenkte meine Pfeile fast unfehlbar ins Ziel. Nur wenn ich die Sache zu bewusst anging, stellte ich mich plötzlich so dumm an, dass ich eine Scheunenwand leicht verfehlt hätte.

Mir wurde klar, dass ich mich auf meine Instinkte verlassen musste statt nachzudenken. Rasuth gab mir Recht, als ich ihn darauf ansprach.

»Ihr habt das Schießen schon einmal meisterlich beherrscht«, nickte er. »So etwas verlernt man so wenig wie das Schwimmen. Natürlich hilft die tägliche Übung, aber letzten Endes wird ein Meister immer ein Meister bleiben. Denkt nicht darüber nach, dass Ihr mit dem Bogen nicht mehr umgehen könnt – benützt ihn einfach.«

In jener Nacht schlief ich wieder so ruhig und gut wie auf Falkenfeste.

Am nächsten Vormittag veränderte sich die Landschaft. Das Gras wurde kürzer und die ersten Bäume tauchten auf. Sie waren klein, verkrüppelt vom stetig wehenden Steppenwind und doch waren sie die ersten Boten einer anderen Welt. Nach und nach ging die flache Steppe in Hügel über. An ihren Hängen wuchsen zunächst nur vereinzelt, dann in Gruppen dornige Sträucher, die schließlich so dicht wucherten, dass wir kaum mehr hindurchreiten konnten.

Und dann begann der Wald. Rasuth ritt auf einem Weg voraus, der uns durch die dicht stehenden Fichten und Kiefern in immer größere Höhen führte. Man konnte diese sanft geschwungenen Hügel zwar kaum als Gebirge bezeichnen. Aber zuletzt sahen wir doch weit über die Steppe hinter uns zurück, die sich am Horizont mit dem blauen Himmel zu vereinigen schien. Aus dieser Höhe konnte man sogar die Schatten der wenigen Wolken sehen, die langsam und ruhig über das Grasmeer dahinzogen.

»Wir haben die Hochebene von Kalhandar erreicht«, erklärte mir Rasuth und lächelte. »Vor uns liegen die Auen des Lôef. Er ist der größte Fluss des Inneren Reiches und erstreckt sich von den Bergen hoch im Norden bis zum Margensee, tief im Südwesten. Euch werden die Augen übergehen, wenn Ihr die Auen seht. Sie sind das fruchtbarste Land des Reiches. Etwas Schöneres habt Ihr Euer Lebtag nicht gesehen.«

Nun war ich wirklich gespannt auf diese Landschaft, denn wenn Rasuth so ins Schwärmen geriet, konnte es nur etwas wirklich Besonderes sein. Wir lenkten unsere Pferde immer tiefer in die Wälder der Hochebene. Es war wunderschön hier. Die Sonne durchdrang alles mit warmem Licht und die Luft roch würzig nach Kiefernharz und Fichtennadeln. Mir tat es nur Leid, dass wir nicht öfter halten und uns ausruhen konnten. Rasuth hielt ein schnelles Tempo und ließ die Pferde nur ungern die nötigen Schrittpausen gehen. Einmal trafen wir auf einer kleinen Lichtung einen Hirten. Er lag gemütlich im Gras und schaute seinen Schafen beim Grasen zu. Rasuth nutzte die Gelegenheit und kaufte ihm ein Lamm ab. Abends suchten wir noch den Waldboden nach Pinienkernen ab, die wir mit ein paar Kräutern zerstampften. Mithilfe dieser würzigen Paste zauberte einer der älteren Soldaten einen herrlichen Lammbraten.

Nach drei Tagen öffnete sich der Wald vor uns und gab den Blick frei auf eine samtgrüne Landschaft, die sich tief unter uns erstreckte. In weiter Ferne konnte man ein silbernes Band erkennen, das sich in großen, glitzernden Schleifen durch die Wiesen und Wälder dahinzog.

Das ganze Land schien zu blühen. Ich hatte noch nie etwas gesehen, das so vor Leben strotzte wie diese Auenlandschaft.

»Wunderschön«, sagte ich wie gebannt von dem Anblick. »Ihr hattet Recht, Rasuth. So etwas habe ich noch nie gesehen. Rasuth?«

Der Schwertmeister saß vollkommen reglos im Sattel. Seine Miene war wie versteinert, als er sich langsam zu mir umwandte, und ich konnte einen furchtbaren Schmerz in seinen Augen sehen.

»Das ist nicht das Land, das ich kenne«, sagte er mit rauer Stimme. »Dieses Land stirbt.«

Einen Moment lang verstand ich nicht, was er meinte. Dann sah ich genauer hin. Zwischen all dem Grün verbargen sich einzelne gelb-graue Flecken, die ich zuerst nicht bemerkt hatte. Es war, als hätte der Herbst an manchen Stellen bereits begonnen. Aber diese Flecken hatten mit der Jahreszeit sicher nichts zu tun.

»Das macht das Fehlen dieses Kristalls, nicht wahr?«, fragte ich vorsichtig.

»Ich habe es Euch gesagt, mein Fürst«, war die tonlose Antwort. »Ohne Lîfstein gibt es kein Leben in dieser Welt. Wir müssen uns beeilen.«

Von nun an hing jeder seinen Gedanken nach, sodass während des weiteren Ritts düsteres Schweigen zwischen uns hing. Meine Hoffnung, dass die Flussauen aus der Nähe grün und heiter aussehen würden, wurde bitter enttäuscht. Im Gegenteil: Sobald wir in die lichteren Galeriewälder kamen, konnte man das langsame Sterben der Landschaft nur noch besser sehen. Die untersten Blätter aller Bäume waren bereits grau verfärbt und hingen kraftlos herab. Auch das Gras war fast überall halb verdorrt wie nach einem langen heißen Sommer.

Selbst ich, der ich das Land nicht gekannt hatte, konnte den unbarmherzigen Würgegriff des Todes sehen.

Am Nachmittag erreichten wir den Lôef und für einen Moment vergaß ich meine trüben Gedanken. Mit offenem Mund bestaunte ich den riesigen Strom, der – viele hundert Meter breit – ruhig dahinzog.

»Wie sollen wir denn da hinüberkommen?«, fragte ich Rasuth. »Eine Brücke wird es doch wohl kaum geben, oder?«

»Nein, natürlich nicht.« Rasuth stellte sich in den Steigbügeln auf und blickte mit gerunzelter Stirn um sich. Schließlich ließ er sich wieder in den Sattel sinken. »Ich muss zugeben, ich habe mich wohl ein wenig in der Richtung geirrt. Wir sind anscheinend ein paar Meilen zu weit nach Westen geritten. Eigentlich hätten wir schon heute Mittag auf den Weg stoßen müssen, der zur Fährstelle führt. Ich hoffe, dass der Umweg uns nicht mehr als eine Stunde kosten wird.«

Rasuth hatte Recht mit seiner Schätzung. Es war noch keine ganze Stunde vergangen, als wir einen Weg erreichten, der sich von Norden kommend nach Süden durch den Wald schlängelte. Es war das erste Zeichen von menschlichem Leben, das wir seit dem Hirten auf der Hochebene sahen.

Dieser Weg führte uns in ein Dorf, das direkt am Ufer des Lôef lag. Wir ritten die Straße zwischen den Häusern hinab und plötzlich fiel mir auf, dass man außer dem Hufgeklapper unserer Pferde nichts hörte als dann und wann das Muhen von Kühen oder das Gemecker von Ziegen. Ich sah mich um und entdeckte, dass Rauch aus den Kaminen der Häuser aufstieg. Nun wurde mir die Ruhe noch unheimlicher.

»Hier stimmt etwas nicht«, sprach Rasuth meine Gedanken aus. »Wo sind die Leute?«

»Auf einem Fest vielleicht«, überlegte ich laut. »Irgendwo anders.«

»Damit könntet Ihr sogar Recht haben, mein Fürst«, erwiderte mein Schwertmeister. »Fragt sich nur, was das für ein Fest ist . . . Hanghra, Lerman! Ihr reitet den Fluss ab; Hanghra, du reitest nach Westen, Lerman in östlicher Richtung – aber nicht weiter als eine Meile. Findet die Dörfler und kehrt dann sofort zurück!«

Die beiden Männer nickten nur knapp und gaben ihren Pferden die Sporen.

»Ich weiß nämlich nur einen Grund, warum die Leute hier ihr Dorf verlassen würden«, knurrte Rasuth. »Für eine Hinrichtung.«

»Ihr meint, hier wird gerade jemand hingerichtet?«, fragte ich erschrocken. »Wer denn?«

»Ich habe keine Ahnung«, sagte Rasuth schulterzuckend. »Aber ich schätze, das werden wir bald wissen.«

Nach einigen Minuten kehrten die beiden Kundschafter zurück. »Ich habe sie gefunden«, rief Hanghra. »Sie sind eine halbe Meile flussaufwärts. Wie es scheint, soll gerade eine Frau ertränkt werden.«

»Dachte ich mir's doch!«, brummte Rasuth. »Kommt, mein Fürst! Das sehen wir uns an.«

Wir gaben unseren Pferden die Sporen und schon nach einigen Minuten erreichten wir den Ort des Geschehens. Eine bunte Menschenmenge hatte sich um einen Baum geschart, der auf einer kleinen Lichtung stand und sich weit über den mächtigen Fluss neigte. Über eine Astgabel hatte man ein dickes Seil geworfen, dessen Ende einige Männer festhielten. Am anderen Ende baumelte ein Käfig aus zusammengebundenen Ästen über dem Wasser des Stroms. In dem niedrigen Käfig kauerte ein Mädchen mit tiefschwarzen Haaren, dunkler

Hautfarbe und zerrissener Kleidung. Selbst auf die Entfernung sah ich, dass sie sehr hübsch war.

Sie umklammerte die Gitter ihres kleinen Gefängnisses und hielt die Dörfler mit lauter, fester Stimme im Zaum. Doch die Stimmung konnte jeden Moment umschlagen. Zwar suchten sich viele durch seltsame, abwehrende Gesten vor ihr zu schützen, aber die weiter hinten standen, schwiegen und rückten weiter vor. Noch hatte uns niemand bemerkt, da wir im Schatten der Bäume warteten.

»Die Pest über euch, ihr Strohköpfe! Schaut euch doch um! Seht euch die Bäume an und das Gras und den ganzen Wald! Alles, alles, alles stirbt! Wenn ich wirklich eine Hexe wäre und so mächtig, wie ihr glaubt, warum befreie ich mich dann nicht einfach aus diesem Käfig?«

»Weil du über dem Wasser keine Macht hast, darum!«, gab eine ältere Frau wütend zurück. »Oh ja, uns kannst du verhexen und unsere Tiere auch, aber jetzt ist es aus mit dir!«

Es schien, als hätten ihre Worte einen Bann gebrochen. Die ganze Gruppe geriet in Bewegung, sodass kaum noch jemand auf die nächsten Worte des Mädchens achtete.

»Der Käfig war nicht über dem Wasser, als ihr mich reingesetzt habt«, versuchte sie weiter an die Vernunft zu appellieren.

»Aber da warst du betrunken!«, gab einer der Männer, die den Strick hielten, unbarmherzig zurück. »Und jetzt ist es zu spät. Los, Jungs! Noch ein Stückchen tiefer!«

Langsam senkte sich der Käfig so weit in die Fluten, dass die Knie des Mädchens umspült wurden.

»Zur Hölle, ihr sollt mich rauslassen!« Jetzt konnte man die

Angst in der Stimme des Mädchens hören. »Himmel hilf, ich bin keine Hexe!«

Ich hatte gar nicht gemerkt, wie gebannt ich von dem Geschehen war, und fiel fast vom Pferd, als mich Rasuth ansprach: »Mein Fürst, es ist nicht rechtens, was da geschieht«, klärte er mich auf. »Die Ewige Herrscherin hat verfügt, dass alle Prozesse, die Hexerei und Magie betreffen, vor ihren Gerichtshof kommen. Und hier scheint nicht einmal ein normaler Richter anwesend zu sein.«

Kaum hatte er geendet, wusste ich, was zu tun war: »Haltet sie auf!«, rief ich und gab meinen Reitern das Zeichen zum Angriff.

Wie ein Mann brachen wir aus dem Wald. In wenigen Augenblicken hatten wir die Menge eingekreist. Unter Angstschreien drückten sich die Dörfler enger aneinander, bis sie wie Schafe zusammengepfercht dastanden. Rasuth war sofort bis zum Wasser durchgebrochen und stand mit gezücktem Schwert vor den Männern, die den Käfig hielten.

»Zieht den Käfig hoch!«, befahl er mit donnernder Stimme.

Die Männer, die das Seil hielten, sahen sich unsicher an und dann zerrten sie ihre Last wieder in die Höhe.

Diese gelungene Rettungsaktion war so ganz nach meinem Herzen. Ich hob mein Schwert, und als alle mich ansahen, rief ich: »Ich bin der Herzog von Fraterna! Ihr wolltet dieses Mädchen ohne Gerichtsverfahren als Hexe hinrichten. Die Ewige Herrscherin aber hat befohlen alle Anklagen wegen Hexerei und Magie vor ihrem Gericht zu verhandeln. Übergebt uns sofort dieses Mädchen!«

»Sie hat meine Ziege getötet! Und das Korn auf den Feldern vermodert!«, widersprach mir eine Frau von etwa vierzig Jahren heftig. »Sie ist eine Hexe! Seht sie Euch doch an!«

»Selbst wenn es so wäre – ihr verstoßt gegen das Gesetz der Ewigen Herrscherin, wenn ihr sie hinrichtet. Gebt sie sofort heraus oder ihr lernt mich kennen!« Als ich sah, dass die Frau zurücktrat, wurde mir erst bewusst, wie schnell und entschlossen ich ihr geantwortet hatte.

Ich suchte Rasuths Blick und er nickte anerkennend. Sobald der Käfig den Boden berührt hatte, hieb Rasuth mit einem Schwertstreich den Strick durch, mit dem die Türe des Käfigs verschlossen worden war.

Kaum war die Türe geöffnet, krabbelte das Mädchen aus ihrem unbequemen Gefängnis und sprang auf seine Füße. »Die Pest über euch alle!«, fauchte sie wütend. Dann drängte sie sich durch die Menge, die ihr furchtsam Platz machte, und trat mit energischen Schritten vor mich. »Was habt Ihr jetzt mit mir vor?«, wollte sie wissen.

Sie war wirklich sehr hübsch. Aber irgendetwas an ihr wirkte seltsam. Ich konnte meinen Blick nicht von ihr abwenden und schließlich kam ich darauf: Sie war dunkel, aber ihre Haut war nicht von der Sonne gebräunt. Die Farbe ihrer Haut sah aus wie sehr dunkles Rot, fast schon violett.

»Seid Ihr taub oder was? Was habt Ihr mit mir vor?«, herrschte sie mich an.

Ich riss mich von ihrem Anblick los und sah Rasuth hilflos an. Darüber hatte ich mir noch keine Gedanken gemacht. Der Schwertmeister sah meine Ratlosigkeit und sprang sofort ein.

»Das Gesetz verlangt, dass wir sie und die Klägerin mit nach Hohenstayn nehmen«, erklärte er schulterzuckend.
»Ich soll nach Hohenstayn?«, fragte die Frau, deren Ziege gestorben war, und jede Wut war aus ihrer Stimme gewichen. »Bitte, Herr, gibt es keinen anderen Weg? Ich muss mich um meine Kinder kümmern.«
»Selbst der Herzog kann da kaum etwas machen«, gab Rasuth nach einem Moment des Überlegens zurück. »Du wirst deine Anklage vor der Ewigen Herrscherin wiederholen müssen.«
Nun erblasste die Frau sichtlich und wich sogar ein Stück vor Rasuth zurück. »Vor der Ewigen . . . Götter, Herr, bitte versteht doch! Ich kann hier nicht weg!«
»Weil du genau weißt, dass man dich in Hohenstayn auslachen wird!«, sagte das dunkle Mädchen herausfordernd und sah ihr in die Augen.
»Es gibt noch die Möglichkeit, dass du den Herzog bittest die Anklage für dich zu übernehmen«, erklärte Rasuth der Frau so langsam, als wäre es ihm erst jetzt eingefallen. »Ich bezweifle nur, dass er das tun wird.«
Die Frau musste nicht lange überlegen. Für sie war der Tod ihrer Ziege ein herber Verlust, aber der Mut, ihren Fall selbst vor der Ewigen Herrscherin zu vertreten, fehlte ihr – genau wie Rasuth es sich gedacht hatte. So kam die Frau auf mich zu, sah mich an und sagte mit einem Lächeln, das sie sichtlich Anstrengung kostete: »Bitte, Herr! Ich habe hier niemanden, der auf meine Kinder und Tiere Acht gäbe, wenn ich fortgehen müsste. Seid gnädig und vertretet mich vor der Ewigen Herrscherin!«

»In Ordnung, ich tue es«, versprach ich, ohne genau zu wissen, was ich da tat.

»Wer ist der Fährmann?«, beendete mein geistesgegenwärtiger Schwertmeister die Szene genau im richtigen Moment. »Wir müssen über den Fluss.«

»Ich bin der Fährmann, Herr«, antwortete ein breitschultriger Mann, der offensichtlich erleichtert war hier wegzukommen. »Los, Jungs! Schaffen wir die Herren über den Bach!«

Damit brachen er und fünf weitere Männer auf und schritten gewichtig den Weg zum Dorf zurück, ohne sich noch einmal umzusehen.

»Und ihr Übrigen denkt daran, das Gesetz der Ewigen Herrscherin zu brechen heißt dem Schwarzen Löwen zu dienen!«, schärfte Rasuth den Dörflern ein, während er langsam auf das Mädchen zuritt, das kerzengerade vor mir stand und mich keinen Moment aus den Augen ließ.

Ein furchtsames Raunen ging durch die Menge, als er so laut den Namen des Dunklen Herrschers aussprach.

»Bitte steigt hinter mir auf«, sagte er höflich. Das Mädchen starrte zuerst ihn und dann mich an. Dann glitt es mit einer leichten, fast eleganten Bewegung hinter dem Schwertmeister in den Sattel und hielt sich an ihm fest.

KAPITEL V

Ich war so versunken in die Betrachtung des riesenhaften Stromes, über den die Fähre mit unserem Trupp darauf schaukelte, dass ich die Schritte hinter mir nicht bemerkte.

»Was habt Ihr jetzt mit mir vor?«, erklang hinter mir die Stimme des dunkelhäutigen Mädchens. »Wollt Ihr mich wirklich der Hexerei anklagen?«

Ich wandte mich zu ihr um. Jetzt konnte ich sie mir genauer ansehen. Sie war wohl doch ein Stückchen älter als ich, vielleicht sechzehn. Ihre Augen strahlten in unglaublich sattem Grün, aber ihr schmaler Mund war trotzig verkniffen und ihr Ton war entschieden unfreundlich.

»Das werde ich mir überlegen müssen«, erklärte ich hilflos. »Rasuth, kommt doch bitte her!«

»Was wünscht Ihr, mein Fürst?«, erkundigte sich der Schwertmeister.

»Wie sehr bindet uns das Gesetz an unser Versprechen dieser Frau gegenüber? Wegen der Anklage, meine ich.«

»Wenn Ihr für einen Untertan eine Anklagevertretung über-

nommen habt, so gebietet es Eure fürstliche Ehre, diese Anklage auch vorzubringen und alles zu tun, um den Richter zu überzeugen«, war die gelassene Antwort.
»Das gibt es doch nicht!«, brauste das Mädchen zornig auf. »Seid ihr in dieser Gegend alle vom Wahnsinn befallen?«
»Seid still!«, knurrte Rasuth und packte sie so fest am Arm, dass sie erbleichte und einen Schmerzensschrei ausstieß. »Ohne Fürst Martin wärt Ihr längst Fischfutter. Also haltet Euch gefälligst zurück!«
»In Ordnung, ich bin still«, stöhnte sie und er ließ ihren Arm wieder los.
»Aber Hexerei, das ist doch Unfug«, wandte nun ich heftig ein. »Ich kann doch mit so etwas nicht vor der Ewigen Herrscherin erscheinen.«
»Soweit ich weiß, hat die Herrscherin alle Hexenprozesse an sich gezogen, eben damit niemand durch diesen Unfug zu Schaden kommt«, erklärte Rasuth geduldig. »Ich denke nicht, dass die junge Frau sich ernsthafte Sorgen machen muss. Doch Ihr habt nun einmal die Pflicht, die Anklage zu erheben.«
»Hat Euer Recht auch irgendeinen Sinn?«, erkundigte sich das Mädchen giftig. »Oder geht es dabei nur um irgendwelche Riten, die eingehalten werden müssen?«
»Das werdet Ihr noch erfahren«, schnaubte Rasuth und stapfte davon, um irgendetwas mit seinen Männern zu besprechen. Die offene Frechheit des Mädchens trieb ihn zur Weißglut, aber er war zu höflich, um wirklich darauf einzugehen.
»Wenn Rasuth Recht hat – und davon kann man ausgehen –, warum regt Ihr Euch dann so auf?«

Wie ich sie dabei ansah, kam ich mir plötzlich völlig bescheuert vor. Wir waren doch beide fast noch Kinder und ich redete sie wie einen Erwachsenen an.
»Weil ich der Ewigen Herrscherin nicht als Hexe vorgestellt werden möchte! Zur Hölle mit dem allen hier! Zur Hölle mit diesem Land und seinen Gesetzen!!« Sie hatte so vollkommen die Beherrschung verloren, dass ich zurückschreckte. Dennoch schwang in ihrer Stimme etwas mit, das mich aufhorchen ließ. Ich sah sie aufmerksam an und hakte nach: »Ihr wolltet auch zur Ewigen Herrscherin? Warum?«
»Sie um Hilfe bitten.« Das Mädchen seufzte und sah mir offen in die Augen. »Wir brauchen ihre Hilfe.«
Dieser plötzliche Wechsel in ihrem Auftreten verwirrte mich vollends. Aber nun war die Tür zu einem echten Gespräch aufgegangen und ich fragte behutsam nach. »Weswegen denn?«
»Ich komme aus der Khalramwüste weit im Nordosten«, erklärte sie mir langsam. »Wir sind eine Grenzmark des Inneren Reiches. Normalerweise haben wir mit den Horden der Dunkelheit kaum Schwierigkeiten. Sie trauen sich nicht in unser Land. Und sie wissen, warum. Aber in letzter Zeit kommen merkwürdige Wesen durch die Wüste und töten wahllos alles, was lebt. Unsere Krieger können sie nicht mehr aufhalten.«
Sie blickte starr an mir vorbei übers Wasser. »Möglicherweise kann uns die Ewige Herrscherin ja helfen, mit Männern, mit Waffen . . . Oder auch nur mit ihrem Rat. Begreift Ihr nun, warum ich vor der Ewigen Herrscherin nicht als Angeklagte erscheinen will?«

Ich sah sie an. Das waren schlimme Neuigkeiten. »Rasuth!«, rief ich übers Deck.

»Worum geht es?« Der Soldat sah vom Huf seines Pferdes auf, den er gerade untersuchte. Ich winkte ihn heran und bat das Mädchen ihren Bericht zu wiederholen.

Als sie geendet hatte, war Rasuths Miene noch ernster geworden. »Meine schlimmsten Befürchtungen scheinen sich zu bewahrheiten, mein Fürst«, erklärte er. »Die Abwesenheit von Lîfstein wirkt sich in vielfacher Hinsicht aus. Das Reich selbst vergeht, während das Dunkel immer stärker wird und uns an allen Grenzen zusetzt.«

»Moment«, warf ich stirnrunzelnd ein. »Was hat das eine mit dem anderen zu tun? Ihr meint, dass wir immer schwächer werden und der Schwarze Löwe deshalb immer stärker?«

»Ich fürchte, so einfach ist es nicht. Es scheint, als hätte der Löwe tatsächlich an Stärke gewonnen. Sonst könnten seine Horden nicht plötzlich Wüsten überwinden, die ihnen vorher den Weg versperrten.« Der Schwertmeister stieß einen Seufzer aus. »Ich befürchte, jemand hat Lîfstein gestohlen und ihn dem Herrscher der Finsternis überbracht.«

Es dauerte einen Moment, bis ich begriff, was Rasuth sich nicht zu sagen traute. »Und Ihr denkt, dieser Jemand wäre mein Bruder gewesen.«

Mein Bruder. Es hörte sich immer noch äußerst seltsam in meinen Ohren an.

»Das habt Ihr gesagt«, war die Antwort. »Und ich bin der Meinung, dass man mit dieser Behauptung ein vorschnelles Urteil fällen würde.«

»Aber nur einmal angenommen, die Behauptung wäre richtig. Was zur Hölle könnte meinen Bruder dazu bringen, so etwas zu tun?«, überlegte ich laut.
»Martéen war immer der Meinung, dass die kurze Zeit, die Ihr vor ihm zur Welt kamt, keine allzu große Bedeutung hätte«, erwiderte der Schwertmeister zögerlich.
»Er war neidisch auf meinen Herzogstitel?«
»Ich hatte diesen Eindruck.«
»Und nun rechnet er sich bessere Chancen auf einen Titel unter dem Schwarzen Löwen als Herrscher des Reiches aus«, rief ich wütend. »Verflucht, was denkt dieser Kerl sich eigentlich?«
»Bedenkt bitte, dass all dies nicht bewiesen ist«, versuchte Rasuth mich zu beruhigen. »Es mag durchaus sein, dass Ihr Eurem Bruder Unrecht tut.«
»Wenn er Lîfstein geklaut hat, drehe ich ihm den Hals um!«, knurrte ich. Mittlerweile begriff ich, dass Rasuth Angst hatte, mich in meiner Liebe zum Zwillingsbruder zu verletzen, und deshalb immer möglichst faire und neutrale Antworten gab, wenn es um mich und Martéen ging. Doch ich kannte den Kerl ja gar nicht. Die Sorge des Schwertmeisters war völlig unbegründet.
»Wer hat Lîfstein gestohlen«, fragte das dunkelhäutige Mädchen ruhig.
»Das zu erklären ist uns nicht möglich«, sagte Rasuth schnell, bevor ich den Mund aufmachen konnte. »Dies ist nicht unser Geheimnis, sondern das der Herrscherin. Und das können wir Euch nicht anvertrauen. Fragt sie selbst, wenn wir auf Hohenstayn sind!«

»Das werde ich«, gab sie selbstbewusst zurück. Rasuth hatte sie anscheinend sofort überzeugt. So wenig sie auch mich respektierte – die Ewige Herrscherin achtete sie denn doch. Mir fiel plötzlich etwas ein.

»Wie heißt Ihr eigentlich?«

»Leanna«, sagte sie und plötzlich glitt ein Lächeln über ihr dunkles Gesicht. »Und du?«

»Martin«, erwiderte ich verblüfft. Das »Ihr« war wohl nicht mehr nötig.

Es dämmerte bereits, als die Fähre am westlichen Ufer anlegte. Rasuth bezahlte den Fährmann mit einem Haufen Silbermünzen, während die Soldaten die Pferde vom Floß schafften.

Sobald wir in die Sättel stiegen, stellte sich Leanna neben mich und sah zu mir auf. »Ich werde bei dir mitreiten«, erklärte sie. »Dein Schwertmeister mag mich ebenso wenig wie ich ihn. Also wird das die beste Lösung sein.«

Mir stand der Mund offen.

»Steigt auf, Leanna!«, befahl in diesem Moment Rasuth, der sein Ross neben uns gelenkt hatte. »Wenn wir uns beeilen, erreichen wir Hohenstayn noch heute Nacht.«

»Ich werde nicht zu Euch aufs Pferd steigen«, stellte Leanna einfach fest.

»Fürst Martin wird sich nicht mit Euch und Eurer Unhöflichkeit belasten«, schnaubte Rasuth. »Steigt auf oder geht zu Fuß!«

»Es ist in Ordnung, Rasuth«, hörte ich mich verdutzt sagen. »Wenn sie will, soll sie mit mir reiten.«

»Also bitte«, nickte Leanna zufrieden und glitt behände hinter

mir aufs Pferd, während Rasuth und ich uns verwirrt ansahen, wenn auch aus verschiedenen Gründen.
Unser Ritt durch das Herz des Inneren Reiches wurde sehr bedrückend. Je näher wir Hohenstayn kamen, desto spürbarer wurde die Abwesenheit von Lîfstein. Das Grau der Pflanzen wurde allgegenwärtig. Schließlich ritten wir an einzelnen Bäumen vorbei, die schon völlig abgestorben waren. Die Hufe unserer Pferde wirbelten ihre toten Blätter vom Boden auf.
»Das Herz des Reiches ist gestorben«, flüsterte Leanna einmal hinter mir. »Die Götter mögen uns gnädig sein!«
Es war Nacht, bevor wir Hohenstayn erreichten, aber da fast Vollmond war, sahen wir genug und ritten weiter. Nie werde ich vergessen, wie ich plötzlich begriff, dass der Berg, auf den wir zuritten, Hohenstayn war. Inmitten eines silbern glänzenden Sees ragte die gewaltige Burganlage in den schwarzen Himmel auf, gespenstisch erhellt vom Mondlicht. Die Türme und Mauern der Burg waren aus hellen Steinen zusammengefügt, sodass sie in der Nacht zu leuchten schien.
Der Grundriss des gewaltigen Gebäudes war ein Sechseck, dessen Enden wiederum durch sechseckige Türme gebildet wurden. Schon die Grundmauern waren bestimmt dreißig Meter hoch. Doch es gab über ihnen noch fünf weitere Ebenen, die ebenfalls sechseckig waren und immer geringer im Durchmesser wurden, je höher sie lagen. Schwungvolle Steinbögen zogen sich von der Spitze jedes Turmes zum nächsthöheren Turm und schmückten das Bauwerk wie riesenhafte Girlanden.
Die Burg erinnerte mich ein wenig an eine Hochzeitstorte,

nur dass diese Torte bestimmt über zweihundert Meter hoch war. Zudem leuchtete die Burg, denn von jedem der unteren Türme führte eine Brücke in langem Bogen über den See zum Ufer. Alle sechs Brücken waren über die gesamte Länge mit Fackeln erleuchtet, deren Schein sich im See widerspiegelte. Und rund um den See erstreckte sich eine Stadt mit hell erleuchteten Straßen bis weit ins Hinterland.

»Unglaublich!«, entfuhr es Leanna, als sie die Burg sah. »Wer kann so etwas bauen?«

»Keine Ahnung«, antwortete ich ehrlich.

»Wir sind da«, stellte Rasuth zufrieden fest. »Gefällt es Euch?«

»Es ist wunderschön. Wie alt ist die Burg?«

Rasuth warf mir einen verwunderten Blick zu. »Sie existiert seit Menschengedenken«, erwiderte er mit gerunzelter Stirne. »Die Ewige Herrscherin hat sie errichtet.«

»Ach so.« Ich hatte keine Ahnung, was ich mit dieser Antwort anfangen sollte. Aber nachdem sich selbst Rasuth über die Frage gewundert hatte, traute ich mich nicht mehr weiter danach zu fragen.

Eine Stunde nach unserer Ankunft in der Stadt erreichten wir eine der Brücken zur Burg. Hier traten uns zwei Wachen in rot-goldenen Uniformen in den Weg.

»Eine gute Nacht, ihr Herren. Wer seid Ihr und was wollt Ihr auf Hohenstayn?«, erkundigte sich der eine Wachposten höflich.

»Der Herzog von Fraterna folgt dem Befehl der Ewigen Herrscherin und ersucht sie um eine Audienz«, erwiderte Rasuth.

Die Wachposten verbeugten sich in meine Richtung. »Seid

gegrüßt, Herzog«, sagten sie. »Ihr und Eure Männer sind herzlich willkommen auf Hohenstayn. Wer ist die Frau bei Euch?«

»Ich bin Leanna, Abgesandte des Volkes der Heyka aus den Weiten der Khalramwüste«, antwortete Leanna. »Auch ich erbitte eine Audienz bei der Ewigen Herrscherin.« Das war für Leannas Temperament eine ziemlich beherrschte Antwort. Ich war gespannt, was nun passieren würde.

»Werdet Ihr erwartet?«

Wie ich es schon gedacht hatte, explodierte Leanna sozusagen aus dem Stand: »Nein, zur Hölle, ich werde nicht erwartet! Aber ich muss die Herrscherin so schnell wie möglich sehen!«

»Es tut mir Leid. Ihr werdet Euch ein Quartier in der Stadt nehmen müssen, bis Euch die Ewige Herrscherin rufen lässt«, erklärte der Wachmann bedauernd, aber ungerührt.

»So ein Unfug!«, schrie Leanna jetzt direkt neben meinem Ohr so laut, dass ich schon dachte auf der Stelle taub zu werden: »Quartier in der Stadt! Was denkt Ihr Euch? Mein Volk wird von den Horden des Schwarzen Löwen umgebracht und Ihr sagt mir, ich müsste . . .«

»Die junge Frau ist unsere Gefangene«, unterbrach Rasuth sie bestimmt. »Sie ist der Hexerei angeklagt und Fürst Martin hat sich bereit erklärt die Anklage vor der Ewigen Herrscherin zu vertreten.«

»Was fällt dir ein, du Strohkopf!«, kreischte Leanna ihn an. »Ich werde dir zeigen, was . . .«

»Sei doch still, verflucht!« Langsam ging mir ihr Geschrei wirklich auf die Nerven. »Rasuth schleust dich hier gerade durch, siehst du das denn nicht!«

»Kann der Herzog für Eure Worte einstehen?«, fragte der Wachposten und sah mich prüfend an.

»Das kann ich«, nickte ich. »Ihr könnt beruhigt sein.«

Wie auf ein Wort traten die beiden Wachen zur Seite und sahen uns zu, wie wir in einer Reihe an ihnen vorüberzogen. Sobald wir den Torbogen hinter uns gelassen hatten, beschleunigte Rasuth wieder und wir galoppierten dröhnend über die lang gezogene Steinbrücke. Rasch hatten wir den großen, sechseckigen Turm erreicht. Das riesige Tor war geöffnet und wir wurden von einem Offizier zu Pferd empfangen. Anscheinend hatte man nicht vor uns den ganzen Weg durch die riesige Burg laufen zu lassen. Er begrüßte uns mit einer höflichen Verbeugung.

»Willkommen auf Hohenstayn, Herzog. Bitte folgt mir!«

Damit wendete er sein Pferd und trabte vor uns her. Wenn mir schon Falkenfeste verwirrend groß vorgekommen war, so wurde ich hier eines Besseren belehrt. Nach wenigen Minuten hatte ich völlig die Orientierung verloren. Durch die immer wiederkehrenden Muster in der Bauweise überkam mich mehrmals das Gefühl, im Kreise geritten zu sein, doch Rasuth und meine Reiter blieben ganz ruhig und folgten dem Offizier ohne Scheu.

»Götter, ist das groß!«, staunte Leanna, als wir zwischen den turmhohen Mauern zweier Gebäude hindurchritten. »Wer hat das bloß gebaut?«

Nach einer halben Stunde erreichten wir die vierte Ebene.

Hier empfingen uns zwei weitere Offiziere, die unsere Soldaten zu ihren Unterkünften brachten.
Rasuth, Leanna und ich dagegen wurden noch eine Ebene weiter nach oben gebracht und ich stöhnte geradezu vor Wonne auf, als ich mein Quartier sah: Fünf Zimmer waren alleine für mich hergerichtet worden. Sie befanden sich im Außenwall des fünften Mauerringes und die Fenster hatten einen herrlichen Blick auf den See, die Stadt und den dahinter liegenden Wald. Ich sah nur kurz nach draußen, denn der Anblick des toten Waldes war schlicht schauderhaft. Lieber sah ich mich in meiner wunderschönen Wohnung um. Es gab zwei Schlafzimmer mit riesigen Betten. Das Esszimmer und die Kleiderkammer waren traumhaft warm und gemütlich eingerichtet. Besonders begeisterte mich aber das Badezimmer. Mitten in den Fußboden war eine Badewanne eingelassen, die fast schon ein kleines Schwimmbecken war. Leider war kein Wasser darin, aber das wäre auch zu viel verlangt gewesen.
Leanna wanderte staunend durch die Zimmer und sah sich alles genauestens an, während ich mich einfach auf ein Bett fallen ließ und mir wünschte, ich hätte meine furchtbare Rüstung schon abgelegt.
Rasuth erhielt ein Zimmer direkt neben mir. Kaum hatten der Offizier und Rasuth sich verabschiedet, trat ein älterer Soldat in einer blau-goldenen Uniform ein.
»Seid gegrüßt, Herzog«, erklärte er freundlich und verbeugte sich. Sein langes, eisgraues Haar war im Nacken zu einem Zopf geflochten. An seiner Seite hing ein gekrümmtes Kurzschwert in einer silberbeschlagenen Scheide, doch er trug

keine Rüstung. »Ich bin Gaitan, Offizier in der Leibgarde der Ewigen Herrscherin. Mir wurde aufgetragen mich um Eure Wünsche zu kümmern, bis die Herrscherin Euch zu sich ruft.«

»Seid gegrüßt, Gaitan«, brachte ich noch heraus, bevor ich gähnen musste. »Das ist sehr freundlich von Euch, aber ich denke, außer Schlaf brauchen wir nichts.«

Der Soldat lachte. »Das hört man recht oft, wenn man Reisende um diese Zeit begrüßt. Ich dachte mir nur, Ihr hättet vielleicht doch Lust auf einen kleinen Happen und ein heißes Bad.«

»Heißes Bad?« Ich setzte mich ächzend im Bett auf. »Das ist doch jetzt bestimmt nicht mehr möglich?«

»Auf Hohenstayn genießt man als Reisender doch ein wenig mehr Bequemlichkeit als in der Steppe«, grinste Gaitan. »Wenn Ihr wollt, ist es in kurzer Zeit bereitet.«

»Einverstanden«, rief ich. »Das müsst Ihr mir beweisen!«

»Sofort«, nickte er, ging zur Türe und steckte den Kopf hinaus. »Das Bad für den Herzog!«

Damit schloss er die Türe wieder. »Möchtet Ihr nicht doch ein kleines Abendbrot? Es ist nicht gesund, sich mit leerem Magen zu Bett zu legen.«

»Etwas Leichtes wäre vielleicht ganz angenehm«, gestand ich und dann fiel mir ein: »Leanna! Hast du Hunger?«

»Ja!«, rief sie vom Badezimmer aus. »Du, Martin, komm und sieh dir das an! Ich kann es einfach nicht glauben!«

Gespannt raffte ich mich auf und ging zu ihr, während Gaitan verschwand, um sich um das Essen zu kümmern.

Ich hörte Wasser rauschen und spähte durch die Türe des Badezimmers. Aus einer Öffnung, die ich vorher für einen Überlauf gehalten hatte, sprudelte heißes Wasser, das bereits den ganzen Boden der riesigen Wanne bedeckte und die Luft mit Dampfwolken erfüllte. Gaitan hatte nicht gelogen. Hohenstayn hatte tatsächlich jede Menge Luxus zu bieten.
Der Anblick des dampfenden Wassers im zartrosafarbenen Badebecken fesselte mich so, dass ich gar nicht bemerkt hatte, was Leanna gerade trieb. Ich spürte, wie mir das Blut in den Kopf schoss, und drehte mich schnell um. Sie hatte ihr zerfetztes Kleid abgestreift und stieg lachend ins warme Wasser.
»Was hast du denn?«, erkundigte sie sich fröhlich planschend. »Willst du nicht baden?«
»Ich glaube, ich esse zuerst eine Kleinigkeit«, ächzte ich und floh aus den Dampfwolken. Sie hatte mich reingelegt, mich, den Herzog. Natürlich hätte zuerst ich baden sollen! Aber wenn ich als Erster in die Wanne gestiegen wäre, wäre Leanna mir wahrscheinlich einfach gefolgt. Diese Wüstenbewohner machten sich anscheinend nicht viel aus Schamgefühlen und Leanna hatte das sofort ausgenützt. Ich musste es mir eingestehen, dieses Mädchen war mir einfach über.
Gaitan erschien mit zwei Dienstmädchen, die im Esszimmer ein gewaltiges Mahl auftischten und dann sofort wieder verschwanden.
»Kann ich Euch sonst noch in irgendeiner Weise behilflich sein, Herzog?«, fragte er noch einmal.
Ihr könntet mir helfen dieses Kettenhemd loszuwerden, hätte ich beinahe gesagt. Aber dann war es mir doch zu peinlich,

ihn darum zu bitten. Rasuth konnte sich das Ding ohne fremde Hilfe ausziehen, also würde ich das wohl auch schaffen.

»Nein, Gaitan, ich denke nicht«, erwiderte ich stattdessen höflich. »Und vielen Dank für das Bad und das Essen. Schlaft gut!«

»Danke schön. Eine gute Nacht auch Euch, Herzog.«

Gerade als er die Tür aufzog, fiel mir noch etwas ein. »Ach ja, Gaitan – wisst Ihr, wann ich die Ewige Herrscherin sprechen kann?«

»Nicht genau, Herzog. Aber ich weiß, dass sie Euch dringend erwartet. Ich nehme an, im Laufe des morgigen Vormittags.«

»Gut. Das ist alles, was ich hören wollte. Gute Nacht.«

Sobald der Offizier gegangen war, versuchte ich die Lederriemen des Panzers zu lösen. Aber die Verschlüsse waren so angebracht, dass man sie nicht erreichen konnte. Eine Weile mühte ich mich mit diesen vergeblichen Versuchen ab, bevor ich beschloss auf Leanna zu warten. Sie sollte mir helfen und bis dahin würde ich etwas essen.

Müde ließ ich mich in einen der bequemen Stühle fallen und stopfte mir die warmen und kalten Köstlichkeiten in den Mund. Nach einigen gebratenen Hühnerbeinen mit scharfer roter Soße, einem dick belegten Käsebrot und einem großen Krug Bier ging es mir zwar besser, aber jetzt war ich so müde, dass ich zu nichts mehr Kraft hatte. Ich ging ins Schlafzimmer, ließ mich vollkommen angezogen aufs Bett fallen und dachte noch einmal verbittert an das heiße Bad, das mir vorenthalten worden war.

Die nächste Nacht schläfst du in einer Zelle, versprach ich Leanna noch in Gedanken und dann hüllte der Schlaf mich ein.

»Martin! Wach auf!« Leanna rüttelte mich an der Schulter und ich sah blinzelnd zu ihr hoch. »Rasuth ist da! Wir haben in einer Stunde eine Audienz bei der Herrscherin! Steh doch auf!«

»Ist gut, ich bin wach!«, fuhr ich sie an und versuchte mich aufzurichten. Dabei schoss mir ein stechender Schmerz durch den Rücken, sodass ich aufschrie: »Mein Rücken! Mann, tut das weh!«

»Ihr hättet nicht im Kettenhemd schlafen sollen, mein Fürst«, ertönte hinter Leanna Rasuths belustigte Stimme. »Warum habt Ihr es nicht ausgezogen?«

»Versucht Ihr doch einmal dieses Ding ohne fremde Hilfe – ach, zur Hölle! Ich habe es nicht alleine geschafft, okay?«

»Ich hätte dir doch helfen können«, wunderte sich Leanna. »Warum hast du nichts gesagt?«

»Weil ich mal gelernt habe, dass man Frauen nicht beim Baden stört«, erklärte ich ihr stöhnend. »Und du bist ja schlauerweise da drinnen geblieben, bis ich eingeschlafen war.«

»Verständlich«, erklärte Rasuth in einem Ton, der mich zur Weißglut brachte. »Ich konnte mich selbst gestern kaum von der Wanne lösen.«

»Ach, Ihr habt gestern gebadet?«, gab ich bissig zurück.

»Natürlich. Dieses Vergnügen hat man nicht allzu oft. Nur schade, dass die Zeit nicht mehr reicht, als dass Ihr das jetzt noch nachholen könntet.«

Meine Stimmung war schlicht furchtbar, als ich endlich aus der Rüstung heraus war. Gaitan hatte mir und Leanna frische Kleidung ins Zimmer legen lassen. Ich zog mich hastig an, nachdem ich mich eilig mit kaltem Wasser gewaschen hatte.
In Gedanken legte ich mir dabei eine aufrüttelnde Anklagerede gegen Leanna zurecht. Dumm war nur, dass ich sie natürlich niemals ernsthaft vorbringen würde. Aber allein der Gedanke daran tat mir schon gut.
»Was willst du denn nun eigentlich wegen dieser blöden Sache anfangen? Du weißt schon, wegen meiner Hexenkünste . . .«, erkundigte sich Leanna betont beiläufig, als ich mich fertig angekleidet hatte. Ich war wütend genug, um sie mit Absicht hochgehen zu lassen.
»Das werde ich mir noch sehr genau überlegen«, antwortete ich also ebenso beiläufig. »Wie Rasuth schon erklärt hat – ich kann die Sache nicht einfach übergehen.«
Es klappte nicht. »Von mir aus tu, was du nicht lassen kannst.« Das klang eher wirklich verletzt und ihre nächsten Worte waren erstaunlich überlegt: »Aber warte damit, bis ich der Herrscherin meine Botschaft überbracht habe! Danach kannst du anklagen, wen immer du willst und weswegen du willst. Haben wir uns verstanden?«
Wieder fiel mir auf, wie hübsch sie war und wie fremdartig. Ihre Haare waren nicht mehr so wirr und zerzaust, sondern lagen glatt und schwarz glänzend über ihren Schultern. Die hellgrünen Augen blitzten lebhaft in ihrem dunklen Gesicht. Die seltsame violette Farbe hob sich deutlich von dem strahlenden Weiß des Kleides ab, das Gaitan ihr hingelegt hatte.

Der Moment ging vorüber. Leanna wurde wieder wütend: »Was starrst du mich so an, verflucht? Ich habe dich was gefragt!«

»Oh, 'tschuldigung«, gab ich nach. Denn ich hatte sie tatsächlich angestarrt. Schnell wandte ich meinen Blick ab und wechselte das Thema. »Haben alle deine Leute so eine Hautfarbe?«

»Haben alle deine Leute so eine Hautfarbe?«, äffte sie mich nach. »Ich sage es dir, wenn du mir endlich auf meine Frage antwortest!«

»Deine Frage?«, sagte ich. »Ach so, ja. Nun – wir werden sehen. Ich tue selbstverständlich, was ich kann.«

Wortlos wandte sie sich von mir ab und verschwand in ihrem Schlafzimmer. Ich blieb verwirrt zurück.

Als Gaitan an die Türe klopfte, hatte ich meine Stiefel angezogen und schnallte mir gerade meinen Schwertgurt um. Mittlerweile war ich das Gewicht an meiner Seite so gewohnt, dass ich es schon vermisste, wenn ich den Gürtel nicht trug.

»Herzog, wir sollten nun aufbrechen, wenn Ihr nicht zu spät zur Ewigen Herrscherin kommen wollt«, mahnte mich der grauhaarige Offizier. »Sie hat es nicht gerne, wenn man sie warten lässt.«

»Damit ist sie nicht alleine«, sagte ich und überprüfte meine Kleidung ein letztes Mal. Gaitan hatte mir eine schlichte dunkelbraune Lederhose und ein schwarzes Samthemd gebracht, die meiner normalen Kleidung zumindest an Bequemlichkeit nicht nachstanden. Auf das Kettenhemd hatte ich wohlweislich verzichtet. »Wir können gehen.«

»Was ist mit Eurer Gefangenen?« Er bemühte sich wenigstens das Wort ohne besondere Betonung auszusprechen.

»Sie begleitet uns«, erklärte ich nach kurzem Nachdenken. »Es wird sich doch ein Mann finden, der auf sie aufpassen kann. Während meines Gesprächs mit der Ewigen Herrscherin, meine ich«, fügte ich flüsternd hinzu.

»Mit Sicherheit.«

»Gut. Leanna, kommst du?«

Rasuth erwartete uns bereits vor der Tür. Unsere Pferde waren wohl irgendwo in der Burg untergebracht worden, denn sie waren nirgends zu sehen.

»Geht es Eurem Rücken besser, mein Fürst?«, fragte er höflich.

»Es geht«, nickte ich. »Lasst uns gehen!«

Auf dem Weg quer durch Hohenstayn begannen sich meine Gedanken immer mehr um das bevorstehende Gespräch zu drehen. Was war, wenn die Herrscherin mich verdächtigte mit meinem bösartigen Zwillingsbruder unter einer Decke zu stecken? Wenn sie mich für seine Untaten verantwortlich machte?

Schließlich schob ich diese Grübeleien von mir. Bis jetzt hatte alles immer am besten geklappt, wenn ich mir nicht zu viele Gedanken machte. Es war irgendwie alles so wie mit dem Bogenschießen. Ich musste nur meiner inneren Stimme vertrauen und nicht meinem Verstand. Und meine Gefühle sagten mir, dass ich vorerst nichts zu befürchten hatte. Dennoch war ich furchtbar nervös, als wir eine gewaltige Treppe in die sechste und höchste Ebene hinaufstiegen.

Die Treppe war zu beiden Seiten von hoch aufragenden Mauern mit Schießscharten begrenzt. Auf den Zinnen der Mauern standen Soldaten in blau-goldenen Uniformen, die uns auf-

merksam beobachteten. Jeder hatte einen gespannten Bogen in Händen. Wer hier einzudringen versuchte, würde keine drei Schritt weit gehen können, ehe er mit Pfeilen gespickt war.
Am Ende der Treppe standen wir vor zwei roten Torflügeln, auf die mit feinen Linien ein goldener Kristall gemalt war. Der Kristall hatte die Form von zwei aufeinander gestellten Pyramiden, deren Spitzen nach oben und unten zeigten.
»Lîfstein«, erläuterte Rasuth und deutete auf die goldene Zeichnung. »Das Zeichen der Ewigen Herrscherin.«
»Ich hatte mir so etwas gedacht«, erwiderte ich bedrückt. Je näher wir dem Tor kamen, desto nervöser wurde ich. Bis jetzt war immer ich der Herrscher gewesen, auch wenn ich mir das nur selten bewusst gemacht hatte. Und nun traf ich zum ersten Mal auf jemanden, der mächtiger war.
Die Wachposten am Tor öffneten uns, ohne irgendeine Frage zu stellen. Rasuth und ich schickten uns an hindurchzutreten, als hinter uns plötzlich ein furchtbares Geschrei losging. »Nehmt Eure Finger weg! Was fällt Euch ein!« Das war Leanna. Ich drehte mich um, um zu sehen, wie Gaitan Wort hielt und auf sie »aufpasste«.
»Es tut mir Leid, aber die Ewige Herrscherin hat nur dem Herzog eine Audienz gewährt«, sagte Gaitan ruhig und packte Leannas Arm noch fester. »Ihr werdet hier mit uns warten. Hört auf Euch zu wehren! Ihr tut lediglich Euch selbst weh.«
»Martin, sag diesem Kerl gefälligst, dass ich mitkommen muss!«
Wieder dieser Ton, als sei ich ein widerspenstiges Kind.

»Es tut mir Leid«, sagte ich kopfschüttelnd. »Aber ich werde der Herrscherin sagen, dass du sie sprechen willst.«

Und dann sah ich die Gefühle in ihrem Gesicht und plötzlich tat es mir Leid, dass ich sie so behandelte. Sie war wirklich verzweifelt und ich konnte ihre ohnmächtige Wut spüren. Aber andererseits hatte wirklich nur ich eine Audienz. Wer war ich denn, dass ich einfach so jemanden zu der Ewigen Herrscherin mitschleppte, der gar nicht eingeladen war?

Dennoch hatte ich nun wirklich ernsthaft vor die Herrscherin um eine Audienz für Leanna zu bitten. Mit einem letzten Blick versprach ich Leanna, die Ewige Herrscherin um eine Audienz für sie zu bitten.

Meine Knie waren furchtbar wackelig, als wir unter dem goldenen Torbogen hindurchtraten. Dann stand ich in einer runden Halle, deren Decke aus einer gläsernen Kuppel bestand. Die Wände waren mit bläulichem Marmor verkleidet und wurden in regelmäßigen Abständen von silbernen Säulen unterbrochen, auf die sich die Steinbögen der Kuppel stützten.

»Das ist ja wie in einer Kirche«, staunte ich leise. In der Mitte des Raumes war ein Podest aus drei runden roten Marmorplatten, die verschieden groß waren und eine Art Treppe bildeten. Direkt unter der Kuppel erhob sich ein goldener Thron, dessen Lehne in der Mitte wieder mit einer Nachbildung von Lîfstein geschmückt war.

»Das ist eine Kirche«, erwiderte Rasuth und sah mich kurz mit gerunzelter Stirne an. Scheinbar hatte ich mal wieder etwas Dummes gesagt.

Zart erklang eine Glocke. Rasuth sank sofort auf die Knie.

Vorsichtshalber machte ich es ihm nach und musterte eine Weile den Boden, während die Ewige Herrscherin eintrat. Stoff raschelte, dann war es völlig still.
»Martin, Herzog von Fraterna«, erklang eine Stimme, deren Traurigkeit mir wie ein Stein ins Herz sank. »Ich freue mich Euch zu sehen, auch wenn der Anlass schrecklich ist. Steht auf!«
Fast wäre ich nicht hochgekommen, so sehr zitterte ich. Schließlich schaffte ich es wenigstens, meinen Kopf so weit zu heben, dass ich die Ewige Herrscherin sehen konnte. Und dann verhinderte nur Rasuths schneller Griff nach meiner Schulter, dass ich einfach umstürzte wie ein nasser Sack.
Die junge Frau in dem prächtigen Kleid auf dem Thron war meine Schwester Sarah.

KAPITEL VI

Ich stand mühsam auf. Der ganze Saal schien hin und her zu schwanken und manchmal verschwand Sarah wie hinter einer Wand aus Splittern. Ich hatte so etwas noch nie erlebt und spürte, wie ich Angst bekam. Die ganze Zeit hielt mich Rasuth mit festem Griff aufrecht.

»Was passiert hier? Was geht hier ab?«, keuchte ich schließlich.

Das Gesicht, das mir so vertraut war, erstarrte. »Das frage ich Euch, Herzog«, erwiderte Sarah kühl. »Was geht mit Euch vor?«

Ich kannte diesen Tonfall nicht an meiner Schwester. Sie hatte immer in einem liebevollen Unterton gesprochen, selbst wenn sie mit mir stritt. Ich taumelte auf sie zu. Rasuth hinter mir gab einen warnenden Laut von sich und hielt mich fest, bevor ich das Podest erreicht hatte.

»Verflucht, lass mich los!«, schnauzte ich ihn an. »Sie ist meine Schwester!«

Rasuth sah mir kurz in die Augen und zwang mich dann unbarmherzig in die Knie. Ich stieß einen Schmerzensschrei aus, als er meinen Arm verdrehte.

»Schwertmeister, was ist mit ihm?«, fragte Sarah düster.

Wie durch einen Schleier hörte ich Rasuths Antwort: »Es tut mir Leid, Hoheit. Er hat sein Gedächtnis verloren. Irgendwie ist er in einem Traum gefangen gewesen, der all seine Erinnerungen ausgelöscht und sie durch verrücktes Zeug ersetzt hat. Es scheint, als hielte er Euch für eine Bekannte aus diesen Wahnvorstellungen.«

»Sie ist meine Schwester«, wiederholte ich verzweifelt und versuchte vergeblich mich aus Rasuths Griff zu winden. »Sag dem Kerl, er soll mich loslassen!«

»Der Arme«, war die Antwort. Ihre Stimme war plötzlich voller Mitleid. »Und mich hält er für seine Schwester. Die Götter seien ihm gnädig.«

Beißende Kopfschmerzen schienen meinen Kopf zu zerreißen. Ich erschlaffte völlig und verlor das Gefühl für meinen Körper.

Zögernd ließ Rasuth mich los und ich sackte wieder zu Boden. Der Steinboden war wunderbar kühl an meiner Wange und ich schnaufte tief und langsam durch.

»Geht es ihm gut?«, hörte ich ihre Stimme weit, weit entfernt.

»Ich denke, er wird ohnmächtig«, erwiderte Rasuth besorgt. »Es wird das Beste sein, wenn ich ihn in sein Bett schaffe, Herrscherin. Sein Geist ist durch diesen seltsamen Traum völlig verdreht.«

»Ich bete, dass nicht der Dunkle Herrscher hinter dieser

Krankheit steckt. Wundern würde es mich nicht. Aber Ihr habt Recht, Schwertmeister. Bringt ihn in sein Bett! Wenn er ausgeschlafen hat und es ihm wieder besser geht, ruft mich bitte! Ich muss ihn unbedingt sprechen.«

Durch die Dunkelheit, die mich umfing, spürte ich noch, wie Rasuth mich vom Boden aufhob und hinaustrug. Dann verschwand auch diese letzte Empfindung und ich sank in wunderbar warme Düsternis, die mich von allen Lasten befreite.

Wieder der alte Friedhof . . .

Langsam sah ich mich um. Es musste Abend sein, denn es war bereits dunkel. Über der grünen Wiese hing dichter Nebel und ich fröstelte in der kalten Luft. Ein paar Schritte vor mir stand ein Grabstein, der einen großen Engel darstellte. In den Händen hielt er eine Schrifttafel.

ICH STERBE

HILF MIR

stand da in goldenen Lettern. Eine Weile stand ich einfach nur da und sah die Schrifttafel an. Wem sollte ich helfen? Wer war dieser Jemand, der gerade starb?

»Wenn du dich nicht beeilst, ist die Dunkelheit schneller als du«, flüsterte eine Stimme in meinem Kopf. »Denk nicht darüber nach. Tu es einfach!«

»Sag mir doch, was ich tun soll«, weinte ich verzweifelt und sah mich nach dem Ring aus Finsternis um. »Bitte sag mir, was ich tun soll!«

»Du darfst nicht denken. Dafür ist keine Zeit mehr. Jetzt musst du handeln.«

Dann schwieg der Engel. Schließlich richtete ich mich auf und ging langsam auf die Dunkelheit zu. Je näher ich kam, desto dichter und undurchdringlicher wurde die Grenze zwischen ihr und dem hellen Kreis, in dem ich stand. Schließlich trennte mich nur noch ein halber Meter von der Schwärze.

Zitternd streckte ich die Hand aus und berührte die Dunkelheit. Sie fühlte sich warm und weich an und ich steckte die ganze Hand hinein. Doch dann bekam ich plötzlich wieder Angst und zog sie zurück.

Wo eben noch meine Hand gewesen war, befand sich nun nur noch ein wabernder Schatten, der sich schnell auflöste und einen schwarz verfärbten Stumpf zurückließ. Ich starrte den handlosen Arm an und schrie gellend auf . . .

»Meine Hand!«, brüllte ich und fuhr hoch. »Meine Hand!«

Ich saß am ganzen Körper zitternd in einem Bett und hielt mein rechtes Handgelenk umklammert. Mein Nachtgewand war schweißnass und ich hatte die Rechte so fest zur Faust geballt, dass es schmerzte.

Weinend kauerte ich mich zusammen und hielt die Hände vor das Gesicht.

»Geht es Euch gut, mein Fürst?«, kam Rasuths Stimme aus dem Nebenraum und gleich darauf stürmte er durch die Türe.

Ich war so dankbar eine vertraute Stimme zu hören, dass ich nur noch heftiger weinte.

»Was ist mit Euch, verdammt! Sagt mir doch, was mit Euch los ist!«

»Es ist alles in Ordnung«, schluchzte ich und sah glücklich

meine Hand an. Sie war wie immer. Die Finger bewegten sich, wenn ich es ihnen befahl, und nirgends war ein Schatten zu sehen. »Meine Hand ist noch da«, erklärte ich Rasuth und lachte und weinte zugleich. »Sie ist noch da.«

»Ihr habt schlecht geträumt«, stellte er mit einem erleichterten Seufzer fest. »Wie geht es Euch sonst? Könnt Ihr Euch an gestern erinnern?«

Ich dachte kurz nach. »Was war gestern los?«, fragte ich schließlich vorsichtig und wischte mir die Tränen aus dem Gesicht.

»Es gab einen kleinen Zwischenfall mit der Ewigen Herrscherin«, erklärte der Schwertmeister unglücklich. »Ihr wart der Ansicht, sie zu kennen. Ich meine, Ihr kennt Sie natürlich. Aber Ihr hieltet sie . . .«

»Für meine Schwester«, nickte ich zitterig. »Ich erinnere mich. Dieser verfluchte Traum!«

»Das heißt, Ihr denkt jetzt anders darüber?«

»Es ist unerträglich«, stöhnte ich. »Selbst jetzt, da ich weiß, wer sie wirklich ist – ich habe immer noch die Gefühle eines Bruders für sie. Und das nur wegen eines verdammten Traumes!«

»Wenn Ihr in der Lage seid, Traum und Wirklichkeit voneinander zu unterscheiden, sollte das kein dauerhaftes Problem sein«, brummte Rasuth erleichtert und lächelte ein klein wenig.

»Das hoffe ich auch.« So durcheinander ich auch am Vortage gewesen war, jetzt fühlte ich mich schon fast wieder normal. »Ich muss mich nur besser darauf vorbereiten, dass mir Menschen und Bilder begegnen können, die ich in diesem Traum auch gesehen habe.«

»Wenn Ihr das schafft, dürfte Euch etwas Derartiges nicht mehr geschehen«, stimmte der Schwertmeister mit gerunzelter Stirne zu. »Habt Ihr denn schon einmal jemanden aus Eurem Traum in der Wirklichkeit wieder erkannt?«

»Nein«, erwiderte ich kopfschüttelnd. »Das war das erste Mal.«

Rasuth seufzte erleichtert auf. »Dann ist es kein Wunder, dass Ihr so . . . verwirrt darauf reagiert habt.«

»Wohl nicht. Trotzdem wäre es mir lieber, wenn ich zukünftig in so einem Fall gelassener bliebe.« Ich grinste ihn an. »Dann müsst Ihr mir auch nicht mehr den Arm verdrehen.«

»Ich bedaure das zutiefst, mein Fürst«, erklärte er ruhig. »Ich hoffe, Ihr versteht mein Handeln.«

»Natürlich. Ihr hattet völlig Recht, Rasuth. Danke für Eure Hilfe.«

»Dankt mir, indem Ihr diese Hilfe künftig nicht mehr in Anspruch nehmt, mein Fürst«, war die ehrliche Antwort. »Soll ich der Herrscherin nun melden, dass Ihr sie um eine erneute Audienz bittet?«

»Ja, tut das. Ich denke, dass ich das nun endlich hinter mich bringen muss.«

Der Schwertmeister erhob sich von meinem Bett. »Ich werde sie sofort benachrichtigen lassen.«

Bevor er verschwunden war, fiel mir noch etwas ein. »Rasuth?«

»Ja, mein Fürst?«

»Wo ist Leanna?«

Sein Gesicht war wie versteinert. »Sie ist angemessen untergebracht, denke ich.«

»Was?« Ich sprang aus dem Bett. »Habt Ihr sie etwa ins Gefängnis werfen lassen?«

»Nein, das habe ich natürlich nicht.« Er schüttelte den Kopf. »Als ich Euch aus dem Saal der Herrscherin trug, hatte sie sich gerade aus Gaitans Griff befreit und rannte einfach an mir vorbei.«

»Und?«

»Die Ewige Herrscherin sah sie und gewährte Ihr umgehend eine Audienz«, stieß der Soldat unwillig hervor. »Seitdem habe ich sie nicht mehr gesehen.«

Noch bevor ich meinen Mund geschlossen hatte, war Rasuth verschwunden. Wie um alles in der Welt hatte Leanna das nur wieder geschafft? Wenn ich es richtig sah, war es nicht gerade einfach, eine Audienz bei der Herrscherin zu bekommen. Und sie – sie rannte einfach zu ihr hin und wurde sofort angehört!

Jetzt war ich wirklich begierig die Ewige Herrscherin noch einmal zu sehen. Ich musste mich nur zwingen mir zu ihrem Gesicht nicht ständig diese Traumschwester Sarah vorzustellen. Dann sollte – wie Rasuth gesagt hatte – alles kein Problem sein.

»Ihr sollt der Herrscherin Eure Aufwartung machen, sowie Ihr Euch dazu fähig fühlt«, meldete der Schwertmeister mir eine Stunde später. Ich war gerade dabei, eine Mahlzeit zu genießen, die Gaitan mir in der Zwischenzeit gebracht hatte.

»Dann brechen wir sofort auf«, erwiderte ich noch kauend. »Wisst Ihr etwas Neues von Leanna?«

»Ich habe die junge Frau nicht gesehen.« Es wirkte nicht so, als wäre er besonders traurig darüber.

»Nun, ich werde vermutlich bald erfahren, was mit ihr ist«, brummte ich. »Rasuth, sagt mir bitte ehrlich – soll ich wirklich wegen dieser Geschichte Anklage erheben?«

»Wenn Leanna mit der Herrscherin bekannt ist, lauft Ihr Gefahr, Euch damit lächerlich zu machen«, gab er zu. »Aber es ist tatsächlich Eure Pflicht, eine Anklage ernsthaft zu vertreten, wenn Ihr Euch dazu bereit erklärt habt.«

»Wunderbar. Im einen Fall verliere ich meine Würde, im anderen meine Ehre. Was für ein Mist!«

»Es ist tatsächlich eine Zwickmühle. Ich bin allerdings der Ansicht, dass man seine Würde nicht verlieren kann, wenn man seinem Ehrgefühl folgt.«

»Dann kann ich nur hoffen, dass die Herrscherin Eure Ansicht teilt.«

»Dessen bin ich sicher, mein Fürst.«

Kurz darauf brachen wir auf. Als wir die Treppe diesmal hinaufstiegen, hatte ich den Eindruck, als ob mich die Wachen noch genauer beobachteten. Ich stellte fest, dass es kein schönes Gefühl ist, wenn man von mehreren Männern misstrauisch beobachtet wird. Besonders dann nicht, wenn diese Männer mit schweren schussbereiten Bögen bewaffnet sind.

Das rote Tor mit dem goldenen Kristall öffnete sich vor uns und wir traten ein. Diesmal mussten wir nicht auf die Herrscherin warten. Sie saß bereits auf ihrem Thron und las einen Brief, von dem sie aufblickte, als wir vor dem Podest auf die Knie fielen und den Kopf neigten.

Obwohl ich nun auf den Anblick vorbereitet war, war es dennoch ein furchtbarer Schrecken. Ich musste die Ewige Herrscherin vor meinem Gedächtnisverlust sehr verehrt haben. Denn außer meinem »Vater« hatte es in meinem Traum keinen Menschen gegeben, der eine so große Rolle darin gespielt und den ich so gut gekannt hatte. Und es hatte niemanden gegeben, den ich so sehr geliebt hatte.

»Herzog«, begrüßte sie mich. »Wie es scheint, habt Ihr Eure Verwirrung überwunden. Erhebt Euch!«

»Ich muss mich von ganzem Herzen entschuldigen«, stotterte ich und stand auf. »Ich wäre glücklich, wenn Ihr mir erlauben würdet die näheren Umstände zu erklären.«

»Dann tut das doch einfach!« Sie nickte knapp. »Schwertmeister Rasuth, ich danke Euch für Euer Kommen. Aber ich denke, dass Euch unsere Unterhaltung nur langweilen würde.«

»Ich danke Euch, Hoheit«, erklärte Rasuth sofort und verneigte sich noch einmal ehrfurchtsvoll. »Mein Fürst, mit Eurer Erlaubnis sehe ich derweil nach den Männern.«

»Sicher, Rasuth«, antwortete ich verblüfft. »Ihr findet mich in meinem Zimmer, sobald wir hier fertig sind.«

»Ich werde auf Euch warten.« Er nickte und verschwand.

»Ihr seht immer noch ein wenig blass aus, Herzog«, sagte die Herrscherin schließlich, sobald Rasuth die Türe hinter sich geschlossen hatte. »Geht es Euch auch wirklich gut?«

»Es ist alles in Ordnung«, versicherte ich ihr hastig. »Warum habt Ihr Rasuth weggeschickt?«
Sie musterte mich genau. »Ich weiß, wie sehr Ihr Euren Schwertmeister schätzt, Herzog. Aber er ist letztlich nur ein Soldat, und was ich Euch zu sagen habe, ist nicht für seine Ohren bestimmt.«
»Wie Ihr meint«, erwiderte ich schulterzuckend. »Was wollt Ihr mir denn sagen?«
»Ihr habt meine Botschaft erhalten. Also wisst Ihr bereits, dass sowohl Lîfstein als auch Euer Bruder verschwunden sind.«
»Das wurde mir bereits gesagt, ja.« Es war unglaublich. Ich erkannte jeden noch so kleinen Tonfall ihrer Stimme wieder. Und wenn die Herrscherin auch nur ein wenig Ähnlichkeit mit meiner Schwester Sarah aus dem Traum hatte, war sie nicht nur furchtbar böse auf mich, sondern sie versuchte auch gerade mich in eine Falle zu locken.
»Welche Schlüsse würdet Ihr daraus ziehen?«
Zum Glück hatte ich über diese Frage bereits ausgiebig nachgedacht. »Wenn man bedenkt, wie sich die Aktivitäten der Dunklen Horden an den Grenzen des Reiches vermehrt haben«, erklärte ich langsam, »so halte ich es für einen nahe liegenden Verdacht, dass mein Bruder Lîfstein gestohlen und ihn dem Schwarzen Löwen überbracht hat.«
»Ihr traut dies Eurem Bruder zu?« Sie war sichtlich völlig überrumpelt von meiner Antwort.
»Was weiß ich«, gab ich zu. »Wie Rasuth schon erwähnt hat: Ich habe mein Gedächtnis verloren. Ich habe nicht die leiseste Erinnerung an meinen Bruder.«

»Das mag in diesem Fall sogar von Nutzen sein«, sagte sie nüchtern. »Denn es könnte sein, dass Ihr ohne Euren Gedächtnisverlust nicht in der Lage wärt das Offensichtliche zu erkennen.«

Ich konnte wieder nur die Schultern zucken.

»Nun denn«, begann sie wieder, »Ihr sprecht offen aus, was ich kaum zu denken wagte. Seid Ihr bereit Euren Verdacht in größerer Runde noch einmal zu wiederholen?«

»Natürlich. Wie gesagt: Ich habe keine Erinnerungen oder Gefühle, die mich von diesem Gedanken abhalten könnten.«

»Es muss furchtbar für Euch sein«, sagte sie. Trotz ihres abweisenden Tones hatte ich das Gefühl, dass sie mich tatsächlich bedauerte. »Ihr könnt Euch an nichts aus Eurem bisherigen Leben erinnern?«

»Nein. Es sei denn, man rechnet meine Schießkünste mit ein. Wenn ich nicht daran denke, dass ich mit Pfeil und Bogen gar nicht umgehen kann, dann klappt es sehr gut.«

Sie dachte eine Weile nach. »Mit anderen Worten, Ihr habt auch gar keine Ahnung, um was es bei dieser furchtbaren Katastrophe wirklich geht?«

»Ich habe gesehen, dass die Wälder sterben«, erwiderte ich. »Und ich habe miterlebt, wie die Skarven über die Grenzen meines Landes kommen.«

»Dann kommt mit!«

Ohne ein weiteres Wort erhob sie sich von ihrem Thron, stieg von ihrem Podest und trat durch die Türe, durch die sie gestern eingetreten war. Ich lief ihr in Gedanken versunken hinterher. Sie hatte genau den gleichen Gang wie Sarah.

Wir gelangten in einen Korridor, dessen Wände mit dem gleichen Marmor verkleidet waren wie der Thronsaal. Die goldbeschlagenen Türen aus schwarzem Holz zu beiden Seiten waren alle verschlossen, aber ich war mir sicher, dass die Herrscherin hier wohnte. Durch den Bogen am Ende des Korridors traten wir in einen weiteren Saal.

Ich blieb stehen und sah mich staunend um. Dies musste die Mitte von Hohenstayn sein. Der Saal wirkte völlig ausgewogen und wurde von einer riesigen Kuppel überdacht. Wenn mir schon der Thronsaal prachtvoll vorgekommen war, so war dies hier von unbeschreiblicher Schönheit.

Boden und Wände bestanden aus makellos weißem glänzendem Marmor. Nur in der Mitte des Raumes war eine runde Scheibe aus schwarzem Marmor eingelassen. Die Kuppel war aus geschliffenem Kristall, der wie eine Decke aus abertausend Sternen glitzerte und den Saal mit Millionen von Lichtstrahlen durchflutete.

»Es ist schön hier, nicht wahr«, erklang die Stimme der Herrscherin leise neben mir.

Ich schreckte hoch. In meinem Staunen hatte ich sie überhaupt nicht mehr beachtet. »Wunderschön«, sagte ich leise. Es schien mir wie ein Verbrechen, die Ruhe des Saales mit meiner Stimme zu stören.

»Kommt mit«, sagte sie. Ich stolperte ihr hinterher, ohne meinen Blick von der Kuppel über uns losreißen zu können. »Ihr sollt sehen, wo Lîfstein seinen Platz hat.«

Plötzlich bewegte sich der Boden unter uns und ich starrte erschrocken an mir hinunter.

»Was ist das?«, schrie ich und versuchte mich zu bewegen. Die Herrscherin hatte mich in die Mitte der schwarzen Scheibe geführt, ohne dass ich es bemerkt hatte. Und jetzt erkannte ich, dass dies kein schwarzer Stein war, denn unsere Füße versanken langsam darin. »Verdammt, was ist das?«, schrie ich noch einmal und versuchte verzweifelt meine Beine zu bewegen. Doch meine Füße steckten so fest, als wären sie eingemauert. Dennoch versanken sie immer weiter.

»Das ist einer der Gründe, warum nur Euer Bruder Lîfstein gestohlen haben kann«, sagte die Herrscherin bitter. »Dies ist das undurchdringliche Tor zum Herzen des Reiches. Nur er und Ihr, der Herzog von Patray und ich selbst können hindurchgehen.«

»Der Herzog von Patray«, murmelte ich. »Mir wurde gesagt, er könnte mir helfen.«

»Wieso helfen? Womit?«

»Ich erzählte meinem Arzt von dem Traum, der mir meine Erinnerungen geraubt hat«, erklärte ich ungeduldig. »Und dieser Arzt sagte, dass mir der Herzog von Patray vielleicht helfen könnte alles zu verstehen.«

»Das mag sein«, nickte sie nach kurzem Nachdenken. »Er gilt als der weiseste Mann des Inneren Reiches. Und ich muss sagen, dass ich ebenfalls dieser Meinung bin.«

»Glaubt Ihr, er würde mir helfen?« Nun waren wir schon bis zur Brust versunken.

»Da bin ich mir sicher. Aber fragt ihn doch einfach selbst!«

Als unsere Köpfe in die schwarze Masse eintauchten, hielt

ich zuerst den Atem an. Doch es dauerte so lange, dass ich schließlich Luft holen musste. Obwohl ich überhaupt nichts sah oder hörte, war es beim Atmen, als würde man mitten im Freien stehen. Es roch angenehm kühl und frisch wie nach einem Regenschauer im Wald und ich schnaufte tief durch.

Plötzlich griff die Herrscherin nach mir und ich zuckte zusammen. Mit einem Mal spürte ich wieder festen Boden unter den Füßen. Unsicher blieb ich stehen, bis mich die Herrscherin sanft hinter sich herzog. Und dann ließ die Schwärze nach, als wäre ich durch einen Vorhang getreten.

Wir standen in einer Höhle vor einem kleinen See, auf dessen dunkler Oberfläche sich das Funkeln der Wände widerspiegelte. Leises Plätschern ging von dem See aus und erfüllte den ganzen Raum mit seinem Echo.

Ich trat näher heran und sah inmitten des Wassers eine kleine, kegelförmige Felsspitze, die etwa einen Meter hoch aufragte. Aus ihrer Spitze sprudelte sanft eine Quelle, die sich gleichmäßig über den Kegel in den See ergoss.

»Ist das die Quelle des Lebens?«, fragte ich leise und erschrak darüber, wie laut sich mein Flüstern in der Höhle anhörte.

»Ja, das ist sie«, sagte die Herrscherin. »Aus diesem Wasser bezog das ganze Innere Reich seine Kraft, bis Euer Bruder« – sie musterte mich scharf – »Lîfstein aus seiner Fassung auf der Quelle nahm und ihn fortbrachte. Jetzt ist das Wasser aus der Quelle ohne Wert. Alle Wälder und Pflanzen werden nun langsam sterben und wir werden entweder verhungern oder –

was wahrscheinlicher ist – von den Dunklen Horden niedergemetzelt.«
»Wenn ich etwas tun kann, um das zu verhindern, werde ich es tun«, beantwortete ich mit rauer Stimme die unausgesprochene Frage.
»Ich freue mich das zu hören«, antwortete sie mit einem seltsam bitteren Ton. »Und nun lasst uns gehen! Mich macht der Anblick dieser nutzlosen Quelle zu traurig.«
Wir wandten uns vom See ab. Die dunkle Masse, durch die wir eingetreten waren, stand wie eine Säule aus schwarzem Stein hinter uns in einem Winkel der Höhle. Ohne sich nach mir umzusehen, trat die Herrscherin in diese Säule aus Finsternis hinein. Mit einem mulmigen Gefühl folgte ich ihr.
Wenig später blinzelte ich ins funkelnde Licht des riesigen Kuppelsaales über der Quelle des Lebens.
»Ich habe für heute Abend einen Kronrat einberufen«, erklärte die Herrscherin, während wir darauf warteten, dass uns dieser wundersame Aufzug wieder freigab. »Gaitan wird Euch abholen, wenn es so weit ist.«
»Kann ich Rasuth mitnehmen?«, fragte ich vorsichtig. Als sie ablehnend ihre Stirn runzelte, sprach ich schnell weiter. »Er hat sein Gedächtnis nicht verloren. Und wenn Ihr Euch für die Lage in Fraterna interessiert, werdet Ihr ihn sowieso fragen müssen.«
»Nun gut«, gab sie nach. »Soweit ich weiß, ist er ein guter Mann, der Euch und auch das Reich über alles liebt. Er soll ebenfalls teilnehmen. Und bitte bemüht Euch bereit zu sein, wenn Gaitan Euch holt.«

»Danke«, sagte ich und atmete auf. Damit war mir ein Stein vom Herzen genommen. »Bis heute Abend.«

Mit wackeligen Beinen ging ich durch den Korridor und den Thronsaal zurück ins Freie. Auch wenn ich es nur ungern eingestand, aber ich hatte richtige Angst vor der Herrscherin. Sie schien geradezu wütend auf mich zu sein und allein ihr Blick reichte, um mich nervös zu machen. Ein heller Zorn stieg in mir auf, als ich die große Treppe hinunterging. Ich hatte doch gar nichts Böses getan! Warum machte sie mich für die Taten meines Bruders verantwortlich? Solche und ähnliche Gedanken gingen mir durch den Kopf und ich war furchtbar aufgebracht, als ich mein Quartier erreichte. Rasuth kam aus seiner Türe getreten, als ich meine gerade öffnete.

»Nun?«, fragte er und musterte mich genau. Anscheinend sah er mir meine Stimmung an. »Habt Ihr etwas von Eurer Gefangenen erfahren?«

»Verdammt!«, knurrte ich und polterte in mein Zimmer. »Ich wusste doch, dass ich was vergessen habe!«

»Aha«, brummte der Schwertmeister. »Und gibt es sonst etwas Neues?«

»Dieses Weib ist sauer auf mich, weil mein verfluchter Bruder diesen Kristall gestohlen hat«, schnaubte ich und ließ mich auf mein Bett fallen. »Was denkt sie sich eigentlich mir deswegen böse zu sein?«

»Hat die Herrscherin wirklich Euch für die Taten von Martéen verantwortlich gemacht?«, fragte Rasuth misstrauisch nach.

»Nein«, gab ich zu. »Aber es war deutlich zu spüren, dass sie nicht gerade gut auf mich zu sprechen ist.«

»Das ist kein Wunder«, murmelte er.

»Was soll das heißen? Ich kann doch nichts für die Verbrechen meines Bruders!«

Der Schwertmeister zuckte die Schultern. »Was würdet Ihr an Ihrer Stelle empfinden? Das ganze Reich kann sich aus eigener Kraft gegen die Horden des Schwarzen Löwen behaupten, nur wir nicht. Die Herrscherin entsendet fast ihr halbes Heer, um uns im Kampf beizustehen, und was ist der Dank? Der Bruder des Herzogs stiehlt Lîfstein und bringt ihn dem Herrscher der Finsternis. Zumindest ich wäre an ihrer Stelle wütend, wenn nur der Name Fraterna fällt.«

»Was sagt Ihr da?« Ich fuhr hoch. »Wieso hat sie uns ihr halbes Heer gesendet?«

»Wie ich schon sagte – unsere Männer alleine hätten sich nicht halten können«, wiederholte Rasuth bitter. »Die Kreaturen des Schwarzen Löwen drangen immer weiter vor. Erst als Ihr Martéen an den Hof schicktet, damit er bei der Herrscherin eindringlich um Unterstützung bat, konnten wir wieder Hoffnung schöpfen. Sie sandte uns sechstausend Reiter, die immer noch die östlichen Berge halten.«

»Und das hat er ihr gedankt, indem er . . .« Ich konnte es nicht fassen. Was war dieser Martéen nur für ein Monster!

»In Ordnung«, brachte ich schließlich hervor. »Ihr habt Recht. Ich würde an ihrer Stelle nicht anders denken.«

»Wenn Ihr das versteht, sollte sich der Rest von selbst ergeben«, sagte der Soldat aufmunternd. »Ich nehme an, sie hat einen Kronrat einberufen?«

»Ja, für heute Abend.«

»Dann bemüht Euch Euren festen Willen zu zeigen, die Untaten Eures Bruders wieder rückgängig zu machen. Wenn sie Euch zuerst ein wenig harsch . . .«

»Ihr sollt auch kommen.«

Es war das erste Mal, dass ich Rasuth nervös sah. »Wieso ich, mein Fürst?«, erkundigte er sich unsicher.

»Weil ich sie darum gebeten habe, deshalb.«

»Aber ich bin doch nur Euer Schwertmeister. Wieso wollt Ihr, dass ich . . .«

»Weil ich mein Gedächtnis verloren habe, zur Hölle! Wenn Ihr mich etwas früher über den Dank aufgeklärt hättet, den ich der Herrscherin schulde, wäre unser Gespräch eben vielleicht ein wenig anders verlaufen.«

»Es tut mir Leid, dass ich das versäumt habe, mein Fürst.«

»Das muss Euch nicht Leid tun«, beruhigte ich ihn. »Es gibt so vieles, was ich nicht weiß. Kein Wunder, wenn Ihr nicht auf die Idee kommt mir alles zu berichten. Aber ich habe nicht die geringste Lust, mich noch einmal wie ein Volltrottel zu fühlen, nur weil ich die Hintergründe nicht kenne. Und deshalb werdet Ihr mich heute Abend begleiten. Rasuth, ich brauche Euch!«

»Ihr habt Recht, mein Fürst«, stimmte er schließlich zu. »Ihr müsst nur verstehen, dass mir nicht wohl ist bei dem Gedanken, mit der Ewigen Herrscherin selbst an einem Tisch zu sitzen.«

»Mir auch nicht«, pflichtete ich ihm seufzend bei. »Mir auch nicht.«
Kurz nach Sonnenuntergang kam Gaitan, um uns abzuholen. Mir war ein wenig mulmig, als wir auf die höchste Ebene der Burg stiegen. Diesmal führte Gaitan uns nicht in den Thronsaal, sondern durch ihn hindurch in den Korridor, den ich bereits gesehen hatte.
Vor einer der Türen standen diesmal zwei Wachen, die vor uns salutierten, als wir eintraten. Das riesige Zimmer war mit hellbraunem Holz getäfelt und wurde durch mehrere Kerzenleuchter und einen Kamin erhellt, in dem ein munteres Feuer prasselte. Die Fenster waren mit dunkelroten, schweren Vorhängen verhängt. In der Mitte des lang gezogenen Raumes stand ein Tisch aus schwarzem Holz, dessen Oberfläche mit feinen Silbereinlagen verziert war. Darauf standen eine Karaffe Rotwein und sechs Gläser.
»Wie es scheint, sind wir die Ersten«, brummte Rasuth und sah sich ein wenig unglücklich um. In diesem Augenblick ging schon die Türe auf und ein Mädchen von etwa siebzehn Jahren kam herein. Sie war ein wenig kleiner als ich und trug ein schwarzes Gewand mit goldenen Stickereien. Ich brauchte einen Moment, bis ich erkannte, was mir daran sonderbar vorkam. Alle Frauen, die mir bis jetzt begegnet waren, hatten Röcke getragen, während sie Hosen anhatte.
Überhaupt wirkte dieses Mädchen sehr jungenhaft. Ihr rotes Haar war kurz geschnitten und wie eine Bürste nach hinten gekämmt. Das Gesicht war scharfkantig und die blauen Augen

hatten einen stechenden Blick. Erst ganz zuletzt fiel mir auf, dass sie ein schmales Schwert am Gürtel trug.

»Einen guten Abend, Herzog«, begrüßte sie mich. Ihr Ton war so unverhohlen feindselig, dass ich erschrak. Ohne ein weiteres Wort oder auch nur unsere Begrüßung abzuwarten, stapfte sie an uns vorbei, stieß gegen ein Stuhlbein und ließ sich schließlich auf einen Sessel in der Nähe des Kamins fallen.

»Guten Abend«, murmelte ich und betrachtete den golden gestickten Kristall auf der Vorderseite ihres schwarzen Hemdes.

»Rasuth, wer ist das?«, fragte ich flüsternd.

»Das ist Eysha«, antwortete Rasuth sofort. »Die Erste Kriegerin des Reiches. Sie ist gewissermaßen der Schwertmeister der Ewigen Herrscherin.«

»Eine Frau? Und so jung?«, fragte ich ungläubig nach.

»Sie ist die beste Kriegerin. Ich könnte mich nicht im Entferntesten mit ihr messen«, war die ehrfurchtsvolle Antwort. »Unter ihrem Kommando wurden die Dunklen Horden in Fraterna zurückgeschlagen.«

»Sie scheint mich nicht besonders zu mögen.«

»Die Erste Kriegerin war stets der Meinung, dass die Herrscherin zu viel Kraft für den Erhalt von Fraterna aufwendet. Sie ist der Meinung, dass es sich nicht lohnt, ein Land zu verteidigen, das sich nicht selbst helfen kann.«

»Wie nett von ihr«, brummte ich leise.

Erneut ging die Türe und herein trat – Leanna. Sie trug immer noch ihr weißes Kleid, gegen das man ihre seltsame Hautfarbe besonders gut sah.

»Rasuth«, sagte sie ohne jede Begrüßung. »Was wollt Ihr denn hier?«

»Dasselbe könnte ich dich fragen«, antwortete ich an seiner statt.

»Die Ewige Herrscherin hat mich als Vertreterin meines Volkes gebeten am Kronrat teilzunehmen«, erwiderte sie zuckersüß.

»Warum hat sie dir denn so schnell eine Audienz gewährt?«, erkundigte ich mich beiläufig.

»Weil ihr im Gegensatz zu euch beiden sofort klar war, dass es einen besonderen Grund haben muss, wenn eine vom Volk der Heyka sich die Mühe macht, hierher zu kommen.«

»Dafür ist sie ja auch die Herrscherin«, grinste ich. »Und ich nur ein dummer Herzog.«

Endlich blitzte ein Lächeln in ihrem Gesicht auf. »Ja«, lachte sie. »Das kann man wohl sagen.«

Rasuth erstarrte neben mir, als die Ewige Herrscherin eintrat. Auch mir war ein wenig mulmig, aber ich wusste nun wenigstens ungefähr, was mich erwartete.

»Einen guten Abend«, sagte die Herrscherin, als wir alle auf die Knie sanken und uns verbeugten. »Bitte erhebt Euch und nehmt Platz! Wir wollen keine Zeit verlieren.«

»Erwarten wir noch jemanden, Hoheit?«, fragte die Erste Kriegerin Eysha, als wir uns setzten.

»Der Herzog von Patray wird noch kommen, allerdings etwas später«, nickte die Herrscherin. »Ansonsten sind wir vollzählig. So, und nun lasst uns endlich beginnen! Jede Minute, die wir vergeuden, dient dem Schwarzen Löwen. Eysha? Wollt Ihr uns einen kurzen Bericht über die ganze Katastrophe abgeben, damit alle das gleiche Wissen haben?«

»Ja, Hoheit. Vor etwa acht Wochen wurde Lîfstein aus der Quelle des Lebens gestohlen und fortgebracht. Zur gleichen Zeit verschwand auch Martéen, der Bruder des Herzogs von Fraterna. Da er der Einzige ist, der zu dieser Zeit Zugang zur Quelle des Lebens hatte, müssen wir davon ausgehen, dass er der Schuldige ist.« An dieser Stelle unterbrach sie ihre abgehackte Rede kurz und warf mir einen herausfordernden Blick zu.

Ich nickte nur kurz.

»Wir haben die letzten sechs Wochen nach ihm gesucht – vergeblich, da unser größter Teil der Reiterei in den Grenzkriegen in Fraterna festsitzt. Wir konnten lediglich einige Hinweise aufspüren. Nach diesen Hinweisen muss er auf Umwegen über die östlichen Berge ins Äußere Dunkel geflohen sein. Seitdem hat die Stärke des Schwarzen Löwen beständig zugenommen. Seine Kreaturen bedrängen unsere Truppen an allen Grenzen immer energischer. Die Götter wissen, was geschieht, wenn . . .«

»Warum habt Ihr uns erst nach vier Wochen der vergeblichen Suche benachrichtigt?«

Alle Gesichter wandten sich Rasuth zu, der es plötzlich zu bedauern schien, etwas gesagt zu haben. Eysha funkelte ihn böse an, weil er sie unterbrochen hatte. Die Miene der Herrscherin war selbst für mich völlig undurchdringlich und Leanna sah nur interessiert zwischen der Ersten Kriegerin und dem Schwertmeister hin und her.

»Wir benötigten einige Zeit, um zu klären, unter welchen Umständen Martéen Lîfstein gestohlen hat«, antwortete die Herrscherin schließlich. »Vorher wollten wir nicht mit dieser Sache an Euch herantreten.«

»Das verstehe ich nicht«, warf ich ein. »Was meint Ihr damit, Hoheit?«

Die Herrscherin schien einige Zeit mit sich zu ringen. Doch bevor sie etwas sagen konnte, meldete sich Rasuth erneut zu Wort. Er war furchtbar blass geworden.

»Die Götter mögen uns gnädig sein«, keuchte er. »Dachtet Ihr etwa, der Herzog . . . das glaube ich einfach nicht!«

»Was wollt Ihr nicht glauben, verflucht!« Mir wurde das langsam zu blöd. Ich wollte einfach nur wissen, was los war. Stattdessen saßen Rasuth und diese Kriegerin da und blitzten sich böse an, die Herrscherin schwieg vor sich hin und Leanna konnte mir nichts sagen.

»Wenn ich mich nicht täusche, hat die Herrscherin den Verdacht gehabt, dass Ihr mit Eurem Bruder unter einer Decke steckt«, schnaubte Rasuth schließlich und lehnte sich mit verschränkten Armen zurück. »Sie dachte, Martéen handelte in Eurem Auftrag, mein Fürst.«

»Falsch«, schnauzte Eysha. »Ich hatte diesen Verdacht. Die Herrscherin hat sich lediglich von mir überzeugen lassen, dass es das Klügste wäre, erst diesen Verdacht aus der Welt zu räumen, bevor sie Herzog Martin benachrichtigte.«

»Was denkt Ihr eigentlich von uns?« Rasuth wirkte mit einem Mal um Jahre gealtert. Das Misstrauen der Herrscherin hatte ihn furchtbar getroffen.

»Nur weil wir weit weg vom Hof sind, heißt das doch noch nicht, dass wir . . .«
»Es ist mir egal, was Ihr von mir haltet«, mischte ich mich ins Gespräch ein. »Wenn Ihr es für nötig gehalten habt, mich zu überprüfen – bitte, von mir aus. Aber was sollen wir jetzt machen?«
»Ich danke Euch, dass Ihr unser Gespräch auf das eigentliche Thema zurückführt, Herzog«, sagte die Herrscherin. »Denn wir sind hier, um genau dies zu klären.«
Die Türe öffnete sich und alle wandten sich um. »Der Herzog von Patray«, sagte die Herrscherin lächelnd. »Ich danke Euch für Euer Kommen.«
Der Mann, der durch die Türe trat, mochte etwa fünfundvierzig Jahre alt sein. In den schwarzen Haaren zeigten sich die ersten grauen Strähnen und unter dem weinroten Hemd wölbte sich ein kleiner Bauchansatz. Um seine blauen Augen lagen tiefe Sorgenfalten. Dennoch merkte man dem Mund an, dass er gerne lachte.
»Ich wünsche Euch allen einen guten Abend«, sagte der Herzog und schloss die Türe hinter sich. »Ich entschuldige mich für meine Verspätung, aber ich wurde aufgehalten.«
Damit setzte er sich mir genau gegenüber. Er sah mich an und runzelte die Stirne. »Martin, fehlt Euch etwas?«
Ich wischte mir mit einer fahrigen Bewegung den Schweiß von der Stirne und schloss den Mund. Rasuth musterte abwechselnd mich und den Herzog. Anscheinend erriet er, was hier los war.
»Mir geht es gut«, brachte ich hervor. »Es ist nur . . .«

»Ja?«

»Ihr seht aus wie mein Vater. Ich meine, Ihr erinnert mich an jemanden, von dem ich geträumt habe«, ächzte ich und warf mein Weinglas um, als ich danach greifen wollte.

KAPITEL VII

Der Zweite im Bunde«, murmelte die Herrscherin. »Herzlich willkommen in unserer Runde, Herzog.«

»Was ist mit dir los, Martin?«, fragte Leanna und sah mich besorgt an. »Was hast du?«

Mein Blick hing an dem Mann fest, der genauso wie mein Traum-Vater aussah. Rasuth hatte ein Taschentuch hervorgezogen und trocknete den Weinfleck.

»Es tut mir Leid«, murmelte ich abwesend und versuchte mein Zittern unter Kontrolle zu bringen. »Ich habe es der Herrscherin bereits erklärt – ich habe durch eine seltsame Krankheit mein Gedächtnis verloren. Meine Erinnerungen wurden durch einen irrsinnigen Traum ersetzt. In diesem Traum war die Ewige Herrscherin meine Schwester und . . .«

»Ich Euer Vater?« Der Herzog von Patray sah mich ernst an. »Interessant. Welche Zeitspanne umfasst dieser Gedächtnisverlust?«

»Der Herzog erwachte vor etwa zwei Wochen inmitten des

Östlichen Waldes. Alles davor Erlebte ist ihm seitdem unbekannt«, antwortete Rasuth für mich und sah sich nach einem Platz für sein weintriefendes Taschentuch um. »Ihm sind lediglich gewisse Fähigkeiten noch zu eigen.«

»Zum Beispiel?«

»Ich kann noch recht gut mit dem Bogen umgehen«, erklärte ich. Das Gespräch half mir meinen Schock über das Aussehen des Herzogs von Patray zu vergessen. »Und das Reiten funktioniert mittlerweile auch wieder einigermaßen.«

»Mit anderen Worten: Ihr seid immer noch derselbe, habt aber zufällig einiges vergessen«, mischte sich Eysha mit schneidender Stimme ein.

»Ja«, gab ich zu. »Aber Rasuth hat mir alles erklärt. Und ich habe auch das Gefühl, als kehrten meine Erinnerungen langsam wieder zurück.«

»Wie schön für Euch«, war die beißende Antwort. »Es mag ja sein, dass Ihr Euch irgendwann wieder daran erinnert, dass es nur Eure Unfähigkeit war, die es Eurem *verfluchten* Bruder letztlich ermöglichte, den Kristall . . .«

»Eysha! Seid Ihr von Sinnen?!« Alle Köpfe wandten sich der Ewigen Herrscherin zu. Sie war aufgesprungen. »Kein anderes Land des Reiches wurde so unvorbereitet vom Ansturm des Schwarzen Löwen getroffen wie Fraterna«, erklärte sie langsam. »Und Herzog Georg benötigte nach dem Tod meiner Mutter unsere Hilfe genauso wie Herzog Martin.«

»Aber er wurde nach kurzer Zeit wieder Herr der Lage«, wandte Eysha ein und strich sich verlegen durch die kurzen Haare.

»Das lag nicht zuletzt an der größeren Stärke meiner eigenen Heere«, sagte der Herzog ruhig und sah mich freundlich an.
»Ihr heißt Georg?« Diese Neuigkeit konnte mich kaum noch erschüttern. »Mein Traumvater hatte denselben Namen.«
»Es ist nicht ungewöhnlich, dass man in seinen Träumen Personen und Namen aus der Wirklichkeit wieder findet«, nickte er. »Ich nehme an, dass die Ewige Herrscherin als Eure Schwester den Namen trug, der ihr durch ihre Mutter gegeben wurde.«
»Meine Schwester hieß Sarah«, sagte ich. »Den Namen der Ewigen Herrscherin kenne ich nicht.«
Plötzlich herrschte atemloses Schweigen.
»Mein Name war einmal Sarah«, sagte die Herrscherin schließlich und sah mich durchdringend an. »Doch es ist ungebührlich, ihn laut auszusprechen.«
»Das tut mir Leid«, entschuldigte ich mich verwirrt. »Ich wollte Euch nicht beleidigen.«
»Eine Beleidigung ist nicht beleidigend, wenn sie nicht mit dieser Absicht ausgesprochen wurde«, stand mir Leanna plötzlich bei. Ich warf ihr einen dankbaren Blick zu, den sie mit einem Zwinkern erwiderte.
»Ihr habt Recht, Leanna«, nickte die Ewige Herrscherin. »Eysha, wollt Ihr etwas sagen?«
Die Erste Kriegerin sah erst mich und dann die Herrscherin an. »Nein«, brachte sie hervor. »Es ist zu dieser Sache alles gesagt worden.«
»Wunderbar. Dann lasst uns endlich wieder Platz nehmen und weitermachen!«
»Die Erste Kriegerin hat uns über das Verschwinden von

Lîfstein berichtet«, erklärte die Herrscherin dem Herzog von Patray. »Habt Ihr dazu noch Fragen, Herzog?«
»Nein«, schüttelte er den Kopf. »Ich denke, ich weiß bereits alles zu diesem Thema.«
»Gut. Habt Ihr vielleicht Neuigkeiten, die Ihr uns mitteilen wollt?«
»Leider. Ich habe einige Nachforschungen betrieben und es sieht alles danach aus, als würden unsere schlimmsten Befürchtungen zutreffen.«
»Das heißt, Lîfstein wurde tatsächlich dem Dunklen Herrscher überbracht?«, sagte ich leise.
»Ich bedaure dies sagen zu müssen, aber Euer Bruder hat ganze Arbeit geleistet.«
»Genug davon«, sagte Rasuth. »Wir sollten stattdessen überlegen, was wir tun können.«
»Das ist doch ganz einfach«, polterte Eysha. »Wir müssen Lîfstein zurückholen – und zwar sofort.«
»Die Erste Kriegerin hat Recht«, sagte die Herrscherin. »Das Dunkel erstarkt mit jeder Stunde, die sich der Kristall in den Händen des Schwarzen Löwen befindet. Wir müssen so schnell wie möglich handeln.«
Dieser Gedanke hing wie eine düstere Wolke über uns. Ich hatte Bilder vor Augen, wie friedliche Dörfer und Städte überfallen und vernichtet wurden.
»Wir müssen eine möglichst große Streitmacht zusammenstellen«, dachte Rasuth laut nach. »Sie muss in der Lage sein, den Dunklen Horden zu widerstehen, bis sich Lîfstein wieder in unseren Händen befindet.«

»Ihr denkt an einen großen Gegenangriff?« Eysha schien die Überlegung zu gefallen. »Wir werden durch die östlichen Berge marschieren und in einem schnellen Vorstoß die Festung des Schwarzen Löwen erreichen.«
»Und den Bastard selbst vernichten, wenn wir seine Burg einnehmen«, nickte Rasuth eifrig. »Dann hätten wir zwei Probleme auf einmal gelöst.«
»Euer Plan hört sich wirklich verlockend an«, warf der Herzog von Patray ein. »Aber er ist undurchführbar.«
»Wieso?« Eysha schien sich über den Widerspruch zu ärgern. »Wir werden natürlich viele Männer verlieren, aber . . .«
»Ihr werdet alle verlieren und Ihr selbst und das Reich werden sterben«, unterbrach der Herzog sie sanft. »Erstens ist das Reich dann an allen Grenzen ungeschützt. Die Horden der Dunkelheit werden Hohenstayn in zwei oder höchstens drei Wochen erreicht haben. Zweitens werdet Ihr Probleme haben Lîfstein zu finden. Denn Ihr wisst nicht, wo sich die Festung des Schwarzen Löwen überhaupt befindet. Und drittens . . .«
Der Herzog sah sich langsam in der Runde um. »Was ich Euch jetzt sage, darf diesen Raum unter keinen Umständen verlassen.«
Alle nickten gespannt. Nur die Herrscherin sah mit blassem Gesicht zu Boden.
»Und drittens: Der Schwarze Löwe kann nicht vernichtet werden.«
»Ihr meint, er ist unsterblich. Ebenso wie die Ewige Herr-

scherin«, brummte Eysha schulterzuckend. »Das ist doch bekannt.«
»Nein. Die Herrscherin kann getötet werden. Der Schwarze Löwe nicht.«
Eine Weile herrschte Stille. Ich brauchte länger als Rasuth, um zu verstehen, was der Herzog von Patray da gesagt hatte.
»Ihr sagtet gerade, dass unser ganzes Bemühen fruchtlos ist«, sagte der Schwertmeister tonlos. »Wir werden den Kampf gegen die Horden der Dunkelheit nie gewinnen. Irgendwann werden wir so oder so überrannt.«
»Ja und nein«, war die wenig ermutigende Antwort. »Irgendwann wird das Innere Reich vergehen. Doch es wird – wenn alles so verläuft, wie es die Götter wollten – ohne Kampf geschehen.«
»Nicht solange ich am Leben bin«, widersprach Eysha mit fester Stimme.
»In den letzten Tagen des Reiches werdet auch Ihr sterben«, prophezeite der Herzog ruhig. »Doch Ihr werdet den Tod begrüßen, denn er wird das Ende Eurer Reise sein. Und die Ewige Herrscherin wird Euch aus Ihren Diensten entlassen.«
»Es wird dahin kommen, dass wir dem Schwarzen Löwen den Schlüssel von Hohenstayn übergeben«, sagte die Ewige Herrscherin anstatt dem Herzog zu widersprechen und seinen Worten den Schrecken zu nehmen.
»Aber warum kämpfen wir denn dann noch?«, fragte Leanna mit Tränen in den Augen. »Dann ist doch alles sinnlos, oder?«

»Ihr fragt nach dem Sinn des Lebens, Leanna«, antwortete die Herrscherin leise. »Er ist das Leben selbst. Die Götter schenkten uns die Möglichkeit, zu atmen. Wir können lieben, hassen und neues Leben gebären. Das Leben sagt uns selbst, warum wir es erhalten müssen, wo immer es geht.« Sie seufzte. »Aber alles Leben vergeht, denn auch das gehört dazu. Und deshalb wird auch das Reich eines Tages vergehen.«

»Wir kämpfen einen aussichtslosen Kampf«, erklärte Eysha mit erstarrtem Gesicht. »Hoheit, ich möchte Euch bitten mich jetzt aus Euren Diensten zu entlassen. Ich ertrage den Gedanken nicht, dass all dies hier sinnlos ist.«

»Ich werde Euch nicht entlassen, Eysha«, lächelte die Ewige Herrscherin nachsichtig. »Und wenn Ihr nur kurz auf Eure Gefühle hört, werdet Ihr Euch auch wieder eines Besseren besinnen.«

»Ihr alle hier wisst, dass wir einen Auftrag haben«, sagte der Herzog von Patray. »Der Schwarze Löwe erhebt viel zu früh einen Anspruch auf das Innere Reich. Wenn unsere Zeit hier zu Ende ist, werden wir ihn mit Freuden als Erlöser begrüßen. Doch nun kommt er als bösartiger Eroberer, der wie eine Krankheit in unser Reich eindringt. Und unsere Pflicht ist es, ihm entgegenzutreten und unsere Grenzen zu halten. Durch den Tod der Mutter Ihrer Hoheit hat er schon zu früh zu viel Land gewonnen. Dagegen werden wir nichts mehr tun können. Aber wir werden unsere Grenzen halten, das schwöre ich Eurer Hoheit!«

»Die Grenzen werden gehalten werden und wir werden

Lîfstein zurückgewinnen. Diesen Schwur leiste ich bei meinem Leben!« Eyshas Gesicht war bis eben noch kalkweiß gewesen. Nun bekam es wieder Farbe, als sie langsam aufstand und diese Worte mit der rechten Hand auf dem Herzen sprach.

»Ich werde nicht ruhen, bis Lîfstein wieder seinen rechtmäßigen Platz einnimmt und die Grenzen sicher sind«, schloss sich Rasuth sofort an und sprang auf. »Mein Leben für das Reich!«

»Mein Leben für das Reich«, wiederholte der Herzog von Patray ruhig und erhob sich ebenfalls.

Leanna sah mich fragend an, als auch sie zögerlich aufstand. »Ich werde helfen, wo ich kann«, erklärte sie schließlich schulterzuckend.

Eysha gab ein verächtliches Schnauben von sich und warf mir einen kurzen Blick zu. In diesem Moment hätte ich sie für diesen bösen Blick erschlagen können.

»Ich werde tun, was ich kann«, versprach ich trotzig und stand auf.

Die Begeisterung der anderen war mir nicht ganz klar. Egal, worum es ging – ich könnte sicher nicht mit Freude in meinen Tod stürmen. Meiner Ansicht nach war es ganz und gar nicht sinnvoll, für irgendetwas zu sterben. So großartig konnte etwas gar nicht sein, dass man sich deswegen gleich umbringen wollte. Außerdem konnte sich dann niemand mehr bei einem bedanken. Und das war schließlich das Schönste an einer guten Tat. Trotzdem, es wirkte sehr feierlich, wie wir alle so dastanden und die Ewige Herrscherin ansahen. Sie musterte uns alle nacheinander und lächelte.

»Ich danke Euch allen«, sagte sie endlich. »Eure Treue und Eure Kraft werden dem Reich vielleicht wieder zu seinem Recht gegen den Dunklen Herrscher verhelfen. Und nun setzt Euch wieder und lasst uns endlich überlegen, was wir tun sollen.«

Etwas verlegen nahmen alle wieder Platz. Es war seltsam, nach diesem furchtbar feierlichen Augenblick zur Tagesordnung überzugehen.

Schließlich ergriff der Herzog von Patray das Wort. »Ich halte es für undurchführbar, Lîfstein mit einer Armee befreien zu wollen. Wir würden in den östlichen Bergen aufgerieben werden, noch bevor wir überhaupt das Äußere Dunkel erreicht hätten. Nein, unsere Überlegungen sollten in eine ganz andere Richtung gehen: Ich denke, dass es besser ist, unbemerkt zu handeln.«

»Ihr meint einen kleinen Stoßtrupp?« Eysha runzelte die Stirn.

»Ja, genau.« Der Herzog nickte anerkennend und fuhr dann fort: »Wir haben nämlich noch ein Problem. Die Festung des Schwarzen Löwen muss nicht unbedingt im Osten liegen.«

»Wir haben Berichte, nach denen sie aber dort sein soll«, widersprach Eysha.

»Verzeiht, aber ihr meint wohl eher Gerüchte«, meldete sich die Herrscherin zu Wort. »Wir haben keinen Beweis, dass diese Erzählungen stimmen.«

»Immerhin kommen die stärksten Angriffe aus dieser Richtung«, gab Rasuth zu Bedenken. »Das könnte zumindest als deutlicher Hinweis verstanden werden.«

»Aber wenn unsere Situation so verzweifelt ist, dann können wir uns doch nicht nur auf Vermutungen verlassen«, sagte ich unsicher. »Weiß denn wirklich niemand, wo diese Festung ist?«

Es war wie verhext. Langsam hatte ich den Eindruck, dass alle verstummten, egal, was ich sagte. Ich hatte wohl das Talent, immer etwas Falsches zu sagen.

»Doch«, gab der Herzog von Patray schließlich zu. »Es gibt einen Menschen, der sich im Äußeren Dunkel auskennt.«

»Das ist kein Mensch!«, rief Eysha entsetzt. »Er ist eine Kreatur des Löwen!«

»Mit Sicherheit nicht«, stellte die Ewige Herrscherin richtig. »Er gehört zu den Bewohnern des Inneren Reiches, auch wenn ich es selbst kaum glauben kann.«

»Und selbst wenn es so wäre – man kann ihm nicht trauen!«

»Wem sollen wir sonst trauen?«, fragte Herzog Georg leise.

Rasuth und ich wechselten verstohlene Blicke. Anscheinend wusste keiner von uns, von wem hier die Rede war. »Von wem redet Ihr denn?«, sprach Rasuth unsere Frage endlich aus.

»Von Fürst Thanatos – dem Verfluchten«, knurrte Eysha schließlich. Es schien ihr schon zu widerstreben, den Namen auszusprechen.

»Ich kenne diesen Namen!«, rief Leanna überrascht aus. »Ein Mann, der bei unserem Stamm lebt, wurde einmal von ihm gefangen gehalten.«

»Wer ist das? Warum kennt er sich im Äußeren Dunkel aus?«,

bohrte Rasuth ungeduldig nach und sah zwischen Eysha und dem Herzog hin und her.

»Fürst Thanatos lebt auf seiner Burg Longwaîth hinter der Wüste Khalram. Longwaîth steht genau im Grenzgebiet zwischen dem Inneren Reich und dem Äußeren Dunkel«, erklärte der Herzog mit gedämpfter Stimme. »Thanatos kann sich nicht entscheiden, wem seine Treue gilt. Er wartet ab, wer der Stärkere ist.«

»Hört sich nach einem super Kerl an«, brummelte ich missmutig. »Ich bin mir noch nicht mal selber sicher, ob wir stärker sind.«

»Solange wir kämpfen, sind wir stärker«, belehrte mich Fürst Georg freundlich. »Das wird Fürst Thanatos hoffentlich einsehen.«

»Wenn ich bis jetzt alles richtig verstanden habe«, erkundigte sich Rasuth mit gerunzelter Stirn, »dann wollt Ihr eine kleine Streitmacht zuerst zu diesem Fürsten Thanatos schicken. Die muss aus ihm herausprügeln, wo sich die Festung des Dunklen Herrschers befindet – und dann?«

»Sobald diese Streitmacht weiß, wo sich Lîfstein befindet, wird sie ihn wohl zu befreien suchen«, antwortete Eysha über ihr Weinglas hinweg.

»Das ist unmöglich«, schüttelte der Schwertmeister den Kopf. »Der Dunkle Herrscher weiß, dass wir den Kristall suchen werden. Er wird uns erwarten, egal, auf welch verstohlenen Wegen wir angreifen.«

»Dann müssen wir ihn eben verwirren«, schlug Leanna temperamentvoll, wie sie war, vor. »Wir könnten auf weniger verstohlenen Wegen mit einer großen Streitmacht angreifen.

Durch so eine Ablenkung könnte unsere kleine Truppe unentdeckt bleiben.«

»Ein Gegenangriff in den östlichen Bergen«, rief Rasuth heftig. »Wir werden ihm dort so zu schaffen machen, dass er gar keine Zeit mehr hat, sich um etwas anderes zu kümmern.«

»Eine gute Idee«, stimmte Eysha zu. »Ein Teil unserer Truppen befindet sich sowieso schon dort. Rasuth, Ihr werdet die Dunklen Horden dort in ein zermürbendes Gefecht verwickeln. Währenddessen durchqueren wir die Khalramwüste, statten dem verfluchten Fürsten einen Besuch ab und holen Lîfstein zurück.«

»Mein Fürst«, wandte sich Rasuth mir zu. »Ich freue mich darauf, mit Euch in den Krieg zu ziehen. Wir werden den Dunklen Horden endlich zeigen, wie ungemütlich es in Fraterna sein kann.«

»Ich kann mir keinen besseren Heerführer für diesen Angriff vorstellen als Euch, Schwertmeister Rasuth«, sagte die Herrscherin. »Aber Ihr werdet diesen Feldzug ohne Euren Fürsten machen müssen.«

»Wieso?«, platzte ich heraus. »Ich kann zumindest wieder reiten und mit dem Bogen umgehen. Oder traut Ihr mir immer noch nicht?«

»Es geht weder um das eine noch um das andere. Ihr seid der Einzige, der Lîfstein berühren kann«, erwiderte die Herrscherin. »Das heißt, außer Euch können es nur noch Herzog Georg und ich. Und Euer Bruder.«

Leanna sah mich erstaunt an.

»Ich wusste gar nicht, dass du so wichtig bist«, flüsterte sie mir zu.

Ich erwiderte ihren erstaunten Blick. »Ich auch nicht.«

»Herzog Georg wird hier auf Hohenstayn bleiben und Eyshas Pflichten übernehmen. Die Erste Kriegerin wird sich die besten zehn ihrer Männer nehmen und zusammen mit Fürst Martin und Leanna so bald als möglich aufbrechen«, sprach die Herrscherin weiter.

»Wieso soll Leanna mitgehen?«, erkundigte sich Rasuth grimmig. »Sie ist keine Kriegerin. Wem soll sie bei dieser Sache nützen?«

»Ich habe ein paar Fähigkeiten, die Euch vielleicht unbekannt sind«, erklärte Leanna angriffslustig. »Ich kann denken. Und ich kenne die Wüste. Reicht Euch das, Schwertmeister-Krieger-Soldat Rasuth?«

»Eure Streiterei ist unmöglich«, sagte der Herzog von Patray leise und rieb sich die Augen. »Unser Land stirbt und ihr benehmt Euch wie zankende Kinder.«

»Der Herzog hat Recht«, nickte die Herrscherin. »Aber sei's drum. Hat noch jemand Fragen? Gut. Wir werden morgen früh noch gemeinsam essen, bevor Ihr aufbrecht. Einstweilen wünsche ich Euch allen eine gute Nacht.«

Damit erhob sie sich und verließ das Zimmer, während wir uns hinter ihr verneigten.

»Nun gut«, brummte Herzog Georg und ging zur Tür. »Wir sehen uns morgen früh. Gute Nacht.«

»Einen Moment noch, Herzog«, rief ich ihm nach. »Ich bitte Euch noch um eine kurze Unterhaltung.«

»Womit kann ich Euch helfen, junger Freund?«

»Man sagte mir, Ihr wüsstet vielleicht, was es mit meiner Krankheit auf sich hat«, erklärte ich stockend. »Und ich denke, dass wir morgen nicht mehr viel Zeit zum Reden haben, wenn wir unsere Reise vorbereiten müssen.«

»Da mögt Ihr Recht haben.« Er nickte. »Lasst uns in meine Wohnung gehen. Ich habe einige Flaschen eines hervorragenden Weines mitgebracht. Wir trinken noch ein Glas zusammen.«

»Ich danke Euch«, rief ich erleichtert.

»Mein Fürst«, sagte Rasuth neben mir. »Wenn Ihr erlaubt, gehe ich nun zu Bett. Ich werde vermutlich morgen mit den Männern wieder aufbrechen. Es wäre gut, wenn ich dann ausgeschlafen wäre.«

»Natürlich, Rasuth. Schlaft gut«, antwortete ich abwesend. Das bevorstehende Gespräch machte mich ein wenig nervös. Vielleicht konnte ich jetzt wenigstens einen Teil des Geheimnisses lüften.

»Ich werde mich auch zurückziehen«, erklärte Eysha und stapfte mit wütenden Schritten zur Tür hinaus, ohne sich weiter zu verabschieden.

»Die Erste Kriegerin scheint sich nicht gerade auf ihren Auftrag zu freuen«, erklärte Rasuth in galligem Ton. »Sie ist es wohl nicht gewöhnt, einem anderen Befehlshaber als der Ewigen Herrscherin persönlich zu unterstehen.«

»Das ist sie in der Tat nicht«, bestätigte der Herzog lächelnd. »Aber sie wird sich daran gewöhnen.«

»Die Herrscherin ist im Unrecht«, platzte Rasuth schließlich

heraus. »Vergebt mir, mein Fürst, aber ich sollte Euch begleiten, nicht sie.«
»Habt Ihr Angst vor einem eigenen Kommando, Rasuth?«, erkundigte sich Leanna spöttisch.
»Ich habe einst geschworen Euch in jeder Gefahr beizustehen, mein Fürst«, sprach der Schwertmeister weiter, ohne auf Leannas Bemerkung zu achten. »Sie könnte den Angriff in den Bergen ebenso gut führen.«
»Aber könntet Ihr den Auftrag so gut ausführen wie die Erste Kriegerin, Schwertmeister?« Der Ton des Herzogs von Patray war voller Verständnis.
»Wahrscheinlich nicht«, gab Rasuth zögerlich zu. »Zur Hölle, ich weiß, dass sie der bessere Kämpfer ist. Aber ich zweifle daran, dass sie den Herzog in angemessener Weise beschützen und ihm folgen wird.«
»So seid beruhigt, das wird sie. Sie hat diesen Auftrag von der Ewigen Herrscherin erhalten und sie wird ihn befolgen. Aber Euer Wunsch, Eurem Fürsten in dieser Sache beizustehen, ist völlig verständlich und ehrt Euch.«
»Ich werde an Eurer Stelle auf Euren Fürsten aufpassen«, versprach Leanna. Ihr Ton war so ungewohnt ernst, dass sich ihr alles erstaunt zuwandte. »So gut ich eben kann«, fügte sie mit einem schiefen Grinsen hinzu.
»Dafür danke ich Euch, Leanna«, sagte Rasuth und seine Stimme drückte echte Dankbarkeit für dieses gut gemeinte Versprechen aus. »Ich wünsche Euch eine gute Nacht. Gute Nacht, Herzog. Schlaft wohl, mein Fürst!«
Damit wandte er sich um und ging hinaus.

»Wie willst du eigentlich auf mich aufpassen«, grinste ich Leanna an. Ihre grünen Augen blitzten vergnügt.
»Das wirst du schon noch sehen«, lachte sie. »So, ich gehe jetzt auch endlich. Ach ja, ich schlafe heute Nacht wieder in unserer Wohnung. Vielleicht lässt mir Gaitan noch ein Bad ein. Ich reise hier jedenfalls nicht ab, bevor ich nicht noch einmal diese wunderbare Wanne genutzt habe. Gute Nacht, die Herren.«
»Ich wollte vielleicht auch noch . . .«, begann ich, aber sie war bereits verschwunden.
»Eine sehr interessante junge Frau«, stellte Fürst Georg fest und warf mir einen belustigten Blick zu. »Wie habt Ihr sie so gut kennen gelernt?«
Während wir zu der Wohnung des Herzogs in die fünfte Ebene hinuntergingen, berichtete ich ihm von Leannas Rettung. Als wir an seiner Türe angelangt waren, hatte ich ihm die Geschichte erzählt.
»Ein interessanter Glaube«, sagte er nachdenklich. »Woher diese Mär nur kommt, dass Hexen auf dem Wasser keine Macht haben?«
»Keine Ahnung«, brummte ich. »Aber es ist mir ohnehin unbegreiflich, wie die Leute auf die Idee gekommen sind, Leanna könnte eine Hexe sein.«
»Sie sieht für diese Gegend ungewöhnlich aus, ist außerordentlich hübsch und nicht gerade scheu – eben alles, was Misstrauen und Neid erregt«, lachte der Herzog und trat ein. »Setzt Euch doch!«
Die Wohnung des Herzogs war nicht größer als meine, doch

sie wirkte wesentlich bewohnter. Er war scheinbar öfter auf Hohenstayn zu Gast als ich. Überall lagen einige persönliche Kleinigkeiten herum, die zeigten, dass diese Räume mehr waren als nur ein paar Gästezimmer.
Ich ließ mich in einen Sessel in der Nähe des Kamins fallen. Der Herzog holte eine Flasche und zwei Gläser aus einem Schrank hervor.
»Ich denke, Ihr solltet mir alles kurz berichten, was mit dieser falschen Erinnerung zusammenhängt«, erklärte er, während er den Wein öffnete und die Gläser füllte.
Es dauerte lange, bis ich alles erzählt hatte. Sosehr ich mich auch um Kürze bemühte, war doch mehr als eine gute Stunde vergangen, bis ich geendet hatte. Dann endlich lehnte ich mich zurück und wartete auf die Antwort des Herzogs.
Nach einem tiefen Zug von dem süßen, schweren Rotwein erhob er sich und sah aus dem Fenster in die Nacht hinaus.
»Ich möchte Euch einen Versuch vorschlagen, Martin«, sagte er endlich und wandte sich mir zu. »Doch muss ich darauf dringen, dass Ihr ablehnt, wenn es Euch auch nur das geringste Unbehagen bereitet.«
»Was habt Ihr vor?«
»Ich habe die seltene Gabe, anderen Menschen in die Seele zu blicken«, erklärte er langsam und musterte mich dabei genau, ob ich seine Worte auch verstand.
»Wie eine Art Hellseher?« Ich wusste tatsächlich nicht genau, was er meinte.
»Wenn Ihr es so nennen wollt. Jedenfalls kann ich in Euren Geist eindringen und mich dort – nun, sozusagen umsehen.

Damit könnte ich vielleicht erkennen, wo Eure wirklichen Erinnerungen verschollen sind. Das Schwierige daran ist, dass ich *alles* sehen kann. Ihr werdet keine Geheimnisse mehr vor mir haben können.«

»Ihr denkt also auch, dass dieser Traum nur ein Traum war?«, fragte ich hoffnungsvoll. »Und dass ich irgendwo in meinem Hirn noch meine richtigen Erinnerungen habe?«

»Davon gehe ich aus«, erwiderte er nach kurzem Nachdenken und einem Schluck Wein. »Ich gebe zwar zu, dass ich noch nie von etwas Vergleichbarem gehört habe«, fuhr er fort und goss mir mein Glas wieder voll. »Aber ich kann mir nicht vorstellen, wie es sonst sein soll. Dass Ihr in diesem anderen Leben mich als Vater und die Ewige Herrscherin als Eure Schwester gesehen habt – nun, das ist erklärbar. Unsere Träume spiegeln in vielerlei Weise die Wirklichkeit wieder, wenn auch meist bis zur Unkenntlichkeit verdreht. Ihr habt scheinbar Eure Gefühle für mich und die Herrscherin in eine verwandtschaftliche Beziehung umgewandelt.«

Ich dachte kurz darüber nach.

»Ihr meint, ich habe für Euch Gefühle, wie man sie einem Vater gegenüber hätte? Und darum habe ich Euch im Traum als Vater erlebt?«

»Das wäre vorstellbar.« Er nickte. »Ich will nicht behaupten, für Euch so etwas wie ein Vater zu sein. Aber ich konnte Euch seit dem Tod Eures Vaters so manches Mal an seiner statt Rat geben.« Er zuckte die Schultern. »Wie Eure Gefühle mir gegenüber sind, das müsst Ihr letztlich selbst am besten wissen.«

»Wäre es eine Möglichkeit, das herauszufinden, wenn Ihr in meinen Geist . . . eindringt?«
Ich musste mir eingestehen, dass der Gedanke an diesen Versuch unbehaglich war. Aber ich wollte um jeden Preis die Wahrheit herausfinden.
»Das hoffe ich zumindest.« Er sah mir aufmerksam in die Augen. »Wollt Ihr es tun?«
Es dauerte nicht lange, bis ich die Antwort gefunden hatte. »Ich denke schon. Ich muss endlich wissen, was mit mir los ist.«
»Wie Ihr wollt. Bleibt einfach ruhig sitzen und stellt Euer Glas irgendwo ab.«
Er erhob sich und kniete vor mir nieder.
Ich zuckte ein wenig zusammen, als er meine Hände in die seinen nahm.
»Schließt nun die Augen. Stellt Euch eine Türe vor. Seht Ihr sie vor Euch?«
Ich suchte in meinem Geist nach dem Bild einer Türe. Plötzlich sah ich die Türe des Zimmers vor mir, das in dem seltsamen Traum mein Kinderzimmer gewesen war . . .
»Gut. Nehmt den Türknauf in die Hand und öffnet die Türe. Sehr gut.«
Die Stimme des Herzogs wurde immer leiser, als ob er sich entfernte . . .
Als ich die Klinke drückte, schwang die Tür auf . . .
»Stellt Euch vor, wie nun ich durch die Türe trete. Es mag sein, dass Euch gleich ein wenig schwindelig wird. Lasst Euch nicht beunruhigen, das vergeht gleich wieder!«

Plötzlich stand mein Vater vor mir und ging an mir vorbei ins Zimmer . . .

»Und nun schließt die Türe wieder und entspannt Euch. Sehr gut.«

Schwärze füllte mein Zimmer und umhüllte mich mit warmer Dunkelheit . . .

Seltsame Bilder zogen an mir vorbei . . .

Ich sah den Schmusetiger, den ich als Kind so geliebt hatte . . .

Ein Hund, der im großen Saal immer vor dem Kamin gelegen war . . .

Sarah, wie sie Götterspeise mit mir kochte . . .

Sarah auf dem Thron der Ewigen Herrscherin . . .

Vater in seinem alten Auto . . .

Vater auf seinem riesigen Streitross . . .

Langsam vergingen die Bilder wie Nebel, der vom Wind zerweht wurde. Die Schwärze umhüllte mich wieder völlig.

»Ihr könnt nun langsam die Augen öffnen«, hörte ich die Stimme von Herzog Georg nahe an meinem Ohr. »Ich habe mich zurückgezogen.«

»Was habt Ihr gesehen?«, fragte ich, sobald ich wieder einigermaßen klar denken konnte. Noch sah ich alles ein wenig verschwommen, aber meine Sicht klärte sich schnell wieder.

»Ich kann es nicht genau sagen«, erwiderte der Herzog leise. »Es tut mir Leid, aber ich bin nun eher ratloser als zuvor.«

»Wieso? Was ist denn mit mir los?«

»Ihr seid zu zweit«, sagte er und sah mich prüfend an.

»Was meint Ihr damit?«

»Ihr verfügt über zwei Erinnerungen. Es ist, als hätten sich in Euch zwei Menschen zu einem verschmolzen.«

»Das . . . das darf doch nicht wahr sein!«, rief ich verzweifelt. Sofort wurde mir schwindelig und ich fiel wieder in den Sessel zurück. »Was meint Ihr damit? Wie kann ich zwei Erinnerungen haben?« Ich war völlig fassungslos.

»Nun, zunächst seid Ihr ganz zweifelsohne Fürst Martin, der Herzog von Fraterna«, erwiderte er und setzte sich wieder in seinen Sessel. »Aber zur Hölle, Ihr seid auch ein anderer Martin – ein junger Herr aus einer Welt, die mir völlig unbekannt ist.«

»Und mit welchem dieser zwei Martins sprecht Ihr gerade?« Meine Stimme überschlug sich fast vor Aufregung und Verwirrung.

»Ich weiß es nicht, aber ich denke, mit beiden. Lasst es mich so erklären. Ihr seid jetzt in Eurem Bewusstsein Fürst Martin aus unserer Welt . . . Übrigens, was mich noch interessiert. Gab es Augenblicke, in denen Ihr den Eindruck hattet, dass Euch hier eine innere Stimme sagt, was Ihr tun müsst?«

Ich musste nicht lange nachdenken. Sofort fielen mir die wirren Träume ein, die mich nach unserer Abreise aus Falkenfeste gequält hatten, und dann war da noch dieser Moment . . .

»Am deutlichsten«, sagte ich langsam, »war der Moment beim Bogenschießen. Da habe ich zwar keine Stimme gehört, aber es war, als würde jemand anderer den Bogen halten, jemand, der genau weiß, wie es geht. Und dieser

Jemand kann auch reiten . . .«, versuchte ich ein erstes Lächeln.

»Und obwohl Ihr bewusst Fürst Martin seid, verfügt Ihr vor allem über die Erinnerungen dieses fremden Martin, denn die Erinnerungen des Fürsten Martin sind zwar vorhanden, aber Ihr könnt sie nicht nutzen.«

»Ich kann sie nur nicht nutzen?« Nun bekam ich wieder eine Gänsehaut. »Wer bin ich dann?«

»Martin, seht, als Erstes, Ihr seid sehr stark. Ihr habt Fähigkeiten aus zwei Welten. Versucht einfach nicht nachzudenken, wer Ihr seid oder was Ihr tun müsst – tut es einfach! Handelt! Alles andere wird sich sicher finden.«

»Aber das hat doch keinen Sinn!«, rief ich und schlug mit der Faust auf den Tisch. »Wie soll ich eine Welt retten, die ich nicht kenne. Das hätte der alte Herzog Martin besser getan!«

»Tatsächlich? Was wäre wohl geschehen, wenn Ihr der Fürst von Fraterna geblieben wärt, so wie er war? Wie hättet Ihr gehandelt, wenn Ihr plötzlich Euren eigenen Bruder hättet jagen müssen?«

Plötzlich verstand ich, was er meinte.

»Ihr wollt sagen«, begann ich langsam, »dass ich es nicht tun könnte. Ich wäre von meiner Liebe zu Martéen so gefesselt, dass ich meinen Auftrag nicht erfüllen könnte. Aber nun dringt dieser fremde Martin in meinen Körper ein und . . .«

»Eilt Euch zu Hilfe«, schloss der Herzog für mich. »Er ermöglicht Euch überhaupt erst den Versuch, das Reich zu retten. Und letztlich bemüht er sich seine eigene Welt zu retten.

Denn vermutlich würde auch sie vergehen, wenn das Reich vernichtet wird.«

Es war sehr spät, als ich mich bei Herzog Georg bedankte und zu meiner eigenen Wohnung schwankte. Mir schwirrte der Kopf von dem neuen Wissen. Die Vorstellung, einen Gast in mir zu beherbergen, beunruhigte mich ebenso, wie sie mich belustigte. Was war, wenn dieser fremde Martin aus der anderen Welt etwas tat, was ich selbst nie getan hätte? Was war, wenn er bösartig war?

Doch letztlich waren diese Gedanken nicht wirklich erschreckend. Ich fühlte genau, dass wir beide uns sehr ähnlich waren. Es würde keinen Streit zwischen uns geben. Dennoch war die Vorstellung lustig, dass wir uns über etwas Unwichtigem in die Haare gerieten.

Ich will aber ein Honigbrot!

Das ist mir egal! Ich will ein Marmeladenbrot!

Grinsend betrat ich meine Wohnung und ließ mich kichernd auf mein Bett fallen. Der Wein des Herzogs war hervorragend gewesen und zuletzt hatten wir über unserem langen Gespräch eher zwei Flaschen als zwei Gläser geleert. Jetzt war ich wirklich froh über meine Trunkenheit. Sie half mir die neuen Erkenntnisse ein wenig leichter zu nehmen. Ohne auch nur die Stiefel auszuziehen, wälzte ich mich in meine Bettdecke und vergrub den Kopf im Kissen.

Nur einmal wurde ich nachts wach. Mir gingen zwei Gedanken durch den Kopf. Immer wieder hörte ich die Stimme Sarahs in meinem letzten Traum. Sie hatte gesagt: *»Du darfst nicht denken. Dafür ist keine Zeit mehr. Jetzt musst du handeln.«*

Und Fürst Georg hatte gesagt: *»Handelt! Alles andere wird sich finden . . .«* Zum ersten Mal spürte ich, dass das alles wirklich einen tieferen Sinn hatte. Ich verstand ihn zwar noch nicht, aber auf einmal war ich ganz sicher auf dem rechten Weg zu sein. Erleichtert schlief ich ein.

KAPITEL VIII

Zur Hölle, Martin, wach gefälligst auf!«

Eben noch hatte ich einen brillanten Gedanken gehabt. Die Idee würde mir ewigen Ruhm einbringen, denn durch sie wurden alle Sorgen der Menschheit gelöst. Und gerade in diesem schwierigen Augenblick wurde ich äußerst unsanft an der Schulter gerüttelt!

»Martin, wenn du nicht sofort aufstehst, schütte ich dir das verdammte Waschwasser über den Kopf, verstanden?«

»Jaja, bin ja wach«, beruhigte ich diesen widerwärtigen Menschen und wickelte mich fester in meine Bettdecke. »Stehe sofort auf, ehrlich!«

Ein Schwall kalten Wassers ergoss sich über meinen Kopf.

»Verflucht, was soll das!«, schrie ich und fuhr hoch. »Oh Gott!« Mein Kopf dröhnte wie eine Kirchenglocke und um mich herum drehte sich alles.

»Ich hatte dich gewarnt«, erklärte Leanna lachend und zerrte mir auch noch die Bettdecke weg. »Du wolltest es nicht anders.«

»Was bildest du dir eigentlich ein!«, schrie ich wütend und sprang auf. »Wie kommst du dazu . . . oh hilf mir doch jemand!«

Stöhnend ließ ich mich wieder auf das Bett zurückfallen. Meine Beine fühlten sich an, als wären sie aus Gummi. Mir war furchtbar schlecht.

»Stell dich nicht so an!«, befahl Leanna mitleidlos. »Ich kenne das. Es geht vorbei, wenn du nur willst. Die Herrscherin wartet nämlich auf uns. Du erinnerst dich? Bevor du dich mit dem Herzog von Patray voll geschüttet hast, wurden wir zum Frühstück eingeladen. Also beweg deinen Hintern!«

Ich überlegte kurz, ob ich mich wehren sollte – nicht gegen das, was Leanna sagte. Sie meinte es nicht böse, aber sie war mir gegenüber einfach zu forsch. Mochten die anderen es hinnehmen, ich wollte, dass sie mich respektierte. Aber momentan war ich einfach zu sehr mit mir selbst beschäftigt.

Es dauerte eine ganze Weile, bis ich fertig war, denn meine Arme und Beine führten die Befehle des Hirns nur sehr zögerlich aus. Endlich stand ich angezogen da und sah Leanna böse an.

»Ich würde mich ja gerne waschen, aber das geht wohl nicht mehr«, erklärte ich beleidigt.

»Du bist doch schon gewaschen.« Sie grinste vergnügt. »Und dank meiner Hilfe ging es auch sehr schnell. Jetzt muss ich noch einen Weg finden, dich genauso schnell anzuziehen. Dann kannst du jeden Abend saufen gehen.«

»Nie wieder!«, schwor ich und schwankte zur Türe. »Nie wieder!«

Auf dem Weg zum Palast der Ewigen Herrscherin erinnerte ich mich langsam wieder an den Vorabend. Jetzt kam es mir wie eine dumme Idee aus einem Traum vor, dass ich aus zwei Menschen bestehen sollte. Ich fühlte mich überhaupt nicht besonders fremd. Ganz im Gegenteil, ich war völlig ich selbst. Und selbst wenn Herzog Georg Recht behalten sollte – ich kam gut mit mir und dem anderen zurecht.

Entschlossen schob ich diesen Gedanken beiseite. Jetzt musste ich mich erst noch einmal mit einer Sache befassen, die nicht mehr warten konnte.

Es war ein strahlend schöner Sommermorgen. Die Sonne stand am wolkenlos blauen Himmel und ihr helles Licht schmerzte mir in den Augen. Rasuth erwartete uns an der großen Treppe, die zur sechsten Ebene hinaufführte.

»Einen guten Morgen, mein Fürst. Habt Ihr gut geschlafen?«

»Guten Morgen, Rasuth«, brummte ich und zwang mich zu einem Lächeln. »Warum habt nicht Ihr mich geweckt? Das wäre vermutlich etwas angenehmer gewesen.«

»Oh, versucht habe ich es.« Er lachte herzlich und dieser fröhliche Moment tat mir richtig gut. »Doch Ihr widerspracht so heftig, dass ich auf Leannas Angebot, Euch zu wecken, gerne eingegangen bin. Und außerdem musste Euch doch jemand bei der Herrscherin entschuldigen.«

»Dann habt dafür herzlichsten Dank. Wartet die Herrscherin schon lange auf mich?«

»Nicht allzu lange, zumindest nicht auf Euch alleine«, beruhigte er mich. »Der Herzog von Patray hatte heute wohl auch gewisse Schwierigkeiten, dem Bett zu entsteigen.«

»Das freut mich, zu hören«, nickte ich. Wenigstens war ich mit meiner Not nicht alleine.
»Dennoch sollten wir uns nun beeilen, wir sind die Letzten.«
Mit langen Schritten stürmte der Schwertmeister vor uns her. Der Weg führte uns diesmal nicht durch den Thronsaal. Wir gingen daran vorbei, durch einen kunstvoll verzierten Mauerbogen und eine Galerie, die rund um die sechste Ebene zu laufen schien – und wir gelangten schließlich auf eine Terrasse, die sich genau auf der anderen Seite der hoheitlichen Gemächer befand. Die Sonne glänzte auf dem blau-weißen Marmorboden und ließ den Granit der niedrigen Brüstung glitzern. Mir fielen einige runde Flecken auf dem Boden auf. Dort mussten einmal Topfpflanzen gestanden haben. Anscheinend hatte man sie weggeschafft, als auch sie grau wurden und ihre Blätter fallen ließen.
Die Ewige Herrscherin, Eysha und der Herzog von Patray saßen an einer langen Tafel nahe der Brüstung. Der Herzog lächelte, als er mich sah.
»Es freut mich, dass Ihr es noch geschafft habt, Martin«, begrüßte er mich. »Guten Morgen.«
»Ich bitte Euch um Verzeihung für meine Verspätung«, erklärte ich und kniete vor der Herrscherin nieder.
»Sie sei Euch bereitwillig gewährt«, sagte die Herrscherin freundlich. »Und wenn ich es richtig sehe, ist vor allem Herzog Georg dafür verantwortlich.«
»Nicht ich«, verteidigte der sich lachend. »Meinen Wein solltet Ihr hierfür anklagen, Hoheit.«

Das Frühstück war unerhört lecker. Es gab feines Weißbrot, zarten Schinken, weiche Eier, Dutzende Käsesorten, frisch gepresste Fruchtsäfte, kalten Braten und Dünnbier. Als Rasuth mir von dem Bier einschenken wollte, wehrte ich entsetzt ab. Schließlich waren wir alle satt und lehnten uns zufrieden in die bequemen Korbstühle zurück.

»Was habt Ihr gestern Abend noch herausgefunden?«, erkundigte sich Leanna bei Herzog Georg und mir.

»Ich fürchte, da bin ich mir nicht sicher«, erklärte der Herzog bedauernd. »Ich habe ein wenig mehr getrunken als Martin. Aber es mag sein, dass er sich an etwas erinnert.«

Ich sah ihn überrascht an. Sein Blick verriet mir, was ihn zu dieser kleinen Lüge brachte. Er wollte einfach keine fremden Geheimnisse verraten.

»Ich muss gestehen, dass auch meine Eindrücke von gestern Abend sehr schwach sind«, sagte ich nach kurzem Nachdenken. »Soweit ich weiß, sind meine wahren Erinnerungen an die letzten vierzehn Jahre noch irgendwo in mir. Es mag sein, dass sie eines Tages wieder zum Vorschein kommen.«

»Das muss ja ein wundersamer Wein gewesen sein«, bemerkte Eysha und sah mich und den Herzog über den Rand ihres Glases hinweg misstrauisch an.

»Das muss er wohl«, nickte die Herrscherin und sah Leanna an. Die öffnete gerade den Mund, um gegen diese Verschwiegenheit zu protestieren. Doch als sie den Blick der Herrscherin bemerkte, schloss sie ihn wieder.

»Wir wollen noch einmal alles besprechen, was uns heute und morgen beschäftigen wird«, erklärte Herzog Georg auf ein

Nicken der Herrscherin hin. »Schwertmeister, wann könnt Ihr aufbrechen?«

»In einer Stunde«, erwiderte er ohne Zögern. »Ich habe gestern Abend noch meine Männer informiert. Sie warten nur noch auf den Marschbefehl.«

»Sehr gut. Eysha?«

»Ich war heute Morgen bei meinen Leuten«, antwortete die Kriegerin sofort. »Ich habe zehn Männer für diesen Auftrag bestimmt, die praktisch bereitstehen. Sie sind wohl gerade dabei, das Marschgepäck zu verstauen. Sobald Leanna bereit ist und Herzog Martin das Kommando gibt, können wir aufbrechen.«

»Wunderbar. Gibt es noch Fragen?«

»Wann soll ich losschlagen?«, erkundigte sich Rasuth.

»Sobald Herzog Martin die Grenze des Äußeren Dunkels erreicht hat«, erwiderte der Herzog. »Leanna, wie lange habt Ihr für die Reise benötigt?«

Leanna sah sich unbehaglich um. »Ich fürchte, das kann ich nicht sagen«, erwiderte sie schließlich. »Die Dauer meiner Reise sagt nichts über die nun bevorstehende aus.«

»Habt Ihr Euch so viel Zeit gelassen? Ich dachte, Ihr wärt in großer Eile gewesen«, fragte Rasuth erstaunt. »Wie lange habt Ihr denn gebraucht?«

Leanna wand sich auf ihrem Stuhl. »Zwei Tage«, erklärte sie schließlich.

»Zwei Tage«, lachte Eysha. »Tatsächlich. Nicht nur eine halbe Stunde wie üblich?«

»Wie um alles in der Welt seid Ihr denn hierher gelangt?«,

brummte Rasuth ungläubig. »Zwei Tage kann nicht stimmen. Ihr macht Scherze.«

»Unsere Stammesälteste hat die besondere Fähigkeit, mit Tieren zu sprechen«, antwortete Leanna aufbrausend. »Sie überredete einen Wüsten-Aardnar mich zu tragen.«

»Was soll denn das für ein Tier sein?«, fragte ich erstaunt.

»Ein Fabelwesen«, erklärte Rasuth mir kopfschüttelnd. »Die junge Frau hält uns zum Narren.«

»Ihr wisst wirklich nichts über diese Welt, Rasuth«, fauchte Leanna. »Bloß weil Ihr in Eurem kleinen Land außer den Kreaturen des dunklen Herrschers nichts kennt, denkt Ihr, es kann sonst auch nichts anderes geben.«

»Vergebt mir, junge Frau«, knurrte Rasuth zurück. »Ihr erzählt uns, ein Aardnar hätte Euch auf seinem Rücken hierher getragen! Seid froh, dass ich Euch deswegen nicht offen verlache!«

»Was soll denn dieses Fabelwesen sein, verflucht!« Es war mir egal, ob es dieses Wüsten-Dingsbums gab oder nicht, aber ich wollte wissen, was es sein sollte.

»Die Legende berichtet, Aardnars wären die Urväter aller fliegenden Echsen dieser Welt«, erklärte Herzog Georg mir. »Sie sollen einst überall gelebt haben, bis sich ihre Nachkommen der Dunkelheit zuwandten – die Draghnars zum Beispiel. Der Verdruss hierüber erbitterte sie so, dass sie der Welt den Rücken zuwandten und sich in die Tiefen der Khalramwüste zurückzogen.«

Er warf Leanna einen forschenden Blick zu. »Seit Menschengedenken wurde kein Aardnar mehr gesehen. Deshalb hält man sie allgemein für Fabelwesen. Auch wenn ich keinen Grund habe, an Leannas Worten zu zweifeln – ich muss sagen, es fällt mir schwer, ihren Worten zu glauben.«

»Dann glaubt doch, wem oder was Ihr wollt«, schnauzte Leanna. »Ich kann Euch jedenfalls nicht sagen, wie lange man von hier bis zur Khalramwüste reitet.«

»Das ist bedauerlich, aber nicht zu ändern«, schloss die Herrscherin dieses Thema ab. »Eysha, was schätzt Ihr denn?«

»Wenn wir uns beeilen und nichts dazwischenkommt, sollte die Strecke zur Wüste in etwa drei Wochen zu meistern sein«, dachte die Kriegerin laut nach. »Und ich habe noch nie jemanden kennen gelernt, der die Wüste durchquert hätte. Ich habe keine Ahnung, wie lange das dauern könnte.«

»Weitere zwei Wochen«, gab Leanna mürrisch Auskunft. »Wenn – wie Ihr sagtet – nichts dazwischenkommt.«

»Dann haben wir Burg Longwaîth in fünf Wochen erreicht«, rechnete ich zusammen. »Ist denn bekannt, wo sich diese Burg genau befindet?«

»In meinem Stamm gibt es einen Fremdling, der von Herzog Thanatos gefangen gehalten wurde und in die Wüste floh«, sagte Leanna. »Er wurde dort von einem unserer Jäger gefunden und mitgenommen. Mit seiner Hilfe sollten wir diesen verrückten Fürsten doch finden.«

»Warum hat Thanatos ihn gefangen genommen?«, fragte ich nach.

»Ich weiß es nicht. Er will nichts von dieser Zeit erzählen. Manchmal hat er furchtbare Alpträume und schreit die ganze Nacht. Wir versuchen seit Jahren ihm diese Erinnerung zu nehmen und nicht sie wieder aufleben zu lassen.«

Ich sah sie unbehaglich an. Was war so furchtbar an diesem Fürsten Thanatos, dass man später nicht einmal mehr von ihm reden wollte?
»Ich denke, Ihr solltet den Angriff in vier Wochen starten, Schwertmeister«, sagte Eysha schließlich. »Es wäre günstig, den Schwarzen Löwen zu beschäftigen, bevor wir seine Grenze erreichen.«
»Ich stimme Euch zu, Kriegerin.« Rasuth nickte. »Und vier Wochen reichen mir völlig aus, um alles gut vorzubereiten. Ihr könnt Euch auf mich verlassen.«
»Das werden wir, Schwertmeister«, sagte die Herrscherin. »Wenn nun alles gesagt ist, können wir uns an unsere Arbeit machen. Wir haben nicht viel Zeit. Einen guten Tag wünsche ich Euch allen.«
Ich kämpfte kurz mit mir, aber schließlich, als Eysha und der Herzog von Patray gegangen waren, sah ich die Herrscherin entschlossen an.
»Was habt Ihr noch auf dem Herzen, Martin?«, fragte sie, als sie meinen Blick bemerkte.
»Ich sage dies nur ungern, Hoheit«, begann ich unsicher. »Aber meine fürstliche Ehre erlaubt mir keine andere Wahl. Es geht um Leanna.«
»Das kannst du nicht tun!«, fauchte Leanna, die hinter mir gewartet hatte. »Was fällt dir ein!«
»Ich weiß nicht, ob Ihr erfahren habt, wie wir uns begegnet sind«, fuhr ich fort, ohne auf ihren Widerspruch zu achten. »Ich rettete sie aus einem Käfig, den einige Dorfbewohner gerade im Lôef versenken wollten. Man hatte sie der Hexerei

angeklagt und für schuldig befunden. Ich hob das Urteil auf, versprach aber sie vor Eurer Hoheit anzuklagen. Und dieses Versprechen muss ich einhalten.«

»Wohl gesprochen, mein Fürst«, raunte Rasuth hinter mir.

»Ihr werdet an diesem Unsinn doch keinen Gedanken verschwenden, Hoheit«, beschwor Leanna die Herrscherin. »Diese Idioten hatten den Tod einer Ziege zu beklagen, und da ich anders als die Menschen hier aussehe, machten sie mich zum Sündenbock.«

»Nur ruhig, Leanna.« Die Herrscherin lächelte sie an. »Ich habe nicht umsonst alle Verfahren wegen Hexerei an mich gezogen. Wir alle wissen, dass dieser blödsinnige Glaube an Hexen unausrottbar ist. Ich bemühe mich nur das Schlimmste zu verhindern. Leanna vom Stamm der Heyka, ich spreche Euch hiermit von allen Anklagen der Hexerei frei. Zieht hin in Frieden!«

»Na bitte!« Leanna sah mich herausfordernd an. »So, mein Fürst – wie entschuldigst du dich jetzt?«

»Mein Fürst muss sich für nichts entschuldigen, junge Frau«, sagte Rasuth sofort böse. »Er hat sich völlig ehrenvoll verhalten.«

»Ich war mir darüber im Klaren, dass ich mich mit dieser Anklage lächerlich mache, Hoheit«, versuchte ich mich zu verteidigen. »Aber ich konnte . . .«

»Ihr habt Euch nicht lächerlich gemacht, Herzog«, unterbrach sie mich mit einem mahnenden Blick auf Leanna. »Ihr gabt den Dorfbewohnern ein Versprechen, das Ihr um Eurer fürstlichen Ehre willen eingehalten habt. Obwohl die Anklage lächerlich war, habt Ihr Euch beispielhaft verhalten.«

»Das freut mich zu hören«, sagte ich erleichtert. »Dann werde ich nun meine Reisevorbereitungen treffen. Einen guten Tag, Hoheit.«

»Ich kann nicht glauben, dass du es wirklich getan hast«, schnaubte Leanna, sobald wir zur fünften Ebene hinabstiegen. »Wieso hast du das nur getan?«

Ich blieb ruckartig stehen und packte sie am Arm. »Weil ich meinem Titel als Herzog etwas schuldig bin, verflucht!«, brüllte ich sie an. »Und hör endlich auf die ganze Zeit an mir herumzunörgeln! Ich will meine Ruhe haben, verstanden!«

»Du bist ein verdammter . . .«, begann Leanna, doch Rasuth unterbrach sie.

»Mein Fürst, lasst uns bitte unsere Vorbereitungen treffen! Wir haben keine Zeit für solche Streitereien. Wir werden Eure Sachen packen müssen.«

»Ihr habt Recht, Rasuth«, stimmte ich ihm zu und atmete tief durch. »Lasst uns gehen!«

Meine Satteltaschen waren schnell gepackt. Ich schlüpfte in die Kleider, die ich auf unserer Reise nach Hohenstayn getragen hatte. Gaitan hatte sie waschen lassen und nun dufteten sie angenehm frisch. Schließlich stand ich wieder etwas mutlos vor meinem Kettenhemd. Ich hätte einiges dafür gegeben, nicht mehr in dieses schwere Ding schlüpfen zu müssen.

Während ich in Gedanken schon die Schmerzen in meinen Schultern fühlte, klopfte es an der Türe. Es war Gaitan.

»Herzog, ich habe eine Nachricht für Euch«, erklärte er freundlich. »Der Fürst von Patray bittet Euch ihn in seinen Gemächern aufzusuchen. Er sagte, Ihr könntet Euch vielleicht nicht mehr an den Weg erinnern. Deshalb soll ich Euch zu ihm führen.«

»Dann gehen wir«, nickte ich. Mir war alles recht, was mich noch eine Weile vor dem furchtbaren Panzerhemd bewahrte. Auf dem Weg erkannte ich, dass der Herzog von Patray Recht hatte. Ohne Hilfe hätte ich seine Wohnung nicht mehr gefunden. In Zukunft würde ich die Finger vom Wein und dergleichen lassen.

»Martin, seid willkommen«, begrüßte der Herzog mich freundlich, als wir an seiner Türe klopften. Er entließ Gaitan und geleitete mich in seine Wohnung. »Ich danke Euch für Euer rasches Kommen. Ich weiß zwar, dass Ihr wenig Zeit habt. Aber ich habe etwas für Euch – ein Geschenk.«

»Was für ein Geschenk?«, wunderte ich mich. »Weswegen wollt Ihr mir etwas schenken?«

»Kommt mit«, erwiderte er und führte mich in sein Schlafzimmer. »Ich zeige es Euch. Hier, seht.«

Innerlich stöhnte ich auf. Auf der Bettdecke lag, tief in die Federn eingesunken – ein Kettenhemd. Doch im Gegensatz zu meinem blitzte es nicht in prachtvollem Silber. Nein, diese Rüstung war aus mattschwarzen Eisenringen gefertigt, die einen düsteren Schimmer verbreiteten. Sogar die Lederriemen, die das Ding zusammenhielten, waren vollkommen schwarz.

Aus demselben dunklen Eisen waren auch die Panzerhose und die Kettenhandschuhe, die neben dem Hemd lagen. Auf einer Anrichte an der Seite des Bettes stand ein schwarzer Helm mit Vollvisier, an dem als Krone ein schmuckloser Silberring festgeschmiedet war.

Neben der Rüstung lagen zusammengefaltet noch eine Hose und ein Hemd aus schwarzem Leder.
Das alles wirkte auf mich, als hätte man einen kugelsicheren Beerdigungsanzug für mich bereitgelegt. Mich schauderte, aber der Herzog erklärte: »Diese Rüstung habe ich selbst geschmiedet, als die Mutter der Herrscherin starb und der Krieg begann. In ihr habe ich die Horden der Dunkelheit aus Patray vertrieben.«
»Eine interessante Farbe«, war alles, was ich herausbrachte. Dieses Ungetüm von einer Rüstung zeigte mir den Herzog in einem neuen – und nicht unbedingt guten – Licht. Wer so etwas herstellte, musste einen seltsamen Charakter haben. Ich versuchte mein Unbehagen zu verbergen, aber anscheinend gelang es mir nicht.
»Es wundert mich nicht, wenn Euch die Farbe erschreckt.« Der Herzog lachte leise. »Doch man gewöhnt sich daran. Ihr werdet diese Rüstung noch zu schätzen lernen, sobald Ihr ihre Vorteile erkannt habt.«
»Man wird bei Nacht nicht mehr gesehen?«, vermutete ich.
»Das auch. Aber das meinte ich nicht. Versucht einmal das Kettenhemd hochzuheben«, wurde er ernst.
Ich griff nach dem eisernen Gewebe und hob es hoch. Nach den Erfahrungen mit meiner eigenen Rüstung war ich einiges gewöhnt. Aber das Gewicht dieser Rüstung riss förmlich in den Armen, so schwer war sie.
»Das kann ich niemals tragen«, keuchte ich und ließ das Hemd zurück aufs Bett fallen. »Ich breche ja schon unter meiner eigenen Rüstung fast zusammen und die ist viel leichter.«

»Dann seht einmal her.« Der Herzog griff nach dem Hemd – und hob es mühelos hoch. Mit offenem Mund sah ich zu, wie er es anschließend über dem Kopf herumwirbelte wie einen Seidenschal. »Es ist gar nicht schwer.«

»Ihr habt ja gewaltige Kräfte«, staunte ich ein wenig erschrocken, als er auch noch die eiserne Hose mit zwei Fingern hochhob.

»Nein, aber ich habe gewisse – Fähigkeiten, um es kurz zu machen: Diese Rüstung hat Kräfte, die recht ungewöhnlich sind.«

»Ihr meint, sie ist . . . verzaubert?« Wenn ich es nicht gesehen hätte, hätte ich den Herzog nun wahrscheinlich ausgelacht.

»So könnte man sagen, ja. In jedem Fall ist sie höchst ungewöhnlich.« Ein Lächeln glitt über das Gesicht des Herzogs. »Ich werde es Euch erklären. In wenigen Tagen wird sich dieser Schutz für Euch leichter tragen als jedes übliche Kettenhemd. Und in zwei Wochen werdet Ihr sie kaum noch spüren.«

»Und Ihr seid sicher, dass es funktioniert?«, fragte ich noch einmal nach.

Er nickte. »Kommt, ich helfe Euch beim Anlegen!«

»Aber wenn diese Rüstung so gut ist, kann ich sie unmöglich annehmen«, zögerte ich. »Wenn wir keinen Erfolg haben, werdet Ihr sie brauchen, um die Herrscherin zu beschützen.«

»Wenn Ihr keinen Erfolg habt, wird das nicht mehr nötig sein«, war seine nüchterne Antwort. »In Eurem Auftrag liegt unsere ganze Hoffnung. Es ist nur vernünftig, wenn ich Euch unterstütze, so gut ich eben kann. Und jetzt zieht Eure Sachen aus. Ihr werdet dieses bestickte Zeug nicht mehr brauchen – es sei denn, bei der Siegesfeier. Und dann ist es hier auf Hohenstayn gut aufgehoben.«

Eine halbe Stunde später stand ich in meiner neuen Rüstung da. Das schwarze Eisen zerrte mich mit einer Kraft zu Boden, dass ich bei jedem kleinen Schritt in Gefahr, war einfach umzufallen.

»Sie passt Euch recht gut«, stellte der Herzog zufrieden fest. »Tragt sie zunächst den ganzen Tag. Später könnt Ihr sie nach Belieben an- und ausziehen. Doch gebt ihr nun erst einmal Zeit, sich an Euch zu gewöhnen.«

»In Ordnung«, ächzte ich. »Ich danke Euch vielmals, Georg.«

»Dankt mir, indem Ihr Lîfstein wieder an seinen rechtmäßigen Platz zurücksetzt, junger Freund«, sagte er ernst und drückte mir noch den Helm in die Hand.

»Muss ich ihn auch die ganze Zeit tragen?«, erkundigte ich mich ängstlich.

»Nein, keine Angst«, lachte er. »Die Rüstung wirkt als Ganzes. Auch der Helm wird leichter werden. Und nun geht und trefft Eure weiteren Vorbereitungen!«

Die ersten hundert Meter meines Rückwegs schwankte ich noch wie ein Schiff im Sturm und war froh, dass mir kaum jemand begegnete. Doch kurz bevor ich den Gang zu meiner Wohnung erreichte, veränderte sich etwas: Ich konnte mich wieder leichter und freier bewegen und die Rüstung fühlte sich wesentlich leichter an. Nun achtete ich nur noch darauf, wie sich das schwarze Eisen über dem Leder anfühlte. Leanna bemerkte ich erst, als sie mir die Hand auf die Schulter legte.

»Redest du nicht mehr mit mir oder was ist los?«, fragte sie und betrachtete mich von oben bis unten. »Was ist das für ein Kostüm? Versuchst du dich als Ritter des Schwarzen Löwen auszugeben?«

»Herzog Georg hat es mir geschenkt«, erwiderte ich stotternd. »Es ist etwas Besonderes.«

»Das sieht man«, stimmte sie mir zu. »Eine Art Liebeserklärung an die Horden der Finsternis?«

»Die Rüstung hat eine besondere Eigenschaft«, versuchte ich zu erklären. »Wenn man sie länger trägt, dann gewöhnt sie sich an einen und wird viel leichter.«

Die Belohnung für diese Bemerkung war ein Blick, wie er nur von Leanna kommen konnte.

»Wie du meinst«, erklärte sie und musterte mich amüsiert. »Aber trotzdem sieht es nicht schlecht aus. Es lässt dich irgendwie gefährlicher erscheinen, als du bist.«

»Danke«, war ich sofort beleidigt, aber immerhin fiel mir eine passende Antwort ein: »Du siehst dagegen irgendwie netter aus, als du bist.«

»Das ist lieb von dir«, lachte sie nur und verschwand in ihrem Zimmer. Wieder einmal blieb ich mit dem Gefühl zurück, mich völlig trottelig verhalten zu haben. Ich konnte sagen, was ich wollte, sie nahm mich nicht ernst und dabei hatte ich diesmal nur die Wahrheit gesagt, sie sah nett aus: Die hellbraunen Ledersachen, die sie trug, ließen sie noch ein wenig zierlicher wirken. Ich hatte mich immer noch nicht völlig an die merkwürdige violette Farbe ihrer Haut gewöhnt. Das – und diese strahlend grünen Augen – waren zumindest der Grund, weswegen ich sie immer wieder ansehen musste. Und nachdem sie ihre Haare ein paar Mal gewaschen hatte, lagen sie nun glänzend wie schwarze Seide über ihren Schultern.

Es klopfte an der Türe und Eysha trat ein. »Herr, die Ewige Herrscherin . . . was ist das für eine Rüstung?«

»Der Herzog von Patray hat sie mir geschenkt«, sagte ich, verwundert über ihr staunendes Gesicht.

»Das glaube ich nicht«, stieß sie hervor und trat näher. Ihre Augen hingen an der Rüstung.

Sie selbst trug nun auch eine Hose und ein Hemd aus Kettengliedern. Dazu hatte sie noch über dem Eisenhemd einen silbern glänzenden Brustpanzer geschnallt, auf dem in Gold das Zeichen von Lîfstein eingeprägt war. Über ihrem Rücken hing ein roter Umhang, auf dem ebenfalls der Kristall mit Goldfäden eingestickt war. An ihrer Seite trug sie ein Schwert, dessen Knauf eine geballte Faust darstellte.

Durch die Rüstung, die kurzen, roten Haare, die stechenden, blauen Augen und ihr scharfkantiges Gesicht wirkte sie männlicher denn je zuvor.

»Aber es ist wahr«, sagte sie zu sich selbst und umkreiste mich, als wäre ich eine Vitrine im Museum. »Es ist wirklich *Smirt* und Ihr habt vermutlich nicht einmal eine Ahnung, was Ihr da am Leibe tragt, nicht wahr?«, fragte sie verächtlich. »Der Herzog hat Euch *Smirt* geschenkt, die legendäre Rüstung, die er selbst im großen Krieg trug.«

»Das hat er mir schon erzählt«, verteidigte ich mich ein wenig lahm. »Aber er hat nicht erwähnt, dass diese Rüstung auch noch einen Namen hat.«

»Ihr hättet es vermutlich auch nicht zu schätzen gewusst«, schnappte sie. »Wie dem auch sei: Die Ewige Herrscherin bittet Euch zu sich. Außerdem wollte ich Euch fragen, wann Ihr aufzubrechen gedenkt.«

Es war kaum in Worte zu fassen, wie sehr mich ihre feindselige Haltung aufbrachte. Bevor ich noch lange nachdenken konnte, schleuderte ich ihr entgegen: »Wir reiten, sowie Ihr Eure Vorbereitungen abgeschlossen habt und ich von der Herrscherin zurückkomme. Und ich bitte Euch um eines, Eysha.«

»Das wäre?«

Jetzt beugte ich mich über sie und sah so böse wie möglich auf sie herab. »Ihr müsst mich nicht lieben. Aber ich erwarte von Euch, dass Ihr normal mit mir redet, verstanden?«

Einen Augenblick lang lag Erstaunen in ihrem Gesicht. Doch sofort kehrte der alte Hass zurück. »Ich werde Euch nicht lieben, sicher nicht«, versprach sie. »Und nun bitte ich um die Erlaubnis, zu den Männern gehen zu dürfen.« Ihr Stimme zitterte leicht vor unterdrücktem Zorn und ich war zu wütend, um noch etwas sagen zu können. Also nickte ich nur.

Die Ewige Herrscherin erwartete mich auf der Terrasse. Sie saß auf einer Bank und sah auf das Land hinaus.

»Womit kann ich Euch dienen, Hoheit?«, riss ich sie aus ihren Gedanken. Sie stand sofort auf und reichte mir eine Hand: »Kommt mit! Ich habe noch etwas, das Ihr Euch ansehen sollt.«

Wir gingen durch den breiten Torbogen, der von der Terrasse aus in ihre Gemächer führte, und gelangten in ein kleines Zimmer, das völlig mit dunkel gemasertem Holz ausgekleidet war. Die Herrscherin ging zu einer der Wände und drückte sanft dagegen. Geräuschlos schwang vor ihr eine Schranktüre auf, die ich vorher nicht bemerkt hatte.

Sie griff ins Dunkel des Schrankes und holte einen länglichen Gegenstand hervor, der in schwarzem Samt eingeschlagen war. Wortlos hielt sie ihn mir entgegen. Ich fühlte einen flachen, harten Gegenstand unter dem weichen Stoff. Vorsichtig schlug ich den Samt zurück und hielt eine lederne Schwertscheide in der Hand. Langsam zog ich das Schwert heraus. Es war schmal, etwa einen Meter lang und völlig schmucklos.

Doch seine Schönheit war atemberaubend. Der Griff, die Parierstange, die Klinge selbst – all dies war aus einem einzigen Kristall geschliffen, der hell wie ein Diamant funkelte.

»Was ist das?«, fragte ich staunend.

»Das ist *Triuwe*«, sagte die Herrscherin und schloss langsam den Schrank wieder. »Das Schwert meiner Mutter. Sie schuf es mit meiner Geburt. Es ist ein Schwert, das nur dem Zweck dient, mich zu schützen. Wenn ich je ein Kind haben sollte, wird es ein anderes Schwert geben, das dem gleichen Zweck dient.«

»Und Eure Mutter konnte es nicht mehr verwenden, weil sie selbst . . .«, murmelte ich.

»Richtig.« Die Herrscherin nickte. »Es ist mehr als ungewöhnlich, dass Ihr es nun tragt. Aber Ihr seid ab jetzt für meine Rettung und die des Reiches verantwortlich. Nehmt dieses Schwert und verteidigt das Reich! Es kann nicht zerbrechen oder stumpf werden – ebenso wenig, wie eine Mutter aufgibt ihr Kind zu schützen. Bewahrt es gut auf, denn wir haben keine weiteren Waffen, die der Dunkelheit ebenbürtig sind.«

Ich drehte das wundervolle Schwert in der Hand. Es war so leicht, dass man es kaum in der Hand spürte. Die Klinge war unglaublich dünn, und als ich mit dem Daumen über die Schneide fuhr, hatte ich sofort einen kleinen Schnitt daran.

»Ich werde es gut gebrauchen«, versprach ich, noch ganz benommen von allem, was sie gesagt hatte, und wickelte es behutsam in den Samt ein. »Ich schwöre es Euch bei meinem Leben.«

»Ich danke Euch.« Nun lächelte sie mich zum ersten Mal ohne Hintergedanken an. »Und nun holt Lîfstein zurück!«

Damit stellte sie sich auf die Zehenspitzen und gab mir einen Kuss auf die Wange. Ich war zu ergriffen, um noch etwas zu sagen. Mit einer Verbeugung trat ich aus dem Zimmer und ging langsam wieder zu meiner Wohnung zurück. Das Schwert ihrer Mutter . . . geschaffen, um sie zu schützen. Ich wollte verdammt sein, wenn ich das nicht tun würde!

Vor dem Tor warteten Eysha und zehn Soldaten in schwerer Rüstung auf uns. Alle Männer hatten Bögen am Sattel befestigt und an ihrer Seite hingen lange Schwerter. Ich entdeckte zu meiner Freude, dass man für mich meinen netten Wallach

Karm gesattelt hatte. Leannas Pferd war eine nussbraune Stute, die ebenfalls einen sehr ruhigen Eindruck machte.
»Ich grüße euch, Männer!«, rief ich in gespieltem Selbstvertrauen, als mich die Soldaten misstrauisch anstarrten. »Seid gegrüßt, Eysha.«
»Wir grüßen Euch, Herzog!«, brüllten die Soldaten und Eysha wie aus einem Mund. Eysha trieb ihr Ross auf mich zu.
»Ich wollte Euch ein besseres Pferd satteln lassen, aber Euer Schwertmeister sagte mir, dass Ihr den Wallach bevorzugt«, sagte sie spöttisch.
»Ich war bis jetzt immer sehr zufrieden mit ihm«, erwiderte ich, ohne sie anzusehen. »Lasst uns aufbrechen!«
Erstaunlich problemlos stieg ich in den Sattel. Karm begrüßte mich mit einem freudigen Wiehern und ich tätschelte ihm den Hals. Leanna sprang wie eine Katze auf ihre Stute, wie ich neidisch beobachtete. Eysha nickte den vordersten Soldaten zu und wir setzten uns in Bewegung. Zügig trabten wir durch die Straßen und Mauern Hohenstayns, bis wir zuletzt eine der sechs Brücken erreichten, die sich zum Ufer streckten. Dort gaben die Männer ihren Tieren die Sporen und wir donnerten über die lang gezogene Brücke, hinüber zur Stadt Hohenstayn.
Nach wenigen Minuten schon hatten wir die Stadtgrenze erreicht. Ich sah mich ein letztes Mal nach der Burg um. Es mochte Einbildung sein, aber mir schien es, als stünde auf der Galerie rund um die sechste Ebene eine kleine, weiß gewandete Gestalt, die uns nachblickte.
Unsere Pferde trugen uns wie auf Flügeln durch die toten

Wälder, deren Boden nun vollkommen mit grauen Blättern bedeckt war. Wir waren auf dem Weg zur Wüste Khalram, zur Burg Longwaîth und dem Fürsten Thanatos – auf dem Weg ins Äußere Dunkel.

KAPITEL IX

Es war, als ritte man mitten in den Frühling hinein. Mit jeder Meile, die wir uns von Hohenstayn entfernten, wurde das Land um uns herum grüner und lebendiger. Es dauerte nicht lange und wir ritten unter alten Baumriesen dahin, deren Zweige mit leuchtend grünen Blättern bedeckt waren. Dichtes Buschwerk wuchs zu beiden Seiten unseres Weges. Überall raschelte es und hin und wieder sahen wir Rehe, Hirsche und sogar einmal einen Fuchs, die vor uns mit weiten Sätzen Reißaus nahmen.

»Wenn ich diese Wälder sehe, weiß ich genau, warum ich hier bin«, sagte Leanna bei einer kurzen Rast. Sie kaute nachdenklich an einem Stück Brot und spann dabei ihre Gedanken weiter: »Die Herrscherin hatte Recht: Das Leben sagt uns selbst, warum man es beschützen muss.«

»Wer mag wohl auf die Idee kommen, so etwas zu zerstören?«, fragte Eysha bitter. Dabei sah sie mich an. Doch mittlerweile hatte ich es mir zur Gewohnheit gemacht, auf ihre Bemerkungen nicht mehr zu reagieren. Nun genoss ich es allmählich, ihren Zorn an mir abgleiten zu lassen, denn das brachte sie wirklich zum Kochen.

Es war das erste Mal in meinem Leben, dass ich Probleme hatte, in einer Gruppe unterwegs zu sein. Eines Abends streckte ich mich auf meinen Decken aus und hörte dem Gelächter und den Scherzen zu, mit denen die Soldaten, Leanna und sogar Eysha sich die Zeit vertrieben. Ich musste mir eingestehen, dass es mir richtig schwer fiel, Anschluss zu finden. In diesem Moment fühlte ich mich so einsam und leer wie noch nie. Ich blickte hoch zu den Sternen und auf einmal war da wieder die Erinnerung an meinen Traum und meine »Schwester Sarah«. Immer waren wir zusammen gewesen seit dem Tod der Mutter. Und wie ich so mutterseelenallein dalag, sehnte ich mich danach, dieser andere Martin sein zu können, ein Junge, der nie wirklich allein war, auf den Sarah immer Rücksicht genommen hatte . . . Und dann dämmerte mir auf einmal, dass dieser Martin ein ziemlicher Idiot gewesen sein musste. Ein »Baby«, das sich einfach an seine Schwester angehängt und selbst überhaupt nichts getan hatte, um Freunde zu finden.

Trotzdem konnte ich meine Schüchternheit nicht so schnell überwinden. Und so saß ich weiter stumm am abendlichen Lagerfeuer, lauschte den Witzen und Prahlereien der anderen und wünschte mir sehnlichst, dass irgendjemand mich ansprach. Aber das tat niemand und so blieb ich weiter aus den abendlichen Gesprächen ausgeschlossen.

Lediglich Eysha fragte bisweilen nach meinen Befehlen, wenn es die eine oder andere Entscheidung zu treffen gab.

Aber das tat sie jedes Mal mit einem so verächtlichen Unterton, dass ich es einfach ihr überließ, sich etwas Schlaues auszudenken.

Natürlich redete Leanna mit mir, aber sie hatte nun auch noch elf andere Menschen, mit denen sie sprechen wollte. Und währenddessen fühlte ich mich furchtbar allein.

Nach zwölf Tagen ließen wir die Lôefauen hinter uns und begannen mit der Überquerung der ersten Ausläufer des Ostgebirges. Rasch versank nun die grüne Geborgenheit des Waldes unter uns. Je höher wir kamen, desto lichter wurde der Wald und schließlich begannen die Felsen. In dieser Nacht schlugen wir unser Lager auf einer kleinen Hochebene auf.

Es war ein seltsames Gefühl, hier oben zu lagern. Der Mond tauchte die steinige Landschaft in ein kaltes Licht, unter uns stiegen die Nebel über den Wäldern auf. Es gab kaum geschützte Winkel und durch den weiten Blick über das Land bemerkte man besonders deutlich, wie einsam der Schein unseres Lagerfeuers war. In dieser Nacht fühlte ich mich unendlich elend, denn die Gemeinschaft am Feuer bot mir kaum Schutz vor dem Dunkel der Nacht.

Leanna saß neben mir und plauderte angeregt mit dem jüngsten Soldaten unseres Trupps. Sein Name war Marl und er war etwa zwanzig Jahre alt. Mit großem Eifer und viel Gekicher erklärten die beiden einander die Weise, in der junge Männer in ihrer Heimat um eine Freundin warben. Irgendwann hielt ich es nicht mehr aus. Ich stand auf.

»Muss mal kurz weg«, murmelte ich.

Leanna sah überrascht zu mir auf.

»Der Herzog ist nicht gerade der ergiebigste Gesprächspartner«, hörte ich noch einen anderen Soldaten namens Vanden sagen und Leannas heiteres Lachen stach mir ins Herz. Ich sah zu, dass ich hinter einem Felsen verschwand, bevor ich mich hinsetzte und wie ein Baby losheulte.

Warum nur half mir niemand? Ich wollte ja nicht, dass man vor mir auf die Knie fiel, aber – zum Teufel, wenn einer sich schwer tat in eine Gruppe hineinzufinden, dann half man ihm doch, oder? Besonders wenn alle das gleiche Ziel hatten und in derselben Zwickmühle saßen.

Ich wischte mir die Tränen aus den Augen und berührte den Griff von *Triuwe*. Diese wundervolle Waffe zu fühlen gab mir ein wenig Trost und ich blickte zum Mond hinauf. Vielleicht sah die Herrscherin von ihrer Terrasse gerade auch dort hinauf und dachte an mich, an den Mann, dem sie ihr Leben und ihr Reich anvertraut hatte.

Während ich versuchte meine innere Balance wieder zu finden, sah ich etwas, das mir schier das Blut in den Adern gefrieren ließ.

»Martin? Ich weiß nicht, was du gerade treibst, aber wenn ich nicht hinsehen darf, dann musst du jetzt schreien«, hörte ich da Leanna hinter dem Felsen kichern. »Was machst du denn so lange?«

»Sieh dir das an«, flüsterte ich und umklammerte *Triuwes* Griff fester. »Sieh dir das an!«

»Was sagst du? Ich verstehe kein Wort.« Leanna stand neben mir und sah mich prüfend an. »Was starrst du so in den Himmel?«

»Da oben ist etwas«, sagte ich leise, ohne sie anzuschauen. »Ich habe etwas gesehen.«

»Eine Eule oder eine Fledermaus«, neckte sie mich. Aber als ich nicht darauf einging, wurde sie ernst. »Was hast du gesehen?«

»Ich weiß nicht«, sagte ich leise. »Etwas ist vor dem Mond vorbeigeflogen und ich glaube . . .«

In diesem Augenblick glitt eine lang gestreckte Gestalt mit seltsam geformten Flügeln in majestätischer Ruhe an der bleichen Scheibe des Mondes vorüber.

»Weißt du, was das ist?«, fragte Leanna mit eisiger Ruhe.

»Ein Draghnar«, erwiderte ich mit bebender Stimme. »Das Feuer verrät uns.«

Hastig liefen wir zu den anderen zurück. Eysha sah uns kommen. Sofort erhob sie sich und sah mir misstrauisch entgegen.

»Wo wart Ihr, Herzog? Was ist los?«

»Löscht das Feuer!«, befahl ich atemlos. »So schnell wie möglich!«

Nach einem kurzen, prüfenden Blick in meine Augen wandte sich die Kriegerin zu den Soldaten um, die uns angespannt musterten. »Ihr habt den Herzog gehört, Leute. Löscht das Feuer, und zwar sofort!«

In wenigen Sekunden waren die lodernden Scheite auseinander getreten. Nun erhellte nur noch schwach rauchende Glut unseren Lagerplatz.

»Was ist los, Herzog?«, fragte Eysha mich, sobald auch die letzten Funken ausgetreten waren. »Was habt Ihr gesehen?«

»Seht es Euch selbst an«, erwiderte ich und deutete in den Nachthimmel. »Wir werden beobachtet.«
Alle starrten zum Himmel hinauf.
Ich fing schon an zu hoffen, dass das Vieh verschwunden wäre, als sich plötzlich der schlanke Echsenleib für einen Moment gegen den Mond abhob.
»Ein Draghnar, nicht wahr?«, fragte Eysha mit kühler Selbstbeherrschung.
»Soweit ich weiß, ja«, gab ich grimmig zurück. »Wenn dieser mir auch ziemlich groß erscheint.«
»Wenn das Biest im Auftrag des Löwen hier ist, müssen wir davon ausgehen, dass man uns verfolgt«, erklärte sie langsam. »Von jetzt an müssen wir wachsam sein. Verflucht, warum war ich nur so leichtsinnig! Ich hätte es mir denken können! Das Reich ist einfach nicht mehr sicher.«
»Wo ist der Lurch hin?«, fragte ein Soldat. »Ich sehe ihn nicht mehr.«
»Da ist er«, entgegnete Leanna mit bebender Stimme hinter uns.
Alles fuhr herum. Sie stand ein paar Meter von uns entfernt und deutete auf die Spitze eines Felsens, der vielleicht zwanzig Meter über uns aufragte.
Auf dem Felsen saß der Draghnar und neigte den gepanzerten Kopf mit bösem Interesse zu uns hinab.
»Ist das derselbe, den ihr schon einmal . . . getroffen habt?«, fragte Eysha leise.
»Nein.« Ich schüttelte den Kopf. »Dieser da ist größer. Und die Farbe der Schuppen erscheint mir auch ein wenig anders.«

»Ich möchte einmal wissen, was er hierzu sagt«, erklärte Eysha grimmig. »Bleibt, wo ihr seid. Behaltet das Biest im Auge!«
Vorsichtig näherte sie sich ihrem Pferd und zog den Bogen aus der Schlaufe am Sattel. Mit sachten Bewegungen begann sie ihn zu spannen. Außer ihr rührte sich niemand. Leanna stand neben mir und murmelte irgendwelche Silben vor sich hin, während ich den Griff von *Triuwe* so fest umklammerte, dass ich fürchtete ihn zu zerbrechen.
Endlich hatte Eysha den Bogen gespannt und zog langsam einen Pfeil aus ihrem Köcher. Ich hätte schwören können, dass das Biest böse grinste, als sie anlegte und zielte. Dann zischte der Pfeil los. Doch das riesige Tier sprang so schnell beiseite, dass ich die Bewegung kaum wahrnahm. Dann geschah alles auf einmal. Ich sah noch, wie Eyshas Pfeil wirkungslos am Felsen zerbarst, dann hörte ich schon ihre Stimme: »Vorsicht!«, schrie Eysha, dann kam das Tier mit einem entsetzlichen Brüllen auf uns zu. Seine Flügel schienen den ganzen Himmel zu erfüllen, als der Draghnar seinen Sturz ganz knapp über uns abfing und mit einem Bogen davonsegelte. Er beschrieb noch eine elegante Kurve, dann versank er in der Tiefe des Himmels.
Atemlos starrten wir der Kreatur nach, bis sie außer Sichtweite geriet.
»Rasuth hatte Recht«, stellte Eysha nüchtern fest und sah mich an. »Die Viecher sind verflucht schlau. Ich denke trotzdem, ihr könnt das Schwert nun wieder einstecken.«
Verblüfft sah ich an meinem Arm hinab. Ich hatte *Triuwe* gezogen, ohne es zu bemerken. Nun gleißte die Kristallklinge im

Mondlicht wie tausend Sterne. Als ich die entgeisterten Blicke der Soldaten sah, steckte ich das Schwert hastig ein.

»Ich konnte es ja kaum glauben«, brummte Eysha laut genug, dass ich es hören konnte. »Aber sie hat Euch tatsächlich das Schwert ihrer Mutter gegeben. Ich hoffe nur, dass Ihr auch etwas damit anzufangen wisst.«

»Das hoffe ich auch«, erwiderte ich, ohne nachzudenken. Sofort bereute ich meine Worte aus tiefstem Herzen. Natürlich wusste ich nichts damit anzufangen. Aber das hätte eigentlich nicht jeder hier wissen müssen.

»Wir müssen uns nunmehr darauf einstellen, dass wir angegriffen werden können«, verkündete Eysha schließlich. »Das heißt zuerst einmal, dass wir kein Feuer mehr machen können. Zum anderen werden wir uns nun so schnell wie möglich fortbewegen müssen. Die Horden der Dunkelheit sind uns von jetzt an auf den Fersen.«

Ohne viele Worte packten wir und brachen auf. Als die Nacht wich und die Dämmerung den Horizont mit einem hellen Schleier überzog, blieben auch die letzten Bäume hinter uns zurück. Wir saßen ab und begannen uns, todmüde wie wir waren, durch die kalte, bizarre Steinwelt vor uns zu kämpfen.

Schließlich erreichten wir in den ersten Strahlen der Sonne eine steile Geröllhalde, über der sich drohend zwei riesige Felstürme erhoben.

»Die ewigen Hüter«, erklärte Eysha. »Die beiden Felsen dort markieren den Einstieg in den Pass nach Norden.«

Ihr Atem dampfte weiß in der kalten Luft. Wir waren alle

schweißüberströmt und standen mit wackeligen Beinen neben unseren Pferden. Die Sonne stand noch nicht hoch genug am Himmel, um uns zu wärmen. Ein eisiger Wind strich über unsere feuchten Gesichter und ließ mich frösteln.

»Ich muss mich bald ausruhen oder ich sterbe hier auf der Stelle«, stöhnte Leanna und sprach mir damit aus dem Herzen.

»Wir sind alle erschöpft«, nickte Eysha. »Wenn wir die Hüter passiert haben, können wir uns ausruhen. Hinter ihnen erstreckt sich eine lange Schlucht, in der wir geschützt sind. Dort werden wir lagern.«

Mit höchster Vorsicht kletterten wir die Halde in Schlangenlinien hinauf. Das Geröll geriet immer wieder bedrohlich in Bewegung. Mehr als einmal musste ich mich an Karms Zügeln festhalten, um den Abhang nicht hinabzurutschen. Doch nach einer guten Stunde hatten wir es geschafft und standen keuchend zwischen den riesigen Felsen am Anfang der Schlucht.

Sie führte leicht gewunden nach Nordosten. Die Felswände zu beiden Seiten erhoben sich fast senkrecht über dem Pass, dessen Breite gerade Platz für ein Fuhrwerk geboten hätte. Leanna trat neben mich und spähte den gewaltigen Felskorridor entlang.

»Vor Wind und Wetter mag diese Ritze ja Schutz bieten«, überlegte sie mit düsterer Miene. »Aber ich möchte hier wirklich nicht von etwas überrascht werden, was uns ans Leder will. Hier sitzt du wie eine Ratte in der Falle, wenn man dich von beiden Seiten angreift.«

»Ich muss sagen, dass mir das völlig egal ist«, gähnte ich. »Ich bin viel zu müde, um mich noch um etwas anderes zu sorgen als mein Bett.«

Tatsächlich war das nur die halbe Wahrheit. Ich war wirklich zu Tode erschöpft. Aber Leanna hatte Recht und ich teilte ihre Bedenken. Sollte man uns von zwei Seiten gleichzeitig angreifen, waren wir völlig hilflos. Aber wenn Eysha diesen Platz für gut befand, sollte es mir auch recht sein. Sie war der erfahrenere Kämpfer von uns beiden und sie wusste sicher, was sie tat.

»Ein kleines Stück müssen wir noch weiter«, erklärte die Kriegerin und stieg in den Sattel. »Hier können wir noch nicht bleiben.«

Selbst in den Mienen der Soldaten zeichnete sich mittlerweile eine leichte Unlust ab, als sie sich ebenfalls auf ihre Rösser hievten. Der völlig verzweifelte Blick, den Leanna mir zuwarf, entlockte mir aber dann trotz aller Müdigkeit noch ein Lachen. Karm protestierte leise wiehernd, als ich auf seinen Rücken kletterte. Die Pferde waren ebenfalls am Rande ihrer Kraft angelangt.

Mit gesenkten Köpfen trotteten wir weiter und das Klappern der Hufe hallte unheimlich von den Felswänden wider.

Die Sonne begann schon über den Rand der Schlucht zu blinzeln, als Eysha endlich anhielt. Ihr Gesicht zeigte nicht das geringste Anzeichen von Müdigkeit, während der Rest unserer kleinen Streitmacht schon im Sattel einzuschlafen schien.

»Ich habe gefunden, wonach ich gesucht habe«, verkündete

sie zufrieden und sprang aus dem Sattel. »Jetzt könnt ihr euch endlich ausruhen.«
Meine Lider waren schon so schwer, dass mir die Augen tränten. Aber jetzt verstand ich, warum Eysha darauf bestanden hatte, so weit zu reiten.
Hinter einem Felsen, der wie ein müder Riese an die Wand angelehnt lag, gähnte das schwarze Maul einer Höhle. Zuerst hatte ich die Öffnung im Schatten des darüber liegenden Felsens gar nicht bemerkt. Dies war das perfekte Versteck für uns. Sogar ein Draghnar würde uns hier übersehen.
»Jemand hat mir einmal von diesem Unterschlupf erzählt«, erklärte Eysha mir und begann den Sattelgurt ihres Pferdes zu lösen. »Es war zwar ein harter Weg bis hierher, aber ich denke, es hat sich gelohnt.«
»Wie groß ist diese Höhle?«, erkundigte ich mich und machte mich ebenfalls an Karms Sattel zu schaffen. »Können wir die Pferde auch hineinführen?«
»Das will ich hoffen«, nickte sie. »Der Kerl, der mir hiervon berichtet hat, sagte, dass man ein ganzes Heer darin unterbringen könnte.«
Der Mann hatte nicht gelogen. Als ich Karm in die Höhle führte, war ich ehrlich überwältigt. Einer der Soldaten hatte eine Fackel entzündet, die nun das Gewölbe mit ihrem flackernden Schein erfüllte. Es sah aus, als wäre es von Menschenhand geschaffen worden. Wände, Decke und Boden waren so glatt, als hätte man sie mühevoll poliert.
Im hinteren Teil der Höhle glänzte dunkel ein stiller Teich, in den aus kleinen Öffnungen in den Wänden unaufhörlich Was-

ser rieselte. Die Luft war feucht und kalt, gleichzeitig aber auch sehr erfrischend.
»Das sieht recht gemütlich aus«, stellte Leanna gähnend fest und ließ ihren Sattel zu Boden fallen. Ihre Stute wieherte dankbar, als ihre Reiterin sie endlich von dem Gewicht befreite. Ich schubste Karms Sattel ebenfalls zu Boden und führte ihn zum Teich. Er begann sofort gierig zu trinken. Ich ließ mich in die Knie sinken und schöpfte das eisig kalte Wasser dankbar mit den Händen.
Nach einigen Minuten waren Pferde und Reiter getränkt. Obwohl wir alle dringend etwas zu essen brauchten, legten wir uns ohne Umschweife hin und kuschelten uns in unsere Decken. Die Müdigkeit war bei allen stärker als der Hunger.
Nur Eysha erlaubte sich noch keinen Schlaf, um die erste Wache zu übernehmen.
»Ich verstehe nicht, wie sie das aushält«, brummte Leanna, während sie sich gegen die Kälte in ihre Decke hüllte. »Sie muss doch genauso müde sein wie wir.«
»Ist sie aber anscheinend nicht«, erwiderte ich gleichgültig. »Gute Nacht, Leanna.«
»Guten Tag, meinst du wohl eher«, tönte es unter ihrer Decke hervor.
Ich bettete meinen Kopf genussvoll auf den zusammengerollten Mantel, der mir als Kissen diente. Mit einem letzten Blick sah ich noch einmal nach Eysha. Die Kriegerin hatte ihren Bogen gespannt und stand nun breitbeinig am Höhleneingang im Schatten, während draußen die Schlucht in goldenes Mittagslicht getaucht wurde.

Das Weib ist nicht totzukriegen, dachte ich noch bei mir, bevor ich einschlief.

Eine wohl bekannte Hand rüttelte mich an der Schulter. »Martin, wenn du nicht jetzt aufstehst, kriegst du nichts mehr vom Frühstück.«

Ich war furchtbar müde, riskierte aber einen Blick über meine Decke und sah, dass Eysha und die Soldaten im Kreis saßen und sich Brot und Speckstreifen schmecken ließen.

Ich schälte mich aus meinen Decken. »Wie spät ist es?«, fragte ich Leanna, die mir amüsiert dabei zusah.

»Die Sonne geht gerade unter«, erklärte sie und stand auf. »Wir reiten in einer halben Stunde weiter, also komm, beeil dich, wenn du in Ruhe essen willst!«

Als ich mich wenig später dem Kreis näherte, sahen die Soldaten mir entgegen – dann begannen sie zu lachen. Ich blickte rasch an mir hinunter. Da war nichts, was nicht in Ordnung war. Doch dann begriff ich: Ich hatte in voller Rüstung geschlafen.

»Ich hoffe, Euer Schlafgewand war zu Eurer Zufriedenheit, Herzog.« Einer der Männer grinste mich wissend an.

»Danke für die Nachfrage, Ullof.« Ich erwiderte sein Grinsen und wischte mir lässig den Schlaf aus den Augen. »Glaubt mir, in Samt und Seide hätte ich nicht besser schlafen können!«

Es wirkte. Zum ersten Mal trat so etwas wie Anerkennung in die Gesichter der Männer. Mein Gleichmut über die Rüstung schien ihnen tatsächlich ein bisschen Respekt einzuflößen.

Dabei hatte ich keine Heldentat vollbracht, denn *Smirt* schmiegte sich in der Zwischenzeit wie eine zweite Haut an meinen Körper.
Nur Eysha ließ sich nicht beeindrucken. »Ein edleres Gewand hättet Ihr auch kaum finden können«, knurrte sie unfreundlich wie eh und je. »Setzt Euch und esst! Wir sollten den Rest des Tageslichts ausnutzen und möglichst bald aufbrechen.« Damit erhob sie sich mit einer ihrer kraftvollen, ruckartigen Bewegungen und warf einen Blick in die Runde. »Männer, spannt Eure Bögen! Wir müssen ab jetzt damit rechnen, dass wir beobachtet werden. Und sollte es uns nicht gelingen, jeden Späher auszuschalten, können wir unsere Heimlichtuerei vergessen.«
Ich kaute müde an meinem harten Frühstücksbrot. Alle anderen fetteten bereits ihre Waffen mit Öl ein, um sie vor Rost zu schützen, oder sie prüften das Holz ihrer Bögen und fetteten die Sehnen ein, um sie geschmeidig zu halten. Nun beeilte auch ich mich mit dem Essen, um meinen Bogen wenigstens kurz ansehen zu können.
Der Himmel überzog sich bereits mit einem rötlichen Schleier, als wir schließlich aufbrachen. Bald war die Sonne ganz untergegangen und die hereinbrechende Nacht tauchte die Schlucht in düstere Schatten und Kälte. Gerade als ich zum tausendsten Mal dachte, dass wir hier wohl nie herauskämen, standen wir plötzlich auf einer steinigen Hochebene. Sie neigte sich sachte zu einem tiefgrünen Wald, der bis zum Horizont reichte.
»Die nördliche Mark«, stellte Eysha fest, die halten ließ. »Die

entlegenste Provinz des Inneren Reiches. Dahinter beginnt die Khalramwüste.« Sie warf mir einen kurzen Blick zu. »Und dahinter liegt das Äußere Dunkel.«
Wie gebannt starrte ich auf den Horizont. Es war natürlich nur die Nacht, die sich dort wie ein schwarzer Streifen entlangzog. Aber in meiner Phantasie wurde daraus eine undurchdringliche Wand, hinter der sich unvorstellbare Schrecken verbargen.
»Man kann meine Heimat nicht einmal von hier oben sehen«, sagte Leanna leise. »Dabei liegt die Wüste zwischen diesem Wald und den Grenzen des Äußeren Dunkels.«
»Wenn es sie noch gibt«, sagte ein junger Soldat namens Laas. Sofort bereute er seine Worte. »Tut mir Leid«, versuchte er seine Gedankenlosigkeit wieder gutzumachen.
»Das hoffe ich für dich«, flüsterte Leanna. Ihr Tonfall ließ mich erschauern. Ohne Übergang oder Vorwarnung hatte sich ein düsterer, grollender Klang in ihre sonst so helle Mädchenstimme gemischt. »Sonst bist du der Erste, der ihr folgt. Das verspreche ich dir.«
»Leanna, beherrscht Euch«, befahl Eysha barsch. Ihre Stimme klang unsicher und ihre Augen musterten Leanna mit außergewöhnlicher Wachsamkeit.
»Ich bin völlig ruhig«, entgegnete Leanna, ohne ihren Blick von dem jungen Soldaten zu wenden. Der Mann machte sich in seinem Sattel so klein wie möglich, er wand sich förmlich unter ihren Augen.
»Verflucht, was ist mit dir los?«, platzte ich heraus. »Man kann ja richtig Angst vor dir kriegen.«
Sie drehte sich zu mir um. Das Grün ihrer Augen leuchtete

richtiggehend in der Dämmerung. Es mochte ein zufälliger Lichtstrahl gewesen sein, doch ich hätte schwören können, dass sie von selbst leuchteten!

Nach einem Herzschlag verlosch das Glimmen in ihren Augen und sie nahmen wieder das normale Grün an, das einfach nur herrlich strahlend war.

»Ich war nur ein bisschen wütend, das ist alles«, meinte sie und grinste.

»Das ist nur allzu verständlich«, sagte ich und lächelte unsicher zurück. Mein Gott, was war nur mit ihr los?

»Wir sollten machen, dass wir weiterkommen«, erklärte Eysha energisch. »Hier stehen wir wie auf einem Präsentierteller. Weiter unten können wir wieder Rast machen, sobald wir Deckung gefunden haben.«

Wir hatten schon fast die Hälfte des Abhangs zurückgelegt, als ich mich umwandte und sah, dass oben auf der Ebene noch ein Reiter auf seinem Pferd saß und auf den Horizont starrte. Es war Laas. Was machte er dort? Ich winkte, aber Laas rührte sich nicht.

»Wartet!«, rief ich den anderen hinterher. »Wartet doch! Laas ist nicht nachgekommen!«

Ich sah, wie Eysha kurz mit einem der Soldaten sprach und dann Leanna anfuhr. Die aber hob nur ratlos die Arme.

»Leanna sagt, sie habe nichts damit zu tun!«, rief Eysha zu mir hinauf. »Das Beste ist, Ihr kehrt um und seht nach ihm!«

Steine bröckelten unter Karms Hufen und kollerten den Hang hinunter, als ich ihn zum Wenden zwang. Auch er hatte genug von dem Geklettere, das merkte ich ihm an.

Laas saß reglos auf seinem Pferd, das müde wirkte und die Pause genoss. Er schenkte mir keinen einzigen Blick, als ich neben ihm auftauchte, unentwegt starrte er weiter auf den Horizont.

»Laas?«, fragte ich vorsichtig. »Wollt Ihr hier übernachten?«

»Seht Euch das an«, sagte er einfach. »Seht Euch das an.«

Ich folgte seinem Blick und prallte zurück. »Eysha!«, brüllte ich mit aller Kraft. »Leanna! Kommt sofort hierher! Das müsst ihr sehen!«

Einen Moment schienen Eysha und die Männer miteinander zu sprechen. Dann ritten Eysha und Leanna in halsbrecherischem Tempo bergauf.

Der schwarze Streifen dort draußen am Horizont hatte sich in den wenigen Minuten, die seit unserer Rast hier vergangen waren, näher bewegt. Er war etwas schmaler geworden, aber dafür auch ein wenig dicker. Selbst von hier aus meinte ich das Rauschen von hunderttausenden von Flügeln zu hören. Es flüsterte durch die Abendluft wie ein weit entfernter Sturm.

Ein Sturm, der sich mit rasender Geschwindigkeit näherte.

»Was ist denn los?«, fragte Leanna, als sie bei uns ankam. »Laas, warum rührt Ihr Euch nicht?«

Eysha war zornig, sie brachte ihr Pferd mit einem brutalen Ruck zum Stehen und fuhr mich an: »Verdammt, Herzog, was soll das?«

»Seht Euch das an!« Das Rauschen war jetzt deutlich zu hören. Es erfüllte den Himmel und hallte von den Bergen wieder.

»Bei allen Göttern, was ist das?«, keuchte Leanna, die Augen

starr auf die Wolke gerichtet. »Das sind doch keine Vögel, oder?«
»Nein, Vögel sind das nicht«, sagte Eysha tonlos. »Aber was es auch ist, es kommt wegen uns. Wir müssen uns in Sicherheit bringen, und zwar sofort. Das da – hat uns in wenigen Minuten erreicht.«
»Und wo sollen wir uns in Sicherheit bringen?« Leanna versuchte ruhig zu bleiben. »Wir können ihnen nicht auf die Dauer entkommen. Und hier gibt es keine Burg oder so etwas.«
»Die Höhle!«, fiel mir ein. »Etwas Besseres werden wir nicht finden.«
»Das könnten wir noch schaffen«, stimmte Eysha mir zu. Ohne Umschweife pfiff sie durchdringend durch die Finger und winkte den Männern, die immer noch weit unter uns inmitten des Abhanges warteten. »Los, Leute! Kommt so schnell wie möglich hier rauf!«
Die Soldaten ließen sich nicht lange bitten. Auch sie mussten mittlerweile das Rauschen dieser schwarzen Wolke gehört haben. Ich war so angespannt, dass ich kaum hinsehen konnte, wie sie den Hang hinaufgaloppierten. Zuerst schien alles gut zu gehen.
Doch dann kam mit widerwärtigem Knirschen eine breite Felsplatte ins Rutschen. Eines der Pferde konnte nicht mehr ausweichen und wurde mitgerissen. Der Soldat – es war Vanden – rettete sich mit einem wagemutigen Sprung und rutschte der Platte und seinem Ross noch ein Stück hinterher.

Dann fing er seinen Sturz ab und rappelte sich wieder auf. Ohne sich noch einmal nach seinem Pferd umzusehen, stürmte er zu Fuß den Abhang hinauf und war nur kurz nach den anderen oben. Sein Atem ging rasselnd und auf seiner Stirn klaffte eine große Platzwunde. Mittlerweile waren die Angreifer so nahe, dass man trotz der einbrechenden Dunkelheit erahnen konnte, wie die Tiere aussahen, die sich in wenigen Minuten auf uns stürzen würden.

»Es sind Schlangen«, stellte Leanna trocken fest. »Große Schlangen mit Flügeln. Und jetzt kneife mich bitte jemand, damit ich wieder aufwache.«

»Genug jetzt«, nahm Eysha die Sache in die Hand. »Laas, dein Pferd ist ausgeruht. Es trägt Vanden und dich. Wir reiten zur Höhle. Los!«

Damit sprengte sie den Weg zurück, den wir gekommen waren.

Wenn das die Gefahren sind, mit denen wir im Inneren Reich zu kämpfen haben – wie wird es wohl im Äußeren Dunkel aussehen?, schoss es mir durch den Kopf.

Sobald ich sicher war, dass Leanna mir folgte, gab ich dem erschöpften Karm energisch die Sporen. Wir ritten zur Schlucht.

Das Donnern der Hufe wurde zu einem ohrenbetäubenden Dröhnen, als wir die Schlucht erreicht hatten. Ich sah mich immer wieder nach Leanna um, die mit wehendem Haar hinter mir herhetzte. Ihrer Stute wehten Speichelfäden aus dem Maul und sie verdrehte die Augen vor Angst.

Es mochte noch etwa ein Kilometer bis zur Höhle sein, als

sich über das Hufgedröhne ein anderes Geräusch legte, das mir das Blut stocken ließ. Hastig wandte ich mich um.

Die Schlangen waberten hinter den letzten Soldaten in die Schlucht hinein.

KAPITEL X

Wir schaffen es nicht!«, kreischte Leanna hinter mir.

Panisch sah ich mich um, und was ich entdeckte, ließ mein Herz noch schneller schlagen: Am Ende unseres dahinrasenden Zuges blieben Vanden und Laas zurück. Das Gewicht der beiden kräftig gebauten Männer und ihrer Rüstungen war einfach zu viel für Laas' Ross. Immer näher kam ihnen die rauschende Masse aus Schlangenleibern.

»Los! Macht schneller!«, schrie ich ihnen zu, obwohl mir klar war, dass sie mich nicht mehr hören konnten. Denn mittlerweile hallte die Schlucht so von dem klatschenden Geräusch der Schlangenflügel wider, dass ich meine eigene Stimme kaum hören konnte. Ich wandte mich wieder nach vorn. Unter mir flog Karm nur so dahin, doch diese Schlangenwesen waren einfach schneller als jedes Pferd dieser Welt.

Als ich mich das nächste Mal umsah, erfasste mich Grauen: Die ersten Schlangen hatten Vanden und Laas bereits eingeholt. Sie bissen immer wieder auf die beiden Männer ein, die ihre Schwerter gezogen hatten und verzweifelt um sich schlugen. Dann ließ Laas plötzlich die Zügel fahren, schlug beide Hände vors Gesicht. Sein Pferd war wahnsinnig vor Angst. Es bockte wild – und stolperte.

Einen Herzschlag später waren alle drei unter einer sich windenden Masse aus Schlangenkörpern verschwunden. Ein Schrei ertönte, der mir die Kehle vor Entsetzen zusammenschnürte.

Ich zog Karms Zügel an. In diesem Moment sprengte Leanna an mir vorbei, die Augen geweitet vor Angst.

»Nicht stehen bleiben!«, schrie sie mich an, als ich *Triuwe* zog. »Du kannst ihnen nicht helfen!«

Es dauerte einen furchtbaren Herzschlag lang, bis ich erkannte, dass sie Recht hatte.

»Herzog! Reitet weiter!«, schrie mir der Soldat zu, der jetzt als Letzter an mir vorbeipreschte.

Wie im Film sah ich, dass die Schlangen von den Überresten von Vanden und Laas abließen und auf mich zurasten.

Ich erwachte aus meiner Erstarrung: »Los, Karm! Lauf!«, schrie ich und riss den Wallach am Zügel herum. Karm hatte die ganze Zeit wie verrückt gestampft und zur Flucht gedrängt. Nun, da ich ihm freien Lauf ließ, preschte er mit aller Kraft los, weg von dieser furchtbaren Wolke aus fliegenden Schlangen.

In der Rechten hielt ich immer noch *Triuwe*, das selbst in der Dunkelheit des Abends gleißte wie ein Stern. Mit Mühe hielt ich mich im Sattel, während Karm mit lang gestreckten Sätzen durch die Schlucht galoppierte.

Endlich sah ich den Felsen vor mir, der den Eingang zur Höhle verbarg. Daneben stand eine einsame Gestalt, die mir zuwinkte. Eysha. Leanna und die Soldaten mussten schon in der Höhle sein.

Dann begann der Angriff. Ich nahm ein Flattern wahr, etwas zerrte an meinem linken Arm und aus den Augenwinkeln sah ich ein Paar wild schlagender Flügel und einen armdicken, schwarz-grün gemusterten Schlangenleib.

Ich schlug mit *Triuwe* zu, ohne genau hinzusehen. Das Kristallschwert durchtrennte die Schlange knapp hinter dem Kopf. Schwarzes Blut spritzte auf und der Körper fiel zu Boden. Doch der Kopf hing an meinem Arm, da sich die gebogenen Zähne nicht aus meinem Kettenhemd lösen wollten.

Karm wieherte schrill auf, als sich eine Schlange in sein Zaumzeug verbiss. Ich beugte mich vor, schlug mit *Triuwe* zu und mein Hieb teilte das Reptil in der Mitte. Das weckte in meinem armen Wallach alle verbliebenen Kräfte. In rasender Geschwindigkeit kamen Eysha und der Felsen näher. Doch rings um mich füllte sich die Luft mit Schlangen und die Wolke holte mich ein.

»Macht schneller, Herzog!«, hörte ich die Kriegerin nun trotz des Lärms der abertausend Flügel um mich herum schreien. »Ihr schafft es! Verdammt, Ihr schafft es!«

Ein paar Meter vor ihr zog ich Karms Zügel hart an und sprang ab. Ein stechender Schmerz zuckte durch meinen Knöchel, als ich auf dem Felsboden aufkam. Ohne darauf zu achten, zerrte ich Karm ins Dunkel der Höhle. Eysha sprang hinter mir her und drückte mich mit aller Kraft gegen den Felsen.

Schon schwebten die ersten Schlangen in den Höhleneingang. Sie zögerten einen Augenblick, als sie ins Dunkel flogen und in diesem Augenblick schwirrten mehrere Pfeile los. Die vordersten Tiere fielen getroffen zu Boden.

»Weiter!«, schrie Eysha mich an und drückte mich tiefer in die Höhle hinein. »Bringt den verdammten Gaul weg und schießt!«

Humpelnd zerrte ich den völlig verängstigten Karm tiefer in die Höhle hinein. Dann griff ich mir den gespannten Bogen und den Köcher.

Die Soldaten knieten im Halbkreis vor dem Höhleneingang und schossen einen Pfeilregen gegen die Schlangen, die durch die Öffnung eindrangen. Noch trafen sie gut, denn die Umrisse der Flugwesen zeichneten sich gegen das letzte Abendlicht deutlich ab. Aber mit jedem Augenblick, der verstrich, wurden unsere Chancen geringer. Es war absehbar, dass wir den Feind irgendwann nicht mehr sehen konnten. Und dann würde diese furchtbare Wolke noch schneller in die Höhle drängen und uns alle umbringen.

Doch ich schob diese Gedanken beiseite und lief zu den Soldaten. Binnen kurzem hatte auch ich zwanzig der Angreifer erledigt. Immer größer wurde der Haufen zuckender Schlangenkörper, die durchbohrt vor uns im Höhleneingang lagen. Schließlich geschah, worauf ich nur gewartet hatte: »Ich habe keine Pfeile mehr!«, schrie einer der Soldaten. Doch dann setzte er ohne Umschweife seinen Helm auf und zog das Schwert. Kurz darauf tat es ihm einer nach dem anderen nach. Eysha und ich hatten noch einige Pfeile, doch schließlich waren auch die verschossen. Sofort stülpte sich Eysha ebenfalls ihren Helm auf den Kopf und sah mich an.

»Es ist mir eine Ehre, mit Euch zusammen zu sterben«, erklärte sie mit fester Stimme und schloss das Visier. »Für das Innere Reich und die Ewige Herrscherin!«, erklang ihre Stimme dumpf darunter hervor.

»Für das Innere Reich und die Ewige Herrscherin!«, wiederholten die Soldaten dröhnend den Kampfruf und stürzten sich mit blitzenden Schwertern auf die Schlangen, die sich unaufhörlich in die Höhle ergossen.

Ich sah kurz das kleine fest entschlossene Häuflein an, das sich dem Kampf stellte, dann rannte ich zu Karm, denn mein Helm war immer noch am Sattel befestigt. Mit zitternden Händen löste ich ihn von dem Lederriemen, mit dem er festgebunden war. Wir hatten nicht die leiseste Hoffnung, das war mir klar. Wir waren nur zu zehnt. Die Schlangen dagegen waren nicht mehr zählbar. Selbst wenn wir tausend von ihnen erschlugen, blieben noch hundertmal so viele übrig. Aber ich hatte keine Lust, zu sterben, ohne nicht wenigstens noch ein paar der Mistviecher mitzunehmen!

Entschlossen stülpte ich mir den Helm über den Kopf und schloss das Visier.

»Für das Innere Reich und die Ewige Herrscherin!«, brüllte nun auch ich und stürmte vor.

Als ich dastand, Schulter an Schulter mit den Soldaten, und *Triuwe* schwang – da stand die Zeit still. Alles, was ich noch wahrnahm, waren die gleichmäßigen Streiche unserer Schwerter. Die Klingen hoben und senkten sich in einem seltsamen Tanz des Todes, während zerstückelte Schlangen zu Boden regneten und sich um unsere Füße Lachen von schwarzem Blut bildeten.

Unbesiegbar fühlte ich mich in diesen wenigen Augenblicken, da wir einfach nur zuschlugen und furchtbare Breschen in die Wolke rissen. Doch dann spürte ich, dass mein Arm erlahmte. Immer schwerer fiel es mir, ihn zu heben und zu senken. Ein Blick zur Seite zeigte mir, dass es den anderen nicht besser erging. Als ob die Schlangen unsere Müdigkeit fühlen könnten, brandeten sie immer gewaltiger gegen uns an und drängten uns Stück für Stück zurück.

»Es geht zu Ende!« Eysha lachte irre und warf sich mit grimmiger Entschlossenheit noch einmal nach vorne. »Für das Innere Reich! Für die Ewige Herrscherin!«

»Für die Ewige Herrscherin!«, wiederholten die Soldaten den Ruf. Auch ich schlug mit meinen letzten Kräften zu. Sollte dieses Gewürm wenigstens sehen, wie echte Helden starben!

Eingehüllt in zuckende Körper, standen wir da, kämpften mit letzter Kraft und warteten innerlich auf den Biss, der die Rüstung durchdrang und uns das Leben nahm. Meine Beine wurden nun schwer von der Last der Schlangen, die sich in Schichten darum wickelten; kleine unheimliche Mäuler glitten über meine Rüstung und suchten eine verletzliche Stelle.

Irgendwann stolperte ich über die Schlangen an meinen Beinen und stürzte. Immer noch schlug ich zu, doch die Kristallklinge traf nichts mehr außer Stein und Schlangenkadavern. Schließlich hatten sich so viele der Wesen um meine Gliedmaßen geschlungen, dass ich mich nicht mehr bewegen konnte.

Das war's dann wohl, dachte ich völlig ruhig.

Plötzlich – ohne jegliche Vorwarnung – ließen die Schlangen von mir ab, als sei ich giftig. Sie wichen so abrupt zurück, dass ein leerer Raum um mich entstand. Mit rauschenden Flügeln erhoben sie sich in die Luft und flatterten aus der Höhle. Verwirrt richtete ich mich auf und sah ihnen nach.

»Was ist denn jetzt los?«, fragte ein Soldat und stand langsam auf. »Was geschieht hier, zur Hölle!«

»Das möchte ich auch gerne wissen«, stimmte Eysha zu und half mir beim Aufstehen. Sie war die Einzige, die nicht durch die Schlangenwesen zu Boden gezwungen worden war. Nun sah sie sich aufmerksam um. »Leanna«, sagte sie dann leise und deutete in den hintersten Teil der Höhle.

Ich nahm den Helm ab und spähte in die angezeigte Richtung. Leanna saß mit überkreuzten Beinen auf dem Boden. Sie hatte die Handflächen gegen die Schläfen gepresst. Ihre Augen waren geschlossen. Als ich mich ihr vorsichtig näherte, machte sie die Augen einen Spalt weit auf, und ich prallte zurück: Grünes Licht glühte hinter ihren Lidern.

»Stör . . . mich . . . nicht«, sagte sie nur leise und schloss die Augen wieder.

Ich war einen Moment fassungslos, überlegte, was ich jetzt tun sollte . . .

»Kommt her, Herzog!«, rief Eysha vom Höhleneingang her. »Das müsst Ihr gesehen haben!«

Völlig verwirrt wandte ich mich von Leanna ab und trat aus der Höhle. Eysha und die Soldaten standen in der Schlucht. Alle hatten die Helme abgenommen und starrten hinauf in den Nachthimmel, in dem unter ohrenbetäubendem Kreischen und Flügelschlagen die Schlangenwesen umherschwirrten. Keines davon machte Anstalten, uns anzugreifen.

»Was ist bloß mit den Viechern los?«, fragte ich ahnungslos. »Warum tun sie uns nichts?«

»Warum? Darum«, sagte Eysha tonlos und deutete mit den Daumen auf den Höhleneingang. »Unsere Freundin Leanna hat sich irgendwie Macht über diese Kreaturen verschafft.«

»Sie ist eine Hexe«, erklärte ich vollkommen fassungslos. »Das Miststück ist tatsächlich eine Hexe.«

»Offensichtlich«, lachte einer der Soldaten. »Und nicht die schlechteste, wie es scheint.«

Mir zitterten die Hände, als ich in die Höhle zurückkehrte. Leanna saß noch eine Weile unverändert im hinteren Teil der Höhle, die Beine überkreuzt und die Augen geschlossen. Wir unterhielten uns nur flüsternd, um sie nicht bei ihrer seltsamen Arbeit zu stören.

»Götter, ich brauche etwas zu trinken!«, erklang Leannas Stimme nach einiger Zeit. »Hat jemand einen Weinbrand oder so etwas da?«

Sie war aufgestanden und streckte sich nun hingebungsvoll. Einer der Soldaten gab ihr grinsend einen kleinen Trinkschlauch, aus dem sie sofort einen tiefen Schluck nahm.

»Das tut gut«, keuchte sie und sah mich fröhlich an. »Das war aber in allerletzter Sekunde, oder?«

»Was hast du gemacht, verdammt?«, fragte ich. »Warum sind diese Biester abgehauen?«

»Weil ich es ihnen befohlen habe«, war ihre selbstzufriedene Antwort. »Es war sogar erstaunlich einfach. Unser Glück, dass diese Wesen vor allem bösartig und nicht besonders schlau sind. Sonst hätte das wohl kaum geklappt.«

»Du bist eine Hexe«, stellte ich grimmig fest. »Du bist eine Hexe und du hast die Ewige Herrscherin angelogen.«

»Ich bin vielleicht etwas, was du als Hexe bezeichnen würdest«, erwiderte sie scharf, »aber ich habe die Herrscherin nie angelogen.«

Meine Wut auf sie war so groß, dass ich kaum etwas Sinnvolles herausbrachte.

Mit Mühe atmete ich tief durch. »Du hast aber mich angelogen!«, verlor ich schließlich die Beherrschung. »Und die Dorfbewohner auch!«

»Das wird man mir doch wohl verzeihen können.« Sie lachte nur. »Wenn man dich ertränken will, wirst sogar du das Blaue vom Himmel herunterlügen.«

Ich war so wütend auf sie wie noch nie zuvor auf einen Menschen.

Sie hatte mich, ach was, sie hatte uns alle die ganze Zeit auf den Arm genommen. Wahrscheinlich hatte sie sich die ganze

Zeit über totgelacht! Ich hätte sie am liebsten verhauen. Trotzdem musste ich ihr in dem Punkt mit dem Ertränken Recht geben.
Mühsam beherrscht erwiderte ich nur: »Aber wie haben diese Dorfbewohner herausgefunden, dass du eine Hexe bist?«
»Ganz einfach, mein Lieber. Ich wollte nicht auf einem Drachen reitend in Hohenstayn erscheinen. Deswegen bat ich den Aardnar mich ein paar Meilen vor der Burg abzusetzen. Und zum Schluss bin ich vom Weg abgekommen und hatte mich verlaufen. Dann bin ich auf dieses Dorf gestoßen. Und um mich zu beruhigen, habe ich in der Dorfschenke einen über den Durst getrunken. In meinem Suff ist es dann irgendwie geschehen, dass eine Ziege – nun, sagen wir, dass eine Ziege aus unerklärlichen Gründen geplatzt ist.«
»Geplatzt?«, rief Eysha, die bisher wortlos zugehört hatte. »Das ist nicht Euer Ernst, Leanna!«
»Es tat mir auch sehr Leid«, entschuldigte Leanna sich. Sie wirkte überhaupt nicht zerknirscht. »Wenn man betrunken ist, geschehen solche Dinge bisweilen. Ich habe keine Ahnung, wie ich das geschafft habe. Unter normalen Umständen kann ich so etwas gar nicht.«
»Wie beruhigend«, brummte einer der Soldaten und brachte eilig den Lederbeutel mit Branntwein in Sicherheit.
»Und warum bitte schön hast du dich dann aus diesem verfluchten Käfig nicht selbst befreit?«, wollte ich nur noch wissen. »Sie hätten dich doch wirklich beinahe ertränkt. Wenn du solche Kräfte hast, dann dürfte doch so ein dummer Holzkäfig für dich kein Problem sein, oder?«

»Normalerweise nicht, nein«, gab sie verlegen zu. »Nur bin ich ja erst aufgewacht, als ich bereits da oben baumelte. Und . . .«

»Was und?« Ich wusste nicht, ob ich lachen oder vor Wut losschreien sollte.

»Auf dem Wasser habe ich ganz einfach keine Macht.«

Wir entschlossen uns die Nacht in der Höhle zu verbringen. Natürlich wäre es besser gewesen, gleich weiterzureiten, denn nachts waren wir einfach schwerer zu entdecken. Aber der Kampf hatte alle zu Tode erschöpft. Zudem waren die Pferde von unserer Flucht so erschöpft, dass wir auch ihnen keinen weiteren Schritt mehr zumuten konnten.

Während Eysha und die Soldaten sich dankbar in ihre Decken wickelten, stocherte ich geistesabwesend in dem kleinen Feuer herum, das uns ein wenig Wärme und Licht schenkte.

»Sag, was schaust du so grimmig?«, hörte ich Leanna neben mir fragen. Sie setzte sich neben mich.

»Warum hast du mir nicht die Wahrheit gesagt?«, fragte ich und sah ihr in die Augen. »Was sollte diese ganze Lügerei?«

Sie seufzte.

»Was hättest du getan, wenn ich dir gesagt hätte, über welche Kräfte ich verfüge?«

»Weiß nicht«, erwiderte ich wahrheitsgemäß. »Ich hätte dir jedenfalls nichts Böses getan«, fügte ich nach einer Weile hinzu. »Übrigens . . . Hast du mich schon einmal verhext?« Ich wollte die Frage, die so sehr an mir nagte, möglichst beiläufig stellen. Aber nun zitterte meine Stimme doch ein wenig. »Hast du schon einmal die Kontrolle über mich übernommen?«

»Wieso?« Sie lächelte mich belustigt an. »Hast du das Gefühl, dass ich das schon einmal getan hätte?«

»Nein. Aber das ist es ja gerade! Wenn ich es richtig sehe, dann kannst du doch mit den Leuten anstellen, was du willst. Zur Hölle, du hast diese Wesen dazu gebracht, einfach so wieder davonzufliegen. Woher soll ich wissen, dass ich bis jetzt alles, was ich getan habe, aus freiem Willen getan habe? Und woher weiß ich, dass du nicht irgendwann Lust hast, mich zu irgendetwas Irrsinnigem zu bewegen?«

Eine Weile schwieg sie und sah nachdenklich in die Glut. Ihr Gesicht war vollkommen ernst geworden, als sie antwortete: »Mein Volk hat schon immer einige Gelehrte der unsichtbaren Künste gehabt«, erzählte sie schließlich. Ihre grünen Augen glänzten im Schein des Feuers. Sie war wirklich unglaublich hübsch. »Die geheimen Künste werden seit jeher von den Alten an die weitergegeben, die eine Begabung haben.« Sie setzte sich bequem hin, bevor sie fortfuhr: »Mein Lehrmeister war ein alter Mann, der vor wenigen Wochen im Kampf gegen die Dunklen Horden gefallen ist. Er war wie ein Großvater für mich.«

Unbehaglich sah ich zu, wie sich ihr Gesicht von Schmerz verfinsterte. »Ich habe alles behalten, was er mich in den letzten Jahren gelehrt hat. Aber nichts habe ich mir so genau gemerkt wie seine erste Lektion. Damals hatte er mich gerade erst erwählt. Wir saßen zusammen in seiner Hütte. Sie war klein, furchtbar verfallen und sie stand ein ganzes Stück weit weg vom Dorf. Damals sagte er: ›Leanna, es gibt vieles, was du zu lernen hast. Ich kann dir helfen eine Kraft zu entdecken, die kaum einem Menschen gegeben ist. Die Kraft bringt eine große Verantwortung mit sich, wie alles, was eine große Machtfülle mit sich bringt. Du musst mir schwören die Kraft niemals gegen etwas anderes als die Kreaturen des Dunklen einzusetzen. Die einzige Ausnahme ist, wenn du in ernster Lebensgefahr schwebst. Aber dies gilt nur, wenn du keine andere – keine einzige andere – Möglichkeit mehr hast, dich zu retten. Niemals darfst du die Kraft gegen einen Menschen oder ein Tier des Inneren Reiches einsetzen, egal, warum. Wirst du mir das schwören?‹«

Ich sah sie ruhig an. »Und? Hast du geschworen?«

»Natürlich.« Sie nickte nur. »Damals habe ich meinen Meister nicht so recht verstanden. Mittlerweile begreife ich, dass dies wahrscheinlich das Wichtigste war, was er mich je gelehrt hat. Seit ich begonnen habe die Kraft zu entdecken, war ich tausendmal in Versuchung, den Schwur zu brechen.« Ihre Augen wurden feucht und ihre Lippen zitterten. »Getan habe ich es erst einmal.« Ein Schatten lag auf einmal auf ihrem Gesicht, den ich nie zuvor bemerkt hatte. Etwas Wildes . . .

Obwohl ich ziemlich verwirrt war, versuchte ich sie zu trösten.

»Die Ziege? Aber war das nicht eine Art Unfall? Das kann jedem mal passieren.« In Wirklichkeit bezweifelte ich, dass es mir je passieren könnte, aus Versehen eine Ziege platzen zu lassen. Aber wer wollte das jetzt so genau nehmen?

»Vielleicht hast du Recht.« Sie lachte bitter, doch der fremde Ausdruck in ihrem Gesicht legte sich wieder. »Trotzdem war es eine verfluchte Dummheit und ich glaube nicht, dass ich es mir je verzeihen kann.«

»Das wird die Zeit zeigen«, erklärte ich gähnend. »Gute Nacht«, brummte ich und wickelte mich in meine Decken.

Mir wurde das alles zu viel. Ich war unterwegs ins Äußere Dunkel, um mich massakrieren zu lassen. Und meine Begleiter waren zehn – nein, waren acht Soldaten, eine fanatische Kriegerin, die mich hasste, und jetzt auch noch eine Hexe, die auf Wüstendrachen ritt und im Suff gemeingefährlich wurde.

Am nächsten Morgen brachen wir früh auf. Wenig später standen wir vor den Leichen von Vanden, Laas und ihrem Pferd. Der Anblick ließ mich erschauern.

»Bei unseren Kämpfen in der Wüste habe ich schon mit angesehen, wie Männer bei lebendigem Leib zerrissen wurden«, sagte Leanna mit bebender Stimme. »Aber das hier will ich nicht glauben.«

»In Ordnung, Männer«, ertönte in diesem Augenblick Eyshas Stimme hinter uns. »Wir können sie hier so nicht liegen lassen. Wir schaffen sie in die Höhle und bedecken sie mit Steinen. Das wird wenigstens die größeren Aasfresser von ihnen abhalten.«

»Wie kann sie nur so ruhig sein?«, wunderte ich mich. »Es waren immerhin ihre Männer.«

»Und wir haben nichts getan, um ihnen zu helfen«, sagte Leanna voller Selbstverachtung. »Sie hatten keine Chance, dem Tod zu entkommen. Und wir sind einfach abgehauen.«

»Laas hat uns gewarnt«, erinnerte ich mich plötzlich. Heiße Wut stieg in mir auf. »Ohne ihn wären wir jetzt alle tot. Wir hätten ihnen beistehen müssen.«

»Dann lägen dort noch ein paar Leichen mehr«, erklärte Eysha, die näher gekommen war, kühl.

»Na und!«, schrie Leanna sie in plötzlicher Wut an. »Das wäre besser gewesen, als sie ohne jede Hilfe zu lassen!«

»Wie Ihr meint.« Eysha sah Leanna verächtlich an. »Allerdings hätte Laas uns dann gar nicht warnen müssen. Wir wären alle draufgegangen.«

»Wie könnt Ihr das so ruhig mit ansehen?« Ich war fassungslos. »Das waren doch Eure Männer! Ihr habt den Befehl gegeben, dass sie zu zweit reiten sollen! Und jetzt ist Euch vollkommen egal, dass sie ...«

»Seid lieber still, Herzog!«, unterbrach sie mich leise und trat direkt vor mich hin. »Ich weiß nicht, wie es bei Euch ist. Aber ich weiß jetzt schon, dass ich die beiden in den nächsten Nächten wieder treffen werde, wenn es dunkel wird und die Alpträume kommen. Was denkt Ihr, wen Ihr vor Euch habt? Mir ist es niemals egal, wenn einem meiner Männer etwas zustößt, und wenn er sich nur unter meinem Kommando in den Finger schneidet!

Im Krieg geschieht es nun einmal, dass Männer sterben. Ich leide jedes Mal Höllenqualen, aber verdammt! Das ist unsere Aufgabe und wir alle wissen, dass es uns treffen kann! Wir haben einen Auftrag, von dem das Schicksal des gesamten Inneren Reiches abhängt. Und wenn es sein muss, opfere ich ohne Zögern jeden Einzelnen hier, wenn es uns bei der Erfüllung dieses Auftrages hilft! Habt Ihr verstanden? Jeden Einzelnen!« Sie schnaufte tief durch. »Ich kann es mir nicht leisten, mich von dem Auftrag durch irgendwelche Gefühlsduseleien ablenken zu lassen. Es ist mir gleichgültig, wer von uns bei dieser Sache sein Leben lässt – wenn nur Lîfstein wieder an seinen Platz zurückkommt. Denn tut er das nicht – ist unser aller Leben verwirkt.«

Sie schwieg einen Moment und ich meinte zu sehen, dass ihre blauen Augen einen Moment lang feucht glänzten.

Sie wandte sich von uns ab und half ihren Männern beim Transport der beiden Leichen zur Höhle. Nur Leanna und ich blieben zurück.

»Ich weiß, dass sie Recht hat«, erklärte Leanna schließlich leise. »Aber ich kann es beim besten Willen nicht so einfach hinnehmen wie sie.«

»Ich auch nicht«, flüsterte ich. »Aber ich glaube, das will ich auch gar nicht.«

Solange die Soldaten ihre beiden Kameraden beerdigten, standen Leanna und ich schweigend bei den Pferden. Ich ließ meine Gedanken wandern und merkte, dass ich irgendwie Eysha für den Tod von Laas und Vanden verantwortlich machte. Und plötzlich wurde mir klar, was mich so gegen sie aufbrachte. Natürlich! Sie hatte nicht einmal versucht ihren Männern zu Hilfe zu kommen. Für sie war es normal, dass so etwas geschah.

Mich dagegen würde Eysha beschützen. Sogar um den Preis ihres eigenen Todes, denn ich war der Einzige, der Lîfstein berühren konnte. Sie würde mich beschützen, weil es dem

Auftrag diente, sowenig sie mich eigentlich leiden konnte. Das hatte etwas Erniedrigendes und am liebsten wäre ich nun ein ganz normaler Soldat gewesen, der in genau derselben Gefahr schwebte wie alle anderen auch.

Als ich mit meinen Gedanken so weit gekommen war, sah ich Leanna von der Seite an. Und einmal mehr fragte ich mich, was wohl in ihrem Kopf vorgehen mochte. Sie tat so, als bemerke sie meinen Blick nicht. Und so grübelte ich weiter.

So sicher es war, dass Eysha mich nicht mochte, so unsicher war, was Leanna für mich empfand. Ich seufzte. Das war ja toll. Ich war der Herzog von Fraterna und ich musste beschützt werden, aber eigentlich mochte mich keiner . . . Am liebsten hätte ich mich irgendwo hingesetzt und geheult. Ich tat mir selbst Leid und kam mir vor wie ein Kind, das zwar wichtig war, das aber nichts zu sagen hatte.

Und dann begriff ich etwas. Zur Hölle, ich war kein Kind! Ich war der Herzog von Fraterna und ich hatte sehr wohl etwas zu sagen. Auch wenn Eysha bisher kaum darauf geachtet hat-te – die Ewige Herrscherin hatte mir den Befehl über dieses Unternehmen gegeben. Und genau danach würde ich ab jetzt handeln. Als die Männer und Eysha wiederkamen, war mein Plan fertig. »Wir werden uns heute ordentlich beeilen müssen«, erklärte ich laut. »Diese Wurmversammlung hat uns schon zu viel Zeit gekostet. Also sehen wir zu, dass wir noch einmal ein gutes Stück vorankommen, bevor es wieder dunkel wird.«

Eysha warf mir sofort einen scharfen Blick zu. Doch sie hatte sich in der Hand. Mit den Worten »Wohl gesprochen, Herzog« gab sie nicht einen Millimeter nach und befahl: »Also los!«

In leichtem Galopp verließen wir die Schlucht, passierten die Stelle, an der Vanden den verhängnisvollen Sturz gehabt hatte, und kämpften uns schließlich den steilen, rutschigen Abhang hinunter.

In düsterer Stimmung ritten wir dahin. Den ganzen Tag über hing eine fest geschlossene Wolkendecke über uns und schließlich begann es zu regnen. Bald zitterten wir alle am ganzen Leib und duckten uns tief über die Hälse der Pferde, um den Wind nicht voll im Gesicht zu haben. Während wir uns vorankämpften, wanderten meine Gedanken ziellos umher, denn auch der Weg, den wir nahmen, war eintönig und bot keinerlei Abwechslung. Er führte leicht geneigt durch die steinige, karge Landschaft, die sich in stetigem Auf und Ab bis zum Horizont zu ziehen schien. Erst gegen Abend, es war schon fast völlig finster, sahen wir die ersten Bäume. Sie waren zwar klein und verkrüppelt, aber es tat den Augen gut, wieder einmal ein wenig Grün zu sehen.
Es wurde dunkler, und als die Nacht hereinbrach, hörte ich Eysha rufen: »Wir lagern hier. Es ist zu gefährlich, in der Finsternis weiterzureiten.«
»Nicht gerade ein gemütlicher Lagerplatz«, sagte einer der Männer und sah sich um. »Einen Unterstand werden wir hier kaum finden.«
»Da hast du Recht, Werren«, nickte die Kriegerin. »Aber dort hinter dem Felsen sind wir wenigstens vor dem Wind geschützt. Und das bisschen Regen wird dich nicht umbringen. Also, alles absitzen.«

»Einen Moment!«, rief ich. »Eysha, kommt doch bitte zu mir!«

Meine Stimme hatte in meinen Ohren ein wenig zu laut geklungen, aber der Ton war offensichtlich richtig, denn Eysha fuhr auf ihrem Ross herum. Einen Moment lang dachte ich, sie würde mir widersprechen. Doch dann lenkte sie ihr Tier neben mich.

»Was gibt es?«, fragte sie barsch.

»Ich habe nicht gesagt, dass wir lagern – ganz einfach, weil wir noch nicht lagern werden. Verstanden?«

Es klang etwas wirr und ich war gespannt, was sie sagen würde.

»Es ist bald zu dunkel, um weiterzureiten«, tat sie meinen Befehl ab und wollte sich schon wieder abwenden.

»Das ist mir klar!« Wenn sie es nicht anders verstand, nun, dann warf ich eben alle Höflichkeit über Bord. Eiskalt fuhr ich fort: »Deshalb werden wir die Tiere jetzt führen. Aber wir werden noch nicht lagern. Sagt das den Männern!«

Sie sah von ihrem Pferd auf mich herab. Ihre Augen blitzten hasserfüllt. Doch dann stieg auch sie ab. Sie hatte verstanden, aber so schnell gab sie nicht auf.

»Also gut, Leute!«, nahm sie wieder das Kommando an sich. »Der Herzog hat gesagt, dass wir noch ein Stückchen weitermarschieren. Wir führen die Tiere am Zügel. Aber passt gut auf, wo Ihr hintretet. Die Felsen sind hier verdammt glitschig.«

»Bist du jetzt von allen guten Geistern verlassen?«, fragte Leanna verständnislos. »Was soll denn dieser Unfug?«

»Du weißt, dass wir es eilig haben«, erwiderte ich und zuckte in gespielter Ruhe die Schultern. »Und je weiter wir in der Nacht kommen, desto wahrscheinlicher ist es, dass wir unentdeckt bleiben.«

»Wenn du meinst«, brummte sie wütend.

Aber auch sie stieg ab und fasste ihre Stute am Zügel. Ich hatte erwartet, dass die Soldaten über diese unerwartete Zumutung murren würden. Aber sie nickten nur und machten sich daran, ihre Stiefel noch einmal neu zu schnüren, um besseren Halt darin zu finden. Dann zogen wir weiter.

Man merkte, dass diese Männer das Marschieren gewöhnt waren. Ich dagegen war nicht daran gewöhnt. Schon nach zwei Stunden taten mir die Beine so weh, dass sie jeden Moment abzufallen schienen. Aber jetzt konnte ich mir schlecht etwas anmerken lassen. So biss ich die Zähne zusammen und stapfte vor Karm her durch den dichter werdenden Wald.

Und dann hörte es auf zu regnen und der Mond brach durch die düsteren Wolken. Schlagartig sahen wir mehr und das Gehen wurde leichter. Mir entfuhr ein erleichterter Seufzer, als sich endlich eine kleine Lichtung auftat, die durch dichte Tannen völlig geschützt vor Wind und neugierigen Blicken war.

»Das reicht. Hier werden wir lagern«, erklärte ich und wunderte mich, wie fest und normal meine Stimme klang. Ich war mittlerweile nämlich völlig erschöpft.

»Können wir wenigstens ein Feuer machen?«, fragte Leanna bitter. »Sonst wird eure Hexe bald erfroren sein.«

»Eysha, was meint Ihr?«, fragte ich und gähnte. »Sollen wir das Risiko eingehen?«

Die Kriegerin sah sich um. »Diese Lichtung liegt in einer kleinen Senke«, überlegte sie laut. »Und die Bäume sind auch ein guter Sichtschutz. Ja, ich denke, wir sollten ein Feuer machen.«

»Na wunderbar«, nickte ich. »Dann wärmen wir uns noch ein wenig.«

Obwohl sie nur nasses Holz fanden, hatten die Soldaten in kürzester Zeit ein Feuer in Gang gebracht. Einer Ohnmacht nahe, ließ ich mich daran nieder und würgte ein Stück durchweichtes Brot mit Schinken hinunter. Mir war vor lauter Erschöpfung ganz elend. Aber das zählte nicht. Ich war stolz auf mich.

KAPITEL XI

Als am nächsten Morgen die Sonne über die Wipfel der Bäume lugte, wurde ich wach. Die anderen schienen noch zu schlafen. Stille lag über der Lichtung, nur die Pferde, deren Vorderbeine wir zusammengebunden hatten, damit sie nicht davonlaufen konnten, rupften das taufeuchte Gras. Überall stieg feiner Dampf aus dem feuchten Boden auf und hüllte den Wald in ein weißes Kleid. Der Frieden um mich herum schien in mir widerzuhallen. Ich war wach und munter wie schon lange nicht mehr. Und für einen Moment dachte ich an den anderen Martin. Welcher das auch immer sein mochte – wir waren wohl gerade vollständig miteinander ausgesöhnt.

Nach einem schnellen Frühstück machte sich unsere kleine Gruppe daran, die Pferde zu satteln und zu beladen. Eysha gab den Soldaten fröhlich Anweisungen und rief jedem einen kurzen Scherz zu.

»Sie scheint nicht gerade schlecht geschlafen zu haben«, murmelte Leanna so deutlich, dass ich es hören konnte.

»Ihre Alpträume können gar nicht so schlimm gewesen sein.«

Ich warf Eysha einen bitteren Blick zu. Die erste Kriegerin schien sich tatsächlich recht schnell vom Tod ihrer beiden Männer erholt zu haben.

»Mein Fürst«, rief sie mir in diesem Moment zu und kam näher. »Die Männer sind bereit. Wenn Ihr den Befehl gebt, können wir weiterreiten.«

Ich suchte nach dem Spott in ihren Worten. Aber sie schien es ernst gemeint zu haben. Dennoch war ich misstrauisch.

»Seit wann erkundigt Ihr Euch nach meinen Wünschen, Eysha?«, fragte ich leise, sobald sie vor mir stand. Der gerade Weg schien mir jetzt der beste zu sein. »Das habt Ihr bis jetzt noch nie getan.«

»Bis jetzt habt Ihr auch noch nichts getan, um das Kommando zu übernehmen, mein Fürst«, war die ernste Antwort. »Doch wenn ich Euer Verhalten von gestern Abend richtig deute, seid Ihr nun bereit Eure von der Ewigen Herrscherin auferlegte Rolle zu spielen.«

Nachdenklich sah ich sie an. In ihren Augen flackerte ein seltsames, düsteres Licht, obwohl ihr Mund weiterhin lächelte.

»In der Tat, das bin ich«, brummte ich schließlich. »Wie habt Ihr geschlafen?«

»Entsetzlich.« Sie lächelte eisern weiter und sah sich vorsichtig um. Keiner der Männer war in Hörweite. »Aber das muss keiner meiner Leute erfahren. Falls es Euch noch nicht aufgefallen sein sollte, mein Fürst – wir sind diejenigen, die den Männern Mut und Vertrauen einflößen können. Aber ebenso auch Angst und Verzweiflung. Das dürft Ihr niemals vergessen. Besonders dann nicht, wenn Ihr uns von nun an führen wollt.«

»In Ordnung«, versprach ich. »Ich werde das nicht vergessen.«

»Gut.« Sie nickte. Das Lächeln schien auf ihrem Mund festgeschmiedet zu sein. »Dann gebt den Befehl zum Aufbruch.«

»Ihr habt ihn«, erwiderte ich und schwang mich in Karms Sattel. Der Wallach wieherte leise. Er war immer noch erschöpft von den vergangenen Strapazen.

»Tut mir Leid, mein Junge«, tröstete ich ihn und streichelte seinen Hals. »Aber ich verspreche dir etwas. Wenn wir das alles hinter uns haben, darfst du dich bis an dein Lebensende ausruhen.«

»In den Sattel, Männer!«, rief Eysha und ging energisch zu ihrem Pferd. »Wir wollen heute Abend noch die Ebene erreichen, also legt euch ins Zeug!«

Wir ritten den ganzen Tag durch einen unwegsamen Wald, in dem es so dunkel war, dass sich kaum Büsche und Sträucher angesiedelt hatten, die uns den Weg versperren konnten. Trotzdem kamen wir nicht besonders schnell voran. Es wurde bereits Abend, als sich das Land um uns herum veränderte. Nebel stieg vor uns auf und der Geruch von faulem Wasser.

»Mein Fürst«, sagte Eysha und lenkte ihr Pferd neben mich, »ich möchte vorschlagen hier zu lagern. Wir wissen nicht, was uns da vorn erwartet. Aber was es auch sei, ich würde ihm gerne bei Tageslicht gegenübertreten.«

»Ihr habt Recht«, stimmte ich zu. »Wir werden hier bleiben. Wie sieht es mit den Vorräten aus?«

»Uns wird nichts anderes übrig bleiben als einige Männer zur Jagd zu schicken«, sagte sie. »Ich habe aber vor einer Stunde eine Fährte entdeckt. Mit ein bisschen Glück gehen wir nicht mit leerem Magen zu Bett.«

»Dann veranlasst alles Nötige«, erwiderte ich und unterdrückte ein Gähnen. »Benötigt Ihr meine Hilfe?«

Ihre Antwort war gottlob wie erwartet und ich konnte mich hinsetzen, den Rücken gegen einen Baum gelehnt. Jetzt war ich schon so lange zu Pferde unterwegs, aber mein Hintern tat immer noch weh wie am ersten Tag. Tatsächlich fühlte er sich mittlerweile an wie ein großes Stück schmerzendes Holz.

Einer der Soldaten sah, wie ich mir verstohlen die Hinterbacken knetete, und lachte mich an.

»So ein Ritt ist immer wieder ein Genuss«, grinste er. »Nicht wahr, mein Fürst?« Ich verzog lediglich das Gesicht. War ich denn der Einzige hier, dem die Rückseite weh tat? Schließlich entschloss ich mich einen kurzen Spaziergang zu machen. Eigentlich war ich zu müde für so etwas, aber vielleicht half es meinem Hintern, wenn ich mir die Beine ein wenig vertrat. Ich sagte Leanna, dass ich bald wieder zurück wäre, und lief los. Die letzten Strahlen der Sonne schimmerten zwischen den Bäumen hindurch, während ich mit steifen Beinen davonstakste.

Irgendwann erreichte ich einen kleinen Felsen, dessen Spitze noch ein wenig von der Sonne beschienen wurde. Vorsichtig kletterte ich hinauf, setzte mich auf den warmen Stein und genoss das warme Gefühl auf meinem Gesicht.

Meine Gedanken drehten sich um den Weg, der noch vor uns lag. Wie viele von uns würden noch sterben müssen, bevor wir die Festung des Schwarzen Löwen erreichten? Und wenn wir sie erreicht hätten – wie sollten wir Lîfstein wieder zurückerlangen? Schon jetzt hatten zwei Männer ihr Leben im Kampf mit den Horden der Finsternis gelassen und wir hatten das Äußere Dunkel noch lange nicht erreicht!

Ich fragte mich, wie es wohl Rasuth bei seinem Angriff ergehen mochte. So sicher ich war, dass Rasuth seine Sache gut machen würde – ich wünschte mir, dass er bei mir wäre. Mein Kampf mit Eysha schien seit dem Angriff der Schlangenwesen wenigstens vorerst beendet zu sein. Aber so treu mir die Kriegerin auch zur Seite stehen mochte, ich war nicht mit ihr befreundet.

Rasuth hatte mir in den wenigen Tagen unserer Bekanntschaft so sehr geholfen, hatte mir mit seiner Geduld und Zuneigung eine so große Sicherheit gegeben, dass ich mich wieder einigermaßen in meiner Rolle als Herzog von Fraterna zurechtgefunden hatte. Aber ich war immer noch kein wirklicher Anführer und Befehlshaber, egal welche Mühe ich mir gab.

Ja, es wäre wirklich eine große Hilfe gewesen, wenn der grimmige Schwertmeister hier gewesen wäre!

Langsam zog ich *Triuwe* aus der Scheide und wog die Klinge nachdenklich in den Händen. Auch nun, da ich schon mit der Waffe gekämpft hatte, war ich immer noch benommen von dem unirdischen Glanz des Kristallschwertes.
Ich sah mich kurz um. Niemand war in der Nähe, um mich zu beobachten. Langsam stand ich auf und streckte die Waffe vor mich, wie ich es einmal in einem Film gesehen hatte. Mit aller Kraft versuchte ich mir einen Gegner vorzustellen, der mit einem Schwert auf mich einschlug. Keuchend verteidigte ich mich, so gut es eben ging.
Innerhalb kürzester Zeit hatte ich die Oberhand gewonnen. Immer weiter wich mein Feind zurück, als ich ihn mit mächtigen Streichen bedrängte.
»Nimm das, Mistkerl!«, schnaufte ich und hieb die leere Luft entschlossen in zwei Teile.
»Euer Schwertmeister Rasuth würde wohl einen Schlag bekommen, wenn er Euch sehen könnte«, ertönte eine Stimme unter mir. Vor Schreck wäre ich fast vom Felsen gefallen.
»Eysha«, sagte ich und strich mir die Haare aus der schweißnassen Stirn. »Ich habe Euch nicht kommen hören.«
»Das wundert mich nicht«, erklärte die Kriegerin schulterzuckend. Sie lehnte an einem Baum neben dem Felsen und sah zu mir hoch. »Ihr habt ja gekeucht wie ein kranker Ochse, während Ihr Eure . . . Übungen gemacht habt.«
Die letzten Worte sagte sie in so verächtlichem Ton, dass mir die Schamesröte ins Gesicht schoss.
»Immerhin habe ich einige von den Schlangen erwischt!«, verteidigte ich mich.

Zur Hölle, es wurmte mich gewaltig, dass ich mich hier vor ihr wie vor einem Lehrer verteidigte, wenn ich meine Hausaufgaben nicht gemacht hatte! Aber mir fiel einfach nichts ein, was ich sonst hätte sagen können.

»Das habe ich gesehen«, nickte sie und stieg zu mir auf den Felsen hoch. Neidisch beobachtete ich, dass es bei ihr aussah, als würde sie einen Spaziergang machen. Ich hatte mich dagegen doch ganz schön anstrengen müssen, um hier heraufzukommen. Sie setzte sich neben mich und klopfte sich den Staub von den Händen.

»Aber wenn Ihr meine ehrliche Meinung hören wollt . . .« – sie sah mich fragend an, und ich nickte düster – »dann war es ebenso schwierig, diese Wesen zu treffen wie leere Luft. Götter, sie waren doch überall! Wie wolltet Ihr sie verfehlen? Und ich muss gestehen, dass Ihr selbst in dieser Hinsicht einiges geleistet habt.«

»Mit anderen Worten, ich bin ein völliger Versager, was den Schwertkampf angeht«, schnaubte ich und steckte *Triuwe* wieder in die Scheide zurück. »Das wolltet Ihr mir doch sagen, oder?«

»Wie Ihr das Schwert haltet, wundert es mich in der Tat, dass Ihr das vordere vom hinteren Ende unterscheiden könnt«, nickte sie schonungslos.

»Aber warum kann ich dann noch mit dem Bogen umgehen?«, fragte ich verzweifelt. »War ich denn vor meinem Gedächtnisverlust auch schon so ein schlechter Schwertkämpfer?«

»Nicht dass ich wüsste«, schüttelte die Kriegerin den Kopf. »Ihr hattet Rasuth als Lehrer und der Schwertmeister trägt seinen Titel zu Recht. Vielleicht ist Euch einfach das Wissen um die eine Sache erhalten geblieben, das um die andere aber dafür völlig verschwunden. Konnte Euch der Herzog von Patray darüber nichts erzählen?«

Müde schüttelte ich den Kopf. »Nein. Er war eigentlich der Meinung, dass mir meine Fähigkeiten im Grunde erhalten geblieben wären.«

»Nun, diese wohl nicht.« Ich hatte nicht den Eindruck, als wäre sie überrascht. Seltsamerweise ärgerte es mich plötzlich mehr als je zuvor, dass sie mich für eine Niete hielt.

»Moment«, sagte ich langsam und dachte angestrengt nach. »Das mit dem Bogenschießen klappt auch nur, wenn ich mich nicht darauf konzentriere. Wenn ich mich nur auf mein Gefühl verlasse.«

»Ihr wollt sagen, dass Eure Fähigkeiten erst dann geweckt werden, wenn Ihr Euren Verstand ausschaltet?«, fragte sie ungläubig. »Warum?«

Weil dann der wahre Herzog von Fraterna das Ruder übernehmen kann!, schoss es mir durch den Kopf. Aber das konnte ich Eysha nicht sagen.

»Ich habe keine Ahnung«, log ich und stand auf. »Aber einen Versuch ist es wert. Kommt mit!«

Mit zittrigen Händen kletterte ich wieder von dem Felsen. Die Sonne war längst hinter den Bergen verschwunden, aber der Himmel war noch hell genug, dass man gut sehen konnte. Eysha folgte mir mit zweifelndem Gesichtsausdruck. Unten stellte ich mich breitbeinig hin und zog mein Kristallschwert.

»Seid doch so gut und greift mich an«, bat ich die Kriegerin grinsend.
»Ich weiß nicht, ob das eine gute Idee ist«, sagte sie, zog aber dennoch ihr Schwert. »Ich will Euch nicht verletzen. Vielleicht sollten wir zuerst mit Stöcken üben.«
»Wenn ich eine Hand verloren habe, können wir das immer noch tun«, erwiderte ich in gespieltem Selbstbewusstsein. Dieselbe Überlegung hatte ich auch gerade getan. Aber *Triuwe* jetzt wieder wegzulegen wäre mir so feige vorgekommen, dass ich es einfach nicht wollte.
»In Ordnung«, nickte die Kriegerin einfach. »Ich werde vorsichtig sein.«
Ihr Angriff kam mit einer Schnelligkeit, dass mir der Atem wegblieb. Ihr Schwert schlug *Triuwe* einfach beiseite und noch im selben Augenblick lag die Klinge kalt an meinem Hals.
»Noch einmal«, sagte sie nur und zog sich wieder einen Schritt zurück. Ihre blauen Augen brannten in kaltem Feuer. Plötzlich erinnerte ich mich daran, dass sie mich hasste, und ein Schauer lief mir über den Rücken. Wieder schlug sie zu, aber diesmal geschah etwas. Ich hatte nicht damit gerechnet, sondern nur auf ihre Augen geachtet. Mein Körper reagierte wie von selbst, als ihre Klinge gegen die meine schlug, und wich ein Stück beiseite. Unsere Schwerter schlugen mehrfach klirrend gegeneinander, singender Stahl und funkelnder Kristall in einem tödlichen Wirbeln. Ich versuchte nach Kräften an etwas anderes zu denken. Aber als Eysha für einen Moment von mir abließ, fragte ich mich, warum. Und schon spürte ich ihr Schwert am Hals.

»Wenn Ihr es schafft, den Schwertkämpfer hervorzuschälen, der in Euch steckt«, sagte die Kriegerin langsam und ließ ihr Schwert sinken, »dann ist *Triuwe* an Euch nicht vergeudet.«

Ich ließ mich schnaufend auf den Boden fallen. »Geben die Götter, dass Ihr Recht habt«, keuchte ich und wischte mir den Schweiß aus dem Gesicht. »Eysha?«

»Mein Fürst?«

»Alleine schaffe ich es nicht. Ich bitte Euch mir dabei zu helfen.«

Sie setzte sich neben mich und sah mich mit ihren stechenden blauen Augen an. »Warum habt Ihr Euren Bruder nicht von dieser Untat abgehalten?«, fragte sie bitter, ohne auf meine Frage einzugehen. »Ihr müsst gewusst haben, was er vorhatte.«

»Selbst wenn der Herzog wusste, was sein Bruder plante«, erwiderte ich, ohne den Blick von ihr zu wenden, »kann ich nichts dafür. Begreift es doch endlich – ich bin nicht mehr derselbe.«

»Nun gut. Ihr, der Ihr nun ein anderer seid, was habt Ihr vor, wenn Euch Martéen in die Hände fällt?«

Ich runzelte die Stirn. So richtig hatte ich noch nicht darüber nachgedacht. Aber jetzt, wo ich mir darüber wirklich Gedanken machte, war es mir so klar.

»Ich werde ihn töten«, sagte ich einfach.

Ein abgründiges Lächeln erschien auf ihren Lippen. »Dann werde ich alles tun, was in meiner Macht steht, um aus Euch den verdammt besten Schwertkämpfer zu machen, den das Innere Reich je hervorgebracht hat.«

Als wir ins Lager zurückkehrten, stieg uns ein wunderbarer Duft in die Nase. Die Soldaten hatten ein kleines Feuer entzündet, über dem sie an Stöcken große Fleischstücke brieten. Neben dem Feuer lag eine gehäutete Ziege.

»Da seid ihr ja«, begrüßte Leanna uns wütend. »Wo wart ihr denn, verflucht? Ich habe mir schon Sorgen gemacht.«

»Wir waren ein bisschen üben«, erwiderte Eysha einfach. »Habt Ihr für uns auch ein Stück Fleisch übers Feuer gehängt oder hat mal wieder jeder nur an sich gedacht?«

»An Euch hat niemand gedacht, Eysha«, erklärte einer der Soldaten grinsend. »Aber für den Herzog habe ich gleich zwei Stücke mitgebraten.«

»Dann nehme ich einfach deines, Pym«, nickte die Kriegerin zufrieden. »Der Herzog wird dir deine Sorge um ihn sicher danken.«

»Das war sehr nett von Euch, Pym«, sagte ich lachend. »Aber ich denke, zwei Stück sind zu viel für mich. Wollt Ihr vielleicht eines davon?«

Es war der unbeschwerteste Abend, den ich bis jetzt mit meinen Gefährten verbracht hatte. Alle waren entschlossen sich durch den Tod von Laas und Vanden nicht entmutigen zu lassen. Bisweilen verfiel einer von uns in trübe Stimmung, aber dann halfen ihm die anderen mit Witzen und Spott wieder auf die Beine. Besonders das Ziegenfleisch half die Schrecken der vergangenen Tage zu vergessen. Obwohl es zäh und nur halb gar war, schmeckte es nach der mageren Kost der letzten Zeit ganz hervorragend.

»Denor, Goran, ihr beide vergrabt den Rest dieses wundervollen Tierchens«, ordnete Eysha an, nachdem alle ihr Mahl beendet hatten. »Wir wollen nicht, dass der Duft ungebetene Gäste anlockt. Pym, Sedev, ihr teilt die Wachen ein. Seht zu, dass ihr die letzte Wache habt.«

Die vier Soldaten nickten nur.

»Und übrigens, wir haben alle in den nächsten Tagen eine zusätzliche Aufgabe«, fuhr Eysha fort. »Unser Fürst hat durch eine Krankheit eine bestimmte Fähigkeit eingebüßt.«

Mir fiel das Kinn nach unten. »Eysha, was soll das?«, zischte ich wütend.

»Es handelt sich bei diesem Verlust lediglich um seine Fähigkeit, mit einem Schwert umzugehen«, fuhr die Kriegerin ungerührt fort.

»Was!«, entfuhr es Sedev. Er war einer der Älteren in der Gruppe, von vielleicht fünfundvierzig Jahren. »Vollkommen? Was war denn das für eine Krankheit?«

»Das ist nicht wichtig«, beschied Eysha ihn mit scharfer Stimme. »Er hat sie auch nicht wirklich verloren, sondern kann sich lediglich nicht mehr richtig daran erinnern. Unsere Aufgabe ist es nun, ihn wieder daran zu gewöhnen, ein Schwert zu führen.«

»Ihr habt versprochen das selbst zu machen!«, keuchte ich.

»Ich habe versprochen aus Euch wieder einen guten Kämpfer zu machen«, nickte sie. »Und das wird am schnellsten dadurch geschehen, dass Ihr mit verschiedenen Gegnern übt. Sonst besteht die Gefahr, dass Ihr Euch nur an meinen Stil gewöhnt. Und eine Gewohnheit ist das Gefährlichste, was einem Schwertkämpfer zustoßen kann.«

»Da hat sie Recht«, stimmte Pym brummend zu.

Ich starrte entgeistert in die Runde. Warum nur hatte ich Eysha überhaupt darum gebeten? Ich meinte vor Scham im Boden versinken zu müssen.

»Jedenfalls werden wir für den Rest unserer Reise reihum mit dem Herzog üben«, schloss Eysha. »Sedev wird den Herzog morgen früh eine Stunde vor uns anderen wecken und sich ans Werk machen. Dasselbe wird am Abend geschehen. Schont ihn nicht, in ihm steckt immer noch ein sehr guter Krieger.«

»Das heißt, dass ich jede Nacht zwei Stunden weniger schlafen werde«, rief ich entsetzt. Die Antwort war schallendes Gelächter.

»Völlig richtig, mein Fürst«, nickte Eysha. »Es sei denn, Ihr wollt auf unsere Hilfe verzichten.«

»Jetzt verstehe ich, warum Ihr es nicht alleine machen wolltet«, erwiderte ich schwach. »Aber in Ordnung, versuchen wir es.«

»Dann ist das geklärt«, sagte die Kriegerin zufrieden. »Und jetzt alles ins Bett. Wir haben den Schlaf nötig.«

Als mich Sedev am nächsten Morgen weckte, hatte gerade erst die Morgendämmerung eingesetzt. Der Soldat hatte sich am Anfang damit begnügt, meine Schulter zu rütteln. Aber schließlich hatte auch er sich bei den widerlichen Menschen eingereiht, die mir irgendwann gereizt die Decke wegrissen anstatt mich schlafen zu lassen.

»Zur Hölle, was habt Ihr nur für einen Schlaf!«, schimpfte er leise, während ich in der Morgenkälte schlotterte. »Noch dazu in voller Rüstung! Wie macht Ihr das nur?«

»Das ist das gute Gewissen«, erklärte ich mit zitternden Lippen und hüpfte auf und ab. »Da wird selbst eine Rüstung bequem wie eine Daunendecke.«

Der Soldat schnaubte nur verächtlich und stapfte in den Wald davon. Ich schnallte mir mit steifen Fingern meinen Waffengurt um und folgte ihm. Als wir außer Hörweite des Lagers waren, zog er sein Schwert und stellte sich mir gegenüber.

»Wir sollten zuerst einmal einige Grundstellungen üben, bevor wir loslegen«, erklärte er. »Sonst reißt Ihr Euch noch etwas, steif, wie Ihr seid.«

»Ihr seid der Lehrer«, sagte ich nur gähnend und stellte mich so ähnlich hin wie er.

»Die Götter mögen uns gnädig sein«, murmelte er und sah mich von oben bis unten an.

»Stimmt etwas nicht?«, fragte ich und gähnte noch einmal.

Es dauerte bestimmt eine Viertelstunde, bis er meine Gliedmaßen so hergerichtet hatte, wie es seinen Vorstellungen entsprach. Doch dann begannen wir mit einem einfachen Vorwärtsschritt, der mit einem ebenso einfachen Schwertschwung einherging. Nachdem ich das einige Minuten geübt hatte, setzte ein seltsames Gefühl ein. Ich *hatte* das schon gemacht, und zwar so oft, dass ich plötzlich anfing mich selbst zu verbessern . . . der Fuß gehörte ein Stückchen weiter nach rechts gedreht und der Ellenbogen sollte einen perfekten Halbkreis beschreiben . . . die Schwertspitze musste etwas weiter innen bleiben, bis die Arme und das Knie wie in einer Kugel . . .

»Na, so was!«, staunte Sedev neben mir, der mein Tun kritisch beäugte. »Ihr scheint Euch zu erinnern.«

»In der Tat!«, erklärte ich nicht minder erstaunt. »Ich habe das schon tausendmal geübt . . . irgendwann.«

. . . das Knie weiter nach vorne . . .

»Zeigt mir den *Lauernden Habicht!*«

Ohne über das seltsame Kommando nachzudenken, veränderte ich meine Fußstellung und griff am Schwert um.

»Sehr gut! Vollkommen ausgeführt! Der *Wütende Keiler!* Na los!«

Meine Beine und Arme veränderten ihre Stellungen und ich duckte den Kopf unter dem Schwert.

»Ihr könnt es doch noch! Den *Liebhaber!*«

Meine Arme verhedderten sich ineinander, als ich grinsen musste. »Den was?«, fragte ich lachend nach.

»Der *Liebhaber*«, seufzte Sedev. »Oder könnt Ihr die Stellung nicht?«

»Keine Ahnung«, erwiderte ich. »Ich hatte noch nicht so viele Erfahrungen.«

»Wir sind nicht zum Herumblödeln hier«, schnaubte er. »Anscheinend kennt Ihr diese Stellung nicht. Noch einmal die Grundstellung, los! *Wütender Keiler! Lauernder Habicht!* Na bitte! Gebt Euch ein bisschen Mühe, verdammt!«

Als wir ins Lager zurückkehrten, hatte Pym die anderen bereits geweckt und kümmerte sich um das Frühstück. Obwohl

es mir Spaß gemacht hatte, war ich nun doch froh Sedev zu entkommen. Der alte Krieger hatte mich zuletzt beschimpft und an mir herumgenörgelt, dass ich schon der Überzeugung war, er könnte mich nicht ausstehen.
»Und, wie war es?«, erkundigte sich Eysha, während sie sich in ihr Kettenhemd zwängte. »Habt Ihr etwas gelernt?«
»Der Herzog ist einer der seltsamsten Lehrlinge, die ich je hatte«, antwortete Sedev an meiner Stelle.
»Für die nächsten Tage bist du erlöst, Sedev«, erklärte Eysha achselzuckend. »Heute Abend ist schon ein anderer dran.«
Ihre Worte trafen mich härter, als ich mir selbst eingestehen wollte. Verdammt, ich hatte mir alle Mühe gegeben. Wenn die Soldaten mich nun auf diese Weise der Reihe nach zu verachten lernten, dann würde es bald unerträglich mit ihnen werden. Ich würde mich nur noch schämen müssen.
»Wenn Ihr nichts dagegen habt, Eysha, würde ich gerne die nächsten Tage über mit ihm weitermachen«, sagte Sedev in diesem Moment.
Ich fuhr zu ihm herum.
»Ich dachte, Ihr hättet es so furchtbar gefunden«, platzte ich heraus.
»Mit Verlaub, das habe ich nicht gesagt«, sagte er nur. »Ich sagte ›seltsam‹, nicht ›furchtbar‹. Ich habe etwas wie Euch noch nie erlebt, das ist alles. Aber ich bin gespannt, was aus Euch noch herauszuholen ist. Wenn die Erste Kriegerin und Ihr selbst damit einverstanden seid, würde ich gerne noch weitermachen.«

»Von mir aus gerne«, nickte Eysha. »Herzog?«
»Natürlich«, sagte ich begeistert. Mit seinen seltsamen Kommandos schien Sedev einen bestimmten Nerv bei mir getroffen zu haben. In der einen Stunde heute hatte ich mich an dreimal so viel erinnert wie am Vorabend bei Eysha. »Ich danke Euch, Sedev.«
Eysha hob die Hand. »Aber Sedev, ich habe es gestern ernst gemeint. Wenn du siehst, dass er in der Lage ist, vernünftig zu üben, wechseln wir durch. Er soll letzten Endes nicht gegen dich kämpfen.«
Der alte Soldat verzog das Gesicht. »Solange er nicht einmal alle Grundstellungen kennt, hat das wohl kaum einen Sinn. Den *Liebhaber* kann er zum Beispiel überhaupt nicht.«
»Tatsächlich?« Die Kriegerin runzelte die Stirn und sah mich prüfend an. »Nehmt die Grundstellung ein!«
Hastig zog ich *Triuwe* und stellte mich wie befohlen hin. »In Ordnung. *Wütender Keiler!* – Gut. *Lauernder Habicht!* – Gut. *Falscher Freund!* – Na bitte!«
Ich bemerkte erstaunt, dass ich plötzlich eine Stellung eingenommen hatte, die ich noch nicht kannte. Aber nun erkannte ich auch, was sie bewirkte. Es war eine scheinbar offene Haltung, die den Gegner zu einem Angriff verlocken sollte, um ihm zuletzt einen Hieb in den Nacken zu versetzen.
»In der Provinz haben manche Stellungen andere Namen als bei uns«, erklärte Eysha dem verblüfften Sedev. »Ich denke noch mal darüber nach. Vielleicht komme ich noch auf ein paar andere Namen, die du brauchen könntest.«

»Das würde helfen«, nickte Sedev, ohne seinen Blick von mir zu wenden. Die anderen Soldaten und Leanna starrten mich nun ebenfalls an. Auf den Gesichtern der Krieger stand Überraschung, auf Leannas leiser Spott. Ein wenig verlegen steckte ich das Kristallschwert in die Scheide, als sie zu mir kam.
»Du siehst richtig süß aus, wenn du mit deinem Glitzerschwert herumfuchtelst«, lachte sie leise. »Wie ein richtig großer Mann.«
»Danke«, schnaubte ich und stapfte davon. Verflucht, warum machte sie sich nur dauernd über mich lustig! Und warum war es mir jedes Mal so schrecklich peinlich?

Die Sonne blinzelte gerade erst über den Horizont, als wir weiterritten. Auch an diesem Tag lag der Nebel in dichten Schwaden über der Ebene, so weit das Auge reichte. Die weißen Schleier brandeten gegen die Berge an wie ein unwirkliches Geisterheer, das eine Anhöhe erstürmen wollte.
Gerade als die Sonne angefangen hatte uns mit ihrem warmen Schein die Morgenkälte aus den Knochen zu treiben, drangen wir in dieses wallende Meer ein und wurden davon verschluckt.
Innerhalb kürzester Zeit waren wir völlig durchnässt. Die feinen Tröpfchen drangen irgendwie noch stärker durch unsere Kleidung als der Regen vor zwei Tagen. Mir klebten die Haare am Kopf und auch Karms Fell war wie schweißdurchtränkt.
»Wahrscheinlich ertrinkt man, wenn man sich zu lange in diesem Nebel aufhält«, erklärte Leanna grimmig hinter mir.

»Ich merke schon, wie sich das Wasser in meiner Lunge sammelt.«

Schließlich gingen die Tannen und Fichten langsam über in niedriges Buschwerk und seltsam geformte Laubbäume, die aus mehreren Stämmen zu bestehen schienen. Der Boden wurde immer weicher und die Hufe unserer Pferde hinterließen tiefe Eindrücke, die sich rasch mit schwarzem Wasser füllten.

Der Nebel wurde nun so dicht, dass man gerade noch den Vordermann sehen konnte. Der weiße Schleier dämpfte alle Geräusche und ich sah mich immer öfter nach Leanna um.

»Ich bin schon noch da«, beruhigte sie mich ärgerlich, als sie einen Blick von mir auffing. Doch sobald sie das gesagt hatte, drehte sie sich ebenfalls nach ihrem Hintermann um. »Pym ist auch noch da«, erklärte sie mit gezwungenem Lächeln. »Es ist wirklich ganz schön unheimlich.«

Ich lächelte sie dankbar an. Wenigstens war ich mit meinem Unbehagen nicht alleine und das tröstete mich wieder ein wenig.

Bald öffnete sich das Dickicht um uns herum und gab den Blick frei auf schwarze Tümpel. Karms Tritt wurde immer schwerfälliger und jeder Schritt von ihm wurde von einem widerwärtigen Schmatzen begleitet. Das Gras hier bestand aus gelblich braunen Streifen, die sich feucht und modrig über den Boden zogen. Über dem Sumpf lag ein fauliger Geruch, an den ich mich aber recht schnell gewöhnte.

Die Sonne drang nur als ein ungewisser Schimmer durch den Nebel und tauchte alles in ein gespenstisches Licht. Sehnlichst wünschte ich mir einen Hügel herbei, der es uns erlaubt hätte, wenigstens für kurze Zeit die Nebeldecke zu durchbrechen und frei atmend den Sonnenschein zu genießen. Aber ich hatte schon von den Bergen aus gesehen, dass es so etwas hier unten nicht gab.

Die seltsame Stille der Umgebung färbte auf uns ab. Keiner sprach ein Wort, während sich unser Zug langsam zwischen den grotesk geformten Bäumen inmitten der Sumpflöcher dahinschob. Zeitweise wurde unser Pfad so schmal, dass man die Pferde nicht mehr hätte wenden können. Wenn wir auf so einem schmalen Wegstück umdrehen und einen anderen Pfad suchen müssten, würden wir die Tiere rückwärts führen müssen.

Immer wieder starrte ich forschend in die Tümpel neben uns, die langsam zu einem ölig schimmernden Band verschmolzen, das den Pfad links und rechts begleitete. Ich fragte mich unwillkürlich, was für Wesen wohl in diesem schwarzen Wasser hausen mochten. Der Gedanke, die Nacht in diesem Sumpf zu verbringen, ließ mich frösteln und so bemerkte ich nicht, dass Denor vor mir angehalten hatte. Um ein Haar hätte ich ihn mit Karm abgedrängt und ins Wasser geschubst. Der Soldat sah sich fluchend um und zwang sein wieherndes Ross auf dem Pfad zu bleiben.

»Entschuldigung«, stieß ich hervor und trieb Karm wieder ein Stück rückwärts. »Ich habe einen Moment nicht aufgepasst.«

»Wenn Ihr mich hier reinwerft, mein Fürst, dann komme ich wieder und werfe Euch auch rein«, brachte Denor hervor und grinste mich an.

»Und Ihr hättet sogar Recht«, gestand ich kleinlaut. »Was ist da vorne los?«

»Keine Ahnung. Wartet einen Moment. Heh, Goran! Warum halten wir?«

»Die Erste hat was gesehen«, rief der Angesprochene uns zu. »Verzeihung, mein Fürst. Ich meine, die Erste *Kriegerin* natürlich.«

»Was denn?« Ich stellte mich in den Steigbügeln auf und spähte vergeblich durch den Nebel. Meine Beine zitterten vor Anspannung.

»Ich weiß nicht. Aber wir sollen unsere Bögen spannen.«

Ich gab die Anweisung an Leanna weiter und zerrte meinen Bogen hervor. Mit fahrigen Bewegungen schaffte ich es, die Sehne zu spannen. In meinem Köcher waren nur noch sechs Pfeile. Nach der Schlacht mit den Schlangenwesen hatten wir zwar alle Pfeile wieder eingesammelt. Aber es waren doch sehr viele unbrauchbar geworden, wenn jemand danebengeschossen oder der Pfeil sein Ziel einfach durchschlagen hatte und an den Felsen zersplittert war.

»Es geht weiter«, rief mir Denor über die Schulter zu. »Anscheinend war es doch nichts.«

Langsam setzte sich unser Zug wieder in Bewegung. Ich sah mich aufmerksam nach allen Seiten um, konnte aber nichts entdecken. Dann wieherte Karm nervös und auch die anderen Pferde wurden unruhig. Ich brachte Karm zum Stehen und lauschte in den Nebel. Nichts war zu hören außer dem keuchenden Atem der Pferde.

»Martin«, sagte Leanna leise hinter mir. »Da sind Nachtmahre.

Riesige Wölfe. Sie versuchten uns zu umzingeln. Ich kann sie spüren.«

Ich musste mich nicht umdrehen, um zu wissen, dass Leannas Augen grün leuchteten.

»Goran«, befahl ich, »sagt Eysha, dass wir hier wegmüssen. Sofort. Wir sind in Gefahr!«

Goran gab den Ruf sofort weiter, und so schnell es der Boden zuließ, setzten wir uns in Bewegung. Voll unterdrückter Panik ritten wir auf unseren unruhig scheuenden Pferden über den engen Pfad. Endlich wurde der Pfad breiter und sofort schoss ich mit Karm zu Eysha an die Spitze unseres Zuges. In meiner Eile wäre ich um ein Haar in den See geritten, der sich vor uns auftat. Das letzte Tageslicht spiegelte sich in dem schwarzen Wasser, das ölig gegen das Ufer schlug. In der Mitte des Sees erhob sich eine Insel, die sich dunkel wie ein Schatten vom Wasser abhob.

»Was meint Ihr?«, fragte ich.

»Möglicherweise sind wir dort sicher«, sagte Eysha langsam.

»Möglicherweise«, stimmte ich ihr zu.

»Alles absitzen«, bellte Eysha und stieg ins modrige Wasser. Als sie einige Meter weit gegangen war, wandte sie sich um. »Man sinkt ein wenig ein, aber es geht«, rief sie. »Aber seid dennoch vorsichtig. Wenn ihr bemerkt, dass ihr einsinkt – *fangt nur ja nicht zu zappeln an! Sonst sackt ihr nur noch schneller ein. Bemüht euch genau hinter mir zu bleiben!«*

Mein unheimliches Gefühl verstärkte sich noch, als ich langsam ins warme Wasser stieg. Wenigstens schien der See nicht

tief zu sein. Schritt für Schritt näherten wir uns der Insel, ohne dass mir das Wasser weiter als bis zur Brust reichte.
Gerade als ich mich entspannte, riss Karm neben mir den Kopf nach oben und wieherte schrill. Sofort stimmten die anderen Pferde mit ein.
Neben mir ertönte ein Glucksen und die Oberfläche im Fackelschein kräuselte sich.
»Da ist was im Wasser!«, rief ich panisch.
»Los, Männer, macht ein bisschen schneller!«, befahl Eysha ruhig, die die Insel schon fast erreicht hatte. »Die Fische hier fangen wir morgen!«
Sie selbst blieb stehen und scheuchte nun alle an sich vorbei, während rund um uns Bewegung in den eben noch so stillen See kam und ein stetiges Platschen und Glucksen zu hören war. Selbst auf den Gesichtern der älteren Soldaten stand nun die nackte Angst und sie hetzten ihre Pferde auf die düstere Insel zu.
Einmal meinte ich einen riesenhaften matt glänzenden Leib zu sehen, der für einen Augenblick die Oberfläche durchbrach und dann sofort wieder im Wasser verschwand.
Endlich wurde der Boden unter meinen Füßen fest und binnen Sekunden stand ich auf dem trockenen Boden der Insel. Die eine Hälfte der Soldaten stand am Ufer und bewachte mit angelegtem Bogen die Ankunft der Kameraden. Einige Momente später war auch der Letzte auf der Insel angekommen und schließlich stieg auch Eysha an Land.
Unsere Kleider tropften leise, während wir in völliger Stille den See beobachteten. Eine Weile noch gluckste es, aber

dann legte sich auch das letzte Geräusch und das Wasser lag wieder spiegelglatt und totenstill da.
»Es scheint, als hätten die Seebewohner bereits zu Abend gegessen.«
Eysha brachte uns alle zum Lachen und die Beklommenheit wich ein wenig von uns allen. Trotzdem starrten wir alle über den See, in dessen Wasser sich mittlerweile das silberne Licht des Mondes spiegelte.
»Es gibt jetzt nichts zu tun«, stellte Eysha fest. »Männer, wir lagern hier. Ich übernehme die erste Wache.«
Gähnend zog ich meine nassen Kleider aus und wickelte mich in die Decke, die auf Karms Rücken trocken geblieben war. In meiner bleiernen Müdigkeit konnte ich sogar vergessen, was ich im See gesehen hatte. In wenigen Minuten war ich in einen unruhigen Schlummer gefallen.
Eyshas Ruf schreckte mich scheinbar sofort wieder auf: »Die Nachtmahren! Sie kommen durch den See!«
Mit einem Schlag war ich hellwach und sprang auf. Hektisch suchten meine Blicke die Oberfläche des Sees ab. Tatsächlich! Am anderen Ufer huschten gelbe Augen durch die Finsternis, dann glitten sie wie auf ein Kommando ins schwarze Wasser des Sees. Die Köpfe mit den glühenden Augenpaaren näherten sich mit furchtbarer Geschwindigkeit unserer Insel.
»Erst auf meinen Befehl schießen!«, fauchte die Erste Kriegerin, als ein Bogen sirrte und ein Pfeil neben dem ersten der Nachtmahren harmlos ins Wasser schlug. »Wartet, bis ihr auch sicher trefft!«

»Jetzt. Legt an!«, kommandierte Eysha, als die erste Bestie sich bis auf fünfzig Schritt genähert hatte. »Wartet . . . wartet . . . und . . . Halt! Nicht schießen!«

Den Soldaten entfuhr ein Keuchen, als sich neben dem Nachtmahr im Wasser plötzlich ein riesenhaftes silbrig glänzendes Wesen aufbäumte. Einen grauenvollen Augenblick lang verdeckte es den Mond und ich sah seinen Kopf mit den toten Insektenaugen im Mondlicht glänzen. Dann öffnete das Tier ein riesenhaftes Maul, schlang sich um den Nachtmahr, der ein markerschütterndes Gebrüll ausstieß, und drückte ihn unter Wasser.

Die übrigen Nachtmahren bellten heiser auf und versuchten zu fliehen, während um sie herum das Wasser von silbernen Leibern zu schäumen begann.

Doch keiner von ihnen erreichte das Ufer.

Einige Minuten noch wurden kleine Wellen ans Ufer geworfen. Ihr leises Rauschen war das einzige Geräusch, das zu hören war. Keiner von uns wagte zu atmen. Ich durchforschte den See mit Blicken, aber nichts war mehr zu sehen. Es kam mir vor, als hätte ich ein Trugbild gesehen, so schnell war alles vorbei gewesen.

»Ich denke, um unsere Verfolger müssen wir uns keine Sorgen mehr machen«, brach Eysha schließlich das steinerne Schweigen. »Nun bleibt noch zu hoffen, dass wir diese Insel ebenso unbehelligt verlassen können, wie wir sie betraten.«

»Eysha«, fragte einer der Soldaten mit Furcht in der Stimme. »Was um der Götter willen waren das für Wesen?«

»Ich weiß es nicht«, gab Eysha ruhig zurück. »Aber ich denke nicht, dass wir etwas zu befürchten haben. Dieser Sumpf scheint auf der Seite des Lichts zu stehen.«

Der Rest der Nacht verlief völlig ruhig und trotz des alptraumhaften Erlebnisses schlief ich tief und fest.

Am nächsten Morgen war ich vor den anderen wach. Anstatt aufzustehen blieb ich noch eine Weile liegen und dachte nach. Der Sumpf mit seinem Nebel und seinem unsicheren Boden war eine unwirkliche Welt, aber trotz der schalen Gerüche und der Stille, ja, selbst trotz der Monster im See fühlte ich mich ruhig, fast geborgen. Eines der Pferde schnaubte und ich sah hoch. Dabei fiel mein Blick auf Leanna, die im Schlaf so zart und zerbrechlich aussah. Was für ein seltsames Mädchen, dachte ich. Sie sieht blendend aus, lässt mich dauernd wie einen Idioten dastehen und aus Versehen Ziegen platzen. Trotzdem fühlte ich mich in diesem Moment so zu ihr hingezogen, dass ich am liebsten aufgestanden wäre und sie besser zugedeckt hätte.

Sie schlug die Augen auf und sah mich an. »Was ist?«, wollte sie wissen.

Ich spürte, wie sich mein Herzschlag beschleunigte, doch bevor ich etwas sagen konnte, trat Eysha zu mir. Leanna wickelte sich aus ihren Decken und kam zu uns.

»Mein Fürst«, begann Eysha ohne Umschweife, »ich weiß nicht, wo wir hier sind und wie wir aus dem Sumpf wieder herauskommen. Habt Ihr einen Vorschlag?«

Es war das erste Mal, dass sie mich wirklich um Rat fragte, und tatsächlich fiel mir etwas ein. »Leanna«, sagte ich freundlich, »hörst, siehst und fühlst du etwas, das uns zur Steppe führt?«

Leanna sah mich mit gerunzelter Stirn an, aber dann kniff sie nur die Augen zusammen und sagte: »Ich versuche es.«

Mittlerweile waren alle wach, aber die Soldaten bemühten sich leise zu sein, um Leanna nicht zu stören, die mit geschlossenen Augen am Ufer stand.

KAPITEL XII

Eine kleine Ewigkeit verging, dann schüttelte sich Leanna, drehte sich um und kam mit einem kleinen, sehr zufriedenen Grinsen auf mich zu.

»Herzog«, sagte sie, »Ich denke, Eure kleine Hofhexe hat nunmehr Euch gerettet. Damit sind wir quitt!« Und zu uns allen gewandt fuhr sie fort: »Ich habe ein Geräusch aufgefangen. Es ist selbst für mich nur ganz leise zu hören, aber wenn wir uns darauf zubewegen, erreichen wir die Steppe.«

»Und was hört Ihr, Leanna?«, wollte Eysha, misstrauisch wie eh und je, wissen.

»Das Rauschen des Windes«, gab Leanna mit munter blitzenden Augen zurück.

Wir packten und machten uns auf den Weg. Vorsichtig durchquerten wir den See, wobei sich alle immer wieder nervös umsahen. Keiner hatte den Anblick der vergangenen Nacht vergessen, aber alles blieb ruhig. Dann erreichten wir eine Art Pfad am anderen Ufer und ritten blind in den Nebel hinein. Leanna ritt an der Spitze und lauschte auf das Geräusch, das

nur sie hörte. Nach zwei Tagen, die unseren Pferden das letzte Bisschen an Kraft abverlangten, blieb plötzlich Denor stehen und rief: »Ich höre es!«
Misstrauisch sah ich ihn an. Ich selbst hörte weiterhin nichts als das müde, angestrengte Keuchen der Pferde. Vermutlich bildetete der Soldat sich das nur ein. Dennoch ging es nun mit frischem Mut weiter. Die Vorstellung, diesem stinkenden Sumpf zu entkommen, war zu verlockend. Ohne auf unsere Pferde Rücksicht zu nehmen, trieben wir sie immer weiter an. Nun hörten wir alle das gleichmäßige Rauschen, das mit jedem Schritt stärker wurde. Und dann standen wir am Rand der Steppe. Vor uns im Licht des aufgehenden Halbmondes wiegte sich ein unabsehbares Grasmeer, dessen meterhohe Halme sich im heftigen Wind bogen – wie von riesigen, unsichtbaren Händen gestreichelt.
»Wir haben es geschafft!«, rief Eysha erleichtert. Im selben Moment knickte ihr Pferd mit einem Keuchen ein und ging zu Boden. Sie versuchte sich mit einem Sprung über den Hals des Tieres zu retten. Doch ihr rechter Fuß blieb im Steigbügel hängen. Sie schrie wütend auf, als ihr Bein zurückgerissen wurde und sie hart neben dem Pferd aufschlug. Stöhnend blieb sie liegen, während ihr Pferd sich schnaubend wieder aufrappelte. Alles sprang aus dem Sattel und eilte zu ihr.
»Was ist mit Euch?«, fragte Leanna und kniete neben ihr nieder.
»Ich habe mir anscheinend einen Muskel gerissen, denke ich«, keuchte die Kriegerin mit einer vor Schmerzen ganz kleinen Stimme, die ich noch nie an ihr gehört hatte.

Um unser Unglück voll zu machen, glitt in diesem Moment ein Schatten über uns hinweg.
Aller Köpfe fuhren nach oben und suchten den Himmel ab.
»Pest und Verdammnis!«, knurrte jemand.
»Es scheint uns nicht gesehen zu haben«, sagte Leanna und sah dem Draghnar nach, der in etwa hundert Metern Höhe über der Steppe dahinglitt.
»Alles runter, los!«, befahl ich und duckte mich ins hohe Gras. Doch es war zu spät.
»Das Biest hat uns gesehen!«, rief Denor noch, dann landete die riesenhafte Echse wie ein Gestalt gewordener Alptraum hinter uns im Gras. Ihre rot glühenden Augen musterten uns mit boshafter Neugier, der hin und her peitschende Schwanz riss das Steppengras büschelweise aus dem Boden.
Leanna wich langsam einige Schritte zurück, bis sie neben mir stand. »Was tun wir jetzt?«
Die Angst in ihrer Stimme ging mir durch und durch. Und da passierte es: Ich fühlte plötzlich eine ungeheuere Kraft in mir, die nur darauf wartete, dass ich sie brauchte . . . Ich stand am Rand einer endlosen Steppe, vor mir ragte ein angriffslustiger Drache in den Himmel, neben mir hatte das wundervollste Mädchen, das ich je gesehen hatte, Angst. Und dann hörte ich mich brüllen: »Los, Männer! Macht eure Bögen klar! Den Wurm erledigen wir jetzt!«
Ich konnte es kaum fassen, als die Soldaten sich sofort daran machten, meinen Befehl auszuführen. Sie sprangen zu ihren Pferden und versuchten ihre Bögen zu lösen, die mit Schlaufen an den Sätteln befestigt waren.

Doch kaum hatten sie sich in Bewegung gesetzt, hob sich die Echse in die Luft, kreiste einen Augenblick über uns – und stürzte sich auf mich und Leanna!

»Weg!«, schrie ich und stieß Leanna beiseite.

Im letzten Augenblick änderte das Tier seinen Flug ein wenig und senkte sich auf mich herab. Mit einem verzweifelten Schrei sprang ich beiseite, fiel und rollte durch das Gras.

Kaum einen halben Meter neben mir bohrte sich ein ungeheurer, klauenbewehrter Fuß tief in den weichen Steppenboden. Das Biest versuchte mich zu zertreten wie einen Wurm!

»Nein!«, brüllte ich und versuchte panisch auf die Füße zu kommen. Keuchend rappelte ich mich auf und rannte wie von Sinnen durchs Gras.

»Schießt doch!«, schrie Leanna gellend irgendwo hinter mir.

Ich hörte ein Fauchen und wusste, dass ihn mehrere Pfeile getroffen haben mussten. Doch offensichtlich war das Tier zu gut gepanzert, als dass die Pfeile ihm hätten schaden können. Ich spürte trotz des scharfen Windes noch immer seinen heißen Atem im Nacken, als ich weiterrannte und er mich halb fliegend, halb springend verfolgte.

»Nicht in diese Richtung, Fürst!«, brüllte Eysha. »Lockt ihn in unsere Richtung!«

Natürlich! Ich musste ihn dazu bringen, den Männern seinen Bauch zuzuwenden. Verzweifelt schlug ich einen Haken und versuchte an der Riesenechse vorbeizukommen.

Verflucht schlau, hatte Rasuth gesagt. Es stimmte. Das Tier

bemerkte sofort, was ich vorhatte. Mit einigen Flügelschlägen war es wieder zwischen mir und den Gefährten, die meine einzige Hoffnung waren. Ich sah das boshafte Leuchten in seinen Augen und begriff, dass dieses mörderische Spielchen ihm Spaß machte!

Mit seltsam ungelenken Bewegungen kam der Draghnar auf mich zu. Götter, das Biest schien zehn Meter hoch zu sein. Ich schluckte meine Panik hinunter und zog mit zitternden Fingern *Triuwe* aus der Scheide.

Das Kristallschwert gleißte im Mondlicht, als ich es schwenkte wie eine Signalfahne.

Doch ein Draghnar ließ sich damit wohl nicht beeindrucken. Immer näher kam er heran, während ich Schritt um Schritt zurückwich.

Dann sprang er auf mich los und schlug mit seiner Klaue zu. Ich versuchte den Schlag zu parieren, aber die riesige Pranke traf meine Arme. *Triuwe* flog in hohem Bogen durch die Luft und verschwand weit entfernt im Gras. Ein Knacken durchdrang meinen linken Ellenbogen, als ich um meine eigene Achse wirbelte und fast ohnmächtig vor Schmerz zu Boden fiel.

Mein Blick verschwamm, als ich mich auf den Rücken wälzte und hochsah. Der Draghnar ragte direkt vor mir in den Himmel und ich hätte schwören können, dass die Bestie lachte, als sie ihr Bein hob, um mich zu zerquetschen.

Und dann taumelte der Draghnar zurück. Seine Klaue krampfte sich neben mir in den Boden und ich rollte mich so weit ich konnte davon. Als ich es wagte, mich umzusehen, ragte eine Art Harpune aus seinem Maul. Schwarzes Blut tropfte aus dem riesigen Kiefer hervor, der sich ein letztes Mal über dem todbringenden Pfeil schloss. Das Glühen der roten Augen erstarb und wie ein gefällter Baum kippte das Monster langsam hintenüber. Der Boden erbebte unter dem Aufschlag des riesigen Körpers.

Betäubt vom Schock, stand ich da und sah aus den Augenwinkeln, wie Leanna auf mich zulief.

»Martin!«, rief sie. »Sieh dir das an!«

Ihr Arm deutete hinter mich, in Richtung Osten. Langsam wandte ich mich um. *Jetzt bin ich endgültig übergeschnappt, wurde mir klar. Ein Schiff . . . In einer Steppe . . . Jetzt bin ich endgültig vollkommen verrückt geworden.*

»Was um alles in der Welt ist das?«, flüsterte Leanna und packte meinen Arm. Sie kniff mit aller Kraft hinein und der Schmerz löste mich aus meiner Erstarrung. Nun funktionierte auch mein Hirn wieder.

»Au, lass mich los!«, rief ich, halb lachend und halb weinend. »Ein toller Anblick, nicht wahr?«

»Verflucht, Martin, was ist das?« Sie warf mir einen suchenden Blick zu.

»Ich weiß auch nicht, was das ist«, verteidigte ich mich. »Aber es hat uns – mich – gerettet.«

Ein riesiges weißes Dreieck, an dem eine Art Kiste hing, schien auf uns zuzufliegen. Obwohl es noch einen halben Kilometer entfernt sein mochte, hörte man jetzt schon durch das Rauschen des Windes ein rhythmisches Quietschen und Knattern. Die Geräusche wurden immer lauter, während das seltsame Gefährt immer näher kam.

»Ein Zauberschlitten«, sagte Leanna zu sich selbst. »Wenn ich auch das Gefühl habe, dass hier keine Zauberei im Spiel ist.«
»Ein Segelschiff«, staunte ich. »Ein Segelschiff für das Meer des ewigen Windes.«
Als das wundersame Gefährt noch etwa hundert Meter von uns entfernt war, wurde es langsamer. Das dreieckige Segel fiel herab, ein schier unerträgliches Kreischen ertönte und nur wenige Meter von uns entfernt blieb es stehen.
Unsere Männer hatten sich zu uns gesellt. Raunend verfolgten wir, wie Männer auf dem Deck erschienen, das Segel mit wenigen geübten Griffen vertäuten und dann vom Wagen sprangen, den wir jetzt zum ersten Mal in voller Größe sahen.
»Das ist doch nicht zu fassen«, knurrte Pym beeindruckt. »Diese Kerle haben einen Wagen zu einem Segelschiff umgebaut.«
»Zu einem Kriegsschiff«, berichtigte Eysha ihn trocken.
Tatsächlich – auf den vorderen Teil des Wagens war eine riesenhafte Armbrust montiert. Sicher hatte sie den Pfeil abgeschossen, der mir das Leben rettete.
»Das Ding ist mindestens fünfzehn Meter lang«, stellte Leanna fest. »Diese Männer müssen unglaublich geschickte Handwerker sein.«
»Wie Handwerker sehen sie aber nicht aus«, brummte Sedev zurückhaltend. »Was für Gesichter!«
Die Besatzung war mittlerweile vom Wagen gesprungen und kam langsam auf uns zu. Es waren zehn Männer, die sich

uns in einem Pulk näherten. Zwei waren auf dem Wagen geblieben und beobachteten uns von dort aus. Im kalten Mondlicht sahen sie grausig aus. Da sie kleiner waren als wir, nur wenig größer als eineinhalb Meter, ragten lediglich ihre Köpfe und Schultern aus dem Steppengras hervor. So sahen wir in erster Linie ihre kantigen, kahl geschorenen Schädel, die vollständig mit verschlungenen schwarzen Tätowierungen bedeckt waren, die den misstrauischen Ausdruck ihrer Augen ungemein verstärkten. Auch ihre riesigen zweiblättrigen Äxte, auf denen sich das Mondlicht fing, machten sie nicht sympathischer.

Nur einer von ihnen hatte seine Waffe am Gürtel hängen lassen. Er baute sich vor mir auf und sah zu mir hoch.

»Danke schön«, brachte ich endlich hervor. »Ihr habt mir das Leben gerettet.«

Der kleine Kerl sah mich eine Weile nur stumm an.

»Versteht Ihr unsere Sprache?«, fragte ich schließlich etwas hilflos.

»Wo ist Eure Waffe?«, schnauzte der Mann mich mit grollender Stimme an. »Das Schwert – wo ist es?«

Ich sah mich erschrocken um. Himmel, dass mich erst dieser Kerl daran erinnerte . . .

»Ich habe es dort hinten verloren«, schluckte ich.

»Zeigt es mir!« Die Stimme des Mannes duldete keinen Widerspruch.

Ohne weitere Worte stapfte ich los zu der Stelle, an der das Kristallschwert nach meiner Erinnerung gelandet war. Und richtig! Schon von weitem konnte ich das helle Gleißen mei-

nes Kristallschwertes im hohen Steppengras sehen. Nach wenigen Augenblicken hielt ich die Waffe wieder in Händen und kehrte erleichtert zu den anderen zurück.
Wortlos streckte der kleine Krieger seine Hände aus. Ich zauderte einen Augenblick, reichte ihm aber das Schwert.
Eysha hinter mir sog hörbar die Luft ein.
Der kleine Mann drehte und wendete das Kristallschwert, begutachtete das Gleißen der Klinge und reichte es mir schließlich wieder.
»Es ist die Waffe der Ewigen Herrscherin«, verkündete er laut seinen Kameraden. »Wir haben recht gesehen. Es ist wirklich *Triuwe*.«
Mir fiel das Kinn nach unten, als nun die ganze Truppe vor mir auf die Knie fiel und die Stirn an den Boden drückte. »Was sagst du dazu«, flüsterte Leanna verblüfft. »Was denken die von dir?«
Obwohl ihre Geste tiefer Ehrerbietung dazu führte, dass die ganze Truppe völlig im Gras verschwand, war ich von diesem Moment tief gerührt. So etwas hatte ich noch nie erlebt.
Die kleinen Männer erhoben sich wieder. »Wir grüßen Euch, Krieger der Ewigen Herrscherin«, dröhnte der Anführer und sah stolz zu mir auf. »Ich bin Aarzul, Sohn des Glonn. Wir sind Krieger vom Volk der Khârzon und bieten Euch unsere Dienste an.«
Überrascht wandte ich mich nach Eysha um. Mit einem eigenartigen Gesichtsausdruck zuckte sie nur die Schultern.
»Ihr könntet uns vielleicht ein Stück weit nach Osten mitneh-

men«, schlug dagegen Leanna geistesgegenwärtig vor. »Wir haben es ziemlich eilig.«

»Und was passiert mit den Pferden?«, wandte Eysha ein.

»Wenn Ihr es eilig habt, werden Euch die Tiere so erschöpft kaum noch helfen können«, stellte Aarzul fest. »Ich würde Euch vorschlagen mit uns zu fahren. Wir werden in kurzer Zeit unsere Stadt erreicht haben. Dort könnt Ihr Euch ausruhen, während zwei meiner Männer Eure Tiere nachbringen.«

»Das scheint mir auch das Sinnvollste zu sein«, meinte ich. »Wir nehmen Euer Angebot dankbar an.« Außerdem hatte ich einfach große Lust, mit diesem Wagen zu fahren.

Und so nahmen wir Abschied von unseren Pferden. Ich strich Karm liebevoll über sein müdes Gesicht und er schnaubte leise. Dann wandte ich mich dem Segelwagen zu. Er war ein technisches Meisterwerk. Seine vier Speichenräder bestanden ebenso aus Eisen wie seine Achsen und der Unterbau. Die Plattform, die Seitenwände und der Mast waren dagegen aus Holz.

Die Männer hissten das Segel mit geübten Griffen und innerhalb weniger Augenblicke flatterte das Segel mit ohrenbetäubendem Klatschen im Wind.

»Setzt Euch bitte dort hinten rechts auf den Boden«, wies Aarzul uns an. »Am besten alle in einer Reihe an die Reling. Ich möchte nicht, dass einer von Euch vom Baum erschlagen wird, wenn wir ein schnelles Manöver fahren müssen.«

Gehorsam kauerten wir uns also im hinteren Teil des Segelwagens aufs Deck und sahen den Khârzon gespannt zu, wie sie das Segel strafften. Plötzlich erfasste der Wind das Segel,

blähte es auf und mit einem heftigen Ruck setzte sich der Wagen in Bewegung.
»Götter, das ist ja unglaublich!«, fluchte Sedev beeindruckt, als der Wagen immer schneller wurde. Bald hatten wir ein Tempo erreicht, das kein Pferd der Welt hätte erreichen können, und immer noch beschleunigte der Wagen. Die kleine Gruppe, die wir zurückgelassen hatten, wurde immer kleiner.
»Jetzt bekomme ich langsam Angst«, verkündete Leanna sachlich und hielt sich an der Reling fest. Der Wagen neigte sich trotz seiner Breite langsam immer mehr zur Seite. Ich verstand jetzt, warum wir alle auf einer Seite saßen, denn so verhinderte unser Gewicht auf der dem Wind zugewandten Seite, dass wir umfielen. Und ich verstand auch, dass Leanna Angst hatte.
»Gefällt es Euch?«, ertönte Aarzuls Stimme neben mir.
»Ja. Aber, ich glaube, dass die Mädchen ein bisschen Angst haben«, log ich ohne Zögern. »Tut ihnen doch den Gefallen und – wie heißt das? – äh, refft die Segel ein wenig!«
»Wie Ihr wünscht«, nickte der Khârzon nach einem mitfühlenden Blick auf Leanna und Eysha. Er gab seinen Männern ein Zeichen und einige Augenblicke später wurde unsere Fahrt etwas ruhiger. Ich hoffte nur, dass die beiden Frauen nie erfahren würden, in wessen Namen ich ihn um diesen Gefallen gebeten hatte.
Nachdem wir eine halbe Stunde dahingefahren oder besser dahingesegelt waren, hatten wir uns alle so weit an dieses Gefährt gewöhnt, dass wir Spaß an der Sache bekamen.

»Was tut Ihr, wenn einmal kein Wind weht, Aarzul?«, fragte Goran gut gelaunt. »Schiebt Ihr dieses Ding?«

»Über unserer Steppe weht immer Wind«, erwiderte der kleinwüchsige Krieger gelassen. »Er wechselt zweimal im Jahr die Richtung, immer zu Frühling und Herbst von Nordwest zu Nordost und umgekehrt. Aber sonst gibt es keine Veränderungen. Die Sage erklärt diesen Richtungswechsel damit, dass im Norden zwei Eisriesen nebeneinander sitzen, die alles auf dieser Steppe davonblasen möchten. Einmal im Jahr geht jedem von ihnen der Atem aus und dann bläst der andere weiter.«

Goran lachte und Aarzul stütze sich gut gelaunt auf die Reling am Bug und sah auf das ewige Grasmeer hinaus.

»Woher kennt Ihr eigentlich *Triuwe?«*, wollte nun ich von Aarzul wissen und trat neben ihn. Unter uns schlug das Steppengras wie ein verrückt gewordener Dreschflegel auf den Wagen ein. Kleine Grasfetzen erfüllten die Luft rings um uns und verströmten einen frischen, feuchten Geruch.

»Es ist das Schwert unserer früheren Herrscherin«, erklärte er mir bedächtig. »Einst gebot die Mutter der Ewigen Herrscherin über diese Steppe – und über unser Volk. Sie hat uns auch zu dem gemacht, was wir sind. Ihr werdet keine besseren Handwerker im ganzen Inneren Reich finden als uns. Unser Können sollte einst in voller Blüte auf die Ewige Herrscherin übergehen. Doch als der Schwarze Löwe das Äußere Reich überrannt hat und das Äußere Dunkel daraus wurde, wurde dieser Übergang gestört. Ihr habt es selbst erlebt. Das Innere Reich erinnert sich unserer kaum noch, unsere Fähigkeiten werden nicht genutzt.«

»Ab jetzt bestimmt«, versprach ich ihm.
»Das wäre schön«, stimmte er mir zu. »Deshalb will ich auch wissen, warum Ihr hier seid. Und was wollt Ihr im Osten? Jenseits der Wüste gelangt Ihr in das Reich der Finsternis!«
»Das ist auch unser Ziel«, nickte ich.
Sein Blick verriet mir, dass ich etwas mehr sagen musste, um seine Neugier zu befriedigen.

»Lîfstein«, sagte Aarzul träumerisch, als ich geendet hatte. »Der Quell des Lebens. Wie gerne wären wir ihm etwas näher.«
»Im Moment bewegen wir uns direkt auf ihn zu«, versuchte ich einen Scherz.
»Richtig.« Der kleine Mann nickte ernst und fuhr geradezu philosophisch fort: »Ist es nicht seltsam, sich vorzustellen, dass Lifstein jetzt dort ist, wo gerade die Sonne aufgeht, im Dunklen Reich des Schwarzen Löwen?«
»Hm«, sagte ich. »Ich kann mir eigentlich immer kaum vorstellen, dass über diesem Reich der Finsternis die Sonne scheinen soll.«
»Wahrscheinlich nicht«, gab er zu, dann rückte er mit etwas heraus, was ihm wohl schwer auf der Seele lag. »Was hat Euren Bruder nur zu dieser Tat bewegt?«
»Ich weiß es nicht«, erklärte ich wahrheitsgemäß. Ich hatte es ihm erspart die Geschichte meiner zwei Ichs zu erzählen – außerdem hatte mein Bericht auch so schon lange genug gedauert. »Neid auf den Bruder, der den Herzogstitel innehat? Wahnsinn? Ich weiß es nicht.«

»Nun, solange Ihr wisst, was Ihr zu tun habt«, sagte Aarzul gedehnt, »so sollte das genügen.«

»Ob ich weiß, was ich tue«, lachte ich bitter und schlug auf den Knauf von *Triuwe*. »Glaubt mir, ich weiß, was ich zu tun habe.«

»Gut«, nickte er. »Seht, da vorne – Khârzon-Dham.«

Ich hob die Hand an die Stirn, um gegen das erste Morgenlicht besser zu sehen. »Da ist ein riesiger Fels«, sagte ich verwirrt. »Sonst kann ich nichts erkennen.«

»Dieser Felsen – das ist unsere Stadt«, nickte er und lächelte stolz.

Eine Viertelstunde später hatten wir unser Ziel erreicht. Es erhob sich wie ein steinernes, schlafendes Tier hoch über der flachen Steppe. Ich konnte nur schwer schätzen, wie hoch der Felsen war, aber sein Durchmesser am Boden betrug mindestens fünf Kilometer.

Als wir bis auf etwa tausend Meter herangekommen waren, begannen die Khârzon die Segel zu reffen. Gebannt starrte ich auf den riesigen Gesteinsbrocken, der immer größer zu werden schien, als wir uns ihm in einer großzügigen Kurve näherten.

Erst als die kleinen Krieger das Segel fast ganz eingerollt hatten, bemerkte ich das Tor, das in den Fels gehauen war.

In schnellem Schritttempo rollten wird durch die Einfahrt, die oben spitz ausgehauen war, sodass der Mast unseres Steppenseglers keinen Schaden nehmen konnte. Staunend sah ich mich in dem ungeheuren Raum um, in den wir hineinrollten.

Der gesamte Fels schien innen ausgehöhlt worden zu sein. Bis oben zogen sich balkonartige Galerien, von denen Fenster und Türen abgingen. Ich zählte fünfunddreißig solcher Ringe, bevor ich aufgab. Sämtliche Stockwerke waren zudem durch kunstvoll gehauene Brücken und Treppen verbunden, die wie feinste Spinnweben durch das Gebäude zu schweben schienen. Ganz oben in der Mitte war der Fels durchbrochen, sodass Licht ins Innere fiel, und unten am Boden gab es einen kleinen Felsteich, an dessen Rändern sogar einige kleine Bäume wuchsen.

Kaum waren wir vom Wagen gestiegen, als überall in diesem riesenhaften Bienenstock die Bewohner ihre Köpfe aus Fenstern und Türen steckten, um nachzusehen, wer da gekommen war. Schnell hatten die Kinder uns entdeckt und kamen zu uns gelaufen. Mir fiel auf, dass sie noch nicht tätowiert waren.

»Was sagst du dazu?«, fragte Leanna aufgeregt und zurrte begeistert an meinem Arm. »Ist das nicht wundervoll?«

»Das ist es«, ächzte ich. »Aber bitte lass doch den Arm dran!«

»Oh, Entschuldigung. Sieh nur, all diese Türen und Fenster! Was meinst du, wie viele Menschen leben wohl hier?«

»Keine Ahnung«, gab ich zu. »Kommt darauf an, ob alle diese Höhlenhäuser bewohnt sind.«

Während wir noch herumstanden und uns mit großen Augen umsahen, schoben unsere neuen Freunde den Wagen beiseite, um Platz für spätere Heimkehrer zu machen. Sie stellten das Gefährt fein säuberlich in eine Reihe mit sechs weiteren Segelwagen, die an der Seite des Felsentores geparkt waren.

Eysha hatte man bereits auf eine Trage gelegt, die natürlich viel zu kurz war, und schleppte sie nun in Richtung einer ebenerdigen Höhle, die zu groß war, um eine normale Wohnung zu sein. Sie warf mir einen kurzen Blick zu und ich trat noch rasch zu ihr hin.

»Können wir Euch alleine lassen, Eysha?«, fragte ich sie leise.

»Sicher.« Sie nickte und sah mich ernst an. »Unsere Freunde wollen mich zu einem Arzt bringen. Macht Euch bitte wegen mir keine Sorgen!«

»Gut«, sagte ich und lächelte sie kurz an. »Ich sehe später nach Euch.«

»Ich komme sofort zu Euch ins Rhätenhaus, wenn der Arzt fertig ist, und führe Euch zu ihr«, bot einer der Krankenträger sofort an.

»Das ist nett.« Ich nickte Eysha, die blass auf der Trage lag, noch einmal aufmunternd zu. »Bis gleich.«

Ich sah den Trägern nach, die Eysha davontrugen. Aber im Grunde machte ich mir keine allzu großen Sorgen. Die Leute hier waren mir auf Anhieb sympathisch und ich hatte noch kein einziges unfreundliches Wort gehört. Aarzul trat neben mich.

»So, das hätten wir vorerst«, stellte er zufrieden fest und strich über seine tätowierte Glatze. »Eure Kriegerin wird gut versorgt werden, das verspreche ich Euch. Und nun – folgt mir in unser Rhätenhaus. Dort werden wir essen und noch das Nötigste besprechen, bevor wir Euch Eure Schlafkammern zeigen.«

Bereitwillig folgten wir dem kleinen Mann. Und dankbar bemerkte ich, dass ich zum ersten Mal seit einer Ewigkeit keine Angst vor irgendetwas hatte.

KAPITEL XIII

Das Rhätenhaus war eine Mischung aus Gaststube und Ratszimmer. Die Höhle, die wir betraten, war in zwei Bereiche untergliedert. Der eine, der weitaus größere, war mit kleinen Tischen und Bänken bestückt, an denen einige tätowierte Männer in schmuckloser Alltagskleidung miteinander aßen und tranken.

Der kleinere Teil des großen Raumes war wie ein Podest durch eine Erhebung des Bodens vom übrigen Saal getrennt. Mittelpunkt des Podests war ein Tisch, der aus kunstvoll gemeißeltem Stein gefertigt war. Zwölf Stühle, die gleichfalls aus Stein gehauen waren, standen um ihn herum.

Links von uns führte ein kleiner Durchgang wohl zur Küche und in die Vorratsräume, denn von dort brachten drei Frauen mit gemütlichen Mienen steinerne Krüge voller Bier und große Platten mit Essen, die sie den Männern hinstellten. Wie die Kinder waren auch die Frauen nicht tätowiert. Ihr Schmuck war ihr Haar, das sie in Zöpfen geflochten trugen, die mit bunten Bändern und blitzenden Spangen verziert waren. Alle im Raum verstummten und sahen zu uns her, als Aarzul uns hineinführte.

»Das ist unser Rhätenhaus«, erklärte Aarzul mit einem zufriedenen Seufzer. »Ich war schon viel zu lange nicht mehr hier.«

»Wie lange wart Ihr denn unterwegs?«, fragte ich.

»Wir haben ständig zehn Patrouillen in der Steppe. Jede fährt zwei Wochen lang die Grenzen ab. Danach steht der Besatzung jedes Seglers eine Woche Urlaub zu.«

Wir nahmen gerne an einem der Tische Platz und sahen uns um. Ich stellte fest, dass die Kinder, die uns vorher begeistert verfolgt hatten, an der Türe des Hauses stehen geblieben waren. Sie durften hier anscheinend nicht hinein.

Aarzul winkte einer der drei Frauen. Sofort kam sie zu uns und betrachtete uns neugierig.

»Wen hast du denn da mitgebracht, Aarz?«, fragte sie unbefangen und sah sich in unserer Runde um. Ihre Augen strahlten vor Begeisterung über die ungewöhnlichen Gäste. »Ich sehe eine junge Frau und eine ganze Menge großer Männer.«

»Sie kommen aus dem Westen und sind in einer Mission der Ewigen Herrscherin unterwegs, Jara«, sagte Aarzul. »Und sie sind genau wie ich schon eine lange Zeit unterwegs und haben großen Hunger.«

»In Ordnung, Ihr sollt alles kriegen, was Ihr braucht.« Sie nickte uns freundlich zu. »Aber du wirst mir nachher alles genau erzählen, mein tapferer Segler, verstanden?«

»Wir werden sehen«, erwiderte der kleine Krieger ausweichend. »Aber jetzt bring uns erst mal ein anständiges Frühstück!«

Innerhalb kürzester Zeit stand vor jedem von uns eine gewaltige Holzplatte mit einem großen Braten, seltsamen Gemüsen und ein großer Krug Bier.

»Wenn die Leute hier so etwas zum Frühstück verspeisen, möchte ich mal das Abendessen sehen«, war Sedev beeindruckt.

»Es tut mir Leid, wenn es Euch so wenig erscheint«, entschuldigte sich Aarzul, »aber Ihr könnt so viel essen, wie Ihr wollt. Die Portionen hier sind auf uns kleine Leute zugeschnitten. Es ist nicht verwunderlich, dass Ihr mehr gewohnt seid.«

Ich sah ihn misstrauisch an. Aber der Krieger scherzte nicht. Er dachte wirklich, dass uns dieses Essen zu knapp bemessen war. Und als er über seine Portion herfiel, begriff ich, woher sein Irrtum kam. Dieser kleine Mann schaufelte das Fleisch und die Beilagen mit einer Geschwindigkeit in sich hinein, dass man meinen konnte, er wäre am Verhungern. Als er sein Mahl beendet hatte und einen zufriedenen Rülpser ausstieß, hatte ich gerade einmal ein Drittel meiner Portion gegessen und war bereits völlig satt. Leanna und den Männern erging es kaum anders.

Es dauerte eine Weile, bis wir Aarzul glaubhaft versichert hatten, dass es uns sehr wohl schmeckte, dass wir aber einfach nicht so viel essen konnten wie er und seine Landsleute.

»Kein Wunder, dass Ihr so dürr seid«, brummte er schließlich kopfschüttelnd. »Ah, seht – da kommt Gregnar.«
Einer der Krieger, die zu unserer Seglerbesatzung gehört hatten, trat an unseren Tisch.
»Eure Kriegerin wurde versorgt«, erklärte er und nickte Aarzul zu. »Ich habe die Ältesten benachrichtigen lassen. Sie erwarten Euch in Ögrems Haus. Ihr sollt kommen, sowie Ihr Euch dazu bereit fühlt.«
»Danke, Gregnar«, antwortete Aarzul und stand auf. »Herzog, Leanna, ich schlage vor, dass wir nach Eurer Kriegerin sehen und dann umgehend zu unserem Ältestenrat aufbrechen.«
»Gut«, stimmte ich zu. »Was ist mit unseren Männern?«
»Gregnar wird sie sicher mit Freuden in Khârzon-Dham herumführen und ihnen alles zeigen, was sie zu sehen wünschen«, meinte Aarzul. »Natürlich können sie auch hier bleiben und sich mit meinen Brüdern unterhalten. An Gesprächsstoff wird es nicht fehlen.«
»Da seid Ihr ja endlich, mein Fürst«, begrüßte mich Eysha, als wir in ihr Zimmer traten. »Man hat mir gesagt, wir würden uns mit dem Ältestenrat treffen.«
Ich sah mich im Raum um. An den Wänden standen Schränke und Regale voller Gläser. Ein Mann in grauer Kleidung kniete vor Eysha, die auf einem erhöhten Bett saß. Ihr Bein steckte bis zum Knie in einer seltsamen Schiene.
»Wie geht es Euch?«, fragte ich, verblüfft über ihre Lebhaftigkeit. Ihre blauen Augen sprühten vor Tatenlust.
»Ich fühle mich großartig.« Sie lächelte mich an. »Die Khârzon

haben Ärzte, von denen die unseren eine Menge lernen könnten.«

Der Arzt erhob sich vom Boden, klopfte sich den Staub von den Händen und sah zu mir auf.

»Ich habe ihr ein Mittel gegen die Schmerzen gegeben. Und ihr Bein musste geschient werden. Aber in ein paar Tagen wird sie wieder ganz die Alte sein.«

»Freut uns zu hören«, murmelte ich und besah mir die Schiene. Es war ein Kunstwerk, dessen Mechanismus ich nicht auf Anhieb durchschaute – innen gepolstert und außen aus leichtem, glänzendem Stahl.

»Das Ding ist gefedert«, erklärte Eysha ungewöhnlich eifrig und glitt aus dem Bett.

Vor meinen Augen erschien ein seltsames Bild, das die Wirklichkeit wie ein Schleier überdeckte.

»Vater hatte einmal so ein Ding«, murmelte ich stockend und stützte mich am Bett ab. Meine Hand griff wie von selbst nach der Schiene.

. . . es war schwarz um mich herum.

Meine Füße standen in saftigem Gras, das sich vor einer Wand aus Dunkelheit leuchtend grün abhob. Ich schreckte vor der Finsternis zurück und drehte mich um. Ich war wieder auf dem Friedhof. Aber es war nicht mehr viel von ihm übrig.

Nur der Engel stand da. Er trug immer noch Sarahs Gesicht.

In meinem Geist wisperte Sarahs Stimme.

. . . du kommst spät . . . du schaffst es vielleicht nicht mehr . . . oh Gott, bitte beeile dich! . . .

Die letzte Bitte war kein leises Flüstern mehr, sie erhob sich zu einem gellenden Schrei, der in meinem Kopf widerhallte, bis ich vor Schmerz in die Knie sank.

»Sarah!«
Ich fuhr hoch, wollte aufspringen, aber ich stürzte zu Boden.
»Er träumt manchmal schlecht«, erklärte Eysha dem Arzt etwas verlegen. »Seine Träume haben große Macht über ihn. Aber wenn ich die Ewige Herrscherin recht verstanden habe, dann sollen diese Träume einen Sinn haben, den wir nicht verstehen können.«
»Und wennschon«, brummte Aarzul, »bei dem, was Ihr erlebt habt, ist es kein Wunder, wenn man schlechte Träume hat.«
Langsam beruhigte ich mich wieder.
»Ihr solltet Euch hinlegen und versuchen noch einmal zu schlafen«, sagte Eysha. »Vielleicht kann Aarzul Euch ein sanftes Schlafmittel . . .«
»Nein!«, wehrte ich ab und schüttelte den Kopf. Mir war etwas schwindelig, aber ich schaffte es, mich aufzurichten. »Wir müssen sofort aufbrechen.«
Eysha und Aarzul sahen sich an.
»Ich denke, Ihr solltet Euch wirklich wieder hinlegen«, erklärte Eysha mit Nachdruck. »Es nützt niemandem etwas, wenn Ihr Euch wegen eines schlechten Traumes . . .«
»Hört Ihr mir nicht zu oder was?«, schrie ich. »Verdammt, ich *weiß*, dass wir uns beeilen müssen!«

Aarzuls Miene war wie aus Eisen. Eysha dachte kurz nach.
»Aarzul«, sagte sie schließlich mit fester Stimme. »Wollt Ihr so freundlich sein und Leanna und unseren Männern Bescheid sagen? Wir brechen so schnell wie möglich auf.«
»In Ordnung.« Der Krieger nickte nur kurz, dann verschwand er ohne weitere Fragen.
»Was habt Ihr geträumt?«, fragte sie, sobald er gegangen war.
Müde rieb ich mir die Augen. »Ich habe eine Statue mit dem Gesicht der Ewigen Herrscherin gesehen. Es war ein Grabstein. Alles um uns herum war dunkel. Sie schrie, sie würde sterben und dass ich mich beeilen müsste.« Ein Schauder lief mir über den Rücken, als ich mich an die Dunkelheit erinnerte. »Sie fürchtete, dass . . . dass ich es vielleicht nicht mehr schaffen könnte.«
Eysha sah mich nachdenklich an. Dann gab sie sich innerlich einen Ruck: »Gehen wir!«
Wir eilten hinunter, bis wir wieder vor dem Rhätenhaus standen. »Also dann«, murmelte ich und marschierte strammen Schrittes durch die Türe.
Auf der Empore am Ende des Raumes saßen tatsächlich zwölf der kleinen Männer auf den Steinstühlen und sahen uns prüfend entgegen. Sie waren allesamt Greise und die Tätowierungen auf ihren Glatzen und Gesichtern wirkten durch die runzelige Haut noch bizarrer.
Ich atmete tief durch und schritt ohne Zögern auf sie zu.
»Meine Gefährten und ich danken Euch, dass Ihr uns empfangt, meine Herren«, eröffnete ich sofort das Gespräch. »Ich entschuldige mich für mein spätes Kommen.«

Einer der Alten am Kopfende der Tafel stand auf und deutete eine Verbeugung an. »Wir erwidern voller Freude Euren Gruß«, sagte er. Seine Worte dröhnten voll und tief in die Stille, die im ganzen Saal herrschte. Ich konnte kaum glauben, dass dieses kleine Männlein eine solche Stimme hatte. »Wir danken Euch, dass Ihr gekommen seid. Und nun kommt doch zu uns und erzählt uns von Eurem Auftrag – und wie wir Euch dabei behilflich sein können.«

Rasch wurden noch zwei Stühle an die steinerne Tafel gestellt und wir setzten uns mit in die Runde. Ohne weitere Verzögerungen berichtete ich den Alten von dem Verlust von Lîfstein und unserem Auftrag. Als ich schloss, stand tiefe Sorge in den Gesichtern des Khârzon-Rates.

»Das alles sind sehr schlechte Neuigkeiten«, waren sie einer Meinung. »Was können wir für Euch tun?«

»Wir müssen so schnell wie möglich nach Osten«, antwortete ich ohne Zögern. »Wenn Ihr uns für die Weiterreise einen Eurer bemannten Segelwagen zur Verfügung stellen würdet, wäre uns schon sehr geholfen.«

»Das versteht sich von selbst«, erklärte ein anderer lächelnd. »Die Frage bezog sich mehr auf das, was wir darüber hinaus tun können.«

»Wir können Euch sofort sieben Wagen und über hundert Krieger überlassen«, schlug der Erste vor. »Ihr werdet noch große Gefahren zu bestehen haben. Unsere Männer sind stark und tapfer. Sie werden alle voller Freude ihr Leben für Euch und Euren Auftrag geben.«

»Das ist sehr freundlich«, sagte Eysha. »Aber wir sind deswegen eine so kleine Truppe, weil wir möglichst unauffällig sein müssen. Auch tausend Eurer Krieger würden im Äußeren Dunkel nichts ausrichten können, wenn es zu einer Schlacht kommt. Unsere einzige Chance besteht darin, nicht entdeckt zu werden.«

»Aber das ist doch bereits geschehen«, warf einer der Greise ein. »Jetzt solltet Ihr zusehen so stark wie möglich in den Kampf zu ziehen.«

»Mit dem Tod des Draghnars, den Aarzul und seine Männer zur Strecke gebracht haben, sollte der Schwarze Löwe vorerst unsere Spur verloren haben«, widersprach Eysha. »Zudem werden die Krieger der Ewigen Herrscherin bald einen Angriff in den östlichen Bergen führen, um seine Kräfte von uns abzulenken. Je kleiner unser Trupp ist, desto größer ist die Wahrscheinlichkeit, dass der Schwarze Löwe uns als unwichtig abtut.«

»Das Problem könnte sein, dass Ihr tatsächlich unwichtig seid«, gab Ögrem zu bedenken. »Ihr seid eine sehr kleine Gruppe. Denkt Ihr wirklich, Ihr könnt dem Dunklen Herrscher Lîfstein wieder entreißen?«

»Das werden wir ja sehen«, erwiderte die Kriegerin angriffslustig. »Eine Möglichkeit gibt es immer.«

»Ihr habt zwei Männer verloren?«, überlegte Ögrem und wackelte mit dem Kopf.

»Das ist richtig.« Eysha nickte mit starrem Gesicht.

»Dann schlage ich vor, dass Ihr wenigstens Aarzul und einen anderen Krieger mitnehmt, um Eure Zahl wieder zu füllen.«

Eysha sah mich fragend an. Ich ahnte, welche Sorge sie plagte. »Werden die beiden Krieger mir und Eysha Gehorsam schwören?«, fragte ich einfach und sah mich in der Runde um.
»Natürlich werden sie das – wenn Ihr es für nötig haltet«, war Ögrems ruhige Antwort.
Eysha atmete leise auf. »Dann nehmen wir Euer Angebot nur zu gerne an«, sagte sie dankbar.
Wir besprachen noch schnell einige Einzelheiten. Gerade als wir unsere Besprechung beenden wollten, platzte Aarzul zur Türe herein.
»Es tut mir Leid«, keuchte er, »aber es hat eine Weile gedauert, bis ich Eure Männer gefunden hatte.« Schweiß perlte auf seiner Glatze. »Sie warten draußen auf Euch.«
»Ich danke Euch, Aarzul.« Ich nickte ihm zu und stand auf.
»Aarzul«, rief Ögrem, »wir haben beschlossen, dass du und ein Krieger deiner Wahl unsere Gäste auf ihrer Reise begleiten werden. Such dir einen Mann aus und macht euch so schnell wie möglich marschfertig! Ihr werdet den schnellsten Segler nehmen und sie noch heute Nacht an unsere Grenze bringen. Dort werden du und dein Kamerad mit unseren Gästen gehen. Die anderen sollen in gewohnter Weise an der Grenze weiterpatroullieren.«
Dem kleinen Krieger fiel das Kinn nach unten. »Das ist . . .«, stotterte er. Seine Augen glühten. »Das ist eine große Ehre, Ögrem. Ich danke euch.«
»Vertritt unser Volk gut und würdig, Krieger«, mahnte ein anderer Greis. »Und – du wirst einen Eid auf den Herzog und die Erste Kriegerin schwören.«

»Das werde ich«, nickte der Krieger und sah mich an. »Mit Eurer Erlaubnis kümmere ich mich jetzt um den Segler und den zweiten Mann.«

»Ich danke Euch, Aarzul«, nickte ich lächelnd. »Wir kommen gleich nach.«

Verblüfft bemerkte ich, dass sich ein gewaltiges Raunen unter den versammelten Kriegern erhob. Aarzul wurde auf dem Weg zur Türe bestimmt ein dutzend Mal leise angesprochen. Alle hier wollten mitgehen.

»Das ist ein Volk, auf das sich die Ewige Herrscherin verlassen kann«, flüsterte Eysha. Ihre Augen glänzten vor Freude.

»Da habt Ihr Recht«, stimmte ich ihr leise zu. Insgeheim staunte ich über den Eifer der Männer hier. Hatten sie überhaupt eine Vorstellung von den Gefahren, die auf uns zukamen? Mir erschien das Bild von den fliegenden Schlangenwesen vor Augen, die über unsere zwei toten Kameraden herfielen. Ögrems Stimme riss mich aus meinen düsteren Erinnerungen.

»Herzog«, sagte er leise, »darf ich Euch um etwas bitten?«

»Natürlich«, antwortete ich verdutzt und drehte mich zu ihm um. »Was denn?«

»Zeigt uns Eure Klinge«, bat der Greis schlicht. »Wir würden sie gerne einmal sehen.«

Etwas verwirrt zog ich *Triuwe* aus der Scheide und legte das Schwert vor ihm auf den steinernen Tisch. Ein leises Seufzen entfuhr den Alten, als sie sich um die Waffe scharten und blinzelnd in das überirdische Gleißen der Klinge starrten.

Schließlich nickte Ögrem mir zu und ich steckte *Triuwe* wieder ein.

»Das ist fast zu viel Glanz für unsere alten Augen«, scherzte er und zwinkerte mir zu. »Jetzt zweifle ich schon nicht mehr so am Erfolg Eures Auftrags. Und nun geht. Ich denke, Leanna und Eure Männer werden bereits ungeduldig auf Euch warten.«

Tatsächlich standen unsere Männer um einen großen Segelwagen herum, der gerade von einer Mannschaft beladen wurde. Sie unterhielten sich lebhaft mit den kleinen Kriegern und bestürmten sie mit Fragen.

»Das hier ist wirklich der unglaublichste Ort, den ich je gesehen habe«, rief Dorek begeistert. »Wenn Ihr die Werkstätten gesehen hättet, in denen die Wagen gebaut werden!«

»Und die Schmieden – es ist nicht zu fassen«, stimmte Hulson strahlend ein. »Eysha, Ihr müsst fragen, ob nicht ein paar der Schmiede einmal nach Hohenstayn kommen können, um unseren Schmiedemeistern einiges beizubringen.«

»Dafür haben wir jetzt keine Zeit«, bedauerte die Kriegerin knapp. »Seid ihr marschfertig? Wir werden aufbrechen, sobald der Wagen bereitsteht.«

»Wir sind alle bereit«, antwortete Pym trotzig. Aber auch er hatte leuchtende Augen. Unsere Freunde mussten die Männer mit ihrem Können wirklich tief beeindruckt haben.

Wenig später kam Aarzul mit einem Bündel auf der Schulter an. Neben ihm ging ein anderer Khârzon, der einen Rucksack und ein Bündel trug. Er schien etwas jünger als Aarzul zu sein, hatte aber bereits einige tiefe Narben im Gesicht. Sie leuchteten rot aus dem Gewirr der schwarzen Tätowierungen heraus.

»Das ist Kenaz«, stellte Aarzul ihn vor. Der junge Krieger deutete eine Verbeugung an und warf dann einfach sein Bündel auf den Wagen.

»Ich danke Euch für diese Ehre, Herzog«, sagte er ruhig.

Ich warf Eysha einen kurzen Blick zu. Sie musterte Kenaz prüfend und nickte schließlich kaum merklich.

»Es freut uns, dass Ihr uns begleiten wollt, Kenaz«, begrüßte sie ihn. »Aarzul hat Euch bereits über alles informiert?«

»Das hat er.« Der Krieger nickte und kniete ohne weiteres vor uns nieder.

»Ich schwöre Euch und dem Herzog in jedem Augenblick dieser Reise zu gehorchen und mein Leben jederzeit für Euch zu geben.«

Auch Aarzul kniete nun vor uns nieder und wiederholte den Schwur in ähnlichen Worten.

»Dann hätten wir das«, nickte Eysha zufrieden.

Wenige Augenblicke später saßen alle Passagiere im Wagen und Aarzul ließ das Segel hissen. Sofort blähte der immer während Wind das weiße Tuch auf und das Gefährt begann zu rollen.

Auch wenn wir es schon einmal erlebt hatten, hielten wir doch den Atem an und klammerten uns an die Wand des Wagens, als die Räder sich immer schneller drehten und bald einen schrillen, heulenden Ton von sich gaben. Die Steppe raste unter uns dahin und hinter uns wurde das

ausgerissene Gras in einer grünen Wolke emporgeschleudert.
Nach einer halben Stunde hatten wir uns an die rasende Geschwindigkeit gewöhnt, sodass ich mich in eine Decke kuscheln und schließlich sogar ein wenig schlafen konnte.

Als ich erwachte, dämmerte vor uns im Osten bereits der Morgen. Die Reifen hörten sich irgendwie anders an und ich richtete mich schlaftrunken auf. Blinzelnd spähte ich über die Reling.
»Einen guten Morgen, mein Fürst«, begrüßte mich Eysha. »Wir sind in der Nacht ein gutes Stück vorwärts gekommen, nicht wahr?«
»Allerdings«, meinte ich staunend. Das hohe Gras der Steppe war mittlerweile durch feinen weißen Sand abgelöst worden. Der Wind reichte gerade noch aus, um uns mit der Geschwindigkeit eines galoppierenden Pferdes vorwärts zu treiben. »Einen guten Morgen auch Euch.«
Ich sah mich nach Leanna um. Sie stand am Bug des Seglers und drehte sich zu mir um, als sie meinen Blick im Rücken spürte.
»Wie gefällt dir meine Heimat?«, fragte sie vergnügt und kletterte zu uns nach hinten.
»Sie sieht nicht besonders abwechslungsreich aus«, brummte ich und streckte mich. Der weiße Sand reichte in einer ewig erscheinenden Fläche bis zum Horizont, wo sich allerdings einige Berge schwach gegen die Morgenröte abhoben.

»Hier noch nicht«, stimmte sie mir zu. »Aber warte mal, bis wir die Berge erreichen! So etwas hast du noch nicht gesehen.«

»Daran zweifle ich ja gar nicht, Leanna.« Ich lächelte sie an, dann fragte ich: »Aarzul?«

Der kleine Krieger unterbrach sofort sein Gespräch mit Denor und wandte sich zu mir um. »Mein Fürst?«

»Was meint Ihr – wie weit können wir noch fahren, ohne dass uns der Wind im Stich lässt?«

»Das werden wir sehen.« Er lachte. »Wir werden einfach so weit fahren, wie wir können. Wenn die Mannschaft den Wagen ein Stück schieben muss, um wieder zurückzukommen, ist das ein geringer Preis.«

»Du musst ihn ja auch nicht zahlen«, schnaubte einer der Männer, die zu der Mannschaft gehörten. Doch sein Grinsen zerstreute meine Sorge, er könnte ernstlich böse deswegen sein.

»Wollt Ihr das den Leuten wirklich zumuten?«, fragte ich dennoch nach.

»Es war ihre eigene Idee«, meinte Aarzul schulterzuckend. »Ich hätte schon längst angehalten.«

Beruhigt angelte ich hinter mir nach meinem Rucksack. Die Khârzon hatten mein Gepäck von den Satteltaschen in geräumige Rucksäcke umgeladen, da uns von nun an wohl eine Wanderung bevorstand. Fröhlich holte ich mir ein Frühstück heraus. Ich hatte fest vor den letzten Rest dieser Fahrt zu genießen. Doch schon bei der Vorstellung, den Rucksack nachher schleppen zu müssen, schmerzten mir die Schultern.

Obwohl die Steppe hinter uns bald nur noch ein dünner grüner Streifen am Horizont war, der schließlich völlig verschwand, blieb der Wind stark genug, um uns bis an die Berge heranzubringen. Je näher wir kamen, desto sicherer wurde ich, dass Leanna Recht behalten sollte.

Die Berge waren unglaublich. Es war, als hätte ein Riese versucht sie abzufeilen und es aus Zeitgründen nicht überall geschafft. Die hoch aufragenden Felsen waren zum Teil von Wind und Wetter glatt poliert wie Kiesel. Andere waren spitz und zerklüftet wie Zähne eines schrecklichen Monsters.

»Sind sie nicht wunderschön?«, sagte Leanna glücklich. »Diese Berge sind die westliche Grenze meiner Heimat. Hinter ihnen liegt das Dorf, in dem ich aufgewachsen bin.«

»Woher kommt diese seltsame Form der Felsen?«, fragte Eysha.

»Ich weiß es nicht. Die Legende sagt, dass hier früher Riesen gelebt haben. Sie bewachten die Grenze des fruchtbaren Landes gegen die Dunkelheit. Doch da sie nichts zu tun hatten, wurden sie mit der Zeit des Wartens zu Stein. Je verwitterter der Felsen ist, desto länger steht der Riese schon hier. Wenn einmal die Dunkelheit über dieses Land hereinbricht, erwachen sie wieder zum Leben und verteidigen die Wüste.«

»Dann könnten sie langsam aufwachen«, versetzte Eysha spöttisch.

»Ich fürchte auch, dass sie verschlafen«, seufzte Leanna.

Mein Blick glitt wieder und wieder über die grandiose Felslandschaft vor uns, der wir immer näher kamen. Schon passierten wir die ersten Ausläufer des Gebirges. Der Wind wurde langsam schwächer und das hohe Kreischen der Reifen hatte sich zu einem dumpfen Surren gesenkt. Dafür hörten wir ihn nun um die Berggipfel vor uns heulen. Unsere Fahrt wurde langsamer und langsamer. Schließlich fing das Segel an zu flattern und der Wagen rollte aus.

»Das war es dann wohl mit dem bequemen Teil der Reise«, meinte Pym seufzend. »Auf geht's, Jungs. Wir reiten auf Schusters Rappen weiter.«

»Dabei waren meine Blasen gerade wieder verheilt«, machte ein anderer Soldat namens Samo einen Scherz, während er schon seinen Rucksack schulterte.

»Ein guter Soldat kriegt keine Blasen«, brummte Sedev. »Ach ja, wo wir gerade von Blasen sprechen – Eysha, was ist mit dem Training des Herzogs?«

»Heute Abend gehört er dir«, nickte Eysha und grinste mich an. »Das wurde viel zu lange vernachlässigt.«

»Wie Recht Ihr habt, Eysha«, pflichtete ich ohne jegliche Begeisterung bei.

»Eysha, Herzog, wartet einen Moment«, rettete mich Aarzul für den Moment. »Ich habe noch etwas für Euch und die Männer«, sagte er und zog das Bündel hervor, das Kenaz verladen hatte. Er schnürte es auf . . .

»Hervorragend«, rief Eysha. »Pfeile!«

»Das trifft sich wirklich gut«, stimmte ich zu. Meine restlichen Pfeile waren unter dem Fuß des Draghnars zu Kleinholz geworden.

»Ich habe sie noch gestern Abend in Auftrag gegeben, als ich gesehen habe, dass Eure Köcher fast leer sind«, erklärte der Krieger und reichte jedem von uns einen vorgeschnürten Packen. »Für jeden Eurer Männer müssten zwanzig dabei sein.«

»Eure Handwerker sind wirklich Künstler«, staunte Eysha und stopfte die Pfeile in ihren Köcher. »Und nun machen wir, dass wir in den Schatten der Felsen kommen. Ich fange schon an zu schmoren.«

Ich hielt den Atem an, als sie sich über die Wand des Wagens schwang. Doch der Apparat an ihrem Bein schien zu funktionieren. Sie landete kraftvoll mit beiden Beinen, scheinbar ohne irgendwelche Beschwerden.

Wir verabschiedeten uns dankbar bei der Mannschaft des Seglers, die sich daranmachten, das Gefährt aus dem Windschatten der Felsen zu schieben. Beruhigt stellte ich fest, dass sie schon nach wenigen Minuten wieder die Segel hissen konnten und Richtung Westen davonfuhren.

Unser Weg dagegen führte weiter nach Osten. Die Berge waren glücklicherweise bei weitem nicht so schwierig zu besteigen, wie ich zuerst gedacht hatte. Gerade die zerklüfteten Felsen boten viele gangbare Wege, und als wir uns gegen Mittag vollkommen ausgelaugt in einem schattigen Eck fallen ließen und Rast machten, hatten wir unsere Hände erst selten gebrauchen müssen.

Die Khârzon hatten uns allen großzügig bemessene Trinkbeutel eingepackt, die mit irgendeinem würzigen Getränk gefüllt waren.

»Vitaram«, schnaufte Aarzul glücklich lächelnd und nahm einen tiefen Schluck. »Das Wasser ist mit einem Mineral versetzt, das dem Körper lange Zeit Kraft spendet. Mit diesem Getränk kann man mühelos mehrere Tage marschieren, auch wenn man nichts zu essen hat.«

»Was ist das für ein Mineral?«, fragte Eysha neugierig und fuhr sich seufzend durch die schweißnassen Haare, die nun wie dunkelrote Stacheln aufrecht standen.

»Ich kenne es«, sagte Leanna eifrig. Ihr machte die Hitze scheinbar überhaupt nichts aus. »Man findet es als Kristall an den Ufern von unterirdischen Flüssen.«

»Richtig«, nickte Aarzul überrascht. »Woher kennt Ihr es?«

»Wir haben einige Höhlen in den Bergen, die zu solchen Flüssen führen«, erklärte Leanna und trank genussvoll. »Mein Lehrer sagte, es wäre das Elixier des Lebens. Seiner Meinung nach kommt es ursprünglich aus dem Herzen des Inneren Reiches. Erst hier draußen in der Wüste wird es von keinen Pflanzen mehr aufgesogen und kristallisiert darum in den Höhlen. Und dort bauen wir es ab und machen letztlich dasselbe damit wie Ihr in Khârzon-Dham.«

»Ein interessanter Gedanke«, nickte Aarzul. »Allerdings habe ich nicht das Gefühl, dass Euer Volk viel Verwendung dafür hat. Ihr seht aus, als würde Euch die Hitze nicht das Geringste anhaben.«

»Ich bin ja auch daran gewöhnt«, lachte Leanna fröhlich. »Bei Euch kann das natürlich noch eine Weile dauern«

»Vor allem solange ich diese verfluchte Rüstung tragen muss«, schnaufte ich und versuchte vergeblich etwas Luft zwischen meine Kleidung und mich zu lassen. »Ich fühle mich, als würde ich mich jeden Moment in Wasser auflösen.«

»Besser als in zahllose Blasen«, lächelte Eysha schwach.
»Wie geht es Eurem Bein?«, erkundigte sich Aarzul sofort besorgt.
»Erstaunlich gut«, nickte die Kriegerin. »Langsam spüre ich zwar wieder Schmerzen, aber noch geht es.«
»Meldet Euch, wenn Ihr nicht mehr könnt«, mahnte ich sie. »Wenn Ihr irgendwo hinunterstürzt, nur weil Ihr tapfer sein wolltet, ist niemandem geholfen.«
»In Ordnung. Aber wenn wir einfach jetzt noch ein wenig hier bleiben, wird es bestimmt wieder besser werden.«

Nach einer guten halben Stunde Rast machten wir uns auf den Weg. Mit der Zeit gewöhnte ich mich auch einigermaßen an die Hitze, sodass ich sogar ein wenig Ruhe hatte, die unglaubliche Landschaft zu betrachten.
Als sich die Sonne dem westlichen Horizont zuneigte, hatten wir den Kamm der Berge bereits hinter uns gelassen und stiegen langsam wieder zur Erde hinab. Die Dämmerung zog im Osten schwarz über den wolkenlosen Himmel und verfolgte den roten Schimmer im Westen. Gebannt sah ich vor uns die ersten Sterne der Wüstennacht erblühen, während über den Bergen der Himmel noch in Flammen stand.
»Wie sehr habe ich das vermisst«, flüsterte Leanna und blieb neben mir stehen, um den Anblick zu genießen.
»Das hier haben die Götter einem wirklich guten Maler in Auftrag gegeben«, staunte ich leise und eine stille Freude erfüllte mich. Für diesen Augenblick hatte ich alle Sorgen und

Ängste vergessen. Denn an diesem Ort der Unendlichkeit war dafür einfach kein Platz.
Ich spürte, wie sich Leannas Arm wie von selbst um mich legte. Behutsam zog ich sie an mich und meine Seele verschmolz mit dem wunderbaren Klang des Augenblicks.

KAPITEL XIV

Der Abstieg der letzten Meter war ein Kinderspiel, verglichen mit den Anstrengungen des vergangenen Tages. Die Sonne war mittlerweile untergegangen, doch die Steine strahlten noch genug Wärme ab, um die Kälte der Nacht fern zu halten. Die Luft roch sauber und warm wie an einem lauen Sommerabend.

Gerade als es zu dunkel wurde, um weiterzuklettern, sahen wir Lichter am Fuß des Berges schimmern.

»Ihr müsst sehr aufpassen, dass ihr nicht in diese Spalten fallt«, warnte uns Leanna. »Sie sind stellenweise so tief, dass man keine Chance auf Rettung hat, wenn man dort hinunterstürzt.«

»Ich würde dort gerne einmal hinuntersteigen«, meinte Aarzul und spähte in die düstere Tiefe.

»Davon muss ich Euch abraten. Ich selbst habe es einmal versucht. Als ich das Ende meines Seils erreicht hatte, fehlte mir die Kraft, um von selbst wieder hochzuklettern.«

»Was habt Ihr gemacht?«, mischte sich Kenaz interessiert ein.

Leanna zuckte die Schultern. »Ich hatte mir das Seil um die Hüfte gebunden und so hing ich da, bis man mich vermisste. Eine ganze Nacht lang haben mich meine Freunde gesucht. Erst am nächsten Morgen fanden sie mich und zerrten mich wieder nach oben. Es war tatsächlich die schlimmste Nacht meines Lebens.«

»Das glaube ich Euch«, brummte Eysha mitfühlend. »Und nun lasst uns weitergehen. Leute, ihr habt gehört, was Leanna gesagt hat. Passt auf die Spalten auf!«

»Was war das?«, knurrte Pym plötzlich hinter mir. Der Soldat brachte die Männer mit einem Zeichen zum Schweigen. Suchend sah ich mich um. Wir befanden uns in einer Senke, die von mehreren schroffen Felshügeln umgeben war. Irgendwie hatte auch ich ein seltsames Gefühl.

»Da oben ist etwas«, flüsterte Eysha und stellte sich mit gezückter Klinge zwischen mich und den höchsten der Felshügel.

Ein Schatten hob sich dort oben gegen den Sternenhimmel ab. »Wer seid Ihr und was wollt Ihr hier?« Die Stimme hatte einen Furcht erregenden Klang.

»Ich bin Leanna vom Volk der Heyka«, rief Leanna sofort.

»Leanna«, wiederholte der Mann überrascht. »Du bist wieder da!«

»Farim! Du bist es!«

Leanna rannte auf den Hügel hinauf, ohne sich im Mindesten von den Pfeilen stören zu lassen, die wir auf den Mann gerichtet hatten. Der Mann sprang Leanna ohne Zögern entgegen. Sie fiel ihm lachend in die Arme und wurde von ihm herumgeschleudert.

»Oh Götter, was habe ich dich vermisst, kleine Schwester!«, rief der Mann mit dröhnender Stimme.
»Anscheinend sind wir Zeugen eines Familientreffens«, bemerkte Eysha trocken.
»Martin, Eysha!«, rief Leanna glücklich. »Das ist Farim, mein älterer Bruder.«
Der Mann war größer als Leanna, sogar noch ein Stück größer als ich selbst. Die schwarzen Haare hingen ihm in einem wirren Schopf über beide Schultern.
»Farim, das ist Martin, der Herzog von Fraterna«, stellte Leanna mich vor. »Und das ist Eysha, die Erste Kriegerin des Reiches.«
Der junge Mann verneigte sich vor uns. »Ich grüße Euch, Martin und Eysha.«
»Das sind Aarzul und Kenaz, Krieger der Khârzon«, fuhr Leanna fort.
»Steppenbewohner«, nickte Farim. »Wir haben seit langem nichts mehr von Eurem Volk gehört. Seid willkommen in unserem Land!«
Die beiden Khârzon verneigten sich höflich.
»Und das sind die Soldaten der Ewigen Herrscherin«, beendete Leanna ihre Vorstellung. »Wie steht es zu Hause?«
Farim holte tief Luft. »Die Horden der Finsternis haben uns in letzter Zeit schwer zugesetzt. Wir patrouillieren immer noch regelmäßig um das Dorf. Vor drei Tagen wurden wir von einer Meute von alptraumhaften Wesen überfallen. Es war . . . Fünf unserer Leute sind dabei gestorben. Seit deiner Abreise haben wir sechsunddreißig Krieger verloren. Und in jedem Haus liegen noch Verwundete.«

Leanna stieß einen leisen Schrei des Entsetzens aus und sah mich mit weit aufgerissenen Augen an.

»Als wir uns trafen, habe ich es dir gesagt«, flüsterte sie bitter. »Und du wolltest mir nicht glauben.«

»Ich denke, wir sollten zusehen, dass wir weiterkommen«, murmelte Eysha. »Farim, Leanna, bitte versteht das nicht falsch, aber wir haben keine Zeit für Trauer. Denkt an unseren Auftrag!«

»Keine Zeit für Trauer?«, fragte Farim nach. »Trotzdem, ich werde euch alle zu unserem Dorf führen. Bitte folgt mir!«

Der Weg verlief in schweigender Anspannung. Mich überlief ein Schauder, als ich mir vorstellte, wie sich Leanna jetzt fühlen musste. Sie ging neben Farim und unterhielt sich leise mit ihrem Bruder.

Nach einer halben Stunde erreichten wir das Dorf. Staunend betrachtete ich die hohen Mauern, die es umgaben. Sie schienen in großer Hast aus Bruchsteinen errichtet worden zu sein. Auf der ganzen Länge brannten Fackeln. Bogenschützen sprangen von ihren Posten auf, sobald sie uns kommen sahen, und legten Pfeile an die Sehnen.

»Ich bin es«, rief Farim ihnen zu. »Wir bekommen Besuch von Freunden.«

Vor uns öffnete sich ein grob gezimmertes Tor aus gewaltigen Baumstämmen. Im Schein vieler hundert Fackeln zogen wir in die Stadt ein.

»Leanna ist zurückgekehrt!«, erscholl der Ruf von der Mauer, als wir in den Lichtschein eintauchten. »Die Tochter des Wissens ist wieder da! Leanna kehrt heim!«

Die Neuigkeit verbreitete sich in rasender Geschwindigkeit. Mit einem Mal strömten von überall her Menschen. Männer, Frauen und Kinder mit violettfarbener Haut und schwarz glänzenden Haaren umringten uns und machten es uns nach kurzer Zeit unmöglich, weiterzugehen.

Leanna winkte allen zu und begrüßte viele mit Namen. Doch immer wieder stockte ihr die Stimme, wenn sie Frauen sah, die mit verhärmtem Gesicht und Kindern an der Hand dastanden, jedoch ohne Ehegatten an ihrer Seite. Viele der anwesenden Männer und Frauen trugen Verbände oder hatten frisch glänzende Narben im Gesicht, an Brust und Armen.

Die Menge teilte sich, um eine alte Frau durchzulassen. Sie trug ein schlichtes Kleid aus schwarzem Stoff. Ihr Haar war schlohweiß und ihre Haut war wie altes, gegerbtes Leder. Doch die grünen Augen glühten immer noch kraftvoll in dem runzeligen Gesicht.

»Leanna«, sagte sie und in ihr Gesicht trat ein liebevolles Lächeln. »Du bist zurückgekehrt.«

»Mutter!«, rief Leanna und umarmte die Alte stürmisch. »Ich habe dich vermisst. Wie geht es dir?«

»Nun wieder ein bisschen besser«, lächelte die Alte. »Du hast Freunde mitgebracht?«

Leanna stellte uns vor. Die Frau nickte uns allen freundlich zu.

»Dies hier ist Marlena, die Hüterin unseres Volkes«, erklärte Leanna. »Sie ist die Oberste Richterin und unsere Führerin in allem.«

»Wir grüßen Euch, Marlena«, sagte ich ernst. »Ich bedaure sehr, was Eurem Volk für ein Unglück widerfahren ist.«

»Ich danke Euch für Euer Mitgefühl, Herzog. Und ich danke Euch dafür, dass Ihr gekommen seid, um uns zu helfen.«

Die letzten Worte sprach sie aus wie eine Frage. Bevor ich antworten konnte, trat Eysha vor.

»Marlena, wir sind tatsächlich hier, um Euch zu helfen. Allerdings nicht ganz so, wie Ihr es Euch vielleicht erhofft habt. Gibt es einen Ort, an dem wir in Ruhe miteinander sprechen können?«

Marlenas Augen verharrten einen Moment auf Eyshas ruhigem Gesicht. »Natürlich, mein Kind«, sagte sie. »Kommt in mein Haus, dort können wir uns unterhalten.« Sie wandte sich Leannas Bruder zu. »Farim, kümmere dich bitte um Essen und Quartiere für die fremden Krieger!«

Damit wandte sie sich um und ging langsam die Straße hinunter. Eysha, Leanna und ich folgten ihr. Ich wünschte mir sehnlichst der Greisin sagen zu können, dass bald eine riesige Armee käme, um ihr Volk vor der Finsternis zu schützen. Stattdessen konnte ich ihr nur berichten, dass mein Bruder Lîfstein entführt und dem Schwarzen Löwen überbracht hatte. Ich musste ihr sagen, dass mein Bruder schuld war an ihrem Unglück – und dass unser kleiner Trupp ihre letzte Hoffnung war. Und wieder einmal erinnerte ich mich schmerzlich daran, wie klein diese Hoffnung war.

»Was ist das?«, fragte Eysha plötzlich. Sie war stehen geblieben und sah zu einem Tor hinüber, vor dem sich gerade eine Menschenmenge unter lautem Geschrei versammelte.

»Irgendetwas ist nicht in Ordnung«, sagte Marlena mit gerunzelter Stirn. »Lasst uns nachsehen!«

Wir liefen auf das Tor zu. Ein ganzer Haufen Leute hatte sich um eine junge Frau geschart, die sich völlig erschöpft gegen das geschlossene Tor lehnte. Ihr Gesicht war schweißüberströmt und ihre Kleider glänzten feucht.

»Ruhe!«, gebot Marlena. »Seid leise, damit wir etwas verstehen.«

»Orlocks . . . es sind . . . unglaublich viele«, keuchte die Frau und trank ein paar Schlucke. »Sie sind . . . in einer Stunde hier. Ich konnte . . . nicht zählen . . . aber wir müssen . . . uns beeilen.«

»Wie viele?«, fragte Marlena in das erschrockene Keuchen der Menge hinein.

»Weiß nicht . . . ein paar hundert? . . . tausend? Ich . . . weiß nicht.«

»Das ist das Ende!«, schrie eine Frau in heller Panik. Sie trug ein kleines Kind auf dem Arm, das ohrenbetäubend schrie.

»Sei still, Fran!«, herrschte Leanna sie an. »Nichts ist zu Ende. Wir leben noch, und solange sich daran nichts ändert, besteht auch noch Hoffnung. Also reiß dich gefälligst zusammen!«

Farim kam und drängte Leanna aus der Menge und blieb mit ihr bei uns stehen. »Ich weiß nicht, was Eure Pläne waren, um uns zu helfen«, sagte er leise zu Eysha und mir, »aber Ihr solltet sie sehr schnell in die Tat umsetzen. Denn gegen mehrere hundert Orlocks können wir uns nicht halten.«

Verzweifelt starrte ich Eysha an. Die Kriegerin verzog keine Miene, als sie antwortete: »Es tut mir Leid, Farim. Aber wir sind nicht gekommen, um Euer Volk zu verteidigen. Unser Auftrag ist es, das Innere Reich zu retten. Wir können Euch in dieser Schlacht nicht beistehen.«

Der junge Mann blickte über uns hinweg nach Osten. »Dann sind wir verloren«, stellte er fest. »Die Ewige Herrscherin hat uns im Stich gelassen.«
»Das hat sie nicht«, widersprach Eysha. »Aber sie kann Euch nicht helfen. Das Innere Reich ist geschwächt, während das Dunkel stark geworden ist.«
»Danke für Eure Hilfe«, schnaubte Farim bitter.
»Hört mit diesem ekelhaften, selbstmitleidigen Geschwätz auf und seid ein Mann, verflucht!« Eysha gab ihm einen heftigen Stoß. »Was seid Ihr für ein Krieger, wenn Eure Tapferkeit gerade einmal so lange währt wie Eure Überlegenheit?«
»Eysha, was soll das?«, fauchte Leanna und drängte sich zwischen die Kriegerin und ihren Bruder. »Farim hat völlig Recht! Die Ewige Herrscherin lässt mein Volk sterben!«
»Ihr selbst lasst Euer Volk sterben, wenn Ihr eine Schlacht verloren gebt, bevor Ihr sie geführt habt!«, gab Eysha zurück. »Schneidet Euch doch selbst die Kehlen durch, dann erspart Ihr dem Schwarzen Löwen eine Menge Arbeit!«
»Ich habe langsam genug von eurem überheblichen . . .«, begann Leanna, wurde aber von Farim unterbrochen.
»Sie hat Recht, Leanna«, sagte er leise. »Aufgeben werden wir nicht, auch wenn es noch so schlecht aussieht. Uns bleibt eine Stunde Zeit, um uns bereitzumachen.«
»Dann tut das!« Eysha nickte knapp. »Ruft Eure Krieger zusammen und zeigt den Gestalten des Dunklen Herrschers, dass das Reich noch Zähne und Klauen hat!«
Farim nickte nur. »Was werdet Ihr tun?«
»Wir werden uns verstecken«, lachte Eysha düster. »Wir müs-

sen jede Begegnung mit dem Heer vermeiden, um unseren Weg nach Osten so schnell wie möglich fortsetzen zu können.«

»Ihr wollt nach Osten?«, rief Marlena überrascht, die schweigend zugehört hatte. »Warum? Was wollt Ihr dort?«

»Einen kleinen Familienstreit beenden«, antwortete ich bitter.

»Das ist doch glatter Selbstmord! Was soll das denn?«

»Wir haben keine Zeit, es dir zu erklären«, sagte Leanna mit Tränen in den Augen. »Und du hast keine Zeit, um es dir anzuhören. Aber sie müssen zu Thanatos.«

»Dann werdet Ihr mit Lard sprechen müssen. Er ist der Einzige, der weiß, wo man diesen Wahnsinnigen findet«, sagte Marlena langsam. »Und Ihr werdet Euch beeilen müssen, denn in einer halben Stunde werdet Ihr das Dorf nicht mehr verlassen können.«

Eysha nickte. »Martin, Leanna, bitte sprecht mit diesem Menschen! Ich trommle derweil unsere Männer zusammen. Farim, wo sind sie untergebracht?«

Noch während Marlena, Leanna und ich zu dem Haus eilten, in dem Lard wohnte, flammten überall im Dorf Fackeln auf und Menschen riefen durcheinander.

Eine Frau von etwa fünfzig Jahren öffnete die Türe, als Leanna wild dagegen trommelte. Sie sah uns beunruhigt an.

»Leanna«, stammelte sie, »ich habe gehört, dass du wieder da bist. Das ist . . .«

»Martin, das ist Stenda«, unterbrach Leanna sie. »Stenda, wir müssen unbedingt mit Lard sprechen. Ist er da? Ach ja, das hier ist übrigens Martin.«

»Hallo«, sagte ich und lächelte die Frau unsicher an.
»Er ist da«, nickte Stenda verwirrt und suchte verzweifelt Marlenas Blick, »aber er schläft. Könnt ihr nicht später . . .«
»Was soll denn das, Stenda?«, unterbrach sie Marlena. »Lass uns durch!«
»Aber er will sicher mit ihm über diese Sache reden«, verteidigte sich Stenda verzweifelt. »Ich kann das nicht zulassen!«
»Das musst du aber«, sagte Marlena sanft und trat ins Haus. Leanna folgte ihr mit verkniffenem Gesicht. »Lard muss uns helfen – auch wenn es ihm nicht gefällt. Leanna, bring Stenda hinaus«, sagte die Greisin freundlich. »Schließt die Tür!«
Marlena wartete, bis die Tür hinter den beiden Frauen ins Schloss gefallen war.
Dann nickte sie mir aufmunternd zu.
Auf einem Bett in der Ecke des Raumes kauerte ein Mann und starrte mich verängstigt an, wie ein Tier in einer Falle. Tatsächlich konnte er nicht älter sein als dreißig Jahre, aber sein Haar war bereits grau und sein Gesicht von tiefen Falten durchzogen. Seine Hautfarbe war ganz normal, wenn auch von einem seltsamen gräulichen Ton. In seinen braunen Augen flackerte ein Leuchten.
»Hallo«, sagte ich und schluckte. »Ich bin Martin.«
»Hallo«, flüsterte der Mann und duckte sich noch tiefer in seine Ecke. »Ich bin . . .«
»Lard«, half Marlena nach.
»Ja«, wisperte er. »Du bist Marlena.«
»Lard«, sprach ich weiter und kniete vor seiner Matratze nieder. »Wie kommen wir zu dieser Burg?«

Lard wimmerte und presste sich die Hände vor den Mund. Seine Augen verfolgten jede meiner Bewegungen.

»Lard«, lächelte Marlena ihn an und setzte sich neben mich auf den Boden. »Denk nicht an das, was in der Burg geschehen ist, verstehst du? Denke nur daran, wie du aus der Burg zu uns flüchten konntest.«

Einen winzigen Augenblick lang sah es so aus, als wollte er etwas sagen. Doch dann vergrub er sein Gesicht wieder in den Händen.

»Wie bist du hierher gekommen?«, drängte ich ihn so sanft wie möglich. Das förmliche »Ihr« konnte ich mir anscheinend sparen. »Welchen Weg hast du genommen?«

Marlena und ich hielten den Atem an, als sich der Kopf des Mannes langsam aus seinen Händen hob. Die Augen flimmerten und sein Mund zitterte.

Ja! Komm schon! Rede mit uns!

»Heiß«, wisperte er. »Heiß.«

Die Alte und ich wechselten einen enttäuschten Blick.

»Richtig.« Sie nickte in unendlicher Geduld. »Es war heiß. Wie sah die Gegend aus? Was war da?«

»Furchtbar . . .«, sagte er und Tränen schossen ihm in die Augen. »So heiß . . .«

Er krümmte sich vor Angst. Seine Schultern bebten unter dem Ansturm der schrecklichen Erinnerungen.

»Was hat dieser Mann dir angetan?«, flüsterte Marlena. »Oh Götter, was ist dir armem Teufel nur zugestoßen?«

Wir hörten, wie die Haustür krachend aufgestoßen wurde.

»Wir müssen los, Leanna!«, rief Sedev heiser.

Leanna stürzte hinter ihm in die Hütte. »Die Orlocks kommen! Ihr müsst sofort los, wenn ihr hier nicht eingesperrt werden wollt.«
»Verdammt!«, stöhnte ich. Mein Magen verkrampfte sich zu einem Klumpen. »Lard, wo ist die Burg, komm schon! Wie finden wir Fürst Thanatos?«
Lard fuhr hoch und stierte mich an. Sein Gesicht war tränenüberströmt.
»Nein!«, schrie er gellend. »Nein! Nein!«
Bevor ich mich rühren konnte, sprang er auf und setzte über mich und Marlena hinweg auf die Türe zu. Das Holz gab unter seinem Ansturm nach und fiel krachend aus dem Rahmen. Leanna schrie erschrocken auf, als der Mann an ihr vorbeihetzte und hinausrannte.
»Das war dumm«, stellte die Alte nüchtern fest. »Bitte helft mir hoch, Martin!«
»Es tut mir Leid . . . ich wollte nicht . . .«, stotterte ich und half ihr aufzustehen. »Das war . . .«
»Herzog«, drängte Sedev. »Wir müssen los!«
»Gut. Leanna, kommst du?«
»Ich bleibe hier«, stellte Leanna fest und sah mich starr an. »Ich sterbe mit meinem Volk.«
»Das wirst du nicht, Kind«, widersprach Marlena und packte sie fest am Arm. »Deine Fähigkeiten werden bei dieser Reise dringender gebraucht werden als hier. Und ich erlaube nicht, dass du sie verschwendest.«
»Nein«, schüttelte Leanna heftig den Kopf. »Das kannst du nicht verlangen, Mutter.«

»Und ob ich kann und du wirst mir gehorchen. Geh mit den anderen und geh jetzt!«

»Ich werde nicht gehorchen«, stellte Leanna trotzig fest. Tränen liefen über ihre Wangen. »Diesmal nicht.«

Die Lippen der alten Frau zitterten.

»In dem Fall bist du nicht mehr meine Tochter. Kraft meines Amtes als Hüterin des Wissens verstoße ich dich aus unserem Volk und . . .«

»Herzog!«, rief Sedev verzweifelt. »Wir müssen gehen!«

»Wartet!«, schrie ich, ohne meine Augen von Leanna und der alten Frau zu wenden.

Die Greisin sah Leanna tief in die Augen und strich ihr sachte über das schwarze Haar. »Geh mit ihnen«, flüsterte sie. »Du bist meine Tochter. Aber jetzt geh!«

»Ich gehe«, schluchzte Leanna. »Ich verspreche es dir.«

»Gut«, lächelte Marlena. »Die Götter werden mit euch sein. Viel Glück.«

»Wir müssen weg«, raunte Sedev.

»Nicht, bevor Leanna . . .«, begann ich, wurde aber von ihr selbst unterbrochen.

»Also gut«, knurrte sie. »Suchen wir diesen Bastard!«

Leanna sprang auf und rannte zur Türe hinaus.

Wie betäubt lief ich neben dem Soldaten die Straße zum Tor entlang. Die ganze Stadt war von Fackeln hell erleuchtet. Überall rannten Menschen mit hektischen und ängstlichen Gesichtern.

»Die Kinder und die Alten zu den Höhlen!«, brüllten Stimmen. »Bringt die Kinder in Sicherheit!«

Während wir uns der Mauer näherten, strömten uns Greise beiderlei Geschlechts mit dutzenden von Kindern hinter sich entgegen. Sie liefen in Richtung der Felsen am westlichen Ende des Dorfes. Anscheinend befanden sich dort in den Tiefen der Berge die letzten Zufluchten für dieses dem Untergang geweihte Volk.

»Da sind sie!«, schnaufte Sedev und deutete auf eine kleine Gruppe, die in der brodelnden Menschenmenge bei dem Tor stand wie ein Fels in der Brandung. »Eysha! Wir kommen!«

»Wo habt Ihr gesteckt, verdammt!«, rief die Kriegerin wütend. »Wenn wir jetzt noch hier rauskommen sollen, müssen uns die Götter mittlerweile eigenhändig den Weg freischaufeln!«

»Noch könnt ihr es schaffen«, sagte Farim, der nun ebenfalls angelaufen kam. »Folgt mir!«

Ohne sich weiter aufzuhalten, rannte er an der Mauer entlang. Irgendjemand reichte mir meinen Rucksack, den ich hastig im Laufen aufsetzte. Keuchend folgten wir Farim bis zu einer Stelle der Mauer, die nahe bei den Felsen lag. Eine Leiter lehnte an dem Bollwerk.

»Ihr müsst hier rüberklettern«, erklärte der junge Krieger uns. »Schleicht dann immer an dem Fels entlang, bis ihr sicher seid, dass ihr auch die letzte Linie des Feindes hinter euch gelassen habt. Und dann macht, dass ihr so schnell wie möglich nach Osten kommt!«

»Danke, Farim«, sagte ich zitterig. »Mögen die Götter mit Euch sein.«

»Und mit Euch, Herzog Martin«, nickte er. »Rächt unseren Tod!«

»Das werden wir«, versprach ich.

Eysha nickte ihm nur kurz zu, während sie die Männer auf die Leiter scheuchte. »Ihr werdet mich auf der anderen Seite auffangen müssen«, knurrte sie. »Ich weiß nicht, wie viel ich meinem Bein zumuten kann.«

»Mit Vergnügen«, grinste Denor und sprang über die Mauer.

Ich warf Leanna einen ängstlichen Blick zu. Sie bemerkte ihn nicht, denn ihre Augen waren fest auf Farim gerichtet.

»Wir sehen uns wieder«, sagte er und brachte sogar ein Grinsen zu Stande. »Viel Glück, kleine Schwester.«

»Bis dann«, brachte sie hervor und drückte ihn an sich, bis er sich aus ihren Armen befreite.

»Ich muss los«, sagte er endlich und rannte wieder in Richtung Tor zurück. Leanna stand da und sah ihm nach, während seine Gestalt hinter den Häusern verschwand.

»Leanna«, flüsterte ich. »Wir müssen . . .«

Ihr hasserfüllter Blick traf mich mit solcher Wucht, dass ich davor zurückschreckte. Stumm kletterte sie auf die Leiter und sprang ohne Zögern über die Mauer. Eysha folgte ihr, verharrte oben kurz und ließ sich dann auch fallen. Leises Lachen ertönte und verstummte sofort wieder.

Wie betäubt stieg ich die Sprossen hinauf und sah mich um. Vor dem Dorf breitete sich die endlose Wüste aus, deren weißer Fels im kalten Sternenlicht gespenstisch schimmerte. Und auf dieser weißen Fläche zog sich ein breiter Ring aus schwarzen Gestalten rund um das Dorf immer enger. Die Späherin hatte sich tatsächlich verzählt. Das waren nicht hundert oder tausend Feinde. Das waren viele tausend.

»Herzog!«, zischte Eysha unter mir.

Ohne meinen Blick von diesem riesigen Heer abwenden zu können, ließ ich mich fallen. Starke Arme fingen mich auf und setzten mich behutsam ab. Ich nickte den beiden Kriegern dankbar zu und zerrte meinen Rucksack zurecht. Leise huschten wir tiefer in den Schatten der Felswand, wo wir uns in einer Reihe hinkauerten.

»Ich wüsste gerne, wo wir da durchkommen sollen«, brummte Pym hinter mir. »Die Orlocks spinnen ein Netz, durch das keine Ameise passt.«

Ich spähte an der Felswand entlang. Pym hatte Recht. Die Wesen, die sich dem Dorf näherten, ließen nicht den kleinsten Raum zwischen ihrer Reihe und den Felsen.

»Was haben diese Kerle denn für eine Schlachtordnung«, knurrte Eysha. »Das ist gegen jede Spielregel, sich so idiotisch aufzustellen.«

»Sie wollen mein Dorf nicht erobern«, stellte Leanna vollkommen tonlos fest. »Sie wollen mein Volk vernichten. Und zwar vollständig.«

»Ich muss Euch Recht geben, Leanna«, flüsterte die Kriegerin. »Bleibt immer noch die Frage, wie wir dem entgehen.«

Ich sah mich panisch um. Irgendwie musste es doch eine Möglichkeit geben, diesem tödlichen Ring zu entgehen. Irgendein Versteck, ein Loch im Boden oder . . .

»Eysha!«, flüsterte ich hektisch. »Seht mal dort rüber! Da drüben, zwanzig Schritt von der Mauer weg!«

Sie spähte in die angegebene Richtung. »Das ist es.« Sie verstand sofort. »In Ordnung, Leute. Seht ihr die Felsspalte da drüben? Etwa fünfzig Schritt von hier. Wir kriechen jetzt wie die Irren zu der Mauer zurück, daran entlang und dann bis zu der Spalte. Darin verstecken wir uns, bis die Mistkerle über uns weg sind.«

»Ich dachte, die Dinger sind so elendig tief?«, fragte Denor verdutzt. »Wenn wir bei dem Sturz nicht umkommen, wie wollen wir dann wieder hochklettern?«

»Wir lassen uns nicht fallen«, zischte ich ungeduldig. »So schmal, wie diese Ritze ist, kann man sich gegen die Seiten drücken und festhalten.«

Es funktionierte.

Der Rucksack zwischen mir und dem Fels hatte nun den gleichen Nutzen wie ein Polster und ich konnte mich sogar alleine mit den Beinen fest genug von der Felswand vor mir abdrücken, um nicht zu rutschen.

Ganz vorsichtig verringerte ich den Druck, bis ich ein klein wenig tiefer glitt. Zentimeter für Zentimeter ließ ich mich abrutschen, bis mich etwa zwei Meter von der Spaltöffnung trennten. Zuletzt steckten wir alle in einer Reihe da und starrten gespannt nach oben.

Bald hörten wir Schritte über uns, feste Stiefel knallten auf hartem Felsboden. Leises Grunzen ertönte, als die Wesen die Spalte erreichten und darüber sprangen. Staub rieselte zu uns herab, während hunderte der Feinde über uns hinwegsetzten, ohne uns zu bemerken. Endlich schien auch der letzte vorbei zu sein.

»Wir sollten uns wieder auf den Weg nach oben machen«, sagte Eysha leise. »Ich denke, das ist jetzt der beste Zeitpunkt.«

Vorsichtig stemmte ich meine Hände neben meiner Hüfte gegen den Fels, drückte mich ein wenig ab und schob meinen Oberkörper ein kleines Stück in die Höhe. Es war unerträglich anstrengend und entsetzt stellte ich fest, dass ich es vielleicht nicht bis nach oben schaffen würde, bevor mich meine Arme im Stich ließen.

Keuchend hielt ich inne und schüttelte die Arme aus, als plötzlich noch einmal Stiefel zu unseren Köpfen auf dem Felsboden knirschten. Die Soldaten neben mir erstarrten ebenfalls und hielten den Atem an. Alles spähte nach oben. Direkt am Rand unserer Ritze zeichneten sich zwei schwarze Gestalten gegen den sternenübersäten Nachthimmel ab.

Die eine Gestalt war breit und massig, die andere wirkte dagegen zart und fast ein wenig weiblich. Doch ihre Haltung drückte Selbstbewusstsein und Arroganz aus, als sie die Arme in die Hüften stemmte und mit der Zunge schnalzte.

»Vergiss nicht – ihr sollt das ganze Gesindel in diesem jämmerlichen Nest ausrotten.«

»In Ordnung. Und was ist mit ihm?«, knurrte die breite Gestalt in Furcht erregendem Ton und gab dabei seltsam schmatzende Geräusche von sich. »Wird er überhaupt hier sein?«

»Ich denke nicht. Ich wüsste nicht, wie er in der Zeit so schnell vorangekommen sein sollte. Er sollte noch irgendwo in der Steppe umherirren.«

»Und wenn wir ihn zufällig finden sollten?«

Die kleine Gestalt lachte höhnisch. »Wenn ihr meinen Bruder findet, so will ich ihn lebend.«
Meine Knie zitterten und ich musste mich unglaublich zusammenreißen, um nicht den Halt zu verlieren. Dieser kleine Kerl dort über mir – sprach mit meiner eigenen Stimme!

KAPITEL XV

Es dauerte eine halbe Ewigkeit, bis ich begriff, dass der schmächtige Kerl dort oben kein anderer sein konnte als Martéen – mein Zwillingsbruder.

»Und beeilt euch ein bisschen«, fuhr er gerade fort. »Ich will, dass in einer Stunde nichts mehr von dieser lila Brut übrig ist.«

»Meine Jungs lassen sich gern ein wenig Zeit«, brummte der Orlock zur Antwort. »Das Ganze soll ja auch Spaß machen.«

»Den werden sie schon haben – aber ich will meinen Bruder daran hindern, seinen Weg fortzusetzen. Solange unsere Kräfte hier konzentriert sind, ist es für ihn und seine Freunde ein Leichtes, uns durch die Finger zu schlüpfen.«

»Da mögt Ihr Recht haben, also – wenn Ihr nichts dagegen habt, mein Fürst, dann werde ich jetzt gehen und die Sache vorantreiben.« Der breit gebaute Kerl lachte grimmig und zog eine entsetzliche Waffe.

Die beiden setzten mit einem Sprung über unsere Felsspalte hinweg und liefen auf Leannas Dorf zu. Ich zitterte wie nie zuvor in meinem Leben und versuchte mich durch tiefes Luftholen ein wenig zu beruhigen. Dieser Kerl war mein Bruder! Was war Martéen nur für ein Mensch? Wie konnte jemand so etwas tun?

Als ich mich wieder unter Kontrolle hatte, machte ich mich als Letzter unserer Gruppe auf den Weg nach oben. Kurz bevor ich oben angelangt war, zog mich ein Soldat an den Schultern nach oben. Ich atmete auf, als ich wieder festen Boden unter den Füßen hatte. Dann sah ich mich nach dem Dorf hinter uns um.

Das Tor war eingedrückt und die Mauer an mehreren Stellen eingerissen. Unzählige Körper lagen bereits reglos am Boden und nun drangen die Schreie aus dem Dorf zu uns herüber und verbanden sich mit dem Waffengeklirr zu einer grausamen Musik der Zerstörung.

»Los«, zischte Eysha. »Gehen wir, und zwar schnell!«

»Das ist mein Bruder«, flüsterte ich fassungslos. »Mein Bruder richtet dieses Blutbad an.«

»Ich weiß«, sagte sie. »Aber jetzt ist unser Auftrag wichtiger. Ihr könnt ihn später töten.«

»Und«, stimmte ich ihr heiser zu, »das werde ich tun.«

»Gut. Also lasst uns gehen!«

Gerade als ich mich abwandte, kam Leanna auf mich zu. »Ich bleibe hier«, erklärte sie ruhig. »Ich kann das nicht tatenlos mit ansehen.«

Eysha warf ihr einen herausfordernden Blick zu. »Manchmal ist es Feigheit, den Tod zu fürchten. Aber noch viel öfter, Leanna, ist es Feigheit, ihn zu suchen. Euer Volk wird viel davon haben, wenn Ihr Euch erschlagen lasst. Aber bitte, geht nur und lasst Euch massakrieren! Vielleicht verratet Ihr diesen Mördern noch, dass wir hier draußen sind!«

Damit ließ sie Leanna stehen. »Los, Männer, wir müssen hier so schnell wie möglich weg! Bewegt Eure lahmen Hintern, na los!«

Die Männer setzten sich in Bewegung und ich stapfte automatisch mit. Dabei drehte ich mich immer wieder nach Leanna um.

Endlich wandte sie sich mit einem erstickten Schluchzen ab und rannte hinter uns her.

Niemand von uns sagte ein Wort, als wir weiter nach Osten zogen. Ich starrte die ganze Zeit auf meine Füße, die mich nun schon so lange und weit getragen hatten, und konnte nicht aufhören an die kurze Begegnung mit meinem Zwilling zu denken. Seit ich zum ersten Mal von Martéen gehört hatte, war ich natürlich auf eine Begegnung mit ihm gespannt gewesen.

Immer hatte ich es mir so vorgestellt, dass ich als heldenhafter Rächer vor ihn hinsprang, er hatte sich umgedreht und mich entsetzt angestarrt. Und noch bevor er sich von seinem Schrecken richtig erholt hatte, der Feigling, hatte ich ihm nach einem kurzen siegreichen Kampf *Triuwe* in die Brust gestoßen. Ende. Aus. Alle wären froh gewesen und hätten mich bewundert. Stattdessen hatte ich, hilflos in einer Felsspalte hängend, mit anhören müssen, wie er Leannas Dorf dem Erdboden gleichmachen ließ.

Irgendwann überzog sich der Himmel vor uns mit dem ersten

Morgenrot und kurz darauf fanden wir eine Felsplatte, die wie ein abgebrochener Zahn aus dem Boden ragte. Sie würde uns genug Schatten spenden, damit wir die Mittagshitze überstehen konnten. Wir waren völlig erschöpft und ließen uns dort fallen, wo wir gerade standen. Als wir wieder etwas Kraft gesammelt hatten, nahmen wir eine Mahlzeit ein.

»Seid sparsam mit dem Wasser«, unterbrach Eysha nur einmal knapp unser Schweigen. Zu gerne hätte ich mich ihrem Beispiel angeschlossen, als sie sich nach einigen Bissen hinlegte und sofort einschlief.

Doch Sedev trat neben mich und sah mich auffordernd an. »Es wird Zeit, mein Fürst«, sagte er nur und klopfte auf sein Schwert. Seine Augen brannten düster. Ich erkannte, dass er es nun als eine besondere Aufgabe erachtete, mich für die nächste Begegnung mit Martéen vorzubereiten.

Mit einem Nicken rappelte ich mich hoch und folgte ihm.

Meine Arme schmerzten, als wir uns schließlich auch zu den anderen in den Schatten legten und einschliefen. Aber der Hass, den ich jetzt für Martéen empfand, bewirkte, dass ich mich schon auf meine nächste Lektion freute. Denn jeder Schlag, den ich nun führte, hatte einen Zweck. Und jeder Hieb ein Ziel. Mein Bruder würde ein Treffen von Angesicht zu Angesicht nicht überleben, das schwor ich mir.

Die nächsten drei Tage verliefen ruhig und eintönig. Wir sprachen kaum. Außer uns schien es kein Leben in dieser Felswüste am Ende der Welt zu geben. Die einzige Veränderung geschah auf dem Boden, über den wir marschierten. Der Fels

wurde zunächst nur spärlich von einzelnen Sandkörnchen, dann von immer dichter werdenden Sandfeldern bedeckt. Zuerst knirschte er nur unter unseren Füßen, dann wurde das Laufen beschwerlicher. Schließlich verschwand der Fels ganz unter Sand und jeder Schritt war eine Anstrengung, weil man knöcheltief in die weiße Masse einsank.
Eysha war vom Gehen im Sand bald völlig erschöpft, weil ihre Beinschiene darin versackte und sie ihren Fuß bei jedem zweiten Schritt mit einem Ruck wieder befreien musste.
Bald fanden wir nirgendwo mehr Schatten, um tagsüber zu schlafen. Wir mussten wieder in der sengenden Sonne marschieren und hatten wenigstens in den eiskalten Nächten ein wenig Ruhe.
Leanna hatte kein Wort gesprochen, seit wir ihr Dorf hinter uns gelassen hatten. Selbst wenn man sie direkt ansprach, antwortete sie nur mit einem Schulterzucken oder brummte etwas Unverständliches. Die Männer unterhielten sich kaum mehr untereinander. Und die beiden Khârzon waren in tiefer Sorge um ihr eigenes Volk versunken, denn das war mit Sicherheit das nächste Ziel auf Martéens Route.
Am vierten Tag unserer Wüstenwanderung wurde das Gehen noch beschwerlicher. Denn nun wuchsen die flachen Sandwellen zu haushohen Bergen an. Jede einzelne Düne war ein Gewaltakt für sich und ich war schon gegen Mittag am Ende meiner Kraft, obwohl wir erst wenige hundert Meter zurückgelegt hatten.
Unsere Wasservorräte gingen zur Neige, obwohl wir jetzt tagsüber auf Leannas Rat hin nichts mehr tranken. Das erste

Mal seit Beginn dieser Wüstenodyssee hatte sie ihren Mund aufgemacht. »Alles, was ihr in der Sonne trinkt, schwitzt ihr sofort wieder aus«, hatte sie mit seltsam teilnahmsloser Stimme erklärt. »Zügelt euren Durst und löscht ihn erst, wenn die Sonne untergegangen ist. Wenn Ihr so weitersauft, werden wir alle bald zum letzten Mal etwas getrunken haben.«
Von da an verfluchte ich innerlich die gnadenlose Sonne mit jedem Atemzug. Meine Lippen wurden spröde und bekamen tiefe, blutende Risse, während ich mich Schritt für Schritt durch diese furchtbare Landschaft schleppte. Der feine Sand fand jede noch so kleine Naht in unserer Kleidung und schon bald hatte ich das Gefühl in Schmirgelpapier eingewickelt zu sein, das mir die Haut stückchenweise vom Fleisch rieb.
Trotz Leannas Warnung ging uns schließlich am sechsten Tag das Wasser aus. Verzweifelt saugten alle die letzten Tröpfchen aus ihren Trinkschläuchen.
»Jetzt müssen wir ohne Unterbrechung weitergehen«, warnte Leanna. »Unsere einzige Chance ist es, auf Wasser zu stoßen, bevor wir umfallen.«
Mit federnden Schritten wanderte sie vorneweg und erstieg rasch die nächste Düne. Sie hielt dieses Tempo anscheinend mühelos und wir liefen einfach hinter ihr her.
Als die Sonne im Westen hinter dem Horizont versank, blieb Leanna in einer Senke stehen. Schwankend und halb blind vom gleißenden Sonnenlicht, scharten wir uns um sie und starrten auf ein kleines Pflänzchen, das halb verdeckt aus dem Sand ragte. Es war nur ein kleiner Grasbüschel, aber Leanna kniete nieder und befühlte die struppig aussehenden Blätter.

»Jetzt haben wir wieder Hoffnung«, sagte sie leise. »Das hier heißt zumindest, dass wir die völlig wasserlose Einöde hinter uns gelassen haben.«

»Werden wir bald Wasser finden?«, fragte Aarzul und sah sich hoffnungsvoll um.

»Nein.« Leanna schüttelte den Kopf. »Hier in der Nähe finden wir bestimmt nichts. Aber jetzt besteht wenigstens wieder die Möglichkeit, dass wir noch rechtzeitig aus dieser Wüste herausfinden.«

Die Aussicht auf Wasser gab uns neue Kräfte und wir marschierten die ganze Nacht hindurch weiter nach Osten, wo sich die Sternbilder hell gegen den Himmel abzeichneten. Und tatsächlich, die Landschaft veränderte sich. Aus einigen wenigen verstreuten Grasbüscheln wurden größere Sträucher und schließlich wurde der ewige Sand von Felsen durchbrochen.

Endlich graute der Morgen und zeigte uns eine bizarre Landschaft aus gezackten Felswänden, graubraunen Grasbüscheln und Sand, der zwischen den Felsen dahinzufließen schien.

»Ich kann nicht mehr«, stöhnte Willod und ließ sich einfach fallen. »Geht ohne mich weiter!«

»Rede bloß keinen Unsinn!«, fauchte Eysha ihn an. »Du kommst mit uns, Soldat – aber wir werden eine kurze Pause machen.«

»Eine gute Idee«, brummte Pym und ließ sich einfach auf den Boden fallen. In der beginnenden Helligkeit sah ich, wie eingefallen und staubig sein Gesicht war. »Diesen Spaziergang mache ich nicht noch mal, das könnt ihr mir glauben.«

Und dann fragte Willod: »Was ist das? Hört ihr das auch?«
Sofort stand Eysha auf und bedeutete uns mit einer Handbewegung zu schweigen. Nun saßen oder standen wir alle da und horchten angespannt in die morgendliche Stille der Wüste.
Doch außer einem sanften Wind konnte ich nichts hören. Vielleicht war da noch ein scharrendes Geräusch . . .
»Das Gras«, flüsterte Pym und deutete vor sich auf den Boden. »Seht euch das Gras an!«
Die ausgetrockneten Halme, auf die er zeigte, zitterten ganz sachte. Neben mir rieselte Sand in feinen Strömen von einem Felsen. Zu hören war nichts, aber der Boden bebte!
»Ein Erdbeben?«, fragte ich leise. »Ist das ein Erdbeben?«
»Es wird stärker«, stellte Sedev trocken fest und zog sein Schwert.
Plötzlich fiel jegliche Erschöpfung von uns ab. Wir zerrten unsere Klingen aus den Scheiden und Aarzul und Kenaz nahmen ihre breiten Äxte von den Gürteln und packten sie kampfbereit mit beiden Händen.
»Was ist das?«, knurrte Pym und sah sich nach allen Seiten um. »Verflucht, was ist das?«
Ganz von selbst bildeten wir einen Kreis.
»Dort drüben!«, schrie Denor hinter mir auf. Wir fuhren herum und starrten gebannt in die angegebene Richtung.
»Ich sehe nichts«, sagte Eysha mit gerunzelter Stirn. »Was meinst du?«
»Da – da war etwas.« Denors Stimme war aufs Äußerste gespannt. »Ich bin sicher, dass ich da etwas gesehen habe.«

»Was hast du gesehen?«, knurrte Sedev. »Was ist da? Götter, es wird immer stärker!«
Der Boden bebte mittlerweile so stark, dass *Triuwe* in meinen Händen zitterte.
»Es kommt von allen Seiten! Wir müssen hier weg!«, schrie Willod panisch auf.
»Komm zurück!«, brüllte Pym. »Wo willst du hin?«
Doch Willod hörte ihn nicht mehr. Wild rannte er einfach drauflos. Gebannt starrten wir ihm hinterher und noch heute sehe ich in meinen Träumen, wie plötzlich hinter ihm Sand in einer wirbelnden Wolke aufstieg. Ein keilförmiger Kopf schoss aus dem Boden und das spitze zahnbewehrte Maul einer Riesenechse schnappte nach ihm. Willod verlor das Gleichgewicht und fiel hin.
»Nein!«, kreischte er schrill. »Helft mir! Helft mir doch!«
»Willod!«, brüllte Denor und zerrte seinen Bogen hervor.
»Zu spät«, stellte Eysha heiser fest. »Götter, seid mit uns!«
Zwei gewaltige Beine schoben sich ans Licht, als die Echse dem davonkriechenden Willod mit einem Ruck nachsetzte.
Mir wurde schlecht. Als die Echse sich aufrichtete, steckte Willod bis zur Hüfte in ihrem Maul, seine Arme pressten sich in einem vergeblichen Kampf gegen den fuhrwerkgroßen gelben Kopf.
»So helft mir doch!«, wimmerte er. »Oh Götter, bitte helft mir!«
Die Echse öffnete ihren Rachen und schnappte ein letztes Mal zu. Nur noch Willods Arme ragten verdreht aus ihrem Maul. Wellenförmige Bewegungen gingen durch den Hals

des Tieres und dann waren auch die Arme des Kriegers verschwunden.

Willod war weg.

»Nein!«, würgte Pym. »Ihr Götter!«

In diesem Moment brach hinter uns der Boden auf. Aus den Augenwinkeln sah ich in einen gewaltigen Schlund. »Nein!«, brüllte ich und sprang im letzten Moment zur Seite. Der Kopf schlug nach rechts und Samo schrie kurz auf, als sich die Kiefer um seine Beine schlossen. Pym griff nach Samo, doch einen Herzschlag später war die Echse mit ihrer Beute unter der Erde verschwunden. Unter mir wölbte sich der Boden und für einen schrecklichen Moment hörte ich Samo *unter mir* erstickt weiterschreien.

»Zu den Felsen!« Eysha packte meine Hand, als nun rings um uns die Welt aus den Fugen geriet. Überall wurde Sand aufgepeitscht, Eysha drängte mich mit hartem Griff in Richtung der Felsen, aber ich wollte nicht allein gehen . . .

»Leanna!«, schrie ich und entwand mich Eyshas Griff. »Leanna, wo bist du!«

»Hier!«, kam die verzweifelte Antwort. »Ich komme! Wo bist . . . Hilfe!«

In blinder Hast stürzte ich zurück. Leanna lag bereits am Boden. Eine Echse schnappte nach ihr, bekam ihren Rucksack zu fassen und hob sie hoch in die Luft. Ich holte aus und hieb mit aller Kraft auf die Kehle des Tieres ein. *Triuwe* versank tief in der ledrigen Haut des Monsters. Gelbes Blut schoss aus der klaffenden Wunde und Leanna fiel neben mir schwer zu Boden.

Ich zerrte sie hoch und riss sie mit mir fort. Ohne mich umzusehen, rannte ich los und Eysha beinahe über den Haufen.

»Zu den Felsen!«, keuchte ich und wir liefen um unser Leben.

»Das schaffen wir nicht!« Leanna stolperte kraftlos zwischen uns dahin.

»Doch! Das schafft ihr!«, schrie die Kriegerin und blieb stehen. »Lauft weiter, na los!« Damit drehte sie sich zu den Männern um. »Rückzug!«, brüllte sie aus vollem Hals. »Lauft zu den Felsen! Rettet euch, verdammt noch mal!«

Uns trennten noch etwa vierzig Schritte von der Felsinsel, als direkt vor uns eine weitere Echse aus dem Boden auftauchte. Die schwarzen Knopfaugen starrten uns gierig an und eine meterlange Zunge mit gespaltener Spitze schnellte uns entgegen.

»Da rüber!«, keuchte ich und versuchte Leanna beiseite zu ziehen. Die Echse schnappte nach uns und wir stürzten beide. Diesmal war es Leanna, die sich rechtzeitig aufrappelte und mich wieder hochzog. Gewaltige Kiefer schlossen sich dort, wo eben noch meine Beine gewesen waren.

In heller Panik rannten wir wieder zurück.

»Es ist vorbei!«, presste Leanna hervor. »Das überleben wir nicht!«

Rings um uns sprinteten die übrigen Soldaten wie aufgescheuchte Hühner über den Sand, während die riesigen Echsen einfach unter ihnen auftauchten und sie zu fassen versuchten. Es war wirklich nur eine Frage der Zeit, bis wir alle gefressen wurden.

Leanna hatte Recht. Nichts konnte uns mehr retten.
Plötzlich erklang ein neues Geräusch, das rasch alle anderen übertönte. Es klang wie ein Rauschen, ähnlich wie das der Schlangenwolke in den Bergen. Mit einem entsetzten Schrei duckten wir uns, als sich auf einmal riesige Schatten über uns senkten.
Etwas traf mich im Rücken und warf mich zu Boden. Im Fallen ließ ich Leannas Hand los und dann schlossen sich Dutzende kleiner Finger um meine Hand- und Fußgelenke. Irgendetwas versuchte mir meinen Rucksack wegzunehmen, während ich im Sand lag und kaum Luft bekam. Ich strampelte wie wild und wand mich unter dem vielarmigen Griff. Doch alles war vergeblich.
»Hilfe!«, schrie ich so laut ich konnte. »Hilfe!«
Da trugen mich die Hände nach oben, der Boden unter mir sackte weg und der Sand brach auf. Ich hing in der Luft, starrte in einen riesigen, stinkenden Echsenschlund, der suchend hin und her schwenkte, und dann wurde ich ohnmächtig.

Ein weiterer kalter Guss schreckte mich aus meinem gnädigen Schlaf.
»Zur Hölle!«, brüllte ich und fuhr hoch.
Vor mir standen fünf der seltsamstem Wesen, die ich je gesehen hatte, und betrachteten mich interessiert. Sie waren vielleicht einen Meter hoch. Ihre Köpfe erinnerten an die verschiedensten Hundearten, ihre Körper dagegen hätten die von kleineren Affen sein können und über ihren Schultern

ragten große Vogelschwingen auf. Der Vorderste hielt einen Eimer in den kleinen Händen.

Hinter den Wesen stand Leanna.

»Tut mir Leid, Martin«, kicherte sie. »Aber die Kinder hier wollten dich unbedingt wecken.«

»Was?«, brachte ich mit Mühe heraus.

»Wasser – Kopf«, stellte einer dieser Hundeaffenvögel zufrieden fest. »Wasser – Kopf – du wach.«

Damit brachen alle fünf in bellendes Gelächter aus – oder in lachendes Bellen.

Mein Kopf tat immer noch weh. Ich lag immer noch wegen Wassermangel im Sterben, aber alles war in Ordnung, alle hatten ihren Spaß. Außer mir.

»Leanna«, sagte ich langsam, »könntest du mir wohl etwas Wasser geben. Nicht auf den Kopf, sondern zum Trinken. Das wäre schön.«

»Sicher.« Sie nickte und reichte mir noch eine Schüssel mit Wasser. »Aber du darfst nicht zu schnell trinken, hörst du? Dein Magen muss sich erst wieder daran gewöhnen.«

»Ich denke, das schafft er ganz gut«, knurrte ich nur gereizt und stürzte den Schüsselinhalt hinunter. Etwas verspätet fiel mir auf, dass dieses Gefäß anscheinend nicht nur von der Form her einem Hundenapf ähnelte. Wenigstens bekam ich nun so viel zu trinken, dass ich meinen Durst völlig löschen konnte.

»Das tut gut«, seufzte ich endlich zufrieden. Mein Bauch gluckerte fröhlich und ich spürte geradezu, wie das Wasser durch meinen ausgetrockneten Körper strömte.

»Ich weiß.« Leanna lächelte und setzte sich neben mich. »Wie geht es deinem Kopf?«

»Jeden Augenblick besser.« Ich bekam langsam wieder etwas Kraft und war nicht mehr so gereizt. Als ich mich aufsetzen wollte, ging es schon ganz gut und so sah ich mich um. »Wo sind wir hier?«

»Bei unseren Rettern zu Hause.«

Was ich sah, war eine breite Höhle, gerade hoch genug, dass Leanna aufrecht stehen konnte. Durch den Eingang vor uns leuchtete warmes Tageslicht. Wie tief die Höhle war, konnte ich nicht abschätzen, denn so weit reichte die Helligkeit nicht. Vor dem Eingang konnte ich ein Felsplateau erkennen, auf dem Dutzende dieser Wesen lagerten und sich gemütlich die Sonne auf den Pelz brennen ließen. Sie blickten immer wieder ins Innere der Höhle, kümmerten sich aber sonst nicht weiter um uns. Nur einige Kinder tollten um uns herum, balgten miteinander oder saßen einfach da und beobachteten uns.

Vorsichtig richtete ich mich ganz auf. Neben mir lagen Eysha, Aarzul, Pym, Denor und Sedev. Sie schliefen alle tief und fest. Nur manchmal stöhnte einer von ihnen und wälzte sich hin und her. Unsere Rucksäcke bildeten einen ungeordneten Haufen an der Felswand hinter uns.

»Wo sind die anderen?«, fragte ich, ohne nachzudenken, und spähte angestrengt in die Dunkelheit. Dann sah ich Leanna an. Das Lächeln auf ihrem Gesicht verschwand. »Sag schon, wo sind sie?«, forschte ich nach. »Gibt es hier noch eine andere Höhle?«

»Martin«, sagte sie leise, »an was erinnerst du dich?«
»Wir sind durch die Wüste gegangen und dann . . .«, begann ich verwirrt, um gleich zu verstummen. »Nein!«, sagte ich leise. »Die Echsen. Götter steht uns bei.«
»Es tut mir Leid, Martin«, flüsterte Leanna. »Diese fliegenden Taddogs konnten die anderen nicht mehr retten.«
Meine Knie gaben unter mir nach. »Das darf nicht wahr sein«, brachte ich schließlich hervor. »Goran – Samo – Willod – Dorek – Hulson. Sind sie alle . . .?«
»Kenaz auch.« Sie nickte nur noch.
Verzweifelt verbarg ich mein Gesicht in den Händen. Wir hatten sechs unserer Kameraden verloren! Sechs Männer, für die ich die Verantwortung hatte, sechs dieser tapferen Krieger von Riesenechsen gefressen. Und ich hatte nichts getan, um sie zu retten. Gar nichts.
»Sie standen unter meinem Befehl«, wisperte ich mit zitternden Lippen. »Ich bin der . . . der Fürst.«
»Martin, es ist nicht deine Schuld«, sagte Leanna leise und legte mir den Arm um die Schultern. »Niemand konnte etwas dagegen tun. Wenn die Taddogs nicht gewesen wären, dann wären wir jetzt auch tot.«
»Das wäre mir auch lieber!«, brüllte ich sie an, weil niemand anderer da war, den ich hätte anschreien können. Ich riss mich aus ihrer Umarmung. »Sie sind gestorben, weil wir weggerannt sind! Weil wir gerettet worden sind! Verdammt!«
Sie sah mich voller Mitleid an. »Das kommt mir irgendwie bekannt vor«, sagte sie nur leise. »Erinnerst du dich? Genauso habe ich mich vor einigen Tagen gefühlt. Ich weiß auch nicht,

warum sie sterben mussten und wir nicht. Vielleicht ist es einfach eine Frage von Pech oder Glück . . .«

»Und warum hatten wir dann Glück?«, suchte ich unter Schluchzen nach einer Antwort. »Pech gehabt! Man kann doch nicht sagen, dass jemand sterben muss, weil er Pech gehabt hat!«

»Jetzt hör mir mal zu, Martin!« Leanna packte mich fest an den Schultern. »Ich habe mein ganzes Volk verloren! Dieser Schmerz ist immer noch so stark wie vor einer Woche und ich glaube nicht, dass er je schwächer werden wird. Aber ich habe darüber nachgedacht. Meine Leute sind nicht gestorben, weil ich davongerannt bin. Ich bin davongerannt, weil ich nichts dagegen tun konnte. Du konntest auch nichts dagegen tun. Verdammt, du hast mich seinerzeit gerettet! Und das war schon unglaublich viel mehr, als man von dir verlangen konnte – mehr, als du selbst von dir verlangen konntest. Wie vielen seiner Kameraden konnte Pym helfen? Und Sedev? Eysha? Denor? Aarzul? Keiner von ihnen hat mehr gerettet als sein nacktes Leben! Keiner von uns kann etwas für den Tod unserer Kameraden. Aber so wie auf mir jetzt die Aufgabe lastet, mein Volk zu rächen, so hast du die Aufgabe, dem Tod unserer Freunde einen Sinn zu geben, verstanden? Du wirst nach Osten gehen. Du wirst Lîfstein finden und ihn der Ewigen Herrscherin überbringen! Und dann werden wir diesem Bastard von einem Schwarzen Löwen in den Hintern treten! Erst wenn du das nicht schaffst – dann darfst du dich schämen heute nicht mit den anderen gestorben zu sein!«

Im Grunde hätte sie sich ihre ganze Predigt sparen können. Ich wusste, dass sie Recht hatte, natürlich wusste ich das!

Schließlich kreisten auch meine Gedanken um dieses Problem. Aber es war um vieles einfacher, klar zu denken, wenn der Schmerz einen nicht so schrecklich beutelte.
»Es tut so weh«, flüsterte ich und sah Leanna an. Und nun sah ich, dass auch sie weinte.
»Ich weiß«, sagte sie. »Ich weiß.«
Wir fielen uns in die Arme, umklammerten uns, so fest wir nur konnten, und weinten uns gemeinsam unseren ganzen, tiefen Kummer von der Seele. Wir weinten um ein Volk und um die Gefährten, die uns auf unserem Weg von der Seite gerissen worden waren.
Irgendwann stand Eysha neben uns. Wir sahen zu ihr auf. Sie war unglaublich blass und der Blick ihrer blauen Augen wirkten wie erloschen. Ohne ein Wort ging sie schließlich aus der Höhle hinaus, zwischen den Taddogs hindurch und kam erst am Rand des Felsplateaus zum Stehen. Leanna sah mich kurz an, erhob sich und ging hinter unserer Kriegerin her. Ich blieb sitzen und beobachtete, wie dieses wundervolle Mädchen neben Eysha trat und auch ihr den Arm um die Schultern legte.

Als der Abend kam, kamen auch unsere Soldaten und Aarzul wieder zu sich. Es war geradezu unheimlich, zu sehen, wie Eysha sich veränderte, kaum dass der erste ihrer Krieger erwachte. Das Feuer kehrte in ihre Augen zurück, und auch wenn sie nach wie vor schweigsam war, drückte ihr Gesicht doch neuen Tatendrang aus.
»Gibt es hier so etwas wie einen Anführer, Leanna?«, fragte sie. »Wenn ja, dann müssen wir unbedingt mit ihm sprechen.«

»Ich habe noch niemanden gesehen, der das sein sollte«, überlegte Leanna laut. »Aber vielleicht kann man sie einfach fragen.«

Gemeinsam traten wir aus der Höhle und aufs Felsplateau hinaus. Nun sah ich zum ersten Mal, wie klug die Taddogs ihre Wohnung gewählt hatten. Das Plateau ragte wie ein Balkon aus einer senkrechten Felswand, sodass die Höhle von unten nicht einsehbar war. Mehrere hundert Meter trennten Höhle und Plateau von einem Fluss, der tief unter uns am Boden der Schlucht entlangrauschte.

Hierher konnte man wirklich nur gelangen, wenn man Flügel hatte. Vorsichtig trat ich wieder vom Rand dieses natürlichen Balkons zurück. Nein, ich bedauerte es nicht mehr, auf dem Herflug ohnmächtig gewesen zu sein. Andernfalls wäre ich bestimmt einem Herzschlag zum Opfer gefallen.

Keiner unserer gemütlich dösenden Retter beachtete uns, als wir zwischen ihnen herumgingen.

»Entschuldigung?«, fragte ich schließlich einfach einen Taddog mit eisgrauem Fell, der einen ehrwürdigen Eindruck auf mich machte. »Gibt es hier einen Anführer oder so?«

Der Taddog sah mich aus freundlichen Hundeaugen an und gähnte herzhaft. »Was wollen?«, blaffte er anschließend.

»Anführer?«, mischte sich Leanna ein. »Leit-, äh, Leittaddog?«

»Erster Taddog?«, schlug Eysha vor. »Stärkster Taddog?«

Das Wesen sah uns eine Weile nachdenklich an, dann stand es langsam auf. »Starker Taddog?«, fragte er nach. Wir nickten alle drei eifrig. »Genau, starker Taddog«, wiederholte Eysha.

Mit einem kurzen Bellen stapfte der Alte los. Wir folgten ihm gespannt bis zu einem Taddog, der mit geschlossenen Augen dalag, die Schnauze tief in den Armen vergraben. Er schnarchte zufrieden, obwohl drei Junge auf ihm herumkrabbelten und miteinander spielten. Das Fell dieses Taddogs war von einem wunderbaren Goldton, es glitzerte regelrecht im Sonnenschein.

»Starker Taddog«, erläuterte der Graupelz mit Nachdruck und deutete auf den glücklich schnarchenden Familienvater. Dann packte er ihn an einem Flügel und zerrte kräftig daran.

Der Taddog mit dem goldenen Fell schreckte hoch und bellte den Alten so wütend an, dass wir alle hastig zurücktraten. Der Graupelz allerdings kläffte nur zurück und trabte dann gemächlich wieder zu seinem Liegeplatz.

Als Goldpelz uns sah, rappelte er sich auf und musterte uns neugierig. Er war wirklich ein starker und großer Vertreter seiner Rasse – höchstens einen halben Kopf kleiner als ich.

»Starker Taddog«, sagte Eysha geduldig. »Du starker Taddog?«

»Ich starker Taddog«, war die stolze Antwort.

»Ähm, du kennen Burg? Haus aus Stein?«, versuchte ich unser Anliegen in Taddog-Denken zu übersetzen. Keine Regung zeigte sich im Hundegesicht. »Großes Haus aus Stein? Im Osten? Wo Sonne herkommt?«

Der Goldpelz schleckte sich nachdenklich die Schnauze. »Haus aus Stein?«, fragte er nach. »Da? Da Haus aus Stein?«

Seine Hand deutete nach – ja, das war Osten!

»Richtig!«, rief Eysha begeistert. »Haus aus Stein! Da!«

»Könnt ihr uns in die Nähe bringen«, fragte Leanna hastig weiter, »ich meine, so wie ihr uns . . . Verflucht!« Sie holte tief

Luft, man sah ihr an, wie sich zur Ruhe zwang. »Ihr uns bringen zu Haus aus Stein?« Sie untermalte diese hochintelligente Formulierung mit entsprechenden Gesten.
Der Taddog sah uns mit traurigen Hundeaugen an. »Schlecht«, sagte er. »Haus aus Stein schlecht.«
»Darauf wäre ich nie gekommen«, brummte Eysha.
»Ja«, nickte Leanna angespannt, »ihr uns bringen zu Haus aus Stein?«
»Ihr keine Angst?«, war die misstrauische Gegenfrage von Goldpelz. »Haus aus Stein schlecht.«

Die Sonne war ein gutes Stück weitergewandert, während wir unsere Weiterreise mit dem »starken Taddog« diskutierten.
»Was meint ihr?«, fragte Leanna erschöpft. »Werden sie uns hinbringen?«
»Ja«, sagte ich.
»Nein«, sagte Eysha.
»Dann ist ja alles in Ordnung.« Leanna lachte gezwungen. »Lassen wir uns überraschen.«
»Ja, lassen wir uns überraschen«, stimmte Eysha zu. »Aber vorher sollten wir unsere Trinkschläuche wieder auffüllen. Ich will nicht ohne Wasser überrascht werden.«
»Im hinteren Teil der Höhle ist Wasser«, erklärte Leanna und gähnte. »Könntet ihr das ohne mich erledigen? Ich würde gerne ein Nickerchen machen.«
Eysha, die Männer und ich suchten die ledernen Schläuche zusammen und tasteten uns tiefer in die Höhle vor. Sie wurde immer enger und niedriger. Zuletzt mussten wir uns tief

bücken und durch einen schmalen Gang vorarbeiten, doch schließlich hörten wir leises Rauschen und sahen vor uns im Gang Tageslicht schimmern.

»Das gibt es doch nicht!«, stieß Pym hervor, der als Erster ging. »Ich träume wohl.«

Da sahen auch wir das kleine Wunder, das ihn so staunen ließ: Der niedrige Gang endete in einer großen, fast kreisrunden Höhle, in die von oben durch eine weite Öffnung in der Decke die Sonne schien. Auf halber Höhe ergoss sich aus einer kleinen Öffnung in der Felswand ein Wasserfall in die Höhle und füllte ein Becken mit kristallklarem Wasser.

Mehrere klatschnasse Taddog-Kinder tobten glücklich japsend durch dieses natürliche Schwimmbecken und spritzten sich gegenseitig mit Wasser voll. »Manche Träume werden eben doch wahr«, murmelte Denor noch ergriffen, doch dabei begann er ohne weitere Umstände sein Hemd auszuziehen. Wir anderen sahen uns nur kurz an, zerrten uns hastig die Kleider vom Leib und folgten ihm keine zwei Minuten später ins Wasser, das so kalt war, dass wir alle aufschrien wie die Kinder.

KAPITEL XVI

Leanna schlief schon tief und fest, als wir tropfnass vom Baden zurückkamen. Ich fühlte mich prächtig. Es war, als hätte das Wasser tatsächlich alle unsere Sorgen und trüben Gedanken davongespült. Die drei Männer und Eysha lachten unbeschwert miteinander, die jungen Taddogs sprangen um uns herum und plapperten in ihrer Mischung aus Bellen und Sprechen auf uns ein. Wir legten uns draußen auf dem Felsplateau in die Sonne und ließen uns von ihren sengenden Strahlen trocknen.

Schläfrig beobachtete ich das Treiben der Taddogs, lauschte dem Rauschen des Flusses tief unter uns und überließ mich meinen Gedanken. Mir war beim Baden aufgefallen, dass drei der Taddog-Kinder einen seltsamen Schmuck an der Stirn trugen, einen halbkugelförmigen Kristall, der von selbst zu haften schien. Alle jüngeren Kinder hier schienen einen solchen Stein zu besitzen, während die älteren keinen mehr trugen. Auch einige der Erwachsenen hatten einen derartigen Stirnkristall.

»Was das wohl für ein Schmuck ist?«, dachte ich laut nach, als ein Taddog mit einem Kristall an uns vorüberging.
»Keine Ahnung«, meinte Eysha. »Vielleicht hat das etwas mit dem Familienstand zu tun. Anscheinend haben nur die Kleinkinder und die Eltern so etwas.«

Ich dachte nicht weiter darüber nach, sondern genoss es, in unserer kleinen Gruppe einfach hier zu liegen und in Ruhe und Sicherheit zu sein. Dann teilte Eysha das Abendessen aus, während die Sonne hinter dem Rand der Schlucht versank. Leanna kam aus der Höhle und setzte sich zu uns. Doch nun, da die Begeisterung über das Bad langsam wieder verflog, fiel uns auf, wie wenige wir nur noch waren. Und wieder war es Eysha, die mit Scherzen oder derben Bemerkungen die Leere in unserer Mitte füllte. Die Frau, die noch vor wenigen Stunden am Rand des Plateaus gestanden hatte und mit hohlen Augen in die Schlucht hinuntergesehen hatte, war nicht mehr wieder zu erkennen.
Auch die Taddogs taten alles, um uns abzulenken. Rund um uns saß bestimmt ein Dutzend Kinder, die gespannt jedes Wort und jede Geste von uns verfolgten und alles aufgeregt miteinander besprachen. Es war seltsam, aber auch angenehm, wie selbstverständlich wir uns in dieser Gesellschaft aufhalten konnten. Die Kinder fanden uns aufregend und die älteren Taddogs lagen faul da, hörten alles mit einem Ohr mit, mischten sich aber nicht weiter ein.
Nach dem Essen zog Eysha aus ihrem Rucksack einen kleinen Trinkschlauch hervor, den sie wortlos an Denor weiterreichte.

Der Soldat öffnete den Schlauch und schnupperte vorsichtig daran.
»Götter!«, stöhnte er, »Eysha, was ist denn das?«
»Norruk«, antwortete sie und sah ihm verschmitzt in die Augen. »Das beste Mittel gegen Kummer und Trübsal. Trink!«
»Na gut.« Er nickte, nahm einen tiefen Schluck und keuchte. Dann reichte er mir den Schlauch weiter. »Daher die Rede, die Soldaten der Ewigen Herrscherin wären hart wie Stahl.«
Neugierig roch ich an der Öffnung. Ein beißender Geruch stieg mir in die Nase, doch auch ich nahm einen großen Schluck. Meine Kehle schnürte sich zusammen, als die ölige Flüssigkeit hindurchrann und meinen Bauch mit Feuer füllte. Mir standen die Tränen in den Augen, als ich den ledernen Schlauch an Leanna weiterreichte.
Immer wieder machte der Alkohol die Runde, obwohl ich schon nach dem dritten Schluck spürte, wie mein Blick zu schwimmen anfing und mein Magen verdächtige Geräusche von sich gab.
»Auf Willod«, sagte Eysha, als sie wieder einmal an der Reihe war. Sie trank und gab den Schlauch an Denor weiter.
»Auf Willod«, wiederholte der Krieger den Trinkspruch, bevor er seinen Schluck tat.
Jeder von uns trank auf den toten Gefährten und nach Willod war Samo an der Reihe, verabschiedet zu werden. Nun begriff ich, dass dies hier eine Art Gedenkfeier war. Eysha verteilte diesen geheimen Schatz nicht einfach so, um uns aufzuheitern. Es ging hier vielmehr darum, mit der Trauer und dem

Schrecken abzuschließen, den der Verlust der Männer in unseren Herzen hinterlassen hatte.

Die Sonne war längst untergegangen, bis wir auf diese Weise aller verstorbenen Freunde gedacht hatten. Selbst der unerschütterliche Sedev wirkte reichlich betrunken, als wir schließlich zu unseren Bettstätten taumelten.

»Gute Männer«, hörte ich ihn noch murmeln, als er sich in seine Decken einwickelte. »Alles gute Männer . . .«

Ich fiel in einen unruhigen Schlaf, der von schrecklichen Träumen und finsteren Gedanken gestört wurde. Kein Wunder, dass mein Kopf entsetzlich schmerzte, als Sedev mich am nächsten Morgen weckte. Sedev machte keinen wesentlich besseren Eindruck als ich selbst, als wir auf dem Felsplateau unsere Klingen kreuzten und er sich daranmachte, den Schwertkämpfer zu formen, der in mir steckte.

Als wir nach einer Stunde erschöpft durch den kleinen Gang stolperten und uns unter den eisigen Wasserfall stellten, waren meine Kopfschmerzen wie weggeblasen. Nach der Dusche fühlte ich mich wunderbar erfrischt und platzte schier vor Tatendrang.

Während des Frühstücks unterhielt ich mich fröhlich mit Sedev. Wir machten uns über die mürrischen Gesichter der anderen lustig, die schweigsam und verkatert ihr Essen in sich hineinstopften.

»Ich werde euch beiden diese munteren Übungsstunden am Morgen noch verbieten«, grollte Eysha mit vollem Mund. »Diese gute Laune hält ja kein Mensch aus.«

»Ich wollte Euch sowieso bitten den Herzog von nun an selbst

zu trainieren«, stieg Sedev auf ihren Scherz ein. »Ein alter Mann braucht seinen Schlaf und ich kann ihm schon bald nichts mehr beibringen.«
»Das meinst du nicht ernst«, sagte die Kriegerin. Ihr Gesicht war einen Moment so entsetzt, dass alle prustend loslachten.
»Wie man's nimmt«, setzte Sedev nach. »Denn der Herzog wird mit jeder Stunde besser. Mittlerweile beherrscht er schon wieder sämtliche Formen der zweiten Stufe und die dritte haben wir auch bald geschafft. Danach solltet *Ihr* ihn Euch langsam vornehmen.«
Die alten Erinnerungen an die Kunst des Schwertkampfes kamen tatsächlich immer schneller in mir zu Tage. Ein paar Formen und Haltungen waren wie von selbst in mein Bewusstsein zurückgekehrt. Zweimal bereits war es mir sogar schon gelungen, Sedev das Schwert aus der Hand zu schlagen. »Es wäre wirklich besser, wenn Ihr mich von heute an selbst unterrichten würdet, Eysha«, überlegte ich laut. Mit einem Seitenblick auf Sedev fuhr ich fort. »Langsam muss ich ernsthaft um das Leben dieses alten Mannes fürchten. Er kann mir kaum noch etwas entgegensetzen.«
»Angeber«, stellte Leanna fest.
»Das Problem bei unserem guten Herzog hier ist, dass seine Krankheit noch nicht völlig ausgeheilt ist«, seufzte Sedev kummervoll. »Sein Gedächtnis hat immer noch mehr Lücken als ein Fischernetz. Er hat schon wieder vergessen, wie er heute Morgen gejammert hat, als ihn meine flache Klinge auf den fürstlichen Hintern traf.«

»Das war unfair«, brauste ich entrüstet auf, als alles in Gelächter ausbrach. »Ihr hattet mich getäuscht!«

»In dem Fall«, sagte Eysha grinsend, »schlage ich vor, dass Sedev mit Euch weiterübt, bis Ihr Euch nicht mehr täuschen lasst. Dann werde *ich* mich mit Euch beschäftigen.«

Während wir frühstückten und die Sonne langsam wieder über den Rand der Schlucht kletterte, kamen nach und nach die Taddogs aus der Höhle geschlendert und sahen sich gähnend um.

Uns hatte es besonders ein noch ganz junger Taddog angetan, der vergnügt über das Plateau rollte. Schließlich hatte er genug vom Spielen. Er setzte sich an den Rand der Schlucht und spähte hinunter.

»Der sollte da besser weggehen«, stellte Eysha fest, die zu uns uns trat. »Ich glaube nicht, dass der schon fliegen kann.«

Dasselbe schien sich jetzt auch seine Mutter zu denken. Sie stand auf und trabte gemächlich auf ihren Sohn zu, der am Abgrund saß und anscheinend etwas Spannendes entdeckt hatte, denn nun beugte er sich auch noch vor.

Ich hielt den Atem an, doch noch im selben Augenblick verlor der Kleine das Gleichgewicht und fiel mit einem erschreckten Bellen in den Abgrund.

»Verdammt!«, rief Eysha und sprang auf.

Der Junge stürzte mit rasender Geschwindigkeit dem Fluss entgegen und die Taddogs bellten aufgeregt. Doch keiner von ihnen flog los, um dem Kleinen zu helfen, der versuchte mit den Flügeln zu schlagen. Doch die ungeübten Schwingen knickten immer wieder ein und er überschlug sich mehrmals.

Eigentlich hätte ich erwartet, dass die Mutter ihrem Sohn hinterhersprang. Sie konnte doch fliegen und vielleicht hätte sie ihn noch erreichen können.
Stattdessen stand sie am Abgrund, berührte mit den Fingern den Stein an ihrer Stirn und schloss die Augen, als dächte sie konzentriert nach.
Und auf einmal klappten die Flügel des Jungen auf wie ein Fallschirm, der sich öffnete. Der ungebremste Sturz ging in eine etwas zitterige Schleife über und wenig später landete er wackelig auf einem Felssims.
Erst jetzt flog die Mutter zu ihm hinunter. Sie nahm ihn in die Arme, tröstete ihn – und verpasste ihm dann eine ordentliche Tracht Prügel.
»Wie haben sie das gemacht?«, fragte Eysha verblüfft.
»Ich weiß es auch nicht«, erwiderte Leanna nachdenklich.
»Vielleicht ist ihnen das Fliegen angeboren«, vermutete ich.
»Da mögt Ihr Recht haben«, meinte Eysha und zuckte die Schultern. »Ein schöner Schreck zur Morgenstunde.«

Froh über den glücklichen Ausgang dieses Unfalls, legten wir uns auf den Rücken und sahen weiter den Taddogs zu, die sich gerade ihr Frühstück einverleibten. Nun, da wieder alles in Ordnung war, schmausten sie ruhig weiter. Goldpelz bemerkte unsere Blicke. Er stand auf und kam zu uns herüber.
»Essen?«, fragte er und hielt uns einladend zwei Fische vor die Nase.
»Nein danke«, wehrte Leanna das Angebot freundlich ab, »wir haben schon gegessen.«

Mit einem nachdenklichen Grummeln zog der Taddog wieder ab und reichte die Fische seinen Kindern, die bellend darüber herfielen.

»Werden sie uns zu Thanatos bringen, was meinst du?«, fragte Leanna und sah Goldpelz nach.

»Keine Ahnung«, gab ich zu. »Ich hoffe es. Zumindest hoffe ich, dass ihre Gastfreundschaft ausreicht, um uns auch wieder hier wegzubringen. Sonst haben wir ein kleines Problem.«

»Ich werde nachher noch mal mit ihm reden«, beschloss Leanna. »Wir müssen weiter, und zwar schnell.«

»Wir werden beide mit ihm reden«, berichtigte ich sie. »Ich möchte vermeiden, dass du ihm etwas falsch erklärst und sie uns am Ende das Fliegen beibringen wollen.«

»Du bist ein Idiot«, stellte sie fest. »Aber bitte, wie du willst.«

»Hunger?«, erkundigte sich Goldpelz interessiert, als wir vor ihn hintraten. Er lag wieder da und genoss das süße Nichtstun nach dem Essen in der Sonne.

»Nein.« Leanna schüttelte den Kopf. »Ihr uns bringen zu Haus aus Stein?«

»Haus aus Stein?«, vergewisserte sich Goldpelz und deutete nach Osten.

Wir nickten beide.

»Ja, Haus aus Stein«, erklärte Leanna geduldig. »Ihr uns bringen zu Haus aus Stein?«

»Haus aus Stein schlecht«, gab Goldpelz wieder einmal zu bedenken.

»Ja, Haus aus Stein schlecht«, knirschte ich. »Ihr uns bringen zu Haus aus Stein?« Ich flatterte mit den Armen, um es zu verdeutlichen. Der Taddog betrachtete mich misstrauisch.

»Bitte«, flehte Leanna. »Ihr uns bringen zu Haus aus Stein.«

»Weit weg«, grunzte Goldpelz bedauernd. »Ihr schwer. Wir euch nicht können tragen.«

»Verdammt!«, murmelte ich. »Ihr uns bringen hinunter?« Ich deutete nach unten.

»Wir euch bringen unten«, stimmte Goldpelz zu. Er wirkte geradezu erleichtert. »Nicht bringen Haus aus Stein.«

»Das ist in Ordnung«, versicherte Leanna. »Wir können auch laufen.«

Der Taddog sah uns nachdenklich an. Plötzlich stand er auf und ging in die Höhle. Kurze Zeit später kam er wieder heraus. Er hatte etwas in der Hand, das er uns mit zufriedenem Gesichtsausdruck zeigte.

»Ihr nicht laufen«, sagte er. In seiner ledrigen Handfläche lagen zwei der Kristalle, wie sie einige der Taddogs trugen. Sie waren wundervoll geschliffen und glänzten in der Sonne. Ich nahm sie in die Hand und betrachtete sie genauer. Sie waren völlig gleich und hatten die Form von perfekten Halbkugeln. Hielt man sie aneinander, bildeten sie eine Kugel von der Größe einer Walnuss. »Das ist zwar wunderschön«, sagte Leanna vorsichtig, »aber was sollen wir damit?«

»Ihr nicht laufen«, wiederholte Goldpelz und nahm die beiden glitzernden Halbkugeln wieder an sich. Dann streckte er einen Arm aus und drückte den einen Kristall ohne jede Vorwarnung mit der flachen Seite gegen meine Stirn. Ein schmatzendes Geräusch ertönte. Ich fühlte einen seltsamen Schwindel, als er seine Hand zurückzog. Vorsichtig berührte ich die Halbkugel an meiner Stirn und drückte leicht dagegen. Sie bewegte sich nicht einen Millimeter. Ich verstärkte den Druck noch ein wenig, aber der Kristall ließ sich nicht mehr lösen.

»Das Ding geht nicht ab«, erklärte ich Leanna in einem Anflug von Panik. Was hatte dieser Kerl gemacht?

»Moment, das haben wir gleich«, beruhigte sie mich und rüttelte am Stein. Das Einzige, was sich bewegte, war mein Kopf.

»Es ist wie an meinem Schädel festgewachsen«, stellte ich erschrocken fest und versuchte das seltsame Ding wegzuschlagen. »Au! Verdammt!«

»Abmachen?«, fragte Leanna Goldpelz besorgt. »Wegmachen?«

Der Taddog nahm den anderen Stein und berührte damit den an meinem Kopf. Sofort löste sich der Kristall wieder.

»Danke«, schnaufte ich erleichtert. »Ich dachte schon, man müsste es absägen.«

»So schlimm sieht es gar nicht aus«, beruhigte Leanna mich. »Passt gut zu deinen Hundeaugen. Aber was sollen wir mit diesen Dingern?«

Sie ließ sich die Kristalle geben und setzte sich. Eine seltsame Strahlung ging von ihr aus, als sie nun die Augen schloss. Vorsichtshalber wich ich ein wenig zurück, als mir die Geschichte von einer geplatzten Ziege in den Sinn kam.

Nach einer Weile öffnete Leanna die Augen wieder.

»Und?«, fragte ich ungeduldig. »Was ist das?«

»Ich weiß es nicht genau«, antwortete sie und starrte die glitzernden Halbkugeln an. »Aber es besteht eine furchtbar starke Bindung zwischen beiden Steinen.«

»Wie meinst du das?«, fragte ich stirnrunzelnd nach.

»Wie ich es gesagt habe. Es ist, als wären sie mit einem unsichtbaren Faden verbunden.«

»Und was sollen wir mit ihnen anstellen?«

»Unser Freund hier hat irgendetwas mit diesen Dingern vor. Keine Ahnung, was das sein soll.«

Der Taddog nahm die Kristalle wieder an sich und machte sich daran, seine Verwandten aufzuscheuchen.

»Er will wohl aufbrechen«, vermutete Leanna. »Wir sollten uns anziehen und den anderen Bescheid sagen. Dabei wäre ich so gerne noch einmal unter den Wasserfall gesprungen.«

»Na endlich«, sagte Eysha nur, als wir sie gefunden hatten. »Ich dachte schon, wir wären im Urlaub.«

Sie und die Männer waren noch einmal baden gegangen und wir fanden sie tropfnass im Planschbecken.

»Ich persönlich hätte nichts gegen noch ein bisschen Erholung einzuwenden gehabt«, erklärte Pym gut gelaunt.

Die Männer legten ihre Rüstungen und Waffen an und packten die Rucksäcke. Seufzend schnürte ich meinen schwarzen Panzer aus Leder und Stahl. Kaum hatte ich ihn an, floss mir der Schweiß in Strömen herunter. Wenn Herzog Georg seinen Kampf in der Wüste hätte ausfechten müssen, wäre die Rüstung bestimmt etwas luftiger ausgefallen.

Wenige Minuten später waren wir alle marschbereit. Keine Sekunde zu früh, denn die Taddogs erwarteten uns bereits auf dem Plateau. Eifrig bellend scharten sie sich in Vierergruppen um jeden von uns, die Kinder sahen gespannt zu. Wieder mussten wir uns auf den Boden legen, damit sie uns an Armen

und Beinen packen konnten. Ich hatte plötzlich ein sehr mulmiges Gefühl im Bauch, als meine vier Träger mit den Flügeln zu schlagen begannen und ich emporgehoben wurde.
»Götter, steht mir bei!«, flüsterte ich, als wir uns vorwärts bewegten und das Plateau unter mir wegrutschte. Ich hing in der Luft, hundert Meter über einer tiefen Schlucht. Jedes Mal, wenn einer der Taddogs seinen Griff auch nur ein wenig veränderte, schrie ich panisch auf.

Immer höher hinauf ging unser Flug. Wir stiegen aus dem Inneren der Schlucht auf und ich überblickte die zerklüftete Berglandschaft. Der Fluss verschwand aus meinem Blickfeld, als wir uns nach Norden bewegten.
Rasch wurden die Berge wieder kleiner und gingen über in eine Landschaft, die sehr derjenigen ähnelte, in der wir von den Riesenechsen angegriffen worden waren. Die sechs Taddoggruppen mit ihrem lebenden Gepäck folgten Goldpelz, der in weiten Kreisen vor uns hersegelte, bis er auf eine massige Felsformation hinunterstieß, die von einer weiten Sandfläche umgeben war.
Wir wurden einer nach dem anderen so sanft wie möglich auf den Felsen abgesetzt. Während unsere private Flugflotte aufgeregt bellend um uns herumflatterte, baute sich Goldpelz gewichtig vor uns auf.
»Hier sicher. Ihr warten hier«, wies er uns an und blaffte einen Befehl. Die Taddogs segelten von dem Felsen hinunter und landeten auf dem Sand. Dort sprangen sie aus Leibeskräften bellend auf und ab.

»Was haben die vor?«, fragte Eysha mit gerunzelter Stirne. »Soll das ein Tanz sein?«

»Ich glaube nicht«, murmelte Leanna. Sie schirmte die Augen mit der Hand gegen die Sonne ab, um die Taddogs besser beobachten zu können. »Ich glaube, sie warten auf etwas. Seht sie euch an! Einige kreisen am Himmel und suchen die Umgebung ab.«

»Ich hoffe nur, dass sie nicht auf das warten, was ich denke«, brummte Pym misstrauisch.

»Doch. Und es kommt bereits«, stellte Aarzul ruhig fest. »Fühlt ihr es?«

»Der Felsen zittert«, nickte Eysha. »Sie locken die Echsen an. Warum?«

»Da, seht«, rief Leanna. »Die Taddogs kommen zurück.«

Unsere Retter hatten abgewartet, bis das Zittern sehr stark geworden war. Nun erhoben sie sich alle in die Luft und kehrten zu unserem Felsen zurück. Nur Goldpelz kreiste noch einige Meter hoch über dem Sand.

»Er hat etwas vor«, stellte Sedev fest. »Aber *was* um alles in der Welt?«

Obwohl wir darauf gewartet hatten, entfuhr uns allen ein entsetztes Keuchen, als unter Goldpelz plötzlich der Boden aufbrach, sich der Kopf einer Echse aus dem Sand hob und blind zuschnappte.

Selbst aus sicherer Entfernung lief mir ein Schauer über den Rücken.

Die Echse fuhr mit dem Kopf suchend umher. Doch nichts bewegte sich auf der weißen Oberfläche. Nach kurzem Zögern glitt sie langsam wieder in den Sand zurück, wie ein Alligator in seinen Fluss.

»Da!«, rief Leanna unterdrückt, als Goldpelz sich von hinten auf den Kopf der Echse stürzte. Ich dachte schon, er wollte auf ihr landen. Doch er berührte sie nur kurz an der Stirn und glitt in die Höhe, während das Monster wild um sich schnappend aus dem Boden brach.

»Was sollte denn das?«, fragte Eysha aufs Äußerste gespannt und ließ Goldpelz, der gelassen zu uns gesegelt kam, keinen Moment aus den Augen.

»Ich glaube, ich weiß es«, murmelte Leanna, als der Taddog vor mir landete und seine Hand öffnete. Darin lag einer der beiden Kristalle.

»Dann sage es mir«, bat ich sie verwirrt.

»Abwarten!«, riet sie und sah den Taddog bedeutungsvoll an. Ich wandte mich ihm zu und schon drückte Goldpelz den Kristall gegen meine Stirn.

»Moment!«, rief ich und versuchte noch seine Hand herunterzureißen, doch schon wurde mir entsetzlich schwindelig. Dann wurde die Welt vor meinen Augen schwarz und ich setzte mich unsanft hin. Unglaublicher Hunger überkam mich. Meine Beine schoben meinen gierigen Körper ruhelos voran. Ich war erfüllt davon, in der Schwärze, die mich umgab, auf jene Erschütterungen zu lauschen, die Essen signalisierten.

Ein kleiner Teil von mir erkannte entsetzt, dass ich mich in eine Echse verwandelt hatte. Langsam sah ich wieder Tageslicht. Meine Gefährten standen um mich herum und sahen besorgt auf mich herab.

»Was ist los?«, fragte Leanna vorsichtig. »Kannst du mich hören?«

»Ja, ich verstehe dich«, keuchte ich. Irgendwo unter dem Sand war ein Teil von mir dabei, sich kraftvoll durch den Staub zu schieben. »Etwas von mir . . . ist in dieser Echse . . . ich kann uns hören . . . ganz leise . . .«

»Du bist mit der Echse geistig verbunden«, erklärte Leanna. »Durch diese beiden Steine, verstehst du?«

»Ja, ich . . . ich habe Hunger . . . so großen Hunger . . .«

»Kannst du das Biest unter Kontrolle bringen? Versuche den Hunger zu verdrängen. Du musst die Echse geistig überwältigen, verstehst du?«

Ich versenkte mein ganzes Selbst in die Echse und presste ihr eigenes, kümmerliches Denken an den Rand ihres Wesens. Jetzt waren es meine Arme und Beine, die das Tier vorwärts drückten. Eigentlich war es ganz leicht. Mit der Kraft »meines« Echsenkörpers brach ich durch den Sand und sah mich um. Die Zunge zuckte aus meinem Mund und überhäufte mich mit Wissen über die Umgebung. Dort drüben auf den Felsen standen meine Gefährten und die Taddogs. Mühsam arbeitete ich mich aus dem Erdboden heraus und kroch auf sie zu. Jetzt konnte ich auch mich selbst spüren, wie ich dort oben lag. Mein Wissen setzte sich in einer seltsamen Weise aus Bildern und Gerüchen zusammen, aber ich erkannte uns alle. Geistig schlüpfte ich wieder ein wenig in meinen menschlichen Körper zurück.

»Ich habe sie unter Kontrolle«, sagte ich und sah zur Echse hinunter. Götter, war das Biest – war *ich* – riesig! Von der keilförmigen Schnauze bis zur Schwanzspitze war dieses Monster bestimmt fünfzig Meter lang.

»Steigt auf«, sagte ich und senkte meine Schnauze so, dass meine Gefährten darauf springen konnten. Keiner rührte sich.

»Äh, Martin«, begann Leanna vorsichtig, »bist du dir auch sicher, dass du dieses Vieh . . .«

»Ganz sicher«, nickte ich und stand mit meinem menschlichen Körper vorsichtig auf. Langsam trat ich an den Rand des Felsens heran. Es war, als ginge ich auf ein Spiegelbild zu – nur war auf der einen Seite des Spiegels ein Junge und auf der anderen eine fünfzig Meter lange Echse.

Mit einem Satz sprang ich auf meine eigene Schnauze hinunter. In meinem Hinterkopf zuckte etwas, das jetzt am liebsten nach mir geschnappt hätte. Aber ich hatte dieses Etwas tief in mir eingesperrt und es polterte nur gegen unnachgiebige Wände.

»Na kommt schon!«, rief ich meinen zögernden Gefährten zu und kletterte über meinen lang gestreckten Kopf hinweg in meinen eigenen Nacken.

»Wenn du mich frisst, bin ich dir böse!«, rief Leanna und sprang ebenfalls auf mich herab. Wieder dieses Zucken! Ich musste aufpassen, dass ich nicht zu weit in meinen menschlichen Körper zurückkehrte. Vorsichtig setzte ich mich auf meinen Rücken und drängte wieder in den Echsenkörper vor. Als Eysha sprang, war das Zucken kaum noch zu spüren. Gut so!

»Ich denke, du solltest ein wenig auf meinen menschlichen Körper Acht geben«, bat ich Leanna, als sie sich hinter mich setzte. »Es ist einfacher, die Echse zu kontrollieren, wenn ich mich nicht um mich selbst kümmern muss.«

»In Ordnung, ich halte dich fest«, versprach Leanna.
Nun kam Goldpelz angesegelt, landete keck auf meiner Nase und sah mich neugierig an. »Ihr nicht gehen«, stellte er zufrieden fest. »Reiten zu Haus aus Stein. Ich voran.«
Damit schwang er sich in die Luft und flog in Richtung Osten. Vorsichtig setzte ich mich in Bewegung. Einen Teil von mir beließ ich in meinem menschlichen Körper, um zu verhindern, dass ich mich unkontrolliert bewegte und uns alle versehentlich herunterwarf. Doch schnell stellte ich fest, dass ich mir keine Sorgen zu machen brauchte. Mein Echsenkörper glitt ruhig über den Sand dahin. Bald hatte ich Goldpelz eingeholt, der nun direkt über uns seine Bahn zog. Tatsächlich musste ich mich sogar ein wenig bremsen, um ihn nicht zu überholen.
Von dem Wesen in meinem Hinterkopf erfuhr ich, dass ich diesen beißenden Hunger nie würde stillen können, wenn ich mich nicht wieder unter dem Sand fortbewegte. Überall waren ja diese dummen Felsen, auf die sich das »Essen« flüchtete, sobald es mich bemerkte.
Plötzlich drang eine wundervolle Erinnerung zu mir vor. Ich sah wieder, wie ich aus dem Boden schoss und dieses zappelnde Bündel aus Armen und Beinen zwischen meine Kiefer . . .
»Nein!«, schrie ich und drängte das Bild zurück in den Käfig, in dem ich den Rest dieses Monsters gesperrt hatte. »Weg! Zurück!«
»Was ist los?«, fragte Eysha misstrauisch. »Probleme?«
Ich würgte immer noch an den Erinnerungsfetzen. »Dieses Monster hat . . .«, begann ich mit schwacher Stimme und un-

terbrach mich sofort wieder. Außer mir musste niemand erfahren, wessen Überreste in meinem Magen ruhten.

»Hat was?«, fragte Leanna besorgt.

»Nichts«, brachte ich hervor. »Ich muss mich konzentrieren.«

Von diesem schrecklichen Augenblick an achtete ich genauestens auf die Bestie. Anfangs war sie völlig verwirrt gewesen, dann ängstlich und nun – nun raste sie vor Wut. Immer wieder klopfte die Echse die Wände des Gefängnisses ab, in das ich sie gesperrt hatte. Das erste Toben verebbte mit der Zeit zu hasserfülltem Lauern auf den Augenblick, da ich sie wieder freilassen musste. Wir belauerten uns wie zwei Ringer, die sich jeden Moment anspringen konnten. Noch hatte ich die Oberhand. Aber ich musste höllisch aufpassen. Denn wenn mein Gegner lossprang, konnte ich mir nicht die geringste Verzögerung erlauben.

Unser Weg führte immer weiter nach Osten, und obwohl wir mit Hilfe der Riesenechse die Kilometer rasend schnell hinter uns brachten, war es doch schon fast dunkel, als Goldpelz vor mir landete.

»Was ist los?«, fragte Eysha, kletterte auf meinen Kopf und spähte durch die Dämmerung.

»Haus aus Stein«, erklärte Goldpelz und deutete nach Osten.

»Ich zurück«, fügte der Taddog hinzu und sah sich nervös um. »Haus aus Stein schlecht. Ich zurück.«

»In Ordnung«, sagte Leanna. »Danke schön. Taddogs viel gut.«

»Haus aus Stein schlecht«, warnte er uns noch einmal. »Ihr zurück?«

»Nein, wir müssen weiter«, sagte Eysha bedauernd. »Aber danke für die Warnungen.«

»Gut«, nickte Goldpelz und breitete seine Flügel aus.

»Halt!«, rief ich und kehrte ein Stück weit in meinen eigentlichen Körper zurück. »Wie löse ich mich wieder von diesem Monster?«

»Richtig!«, rief Leanna. »Du warten! Wie lösen Martin von Echse?«

»Martin?«, wiederholte der Taddog verständnislos. »Lösen?«

»Ja, lösen«, nickte Leanna, tippte auf den Kristall an meiner Stirn und versuchte mit deutlichen Bewegungen ihn wegzuziehen.

Goldpelz deutete auf meine Stirn und den Kopf des Monsters, wo der andere Kristall saß. Dann machte er mit den Händen eine Geste, als würde er etwas aneinander schlagen.

»Den einen mit dem anderen berühren?«, fragte sie nach und wiederholte seine Geste.

Goldpelz nickte und erhob sich in die Luft. Wenige Augenblicke später war er schon so hoch über uns, dass man ihn kaum noch sehen konnte.

»Moment«, wandte Eysha ein. »Wenn der Herzog sich von der Echse trennt, hat er sie doch nicht mehr unter Kontrolle, oder?«

»Natürlich nicht«, erwiderte Leanna. »Warum?«

»Weil ich nicht denke, dass die Wetten für den Herzog besonders günstig ausfallen, wenn er beim Ablösen der Steine gerade auf der Nase dieses Monsters sitzt«, erklärte die Kriegerin schulterzuckend. »Ich könnte mir vorstellen, dass die Echse schon jetzt gewaltigen Hunger hat.«

»Den hat sie allerdings«, stimmte ich mit schwacher Stimme zu. »Und sie weiß, dass ich es bin, der sie gerade so ärgert.«
»Ich weiß nicht, was daran so schwierig sein sollte«, mischte sich Pym ein. »Wir bringen das Biest einfach um. Dann kann der Herzog diese Steine doch immer noch lösen, oder?«
»Damit habt Ihr wahrscheinlich den einzig möglichen Weg gefunden«, sagte Leanna zweifelnd.
»Wo ist der Haken?«, forschte ich nach.
»Du musst dieses Monster so lange unter Kontrolle behalten, bis es wirklich tot ist«, erklärte sie langsam. »Aber dann besteht die Möglichkeit, dass ein Teil von dir oder sogar du selbst – mit ihm stirbt.«
»Bitte sag, dass du das nicht ernst meinst!«, rief ich entsetzt.
»Mein Fürst, wenn sie es ernst meint, dann achtet doch bitte darauf, dass ihr nicht den Teil verliert, der Eure Schwertkünste ausmacht«, bat Sedev unbeeindruckt. »Das wäre zu schade.«
»Ich finde das gar nicht komisch!«, ächzte ich. »Was sollen wir denn jetzt machen?«
»Zuerst einmal sollten wir uns um unser nächstes Ziel kümmern«, schlug Eysha vor. »Es scheint noch ein ganz schöner Weg zum ›Haus aus Stein‹ zu sein und so lange brauchen wir diese Echse in jedem Fall noch. Also bringt uns bitte nach Burg Longwaîth!«
Voller Widerwillen schlüpfte ich zurück in die Echse und rannte los. Die Schwärze der Nacht hüllte uns ein, während ich mit all meinen seltsamen Echsensinnen nach unserem Ziel Ausschau hielt. Einige Minuten später roch ich Leben vor uns – Essen. Und dann sah ich es auch. Am Horizont ragte über

trotzigen Burgmauern ein massig gebauter Turm hoch in den Himmel hinauf. Er flimmerte merkwürdig, als würde er von Lichtern angestrahlt, um gleich darauf wieder im Dunkel zu versinken.

Zuerst dachte ich, dieses Flimmern käme von meinen Echsenaugen. Doch dann machte ich mir die Mühe, den Turm durch meine eigenen Menschenaugen zu betrachten. Es war keine Sinnestäuschung gewesen. Burg Longwaîth leuchtete tatsächlich hell durch die Nacht, bis plötzlich das Licht verschluckt wurde und die Turmmauern wieder zu einem Loch in der Dunkelheit wurden.

»Die Ewige Herrscherin hat mir einmal davon erzählt«, sagte Eysha angewidert. »Burg Longwaîth spiegelt den Charakter ihres Fürsten wider. Sie schwankt zwischen dem Licht des Inneren Reiches und der Dunkelheit des Schwarzen Löwen.«

»Ich bin wirklich sehr gespannt auf diesen Fürsten«, sagte Leanna mit bebender Stimme. Ich spürte, dass sie gerade an Lard gedacht hatte, und auch ich erinnerte mich wieder an den Ausdruck grenzenlosen Entsetzens in seinen Augen.

Je näher wir der Burg kamen, desto schwächer wurde das merkwürdige Flimmern. Zuletzt sah man nur noch einheitlich dunkelgraue Mauern, über denen sich der gewaltige Turm erhob. In Gedanken versunken, trabte ich immer näher an die Mauern heran.

»Wartet einmal, mein Fürst«, bat Eysha mich plötzlich, bevor wir auf die kahle Fläche vor dem Burgtor gelangten.

»Was ist?«, fragte ich und sah mich beunruhigt um. »Ist etwas nicht in Ordnung?«

»Ich überlege nur«, sagte sie langsam. »Auf welche Distanz könnt Ihr diese Echse noch kontrollieren?«
»Keine Ahnung«, gab ich ehrlich zurück. »Aber über eine gewisse Distanz hinweg schon, denke ich. Wenn Ihr Euch erinnert – als ich sie unter Kontrolle gebracht habe, standen wir auch nicht direkt daneben.«
»Richtig«, murmelte sie. »Was meint Ihr – könnten wir sie hier stehen lassen und den restlichen Weg zur Burg zu Fuß gehen, ohne dass Ihr sie verliert?«
Ich dachte nach. »Vermutlich«, meinte ich schließlich. »Auf alle Fälle werde ich es merken, wenn sie sich mir zu entziehen beginnt. Und dann kann ich ihr befehlen uns wieder so weit zu folgen, dass ich sie mühelos kontrollieren kann. Aber wieso?«
»Es geht mir darum, wenigstens noch einen Trumpf im Ärmel zu behalten«, machte Eysha ihrem Rang als Erste Kriegerin des Reiches wieder einmal alle Ehre. »Dieses Monster ist eine grandiose Waffe und ein verflucht schnelles Reittier. Es wäre mir lieber, wenn der Fürst und seine Männer vorerst nichts von ihr wüssten.«
»Wie Ihr wollt«, meinte ich. »Wenn wir dieses Monster in der Senke hier stehen lassen, sollte man es von der Burg aus eigentlich nicht sehen können, oder?«
»Wahrscheinlich nicht«, nickte Eysha und zögerte einen kleinen Moment, bis sie sagte: »In Ordnung, absteigen! Wir ziehen zu Fuß in Longwaîth ein.«
Schnell sprangen alle von meinem Rücken und schulterten die Rucksäcke, die sie während des Ritts abgenommen hatten. Ich

selbst verstärkte noch einmal das geistige Gefängnis, in das ich die Echse gesperrt hatte, und zog mich dann in meinen eigenen Körper zurück.

»Ich denke nicht, dass dieses Biest hier auf dumme Gedanken kommt«, erklärte ich und ließ mich von dem Rücken des Reptils gleiten. »Aber ich werde ein Auge offen halten müssen.«

»Gut«, begriff Eysha sofort, was zu tun war, »dann werde ich diesen kleinen Besuch hier anführen – mit Eurer Erlaubnis.«

Nur zu gerne war ich einverstanden. Ich nickte. »Fürst Thanatos gehört Euch.«

»Danke, mein Fürst. Das mag sich noch als großer Vorteil erweisen. Aber jetzt müssen wir noch etwas ausprobieren.« Sie betastete ihr Bein, löste geschickt die Lederriemen der Schiene und trat vorsichtig auf. »Den Göttern sei Dank, es geht wieder«, rief sie und ihre Stimme klang jung und erleichtert. Dann, nach einem letzten Blick auf die Schiene schleuderte sie das Ding verächtlich fort. »Mit diesem Spielzeug will ich nichts mehr zu tun haben. Und jetzt lasst uns gehen«, erklärte sie und marschierte los. Wir folgten ihr, während die Echse stocksteif hinter uns in der Senke lag und mit aller Kraft an der geistigen Leine zerrte, an der ich sie festgebunden hatte.

KAPITEL XVII

Als wir ankamen, standen wir vor verschlossenen Türen. Die Brücke über den Wassergraben war hochgezogen, das Tor starrte uns schwarz und verriegelt entgegen. Wir näherten uns der Burg vorsichtig, als ohne Vorwarnung ein Pfeil durch die Luft zischte und sich vor Eyshas Füßen in den Boden bohrte.

»Halt!«, befahl eine herrische Stimme. »Wer seid Ihr und was wollt Ihr auf Burg Longwaîth?«

Wir spähten zu den finsteren Zinnen hinauf, aber niemand ließ sich sehen.

»Wir reisen unter der Führung des Herzogs von Fraterna«, gab Eysha zurück, »und wollen im Auftrag der Ewigen Herrscherin den Fürsten Thanatos sprechen. Öffnet sofort das Tor!«

»Und wer seid Ihr, Weib?«, erwiderte der Mann auf den Mauern.

»Ich bin Eysha von Hohenstayn, Erste Kriegerin der Ewigen Herrscherin und des Inneren Reiches«, antwortete Eysha stolz und fügte in ihrem besten Befehlston hinzu: »Und nun öffnet

sofort das Tor!« Einige Sekunden lang herrschte Stille. Wir sahen einander gespannt an.
»Was ist, wenn sie uns einfach nicht reinlassen?«, murmelte Leanna. »Diese Burg können wir doch nicht angreifen, oder?«
»Das wird nicht nötig sein«, stellte Eysha lässig fest und deutete auf die gewaltige Zugbrücke, die sich in diesem Moment unter lautem Knarren und Rasseln langsam zu uns herabsenkte. Als die Brücke donnernd auf die steinerne Umfriedung des Wassergrabens aufsetzte, hob sich das Fallgatter.
»Dann wollen wir mal«, brummte Eysha und betrat als Erste die Brücke. Unsere Männer warfen wachsame Blicke auf die Mauer vor uns, während wir den Graben überquerten. Doch nichts geschah. Hinter dem Fallgatter erstreckte sich ein dunkler Bogengang, durch den wir einen kleinen Innenhof erreichten. Wir hatten ihn kaum betreten, da marschierten links und rechts von uns Soldaten auf. Sie trugen Fackeln und riesige Hellebarden mit blitzenden Klingen. Einer von ihnen, mit einem Federbusch auf dem Helm, baute sich vor uns auf und begrüßte uns.
»Mein Name ist Kegir, Schwertmeister des Fürsten Thanatos. Ich grüße Euch im Namen meines Fürsten auf Burg Longwaîth, Herzog. Auch Euch grüße ich, Eysha, Erste Kriegerin des Reiches. Euer Besuch stellt für uns eine große Ehre dar.«
»Wir grüßen Euch, Schwertmeister Kegir.« Eysha nickte knapp. »Habt Dank für Euren Empfang.«
»Herzog, wenn Ihr und die Erste Kriegerin mir bitte folgen wollen. Um Euer Gefolge kümmern sich meine Männer.«

»Und was ist mit mir?«, fragte Leanna ungeduldig nach.

»Sie begleitet uns«, erklärte ich Kegir fest. »Leanna ist die Abgesandte des Volkes der Heyka und hat ein Recht, unserer Besprechung beizuwohnen.«

»Wie Ihr wünscht, Herzog.« Der Schwertmeister nickte kurz und wandte sich einem seiner Männer zu. »Marl, du besorgst Essen und Quartiere für die Männer des Herzogs. Und so nehmt doch den Gästen das Gepäck ab!«

»Zu Befehl, Schwertmeister.«

Wir übergaben Marl unsere Rucksäcke und er reichte sie wieder an andere Soldaten weiter.

»Wenn Ihr mir nun bitte folgen wollt, Herzog.« Damit wandte Kegir sich ab und stapfte schwer auf das Hauptportal des riesigen Turmes zu, der das größte Bauwerk innerhalb der Burgmauern war. Im Augenwinkel sah ich, wie Eysha noch leise etwas zu Pym sagte, bevor sie hinter uns herging.

Wir folgten dem Schwertmeister ins Innere des Turmes. Der Krieger nahm eine Fackel aus einer Halterung nahe der Türe und leuchtete uns den Weg. Ich wunderte mich, dass der Mann seinen Helm mit dem roten Federbusch nicht abnahm, und starrte wie gebannt auf den Helmbusch, der vor mir die Treppe hochwippte. Mir lief ein Schauer über den Rücken, als die Federn plötzlich ihre Farbe wechselten. Sie waren auf einmal tiefschwarz. Endlich erreichten wir eine Treppe, die sich gerade und breit vor uns nach oben zog. Oben sahen wir eine doppelflügelige Tür aus schwarzem Holz, die im Fackelschein düster schimmerte.

»Wir sind da«, erklärte Kegir und stieg rasch die hohen Stufen vor uns hinauf. Er wartete, bis wir nachgekommen waren, dann klopfte er an die Türe.

»Tretet ein, Kegir«, ertönte eine dünne Greisenstimme. »Lasst mich meine Gäste begrüßen.«

Der Schwertmeister stieß den Türflügel auf, ließ uns ins Zimmer und schloss die Tür von außen. Wir traten in einen Raum, der streng in Schwarz-Weiß gehalten war. Die Fliesen am Boden, der Thron sowie ein riesiger Tisch in der Mitte – alles bestand zur Hälfte aus schwarzen und in der anderen Hälfte des Raumes aus weißen Karos. Mir wurde ganz schwindlig.

»Ich fühle die Nähe der Grenze zum Äußeren Dunkel«, flüsterte Leanna erschrocken und fasste nach meinem Arm.

Der Greis, der sich uns nun mit langsamen Schritten näherte, ließ mich erstarren. Er war bestimmt einen Kopf größer als ich. Sein hageres Gesicht wurde von langen weißen Haaren umrahmt, eine wallende dunkelrote Robe verhüllte seinen mageren Körper. Die Augen brannten in einem seltsamen, düsteren Farbton und die spinnenartigen Hände hatten sich in den Stoff seines Gewandes verkrallt.

»Seid gegrüßt, Fürst Thanatos«, brachte Eysha heraus, dann verstummte sie.

»Auch ich grüße Euch, meine Freunde«, raunte der schattenhafte Greis. »Die Ewige Herrscherin schickt Euch zu mir, nehme ich an?«

»Das ist richtig«, krächzte ich und versuchte mich aus dem Bann dieser Augen zu lösen. »Wir wollten Euch etwas fragen.«

»Es war mir immer eine Freude, der Herrscherin zu Diensten zu sein.« Der Alte lächelte und umfasste meinen Arm. Ich musste mich sehr zusammenreißen, um nicht zurückzuschrecken. »Besonders nun, da das Dunkle so stark geworden ist.«

Damit zog er mich mit sanfter Gewalt von Leanna und Eysha fort, die wie betäubt dastanden und sich nicht rührten. Schritt für Schritt folgte ich dem Alten über den schwankenden Boden in den dunklen Teil des Raumes. Wie im Traum kamen wir an der Tafel in der Mitte des Zimmers vorbei und ein widerlicher Geschmack von Fäulnis erfüllte meinen Mund. Schweiß brach mir aus, rann mir in Strömen den Rücken hinab, bis wir vor den Fenstern angelangt waren. »Seht Ihr«, flüsterte Thanatos und knetete meinen Arm. »So dunkel war es noch nie. Noch nie.«

Ich starrte durch das Fenster nach Osten. Der Himmel war vollkommen schwarz.

»Das Dunkel ist stark geworden«, raunte der Alte und lächelte mich an. »Viel zu stark für die kleine Sarah, nicht wahr?«

Der Name riss mich in die Wirklichkeit zurück. »Niemand darf diesen Namen laut auszusprechen!«, knurrte ich und riss mich los. »Und nun kommt! Ich mag diese Seite des Zimmers nicht. Unterhalten wir uns doch auf der anderen Seite weiter.«

Damit stapfte ich zurück zu Leanna und Eysha. Nur mit Mühe konnte ich mich daran hindern, die wenigen Meter zu rennen, so widerwärtig war es in dieser von einer schier lebendigen Düsternis erfüllten Zimmerhälfte. Das leise Lachen des Fürsten verfolgte mich auf dem kurzen Weg.

»Ich dachte mir fast, dass Ihr diese Seite meiner Burg nicht so ansprechend findet wie die andere«, sagte er leise, während er hinter mir herschlurfte.

»Genug der Spielereien, Thanatos«, unterbrach Eysha angewidert. »Wir haben Euch eine Frage zu stellen. Und Ihr habt den höchsten Befehl der Ewigen Herrscherin, diese Frage so gut zu beantworten, wie Ihr es vermögt.«
»Ich hatte niemals vor etwas anderes zu tun.« Der Greis lächelte. »Also stellt Eure Frage, damit ich Euch dann meine ... Gastfreundschaft anbieten kann.«
Ich holte tief Luft. »Wir müssen zur Festung des Schwarzen Löwen«, stieß ich leise hervor. Kaum hatte ich den Namen ausgesprochen, als ein Blitz durch die Fenster im Osten gleißte und das Zimmer in Schwarz und Weiß tauchte. Leanna schrie unterdrückt auf und Eysha fluchte leise.
»Ein Name, der Aufmerksamkeit erregt in dieser Gegend«, sagte Thanatos tonlos. »In Eurem Interesse bitte ich Euch ihn fortan zu vermeiden.«
»In Ordnung«, schluckte ich. Meine Kehle war plötzlich sehr eng geworden. »Aber nun sagt uns trotzdem, wie wir dorthin kommen.«
Der Greis wandte sich von uns ab und starrte nach Osten. »Die Festung des Dunklen ist an keinem bestimmten Ort«, sagte er wie zu sich selbst. »Sie befindet sich immer dort, wo auch der Dunkle Herrscher sich aufhält. Wo seine Macht am stärksten ist, werdet Ihr sie finden.«
»Zur Hölle!«, bellte Eysha ihn geradezu an. »Ihr sollt uns keine Rätsel aufgeben, sondern uns sagen, wo wir sie jetzt gerade finden, verflucht!«
»Lange Zeit war sie dort, wo sich früher die Hauptstadt des Äußeren Reiches befunden hat«, sprach der Fürst weiter, ohne

auf Eysha zu achten. »Nun nähert sie sich Hohenstayn. Ihr werdet sie irgendwo vor der Grenze finden, wo der Dunkle Herrscher gerade seine Kräfte sammelt.« Er hielt inne und starrte mich mit einem irren Lächeln an. »Könnt Ihr Euch denken, wo das sein mag?«

»Ich hoffe nur, dass ich mich für Euch täusche, Herzog«, flüsterte Eysha, während ich noch versuchte das Gerede des Fürsten zu verstehen . . . Dann begriff ich.

»Aber warum gerade Fraterna?«, stieß ich hervor. »Warum nicht irgendwo anders?«

»Versteht Ihr denn nicht?«, fragte der Fürst. »Das Innere Reich ist wie ein Schiff, das in einem Ozean der Finsternis schwimmt. Und Euer Herzogtum ist das Leck, durch das dieser Ozean ins Schiff hineinströmen kann. Ihr habt in dieser Sache mit Eurem Zwillingsbruder Hand in Hand gearbeitet. Ihr selbst habt Fraterna so geschwächt, dass der Dunkle Herrscher die Grenze schließlich überschreiten konnte . . . Ihr habt Euch stets auf die Soldaten und die Macht der Ewigen Herrscherin verlassen statt Euch selbst zur Wehr zu setzen! Und die Böswilligkeit Eures Bruders nahm der Ewigen Herrscherin die Kraft, sich selbst zu verteidigen.«

»Gut gemacht«, murmelte Leanna hinter mir. »Was tun wir jetzt?«

»Wir werden seine Fehler wieder gutmachen«, erklärte Eysha gallig. »Und zwar so schnell wie möglich.«

Da drang ein Laut an unsere Ohren, der mir das Blut in den Adern gefrieren ließ. Ein Zittern durchlief mich, als ich das tiefe, heisere Bellen erkannte.

»Ihr Götter! Nein, das darf nicht wahr sein?«, stieß Leanna aus.
»Nachtmahren!«, flüsterte ich. »Thanatos! Eure Burg wird von Nachtmahren angegriffen!«
Mit einem Lächeln, das ich nicht vergessen werde, solange ich lebe, sagte er: »Nein, mein lieber Herzog, Ihr irrt Euch. Sie greifen nicht mich an – sie sind gekommen, um Euch zu holen.«
»Herzog!«, gellte Eyshas Stimme. »Weg von ihm!«
In diesem Augenblick wurde die Türe aufgestoßen und Kegir stand vor uns. Er hielt ein blankes Schwert in der Rechten.
»Wollt Ihr uns schon verlassen, mein Fürst?«, dröhnte seine Stimme unter dem Helm hervor. »Das kann ich nicht zulassen.«
Doch bevor er auch nur einen weiteren Schritt tun konnte, hatte Eysha ihre Klinge gezogen. Lautlos wie eine Katze schnellte sie auf ihn zu. Dann schwirrte Kegirs Klinge durch die Luft und der Schwertmeister selbst sackte stöhnend zusammen.
»Los, weiter!«, befahl Eysha ungerührt und zerrte ihr Schwert aus Kegirs Leib hervor. Kein einziger Tropfen Blut war an der Klinge zu sehen. Ich sah mich kurz zu Thanatos um. Der Fürst hatte sich abgewendet. Er stand auf der anderen Seite des Zimmers und sah hinaus.
»Bewegt Euch!«, blaffte Eysha mich an, nahm Kegirs Fackel aus einer Halterung neben der Türe und stürmte vor uns die Treppe hinunter. »Wir müssen die anderen finden!«
»Nein!«, krächzte ich und wehrte mich schwach gegen Leannas Griff, während wir gemeinsam die Treppe hinunterstolperten. »Wartet! Ich werde . . . das Biest holen.«

Eysha verstand sofort. »In Ordnung«, sagte sie. »Beeilt Euch!«
Fieberhaft suchte ich nach der Echse in mir. Schließlich spürte ich ihr Toben im Gefängnis meiner Gedanken. Sobald sie meine Anwesenheit spürte, beruhigte sie sich ein wenig und betrachtete lauernd, was ich mit ihr anstellte. Rasch fand ich mich wieder im Körper des Monsters zurecht. Ich schmeckte die Nachtmahren, selbst über diese Entfernung. In diesem Moment wurde mir klar, dass diese Echse gar keine Kreatur der Dunkelheit war, denn sie hasste die Riesenwölfe.

Bisher hatte ich irgendwie einfach angenommen, dass sie unter der Herrschaft des Schwarzen Löwen stand. Aber dieses Reptil war einfach nur ein großes, bösartiges Raubtier, wie es sie wahrscheinlich in jedem Land in jeder Welt gab. Und es hatte Hunger.

Mit aller Kraft ließ ich die Echse auf die Burg zurennen. In wenigen Augenblicken hatte ich die Zugbrücke erreicht. Das Holz bog sich unter mir, als ich den Wassergraben überquerte. Ein Rasseln ertönte, das Fallgatter fiel donnernd einige Meter vor meiner Nase herab. Ohne mir weitere Gedanken zu machen, schnellte ich auf das gewaltige Eisengitter zu. Meine Nase schmerzte, als ich dagegenprallte und es wie ein dünnes Holzgeflecht zur Seite drückte. Doch der Schmerz berührte mich nicht. Ich wusste lediglich, dass er da war. Die Echse in meinem Hinterkopf dagegen schrie gellend auf.

Zischend drängte ich mich dann durch den Bogengang in den Innenhof. Um mich herum standen Soldaten, die mich mit Pfeilen beschossen. Kurz dachte ich darüber nach, mich mit

ihnen zu beschäftigen. Aber dann schmeckte ich den Gestank der Nachtmahren, und ohne mich um die Männer zu kümmern, glitt ich rasch auf dem Turm zu.
Das Portal brach unter meinem Ansturm aus den Angeln und ich stand in der großen Halle. Bevor meine Augen wahrnahmen, was hier geschah, hatte ich es schon von meiner Zunge erfahren. Die Nachtmahren kämpften mit unseren Männern. Der Geschmack des Todes lag in der Luft.
Aarzul und Sedev standen am Fuß der Treppe, eingekreist von einer knurrenden Horde der Wölfe. Ich stemmte mich ein wenig in die Höhe, um nach Pym und Denor auszuschauen. Schließlich sah ich ihre reglosen Körper zwischen den Nachtmahren liegen.
»Mein Fürst!«, schrie Sedev, als er mich sah. »Helft uns!«
Aarzul stand an seiner Seite und schwang mit verzerrtem Gesicht seine breite Axt. Er warf mir nur einen kurzen Blick zu, bevor er seine Klinge im Kopf eines Nachtmahren vergrub. Die Bestie stürzte zu Boden und riss den Khârzon mit sich, der seine Waffe nicht loslassen wollte. Der kleine Krieger kam auf seinem erschlagenen Feind zu liegen. Sofort stürzte sich ein anderer Nachtmahr auf ihn und verbiss sich in seinen Nacken.
»Nein!«, brüllte Sedev. »Mein Fürst! Helft ihm!«
Sofort zwängte ich mich vollends durch das Portal und glitt in die Halle. Die Nachtmahren schienen mich erst jetzt richtig bemerkt zu haben. Aber nun stürzten sie mir entgegen und fielen über mich her. Ich stellte entsetzt fest, dass ich trotz aller Übung recht ungelenk in diesem riesigen Leib war. Über-

all bohrten sich grauenvolle Mäuler in meine zähe Haut und in wenigen Sekunden blutete ich aus vielen Wunden. In meinem Hinterkopf grollte und rumorte die Echse entsetzlich, flehte mich verzweifelt an sie dieses Gewürm erledigen zu lassen. In meiner Panik gab ich ihr die Kontrolle über den Körper zurück und sah zitternd zu.

Ich hätte keine bessere Entscheidung treffen können. Das Vieh war ausgehungert und voller Hass auf die Nachtmahren. Wie ein Fluch brach die Echse über die Bestien herein, fegte die pferdegroßen Monster mit den Füßen und ihrem Schwanz gegen Mauern, biss, trat und zerquetschte, was auch immer ihr in den Weg kam. Die Nachtmahren wurden es nicht müde, trotzdem immer weiter anzugreifen, aber sie hatten keine Chance. Die Echse vernichtete in ihrem glühenden Hass alles Leben in der Halle.

Schon nach wenigen Augenblicken war es vorbei. Der Boden war bedeckt mit dem dunklen Blut der Nachtmahren, die nun allesamt reglos dalagen. Einige röchelten noch schwach, aber keines der Monster konnte mehr stehen. Mit aller Kraft riss ich die Kontrolle über die Echse wieder an mich.

Es ging erstaunlich leicht. Das Tier war von dem Kampf nachgerade entspannt. Seit ich es unter meine völlige Kontrolle gebracht hatte, hatte es sich sehnlichst einen Gegner aus Fleisch und Blut gewünscht, den es töten konnte. Und dieser Wunsch war nun fürs Erste gestillt worden.

Doch der Kampf hatte mich wieder einmal daran erinnert, wie gefährlich dieses Tier war. Hektisch errichtete ich die gedanklichen Mauern um sein Bewusstsein, die es mir ermöglichen

würden, wieder in meinen eigentlichen Körper zurückzukehren. Erst dann wagte ich es, mich genauer umzusehen.
Bitter kam mir die Erkenntnis, dass ich zu spät gekommen war. Auch Sedev und Aarzul lagen nun dort zwischen den Nachtmahren. Eine Weile wartete ich noch in der unsinnigen Hoffnung, dass sie wieder aufwachen würden. Doch meine Echsenzunge sagte mir deutlicher, dass sie tot waren, als ich es mit meinen menschlichen Sinnen hätte erfahren können.
»Martin«, drang Leannas Stimme schwach an mein Ohr. »Verflucht, Martin, was ist da unten los?«
Ich sicherte noch einmal das gedankliche Gefängnis der Echse und schlüpfte zurück in meinen eigenen Körper. Leanna kniete an meiner Seite, Eysha stand mit gezogenem Schwert neben ihr und lauschte in die Stille der Burg.
»Sie sind tot«, flüsterte ich und verbarg das Gesicht in den Händen. »Ich bin zu spät gekommen. Sie sind alle tot.«
Im gleichen Augenblick packte mich Eysha und zerrte mich so heftig auf die Füße, dass ich vor Schmerz aufschrie.
»Die Männer sind tot?«, fragte sie ruhig und sah mir in die Augen. »Sagt das noch einmal, Herzog. Sedev – Denor – Pym – Aarzul? Alle tot? Seid Ihr sicher?«
»Ja«, sagte ich. »Sie müssen irgendwie von den Nachtmahren erfahren haben. Sie waren alle in der Haupthalle unten und haben die Treppe verteidigt. Sie haben uns geschützt und ich habe es nicht mal mehr geschafft, Sedev und Aarzul . . .« Mir versagte die Stimme.
Die Kriegerin schloss für einen Herzschlag die Augen. Dann ließ sie mich wieder los.

»Was ist mit den Nachtmahren?«, fragte sie tonlos. »Was habt Ihr gemacht?«
»Sie sind auch alle tot«, schluckte ich und versuchte meinen verkrampften Magen zu beruhigen. »Zumindest konnte sich eben noch keiner mehr rühren.«
»Gut«, nickte Eysha. »Die Echse ist unten in der Halle, ja? In Ordnung. Dann gehen wir jetzt so schnell wie möglich nach unten und sehen zu, dass wir hier verschwinden. Also bewegt Eure Beine, Herzog! Und bleibt ein Stück weit hinter mir.«
Eysha eilte uns mit gezogenem Schwert voran, während Leanna und ich zitternd hinterherstolperten. Zweimal trafen wir auf Männer des Fürsten und wieder wurde mir vor Augen geführt, dass Eysha wirklich die Erste Kriegerin des Reiches war. Keiner von Thanatos' Soldaten war für sie ein Hindernis. Ich musste *Triuwe* nicht einmal ziehen.
Nach einigem Umherirren erreichten wir die Halle. Die Echse lag ruhig da. Nur ich konnte fühlen, wie es in ihrem bösen kleinen Hirn brodelte, während wir auf ihren Rücken kletterten. Der Kampf hatte auch bei dem Reptil seine Spuren hinterlassen, es blutete aus vielen dutzend großen und kleinen Wunden. Ich wusste nicht genau, wie ernsthaft die Verletzungen waren, aber in keinem Fall hatten wir jetzt die Zeit, uns damit zu befassen.
Eysha kniete noch einmal bei ihren toten Männern nieder und sah in tiefster Trauer in ihre geschundenen Gesichter, die nun mit leeren Blicken in eine andere Welt starrten. Leanna sah ihr schweigend zu, während ich mich geradezu wieder in den

Echsenkörper flüchtete, um meinen Schmerz nicht mehr so stark zu fühlen.
Nach kurzer Zeit stand Eysha wieder auf und kletterte ebenfalls auf meinen Rücken. Ich war endgültig für sie gestorben. Das fühlte ich.
»Also gut, mein Fürst«, sagte sie tonlos. »Bringt uns nach Süden. Bringt uns nach Fraterna.«
Ohne etwas darauf zu erwidern, kroch ich durch das Portal zurück in den Hof. Draußen standen einige Soldaten auf der Mauer herum, die mit Pfeilen auf uns anlegten.
»Jetzt solltest du dich beeilen!«, schrie Leanna, als sich ein Pfeil dicht neben ihrem Bein in meine Flanke bohrte. Mit aller Kraft rannte ich über den Hof, schoss durch den Bogengang und preschte über die Zugbrücke. Noch ein paar weitere Pfeile trafen mich, aber dann war ich auch schon in der Dunkelheit der Nacht verschwunden und ließ Burg Longwaîth und ihren Fürsten hinter mir zurück.
Einmal sah ich mich kurz um. Das seltsame Flimmern des Turmes hatte aufgehört. Die Finsternis der Mauern ließ die Festung wie ein Loch in der Nacht erscheinen. Fürst Thanatos war endgültig ein Wesen der Dunkelheit geworden.

Ich lief und lief. Erst als der Morgen dämmerte, blieb ich stehen. Nun sah ich die Grenze zwischen dem Inneren Reich und dem Äußeren Dunkel in aller Deutlichkeit. Während vor uns im Westen heller Sonnenschein über die Erde fiel, blieb hinter uns im Osten alles tot.
»Entsetzlich«, sagte Leanna und starrte nach Osten. »Ein Reich

der ewigen Nacht. Kein einziger Sonnenstrahl kommt dort durch die Wolken.«

»Und dieses Vergnügen hat Thanatos nun für immer.« Eysha nickte bitter. »Dieser gottlose Bastard!« Sie spuckte aus. »Ich wünschte, meine Männer lägen nicht in dieser verfluchten Burg.«

»Ich wünschte, sie lägen nirgendwo«, sagte Leanna leise.

»Das wünschte ich auch«, sagte ich und glitt vom Rücken der Echse. »Und ich wünschte mir, dass sie nicht so sinnlos gestorben wären.«

»Was soll das, Herzog«, schnauzte Eysha mich unbeherrscht an. »Wieso sinnlos? Wollt Ihr das Andenken meiner Männer schlecht machen?«

»Ich hätte die Nachtmahren auch alleine töten können«, sagte ich nur und setzte mich mutlos auf den Boden. »Sie hätten ihre Haut nicht zu riskieren brauchen.«

»Gewiss hättet Ihr das«, spottete Eysha unverhüllt. »Ihr wärt auch mit Sicherheit mit diesem Vieh die Treppe hochgekrochen, um uns zu retten, oder?«

»Dazu war sie zu schmal.« Ich schüttelte den Kopf.

Und dann erkannte ich, dass sie wieder einmal Recht hatte! Die Männer waren tatsächlich nicht umsonst gestorben. Sie hatten die Nachtmahren so lange aufgehalten, bis ich kommen konnte. Wären sie nicht gewesen, hätten die Wölfe uns im obersten Turmzimmer erreicht, ohne dass ich ihnen mit der Echse hätte folgen können. Nur in der Halle war genug Platz, um die Echse als Waffe einzusetzen. Und genau dort hatten die Männer die schwarzen Bestien festgenagelt!

»In Ordnung«, gab ich widerstrebend zu. »Ihr Tod hatte einen Sinn. Aber es gefällt mir trotzdem nicht, dass dieser Sinn allein die Rettung unseres Lebens war.«
»Die Rettung Eures Lebens«, berichtigte Eysha mich erbarmungslos. »Doch darüber braucht Ihr Euch keine Sorgen zu machen. Es ist nämlich nicht Euer Recht, vor der Erfüllung Eurer Pflicht zu sterben. Sobald Lîfstein wieder an seinem Platz ist, könnt Ihr Euch meinetwegen von jedem Ungeheuer umbringen lassen, das Euch gefällt. Doch bis dahin habt Ihr die Aufgabe, zu überleben – um Eure Schuld und die Eures Bruders wieder gutzumachen!«
Mit diesen Worten ließ sie mich sitzen. Ich sah ihr in einer Mischung aus Wut und Verzweiflung nach. Natürlich hatte sie Recht, aber sie genoss es auch, einfach ihre Wut und ihre Trauer an mir auszulassen. Es war schlimm für mich, zu wissen, dass ich selbst ihr überhaupt nichts bedeutete. Wäre es Eysha möglich gewesen, sich ihre Begleitung selbst auszusuchen – ich würde in Hohenstayn sitzen, und wenn es nach Eysha gegangen wäre, vermutlich im Kerker.
»Du siehst nicht besonders fröhlich aus«, stellte Leanna fest und setzte sich neben mich.
»Ach, ich bin nur ein bisschen müde«, sagte ich und zwang mich zu einem Lächeln. »Und ein bisschen traurig.« Ich tat alles, um es zu verhindern, aber ich konnte meinen Schmerz einfach nicht mehr zurückhalten. Wasser schoss mir in die Augen und ich verbarg meinen Kopf zwischen den Knien und heulte drauflos.
Sie legte ihren Arm um mich, wiegte mich wie ein kleines

Kind und brummte beruhigend. Doch es war kein wirklicher Trost. Ihre Stimme, ohne Liebe und ohne echtes Mitleid, erreichte mich nicht. Wie sollte sie auch jemanden trösten können, solange sie selbst mehr Trauer in sich trug, als ein Mensch verkraften konnte?

In diesem Moment wurde mir klar, dass eigentlich ich sie trösten sollte, statt umgekehrt. Mit einem Ruck nahm ich sie in die Arme und wiegte sie. Und dann brachen auch bei ihr die Mauern und sie fing an zu weinen. Wir hielten uns so fest, wie wir nur konnten, und gemeinsam ließen wir unserem Kummer freien Lauf.

Erst jetzt, da ich versucht hatte ihr zu helfen, konnte sie mich trösten. In diesem Moment erkannte ich, dass Mitleid und Trost immer von beiden Seiten kommen müssen.

Die Sonne war ein Stückchen über den Himmel gewandert, als wir einander wieder losließen. Ich suchte in Leannas Augen nach dem alten Funkeln. Doch bis sich das wieder zeigen würde, musste wohl noch eine lange Zeit vergehen.

Sie erwiderte meinen Blick und wischte sich die geröteten Augen.

»Danke«, sagte sie schließlich und lächelte. »Das hat gut getan.«

»Ganz meinerseits«, sagte ich grinsend und verbeugte mich tief vor ihr.

Sie lachte und dieses Lachen klang wenigstens fast schon wieder wie früher.

»Wir sollten mal sehen, was Eysha treibt«, sagte sie lächelnd.

»Nicht nötig«, ertönte die Stimme der Kriegerin auf der anderen Seite der Echse. »Seid Ihr fertig? Wir sollten besprechen, was wir nun tun.«

Ich war zu gelöst, um mich über den kalten Ton zu ärgern. Gemeinsam mit Leanna ging ich um die Echse herum und wir setzten uns zu Eysha in den Schatten des gewaltigen Reptils.

»Glaubt Ihr, Ihr könnt schlafen, ohne dass Euch dieses Vieh entkommt?«, fragte die Kriegerin ohne lange Vorrede.

»Wahrscheinlich nicht«, sagte ich nach kurzem Nachdenken.

»Dann sollten wir aufbrechen.« Sie nickte in ihrer typisch knappen Art und rappelte sich auf. »Dieses Monster sollten wir bis zuletzt ausnutzen. Wir werden darauf nach Süden reiten, bis es nicht mehr geht. Und dann werden wir es töten müssen.«

Diese Worte versetzten mir einen leisen Stich, denn ich hatte Mitleid mit diesem riesigen, Menschen fressenden Monster. Aber das musste Eysha nicht wissen.

»Gut«, stimmte ich Eyshas Plan also zu. »Zu essen haben wir sowieso nichts mehr.«

»Stimmt!«, rief Leanna entsetzt. »Das ist ja alles noch auf Burg Longwaîth! Götter steht uns bei!«

»Wunderbar«, brummte ich und zog mich auf den Rücken der Echse. »Dann kann mich hier natürlich nichts mehr halten.«

Ich half den beiden Frauen auf den Rücken meiner Echse. Sobald ich sicher war, dass sie meinen menschlichen Körper gut festhielten, versenkte ich mich wieder ins Monster und rannte los, in die Richtung, in der meine Heimat lag – und die Festung des Schwarzen Löwen.

KAPITEL XVIII

Die nächsten Tage wurden zu einer furchtbaren Kraftprobe für jeden von uns – vor allem aber für die Echse. Sie wurde immer schwächer. Obwohl der Mangel an Wasser und Nahrung ihr weniger zu schaffen machte als uns, war sie durch das unablässige Laufen so am Ende ihrer Kräfte, dass sie sich kaum noch gegen meine Herrschaft wehrte. Wir Menschen hatten überhaupt nichts mehr zu essen oder zu trinken. Jedes Mal, wenn ich in meinen eigenen Körper zurückkehrte, spürte ich, wie geschwollen meine Zunge war. Leanna und Eysha ging es nicht besser, wenn sie auch kein Wort darüber verloren.

Nach einem gewaltigen Zweitageritt fanden wir nachts eher zufällig eine kleine Felsquelle, an der wir wenigstens unseren Durst stillen konnten. Eine Weile rang ich mit mir, ob ich die Echse trinken lassen sollte oder nicht. Je schwächer ich das Tier hielt, desto leichter konnte ich es unter Kontrolle halten. Andererseits musste es uns noch ein gutes Stück weit tragen. Außerdem hatte ich Mitleid mit diesem Wesen, das ich so erniedrigte, es auch noch sinnlos zu quälen, war mir zutiefst zuwider. Als die riesenhafte Bestie ihre Schnauze tief ins klare Wasser senkte und gierig trank, war ich über meinen Entschluss richtig froh.

»Ich hoffe nur, dass wir die Festung des Dunklen Herrschers bald erreichen«, sagte Leanna und unterdrückte ein Gähnen. »Mir tut jeder Muskel im Leib weh von diesem Dauerritt. Und ich würde so gern wieder einmal normal schlafen.«

»Was willst du eigentlich?«, versuchte ich einen Scherz. »Du kannst doch wenigstens schlafen, oder nicht? Ich muss die ganze Zeit wach bleiben.«

»Na ja, stimmt schon«, gab sie zu. »Ich habe tatsächlich ein bisschen geschlafen. Eysha hat mich derweil festgehalten. Und dann ist sie auch ein wenig weggenickt. Trotzdem machst du noch den muntersten Eindruck von uns dreien.«

»Das muss an meiner männlichen Ausdauer liegen.« Ich grinste sie frech an.

»Da habt Ihr zweifelsohne Recht, mein Fürst. Was würden wir schwachen Weiber nur ohne Euch tun?«, versetzte Eysha spröde.

»Nun seid nicht gleich beleidigt«, brummte ich und setzte mich auf den Boden, den Rücken gegen die Echse gelehnt. »War nur ein Witz.«

»Scheinbar fällt er in eine Art Trance, während er die Echse kommandiert«, überlegte Leanna und sah Eysha nachdenklich an. »Denn wir beide haben ja wirklich ein bisschen geschlafen. Während er die letzten zwei Tage und Nächte wach war. Eigentlich müsste er am Boden zerstört sein. Stattdessen kann er noch dumme Witze reißen.«

»Ich fühle mich wirklich ganz ausgeruht«, stimmte ich ihr zu. Es war mir immer irgendwie unheimlich, wenn die beiden Frauen über mich redeten, obwohl ich direkt daneben stand.
Mit einer geschmeidigen Bewegung schwang Eysha sich auf den Rücken der Echse und half dann Leanna und mir beim Aufsteigen. Ich versenkte mich wieder tief in den Körper des Reptils und weiter ging der Ritt über Sand, der noch warm war von der Hitze des Tages.
In der Morgendämmerung des vierten Tages erhoben sich Berge vor uns am westlichen Horizont. Nachdem wir schnurstracks nach Südwesten geritten waren, sahen wir nun endlich die Bergkette vor uns, die zwischen dem Äußeren Dunkel und Fraterna lag. Noch am Abend desselben Tages hatten wir die ersten Ausläufer der Berge erreicht und bewegten uns von nun an an ihnen entlang. Im Laufe des fünften Tages kam der schwarze Himmel so nah, dass der helle blaue Streifen über uns nur noch einige Kilometer breit war. Die Berge wirkten wie ein riesiger Deich, gegen den das Dunkel anbrandete wie ein finsterer, böser Ozean.
Das Ufer des Inneren Reiches, kam es mir in den Sinn. *Und wir kommen der Stelle immer näher, an der der Deich gebrochen ist . . .*
Zuletzt entschieden wir uns so dicht wie möglich an der Bergkette entlangzureiten, denn wir brauchten dringend Wasser. Obwohl wir an einer kleinen Quelle so viel getrunken hatten, dass wir zu platzen glaubten, hatte uns die gleißende Sonne schon bald wieder völlig ausgetrocknet. Benommen und mit schmerzenden Köpfen saßen wir auf dem Rücken der mittlerweile völlig erschöpften Echse.

Der Korridor zwischen den Bergen und der Grenze zum Äußeren Dunkel wurde nun immer schmaler. Als die Sonne hinter den Bergen niederging und sich ihr Schatten über uns legte, sahen wir bereits, dass unser weiterer Weg nicht mehr unter dem Himmel des Inneren Reiches verlaufen würde. Ein paar Kilometer vor uns schnitt sich die Grenze mit der Bergkette. Zögerlich hielt ich an und atmete tief durch.

»Könnten wir nicht über die Berge weiterziehen?«, fragte Leanna unruhig. »Ich habe nicht die geringste Lust, im Reich der Finsternis zu reisen.«

»Sosehr ich Euch das nachfühlen kann, wir können leider nicht.« Eysha schüttelte den Kopf. »Schließlich suchen wir die Feste des Dunklen Herrschers und die werden wir wohl kaum in den Bergen finden. Es hilft alles nichts, wir müssen ins Äußere Dunkel.«

»Weit kommen wir mit der Echse nicht mehr«, warf ich ein. »Sie kann kaum noch einen Fuß vor den anderen setzen.«

»Löst Euch lieber zu früh von dem Biest als zu spät«, mahnte Eysha. »Wir können es uns nicht leisten, dass Euch etwas zustößt.«

»Ich kann mir das auch nicht leisten«, knurrte ich leise und setzte mich wieder in Bewegung.

In dem Dunkel, auf das wir zuhielten, fuhr ein gleißender Blitz zu Boden. Der Donner rollte drohend um die Berggipfel. Wenig später tauchten wir in diese immer währende Nacht ein. Es war für mich der unwirklichste Teil meiner Reise. Die Dunkelheit war überall – nicht nur um uns. Auch in uns herrschten Angst und Ungewissheit und ich spürte zudem, wie der

Tod immer wieder nach der Echse griff. Nur hin und wieder zuckten Blitze nieder und Leanna schrie jedes Mal entsetzt auf, wenn das weiße Licht unsere Augen für mehrere Herzschläge blendete.
Und dann plötzlich brach die Echse zusammen. Die Vorderläufe knickten schlaff ein und wir alle wurden durch den Ruck von ihrem Rücken geschleudert. Noch während ich durch den Sand rollte, versuchte ich verzweifelt den Geist des Tieres wach zu halten. Doch es entglitt meiner Kontrolle und riss mich mit in einen Abgrund der Schwärze.
»Ich kann es nicht halten!«, keuchte ich und versuchte vergeblich mich aufzurichten. »Verdammt, ich kann mich nicht . . .«
Stammelnd brach ich zusammen. Starke Arme packten mich und hoben mich hoch, während mein eigener Geist immer finsterer wurde.
»Herzog, Ihr werdet uns jetzt nicht alleine lassen!«, schrie Eysha wütend. »Ich brauche Euch und das Innere Reich braucht Euch. Also werdet Ihr jetzt nicht draufgehen, das könnt Ihr später noch!«
»So dunkel . . .«, murmelte ich in Richtung des schwachen Lichtschimmers, aus dem ihre Stimme tönte. Wie durch dicke Decken hindurch spürte ich, dass mein Körper irgendwo hoch gezerrt wurde und Hände meine Stirn gegen etwas Hartes drückten. Und dann stürzte ich wieder dem schwachen Lichtschimmer entgegen.

Ich lag auf der Schnauze der Echse.

Eysha hatte meinen Kopf in ihren Schoß gebettet und schüttelte mich mit aller Kraft.
»Herzog, wacht sofort auf!«, brüllte sie wütend in mein Ohr und schlug mir ins Gesicht. »Verflucht, wacht sofort auf oder ich prügle Euch tot!«
»Ist gut«, ächzte ich und befreite mich mit fahrigen Bewegungen aus ihrem Griff. »Bin in Ordnung.«
Dann rutschte ich vom Kopf der Echse und stürzte in den Sand.
Sofort war Leanna über mir und schüttelte mich ebenfalls wie wild.
»Martin, was ist los?«, keuchte sie. »Geht es dir gut? Ist alles in Ordnung?«
»Lass mich los!«, schrie ich und rollte mich weg. »Zur Hölle! Lasst mich in Frieden!«
Keuchend stand ich auf und klopfte mir den Sand aus den Kleidern. Mein Kopf schmerzte höllisch und mir zitterten immer noch furchtbar die Knie.
Leanna beäugte mich verletzt. »Bist du sicher, dass es dir gut geht?«
»Ich denke schon«, erklärte ich verletzt. »Aber durch euer Geschüttel habe ich jetzt Kopfschmerzen.«
»Wenn ich ehrlich sein soll, dann bezweifle ich, dass Eure Kopfschmerzen durch uns verursacht wurden«, erklärte Eysha kühl und drückte mir etwas in die Hand. Es waren die beiden kristallenen Halbkugeln. »Warum habt Ihr nicht auf uns gehört und Euch rechtzeitig von der Echse gelöst?«
»Weil ich nicht wissen konnte, dass sie ihren Geist so plötzlich

aufgibt«, schrie ich Eysha richtig an. »Was denkt Ihr eigentlich von mir?«

»Dass ich Euch noch brauche«, war die knappe Antwort. Götter, ich konnte dieses Weib nicht ausstehen!

»Was tun wir jetzt?«, fragte Leanna in die angespannte Stille und setzte sich auf den Boden, während Eysha und ich dastanden und uns nur schwer atmend anstarrten.

Die Kriegerin riss sich los. »Wir werden wohl weitermarschieren«, erklärte sie betont ruhig. »Oder habt Ihr eine andere Idee?«

»Ich weiß nicht, wie lange wir noch so weitermachen können«, gab Leanna schulterzuckend zurück. »Wenn ich nicht bald etwas zu trinken bekomme oder mich wenigstens ausruhen kann, dann klappe ich demnächst zusammen.«

»Du hast Recht«, sagte ich. »Meine Beine machen es auch nicht mehr lange. Aber hier gibt es nichts zu trinken, und wenn wir uns ausruhen, werden wir in jedem Fall verdursten.«

»Das mag schon sein«, erwiderte sie achselzuckend. »Nur kann ich mich kaum noch aufrecht halten. Nach einem kurzen Schläfchen könnte das wieder besser sein.«

»Oder auch nicht.«

»Oder auch nicht.«

Sie nickte müde und sah Eysha nach, die bereits den nächsten Fels erklommen hatte und in Richtung Süden Ausschau hielt. Ich klopfte Leanna vorsichtig auf den Rücken und wir folgten ihr mit müden Schritten.

Wieder brach der Abend herein und löste das Dunkelgrau des Himmels mit tiefem Schwarz ab, als Leanna lautlos hinter mir zusammensackte und an Eysha und mir vorbeirollte.

Mit einem Schrei stürzte ich hinter ihr her und hielt sie fest. Zitternd bettete ich dann ihren Kopf auf meinen Schoß und tätschelte ihre Wangen, bis sie die Augen wieder aufschlug. Von einer Platzwunde an der Stirn zog sich ein breites Blutrinnsal über ihr Gesicht.

»Ich hatte es ja gesagt«, flüsterte sie. »Ich kann nicht mehr.«

»In Ordnung.« Ich nickte so beherrscht wie möglich. »Wir schlafen heute Nacht und gehen morgen weiter.«

»Das halte ich für keine gute Idee«, tönte Eyshas Stimme unbewegt hinter mir. »Solange wir noch können, sollten wir weitergehen, mein Fürst.«

Ich fuhr herum.

»Jetzt ist Schluss!«, schrie ich die Kriegerin an. »Leanna ist erschöpft und ich bin's auch, zur Hölle! Wir werden hier ein Versteck suchen und uns heute Nacht ausruhen!«

»Nein. Wenn wir hier bleiben, werden wir nämlich verdursten«, gab Eysha mit zusammengekniffenen Augen zurück. »Glaubt mir, mein Fürst, Leanna könnt Ihr nicht mehr retten, aber uns beide schon noch. Und damit auch das Innere Reich.« Sie sah zu Leanna hinunter. »Verzeiht mir, Leanna«, fügte sie hinzu. »Aber ich bin dem Reich verpflichtet. Und das ist der Herzog auch.«

»Mein Entschluss steht fest«, knirschte ich. »Wir werden heute Nacht lagern, verstanden!«

»Unsinn«, flüsterte jetzt auch noch Leanna und packte meine Hand. »Du wirst weitergehen und das Reich retten. Ich habe mein Volk nicht im Stich gelassen, um nun zuzusehen, wie du dich wegen mir umbringst. Also geh gefälligst weiter! Diese ganze verfluchte Anstrengung kann doch nicht sinnlos gewesen sein.«

»Ist sie auch nicht«, knurrte ich und schüttelte ihre Hände ab. »Aber irgendwo hat alles seine Grenzen und so eine haben wir hier erreicht. Außerdem muss ich selbst schlafen oder ich klappe ebenfalls zusammen.«

»Dann lauf weiter, bis du zusammenklappst, verflucht!«, schrie Leanna mich in plötzlicher Wut an. »Denkst du, dass du mir das hier leichter machst, indem du meinem Gewissen noch eben mal schnell den Untergang des gesamten Inneren Reiches aufbürdest? Also geh jetzt weiter, zur Hölle!«

Stöhnend ließ ich mich neben sie sinken und schloss die Augen. Götter, ich hatte schon so verdammt viel durchgestanden! Aber das hier konnte ich nicht und ich wollte es auch gar nicht. Es war doch nicht richtig, dass man alles, was einem lieb und teuer war, dafür opfern musste, den Rest zu retten, der einem bei weitem nicht so viel bedeutete!

»Das glaube ich nicht«, sagte Eysha leise neben mir. »Götter, das glaube ich nicht!«

Ein Tropfen fiel in meinen Nacken. Scheinbar weinte sie nun auch noch. Völlig verdutzt sah ich zu ihr hoch. Doch die Erste Kriegerin stand schon nicht mehr neben uns. Sie war einige Schritte beiseite getreten und starrte in den schwarzen Himmel hinauf. Ich folgte ihrem Blick und ein dicker, kalter Tropfen platschte mir auf die Stirn.

»Götter!«, hauchte nun auch ich und sah zu Leanna hinunter. »Das ist . . .«

»Es regnet!«, rief Leanna heiser und fing an zu lachen. »Es regnet!«
In diesem Moment zuckte ein Blitz herab und es donnerte. Meine Ohren klingelten noch von dem furchtbaren Lärm, als sich der Wind fauchend erhob und ein Platzregen auf uns herniederging, wie ich ihn noch nie erlebt hatte.
In wenigen Sekunden war ich nass bis auf die Haut. Gierig öffnete ich den Mund und ließ das Wasser in meinen Mund strömen.
»Kommt!«, schrie Eysha mir ins Ohr. »Wir müssen sie dort hinübertragen. Da ist eine kleine Senke, in der schon genug Wasser steht! Na los, kommt schon!«
Gemeinsam zerrten wir Leanna in die Höhe und schleppten sie zu einer tiefen Pfütze. Dort legten wir uns alle nieder und tranken das Wasser ebenso schnell, wie sich die Senke von neuem füllte. Nach kurzer Zeit war Leanna wieder bei vollem Bewusstsein. Schließlich stand Eysha auf und sah sich um.
»Ich habe dort drüben einen Unterschlupf gesehen«, sagte sie und starrte mit zusammengekniffenen Augen in die Finsternis. »So schön das jetzt auch war . . . Ich habe keine Lust, hier draußen im Regen zu schlafen. Leanna, könnt Ihr aufstehen? Wunderbar, dann lasst uns doch ein trockeneres Plätzchen aufsuchen.«
Die Arme umeinander geschlungen, lachend und zitternd, folgten Leanna und ich Eysha zu einer Felsplatte, unter der genug Platz war, um darunter im Trockenen zu schlafen. Blind umhertastend drängten wir uns in den natürlichen Unterstand.

Eysha sah Leanna und mich an, dann legte sie kurz die Hand auf Leannas Schulter und sagte: »Ich bin froh, dass Ihr bei uns seid. Und nun solltet Ihr und der Herzog schlafen. Ich werde Wache halten.«

»Was?«, keuchte ich. »Ihr wollt aufbleiben?«

»Nur bis ich Euch wecke, mein Fürst«, erwiderte sie ungerührt. »Aber es wäre unverzeihlicher Leichtsinn, in der Nähe der Dunklen Horden ohne Wache zu lagern. Vergesst nicht, wir sind hier im Äußeren Dunkel!«

»Ich danke Euch, dass Ihr mich daran erinnert«, brummte ich. »Das wird mir den Schlaf versüßen.«

»Dann schlaft gut, mein Fürst«, sagte sie mit leisem Lachen.

Leanna und ich kuschelten uns zitternd aneinander. Kaum hatte ich den Kopf auf meinen zusammengerollten Mantel gelegt, war ich auch schon eingeschlafen.

Mein Schädel brummte noch immer fürchterlich, als Eysha mich am nächsten Morgen weckte. Ich zog mich vorsichtig von Leanna zurück und kroch unter dem Felsen hervor. Immer noch regnete es in Strömen. Das Wasser hatte schon kleine Bäche gebildet, die munter zwischen den Felsen dahinplätscherten.

Sobald ich mich in den Regen gestellt hatte, wurde ich wieder etwas wacher. Meine Beine schmerzten unerträglich, aber ich empfand den Muskelkater fast als angenehm. Denn diese Art von Schmerz war irgendwie normal und deutete darauf hin, dass es meinem Körper an sich gut ging. Nachdem ich noch einmal getrunken hatte, setzte ich mich neben die beiden schlafenden Frauen und hielt Wache.

»Mein Fürst«, sagte Eysha und rüttelte mich unsanft. »Ihr solltet aufwachen. Eure Wache geht zu Ende und wir müssen weiter.«

»Morgen«, brummte ich und blinzelte sie müde an. Im nächsten Augenblick fuhr ich hoch. »Götter! Ich bin eingeschlafen!«

»Wenn einer meiner Männer auf dem Posten einschläft, darf er normalerweise einen Monat im Kerker weiterschnarchen«, erklärte die Kriegerin mitleidlos und strich sich durch das Stoppelhaar. »Ihr dürft froh sein, dass Ihr nicht zu meinen Leuten gehört.«

»Und dass es hier keinen Kerker gibt«, grinste Leanna. »Na komm, du Schlafmütze! Es geht weiter.«

In Halbdunkel und Regen marschierten wir weiter. Doch noch bevor die Nacht wieder hereinbrach, veränderte sich die Landschaft. Die Felsplatten wurden immer wieder von kleinen Büschen und Gräsern durchbrochen, deren schmutziges Gelbgrün uns nach dem langen Marsch durch die Wüste wie ein Wunder des Lebens erschien. Bald darauf stießen wir auf einige verkrüppelte Bäume, die wir eine ganze Weile staunend betrachteten. Erst jetzt bemerkten wir, wie dringend unsere Seelen diesen Anblick gebraucht hatten. Alleine diese paar Pflanzen genügten, um mich mit völlig neuer Zuversicht zu erfüllen. Leanna und Eysha schien es nicht anders zu gehen. In der Wüste hatten wir uns einen müden, schleppenden Gang angewöhnt. Nun bewegten wir uns wieder aufrecht voran.

Und dann hörten wir es. Ein dumpfes, fernes Poltern, das durch die Nacht dröhnte. Wir blieben stehen.

»Ein Erdbeben?«, überlegte ich. »Donner?«

»Nein.« Eysha schüttelte den Kopf. »Dafür ist es zu gleichmäßig.« Sie sah sich um. »Dort drüben steht ein hoher Felsen. Vielleicht können wir von dort etwas sehen.«

Gemeinsam stapften wir zu einem Felsen, der sich noch einige Meter über die Wipfel der Bäume hinauserhob. Der Stein war rutschig und glatt durch den Regen, aber schließlich waren wir oben. Zusammen kauerten wir auf der Spitze des Felsens und spähten durch die stockfinstere Nacht. Das Poltern war hier oben noch besser zu hören und nun sahen wir auch, woher es kam.

Weit vor uns in der Dunkelheit brannten Feuer in der Nacht, die im Wind flackerten.

»Ist das ein Berg, auf dem ein Heer lagert?«, fragte Leanna leise. »Irgendwie sehen die Feuer seltsam aus. Als ob sie . . .«

». . . sich bewegen«, schloss Eysha für sie. »Und das tun sie auch. Das ist kein Berg oder Heereslager. Das ist ein riesenhaftes Bauwerk und es bewegt sich.«

»Wir haben sie gefunden«, flüsterte ich und duckte mich noch tiefer. Plötzlich zitterte ich am ganzen Körper. »Das Ziel unserer Reise. Die Festung des Dunklen Herrschers.«

»Es ist unfassbar! Die Festung bewegt sich ja wirklich – genau wie Thanatos sagte«, staunte Leanna.

In diesem Moment brach ein furchtbares Gewitter los. In unglaublich kurzen Abständen zerrissen gewaltige Blitze den Himmel und der anschließende Donner ließ die Luft erbeben. Selbst Eysha duckte sich unwillkürlich.

»Wenn sie nur nicht schneller wird . . .«, überlegte sie und sprang vom Felsen hinunter.

Wir folgten ihr und gemeinsam hielten wir Kriegsrat.
»Ich weiß nicht, wie gut ihre Wachen sind, aber wenn wir zwischen den Blitzen rennen und uns dann zu Boden werfen, dürften sie uns kaum entdecken«, schlug Eysha vor.
»Abgemacht«, stimmte ich zu. »Und da vorne sehe ich Bäume, dann wird alles leichter.«
Leanna nickte nur stumm.
Wieder wurde die Ebene in weißes Licht getaucht und von der Dunkelheit verschluckt. Wir sprangen auf und rannten los. Sobald wir uns wieder fallen lassen mussten, hob ich den Kopf ein wenig und versuchte Eysha auszumachen. Doch entweder hatte sie sich noch schneller zu Boden geworfen oder sie hatte bereits die Bäume erreicht.
Immer weiter ging dieser kräftezehrende Lauf, bis uns nur noch wenige hundert Meter von den schützenden Bäumen trennten. Und dann endlich hatten wir sie erreicht und ließen uns keuchend in ihrem Schutz zu Boden fallen.
»Ihr habt Euch ja ordentlich Zeit gelassen«, stellte Eysha fest und setzte sich neben uns. »Aber was soll's? Es hat scheinbar funktioniert.«
»Können wir uns nicht ein wenig ausruhen?«, fragte Leanna, die das Laufen noch mehr mitnahm als mich.
»Je länger wir warten, desto länger wird auch der Weg, den wir zurücklegen müssen«, gab Eysha zu Bedenken.
»Dann lasst uns gehen«, sagte Leanna sofort.
Eysha führte uns ein kurzes Stück durch den kleinen Wald und über eine Grasfläche, bis wir eine Senke erreichten. Die Festung bewegte sich den Hügel hinauf. »Los, wir rennen so

schnell es geht. Die Senke liegt im Dunkeln, da sehen sie uns schlecht.«

Und ohne weiter zu fragen, lief Eysha nun so schnell sie konnte hinter der Festung her. In kürzester Zeit hatte sie einen guten Vorsprung vor uns. In meinem Eifer, sie einzuholen, rannte ich blindlings hinter ihr her. Doch da, wo die Kriegerin eben noch gewesen war, sah ich nun nichts mehr. Ich wartete, bis Leanna bei mir war.

»Eysha ist weg«, rief ich Leanna zu. Dann sprinteten wir Hand in Hand weiter.

»Was soll das . . .«, brachte Leanna noch hervor und dann öffnete sich vor uns die Erde und wir stürzten in ein undurchdringliches Dunkel.

Ich schrie entsetzt auf und zerquetschte Leanna beinahe die Hand, während wir fielen. Doch schon im selben Augenblick prallten wir hart auf den Boden auf und verloren einander.

Mein linkes Handgelenk schmerzte höllisch, weil ich damit zuerst aufgekommen war und es mein gesamtes Gewicht hatte abfangen müssen. Mein Schädel brummte, als ich mich vorsichtig aufsetzte und panisch um mich sah.

»Martin?«, ertönte Leannas Stimme zaghaft. »Bist du da?«

»Ich denke ja«, erwiderte ich erleichtert. »Geht es dir gut?«

»Ich bin in Ordnung. Was ist das hier? Ein Graben?«

»Etwas Ähnliches«, sagte Eysha neben uns und ich zuckte zusammen, als die Kriegerin in der Dunkelheit nach mir griff. »Ich glaube, dass wir auf die Spuren der dunklen Festung gestoßen sind.«

Ein Blitz leuchtete auf und erhellte unsere Umgebung für ei-

nen Herzschlag. Wir lagen in einem Graben, der gute drei Meter tief und doppelt so breit war und sich in beiden Richtungen endlos durch die Ebene zu ziehen schien.
»Was meint Ihr mit Spuren?«, fragte Leanna zitterig, während ich langsam begriff.
»Du hast dich doch gefragt, wie sich die Festung bewegen kann«, sagte ich langsam. »Jetzt wissen wir es. Zumindest teilweise.«
»Auf Rädern«, sagte Eysha tonlos. »Und diese Räder hinterlassen eben Spuren.«
Es dauerte eine Weile, bis auch Leanna draufkam. »Götter«, stöhnte sie endlich. »Jetzt weiß ich, wie sich Ameisen auf einer Straße fühlen.«
»Das Gute daran ist, dass man Ameisen in Wagenspuren kaum sehen kann«, stellte Eysha fest. »Ohne es zu wollen, bietet der Dunkle Herrscher uns eine wunderbare Möglichkeit, uns an seine Festung heranzuschleichen. Wir müssen einfach diesem Graben folgen.«
»Hoffentlich kommt niemand in der Festung auf die Idee, den Rückwärtsgang einzulegen«, überlegte ich leise. »Wie kommen wir hier bitte wieder heraus? Die Erde ist an den Seiten so fest gepresst, dass man unmöglich hochklettern kann.«
»Solange wir hier nicht herauswollen, mache ich mir keine Gedanken darüber«, erklärte Eysha gleichmütig. »Nun sollten wir erst einmal sehen, dass wir die Festung einholen. Alles Weitere klären wir vor Ort.«
Ächzend rappelten wir drei uns auf und trabten vorsichtig den

Graben entlang. Die Erde war von den Rädern so steinhart gepresst worden, dass sich bald Regenwasser darin sammelte. »Es geht hier ein wenig bergab«, stellte Leanna fest, als unsere Füße von dem knöcheltiefen Nass umspült wurden, das an uns vorbeifloss.

Das Dröhnen und Poltern der Festung vor uns hallte immer lauter durch den Graben zu uns. Nach einiger Zeit spürte ich, wie der Boden zitterte, während die Räder der Burg sich unerbittlich in die Erde eingruben. Die ganze Zeit über sahen wir nach oben und hielten Ausschau nach den Feuern, die auf den Mauern der Festung loderten. Doch alles, was von unserem Ziel zu bemerken war, war das Dröhnen der Räder und die bebende, gequälte Erde unter uns.

Und dann endlich, im Schein eines Blitzes, sahen wir plötzlich das riesenhafte Rad, das vor uns entlangmalmte. Es schien aus Fels gehauen zu sein und war höher als die größten Häuser, die ich je gesehen hatte. Wasser troff von ihm herab wie von einem Mühlrad und sein Knirschen und Knacken übertönte selbst den Donner des Blitzes. Nur kurz sah ich die Festung, die auf diesem Rad dahinzog. Die schwarzen Mauern schienen in den Wolken zu verschwinden und jetzt sah ich auch den Schein der Feuer auf ihren Zinnen. Einen Moment lang schien es mir, als sähe ich grausam entstellte Gesichter an der Mauer.

Leanna starrte mit offenem Mund zur Festung hinauf. Als die Dunkelheit zurückkehrte, griff sie hastig nach meiner Hand und drückte sich an mich. Ich umklammerte sie und versuchte mein eigenes Zittern zu unterdrücken. Wie um alles in der Welt sollten wir in diese überirdische Festung eindringen?

Eysha dagegen schlug mir energisch auf die Schulter. »Wir müssen möglichst nahe herankommen!«, schrie sie mir ins Ohr. »Jetzt ist keine Zeit für Angst!«

Damit stürmte sie weiter. Fassungslos starrte ich durch das Dunkel hinter ihr her, doch dann löste ich Leanna vorsichtig von mir. Gemeinsam liefen auch wir weiter, während das Wasser um unsere Beine gurgelte.

Eysha glitt lautlos vor uns durch die Nacht. Sie winkte uns auf die linke Seite des Grabens. Da die Spur, in der wir der Festung folgten, von den rechten Rädern der Festung stammte, waren wir auf dieser Seite wahrscheinlich am sichersten.

»Und wie wollt Ihr nun da hochkommen?«, brüllte ich Eysha mit aller Kraft ins Ohr, als Leanna und ich sie eingeholt hatten.

In diesem Moment leuchtete ein Blitz auf. Das Rad war keine zwanzig Meter mehr vor uns. Seine Rundung ragte bereits über uns auf und ein steter Sturzbach ergoss sich nun über uns. Jetzt konnte man es deutlich sehen. Dieses Radmonster war tatsächlich aus Stein gehauen, wenn ich auch nicht verstand, wie ein Felsen diese Belastung aushielt. Nach allen Naturgesetzen hätte er auseinander brechen müssen.

»Der Stein hat tiefe Spalten und Risse«, brüllte Eysha zurück. »Wir könnten daran hochklettern.«

»Was!«, schrie ich. »Wie denn?«

»Wenn es steht!«, schrie die Kriegerin. »Irgendwann wird es

stehen bleiben. Dann müssen wir hochklettern und auf eine Mauer springen!«

»Und wenn da keine Mauer ist?«

»Ich habe gesehen, dass es einige Stellen gibt, auf die man klettern kann!«

Leanna zerrte entrüstet an meiner Hand und im selben Augenblick ruckte das Rad voran und blieb dann abrupt stehen. Götter, das war ein riesiger Fels! Was Eysha da vorhatte, war der blanke Wahnsinn. Doch ehe ich meine Sprache wieder gefunden hatte, warf Eysha uns einen kurzen Blick zu, rief: »Los!«, und stürmte vorwärts. Noch während ich hinter ihr herrannte, dachte ich darüber nach, wie ich ihr diesen Wahnsinn ausreden konnte. Aber dann war sie auch schon am Rad angelangt und fing unverzüglich an daran hochzuklettern. Fassungslos sah ich ihr zu, wie sie sich behände von Spalte zu Spalte hangelte.

Mein Herz raste, als ich hochsah. Bis zum äußersten Rand des Rades musste Eysha an einem Überhang entlangklettern und bis zur oberen Hälfte des Rades waren es gute fünfzig Meter. Aber die Kriegerin hatte einen Plan. Sie stieg nur so weit hinauf, bis sie den oberen Rand des Grabens erreicht hatte. Dort stand sie nun und wartete auf uns.

»Soll ich dir hinaufhelfen?«, fragte ich Leanna. »Ich kann dich auf die Schultern nehmen und Eysha zieht dich hoch.«

»Das ist alles Wahnsinn, aber klettern kann ich bestimmt besser als du!«, rief Leanna. Damit hängte sie sich in eine Spalte und war schon wenige Momente später bei Eysha angelangt.

Unsicher tastete ich in dem Stein nach Spalten und fing ebenfalls an, mich hochzuziehen.
Fast war ich auf ihrer Höhe, als der Fels unter meinen Händen plötzlich zu zittern anfing. Mein Magen verkrampfte sich zu einem schmerzenden Knoten und ich erstarrte vor Angst. Und dann fing das Rad langsam an sich unter entsetzlichem Knirschen und Dröhnen zu bewegen.
Ich presste mich zitternd an den Stein und versuchte mir einzureden, dass dies alles nur ein furchtbarer Traum war.
»Spring!«, schrie Leanna gellend.
Ich sah zu ihr hinunter und schluchzte verzweifelt auf. Obwohl sich das Rad kaum bewegt hatte, war ich bestimmt schon zehn Meter über ihren Köpfen. Wenn ich jetzt losließ, war das mein sicherer Tod.
Mit jedem Herzschlag wurde ich höher gehoben. Mein Herz raste und ich wagte nicht mehr zu atmen. Ein Blitz schlug in der Nähe ein und mit einem Mal konnte ich weit über das Land blicken. Leanna und Eysha aber waren nicht mehr zu sehen.
Und dann plötzlich hing ich nicht mehr über einem Abgrund, sondern vor einer senkrechten gemauerten Wand, die sich langsam neigte und immer flacher wurde, je höher mich das Rad trug. Neben mir tauchte die Mauer dieser fahrenden Burg auf. Die ganze Wand war aus Schwindel erregenden Dämonenfratzen zusammengefügt. Mannshohe tote Augen starrten mich an wie Bilder aus einem Alptraum. Doch nun war ich so weit oben auf dem Rad, dass ich mich hinknien konnte. Und da sah ich etwa fünfzehn Meter unter mir eine besonders

große Dämonenfratze. Ihr feurig leuchtendes Maul war weit geöffnet, der Unterkiefer ragte wie ein Balkon ein Stückchen vor. Von mir bis zu diesem Balkon mochten es noch etwa drei Meter sein.

»Götter helft mir!«, flüsterte ich, als das Rad mich über seinen Scheitelpunkt hinaustrug und ich wieder in die Tiefe sackte. Mit aller Kraft hielt ich mich fest, während sich unter mir gähnende Leere auftat. Dann sprang ich.

Zu kurz!, schoss es mir durch den Kopf, als mein Körper viel zu früh nach unten fiel. Zu kurz!

Ich spannte jeden Muskel und dann schlossen sich meine Finger um die steinerne Unterlippe des Dämons. Ich prallte so heftig mit der Brust gegen den Stein, dass ich fast den Halt verloren hätte. Keuchend zerrte ich mich mit der letzten Kraft über die Brüstung und ließ mich fallen. Eine Weile lag ich mit geschlossenen Augen da und keuchte leise vor mich hin. Meine Brust schmerzte und mein Herz raste so schnell, dass ich die Schläge kaum noch einzeln spüren konnte. Ich zitterte am ganzen Leib und meine Hände spürte ich kaum noch.

»Weg da!«, schrie Eysha über mir. Ich zuckte zusammen, als die Kriegerin fast lautlos neben mir landete und sich elegant abrollte. Sofort zog sie ihr Schwert und sah sich um, während ich sie entsetzt anstarrte.

»Was . . .«, begann ich und in diesem Moment fiel neben mir Leanna zu Boden und rollte mit einem Schrei über mich hinweg.

»So ein Irrsinn!«, schimpfte sie und rappelte sich auf. Dabei gab sie mir versehentlich einen ordentlichen Tritt gegen das Bein, der mich aus meiner Starre riss.

»Was macht ihr hier?«, platzte ich heraus. Ich konnte es einfach nicht fassen, dass sie auf das Rad gesprungen waren, während es sich drehte.
»Wir folgen unserem Fürsten«, gab Eysha ironisch zurück. »Wohin führt dieser Gang?«
Fassungslos öffnete und schloss ich den Mund. »Ihr hättet euch umbringen können«, keuchte ich.
»Dich hätte ich umbringen können!«, fauchte Leanna. »Wieso bist du nicht gesprungen, als noch Zeit war, verdammt?«
»Ich habe es nicht mehr rechtzeitig geschafft«, erwiderte ich verblüfft. »Als ich mich zurechtgefunden habe, war es schon zu spät. Und dann . . .«
»Das ist jetzt ohne Bedeutung«, unterbrach Eysha mich unsanft. »Wir haben durch das Missgeschick tatsächlich erreicht, was wir wollten – wir sind ins Innere der Festung gelangt.«
»Ich bin mir nicht sicher, ob ich das wirklich je wollte«, brummelte Leanna.
In dem seltsamen rötlichen Licht des Ganges, der sich hinter der Dämonenfratze auftat, konnte ich ihr Gesicht deutlich sehen. Die Angst in ihren Augen zeigte mir, dass sie sich bei weitem nicht so sicher fühlte, wie es ihre Worte vortäuschen sollten.
»Ist einer von euch beiden verletzt?«, fragte Eysha. »Nein? Gut, dann kommt jetzt! In diesem Maul kann man Euch von den Mauern darüber vielleicht sehen.«
Ich war immer noch völlig verwirrt, rappelte mich aber auf und stolperte in den Gang hinein. Die Mauern um uns strahlten tatsächlich ein warmes, unheimlich rotes Licht ab, das

unsere Gesichter glühen ließ. Endlich hatte ich mich wieder so weit unter Kontrolle, dass ich auf die Idee kam, mein Schwert zu ziehen. Die Kristallklinge von *Triuwe* funkelte in dem glühenden Licht wie ein brennender Stern.
»Ich weiß nicht, was uns dort drinnen erwartet«, sagte Eysha. »Aber wir dürfen auf keinen Fall entdeckt werden. Bleibt dicht hinter mir und seid so leise wie möglich!«
Die Geräusche des Rades wurden mit einem Mal seltsam gedämpft, obwohl uns nur wenige Schritte von dem Balkon trennten. Irgendetwas schien das Innere der Festung von den Geräuschen abzuschirmen. Langsam schlichen wir den Gang hinunter, bis wir auf eine Türe aus schwarzem Stahl stießen. Eysha drückte vorsichtig dagegen, doch sie rührte sich nicht einen Millimeter.
»Verflucht!«, knurrte sie. »Wenn wir das Ding nicht aufbekommen, sitzen wir hier fest.«
»Es sieht nicht so aus, als könnte man sie aufbrechen«, meinte ich und betrachtete mutlos die nietenbestückten Stahlbänder, die sich quer über das Eisen zogen. »Da hilft wohl nichts.«
»Also muss ich wohl«, sagte Leanna leise und setzte sich auf den Boden vor der Tür.
»Was habt Ihr vor?«, erkundigte Eysha sich und lehnte sich schnaufend gegen die Wand.
»Ich versuche sie zu öffnen«, erklärte Leanna freundlich. »Und nun stört mich bitte nicht mehr.«
Ungewollt trat ich ein Stückchen von ihr zurück, als unter ihren halb geschlossenen Lidern grünes Feuer erstrahlte und ihr Atem flacher wurde. Nach einer Minute ächzte sie und ihre

Hände ballten sich zu Fäusten. Die Adern an Hals und Schläfen sprangen pochend hervor und ihre Lippen zitterten vor Anstrengung.

Dann knarrte an der Türe etwas, ein schleifendes Geräusch ertönte – und verstummte.

»Was ist geschehen?«, fragte ich Leanna und kniete mich neben sie, während Eysha behutsam gegen die Türe drückte. Sie schwang sich vollkommen geräuschlos auf.

»Habe . . . den Riegel . . . aufgemacht«, keuchte Leanna und ließ sich schlaff gegen mich sinken. »Verdammt . . . das war . . . schwer . . .«

»Das glaube ich gern«, sagte Eysha, die einen Blick hinter die Türe geworfen hatte. »Sie hat den Riegel verbogen.«

»Was?«, fragte ich ungläubig.

»Seht es Euch selbst an!«

»Geht schon wieder«, brachte Leanna hervor und ließ sich von mir auf die Beine helfen. Sobald sie von selbst stand, sah ich mir die Innenseite der Türe an. Ich holte tief Luft, als ich Leannas Werk betrachtete. Die Türe war durch ein schweres Schloss gesichert gewesen, aus dem ein fingerdicker und eine Spanne breiter Eisenriegel in eine Höhlung in der Mauer geragt hatte. Dieser Riegel war nun in einem gleichmäßigen Rund nach innen gebogen. Vorsichtig tippte ich gegen den Stahl und steckte den Finger sofort in den Mund. Das Metall war glühend heiß.

Wir befanden uns in einem seltsam gebogenen Gang mit runder Decke, die so niedrig war, dass wir nur gebückt stehen konnten. Das schwarze Mauerwerk war aus grob behauenen

Steinen zusammengefügt und erweckte den Eindruck, als sei dieser Gang weniger zusammengefügt als vielmehr aus Felsgestein herausgeschlagen worden.

»Niemand zu sehen«, zischte Eysha, die den Gang in beide Richtungen bis zu den nächsten Biegungen entlanggelaufen war. »Ich frage mich, wer wohl so etwas baut.«

»Die Form ist etwas seltsam«, stimmte ich ihr zu. Der Gang schien sich wie eine Schlange durch die Festung zu winden. Nicht einmal der Boden war eben, sondern führte zur einen Seite nach oben und zur anderen hinab. »Ich möchte nur wissen, was dieses Leuchten verursacht.«

»Der Stein strahlt überall in demselben roten Licht«, erklärte Eysha leise. »Aber so unheimlich das auch ist – wenigstens sieht man etwas.«

»Leider wird man auch gesehen«, gab ich zu Bedenken und steckte *Triuwe wieder in die Scheide. Das Gleißen der Klinge war mir einfach zu auffällig.*

In diesem Moment prallte Eysha zurück. »Verflucht! Los, zurück zum Balkon! Macht schon! Und seid leise!«

Ohne Zögern schlüpften wir durch die Stahltüre in den Gang zurück, durch den wir eingedrungen waren. Eysha zog hinter uns sachte die Türe zu und stellte sich mit blanker Klinge daneben. Leanna und ich drückten uns auf der anderen Seite gegen die Wand, während drinnen im Gang schwere Schritte hallten.

KAPITEL XIX

Atemlos lauschten wir den Schritten, die immer näher kamen, und hofften, dass, wer immer auf der anderen Seite stand, die Tür nicht zu genau betrachten würde. Aber so viel Glück hatten wir nicht.

»Was ist mit diesem Riegel passiert?«, knurrte eine Stimme. »Sieh dir das an! Total verbogen.«

»Verdammt! Wenn der Orlock-Dhon das sieht, ist die Hölle los.«

»Sieht doch fast so aus, als wäre hier jemand eingebrochen, oder?« Eine dritte Stimme lachte grollend und die beiden anderen stimmten heiser ein. Doch in ihr Lachen mischte sich hart eine vierte Stimme.

»Was steht ihr da blöde herum? Wir sollten längst alle im Thronsaal sein. Der Fürst will zu uns sprechen, habt Ihr das vergessen?«

»Der Riegel ist kaputt«, verteidigte sich einer kleinlaut. »Als hätte ihn jemand eingedrückt.«

»Was?«

Wer immer der Vierte war – er fackelte nicht lange. Die Türe wurde heftig aufgestoßen und verdeckte Leanna und mich. Ich hatte gerade noch gesehen, wie Eysha ihr Schwert hob. Ein metallisches Klirren ertönte, gefolgt von einem Stöhnen. Dann stürzte eine große, breit gebaute Gestalt der Länge nach auf den Vorsprung.

Ohne lange zu denken, zog ich *Triuwe* aus der Scheide, sprang hinter der Türe hervor und sah, wie sich Eyshas Klinge in den Leib des zweiten Gegners bohrte. Als der dritte seine Axt hob und zuschlagen wollte, stürzte ich mich mit einem Schrei auf ihn und traf in der Aufregung seinen Oberschenkel. Immerhin stürzte der Mann schreiend zu Boden und ließ seine Waffe fallen.

»Danke«, sagte Eysha nur und sah sich nach dem vierten um. Der stand einige Schritt entfernt und starrte uns mit seinen kleinen Schweinsaugen an. Dann kam Leben in ihn. Er fuhr herum und rannte davon.

Schon wollte ich hinter ihm herlaufen, als Eysha mich beiseite stieß, mit ihrem Schwert ausholte und es warf. Die Klinge drehte sich blitzend durch die Luft und landete im Rücken des Mannes, der gerade hinter einer Biegung verschwinden wollte. Er stieß ein Keuchen aus und taumelte zu Boden.

Sofort war Eysha bei ihm, zog ihre Waffe aus dem massigen Leib und zerrte ihn dann an den Füßen zu uns.

»Los!« Sie keuchte vor Anstrengung. »Wir müssen die Kerle verstecken. Wenn wir sie hier draußen auf dem Balkon hinlegen, wird man sie hoffentlich nicht so schnell finden.«

Derjenige, dem ich den Oberschenkel durchstoßen hatte, war

ohnmächtig geworden. Wir schleppten ihn mit seinen toten Kumpanen vor die Türe.

»Sie sind so hässlich«, sagte Leanna mit rauer Stimme und betrachtete schaudernd die Wesen, die vielleicht beim Überfall auf ihr Dorf dabei gewesen waren.

»Es wundert mich, dass ich noch nie vorher auf diese Orlocks gestoßen bin«, sagte Eysha stirnrunzelnd. »Sie scheinen doch den Löwenanteil an den Horden der Finsternis darzustellen. Skarven, Draghnars, Nachtmahren – gegen sie alle habe ich schon gekämpft. Aber diese seltsamen Monster sind mir fremd und ich frage mich, welche Überraschungen der dunkle Fürst noch für uns haben mag.«

»Wenn unser Freund dort aufgewacht ist, mag er Eure Neugier vielleicht befriedigen.«

Leanna nickte in Richtung des ohnmächtigen Wesens. Sein Oberschenkel lag in einer großen Blutlache, die beständig größer wurde.

»Eine gute Idee«, stimmte Eysha zu und schlug dem Wesen kräftig ins Gesicht. »Na los, wach auf, du Abschaum der Finsternis!«

Voller Grausen betrachtete ich, wie das Wesen unter dumpfen Stöhnen das Bewusstsein wiedererlangte. Seine breiten, mit mehreren Reihen spitzer Zähne bewehrten Kiefer öffneten und schlossen sich schmatzend.

»Aufwachen, du Bastard!«, knurrte Eysha und trat gegen das verletzte Bein. Der Orlock stieß einen Schmerzensschrei aus und langte zornig nach der Kriegerin. Sie wich dem Griff elegant aus und setzte die Spitze ihrer Klinge an seine unge-

schützte Kehle. »Wo ist Lîfstein?«, fragte sie leise. »Komm, du Bastard, rede und du lebst noch ein Weilchen.«
Der Orlock sah Eysha mit seinen kleinen unnatürlichen Augen an. Dann sank er zurück und lachte. »Ihr kleinen Menschenschlampen denkt doch nicht ernsthaft, dass ich Euch verrate, wo Lîfstein ist!« Seine Zähne klickten aufeinander. »Ich könnte höchstens ein gutes Wort für euch einlegen, wenn ihr mich leben lasst.«
»Das wird nicht nötig sein«, stellte Eysha böse grinsend fest. »Aber wenn du uns nicht sofort sagst, was wir wissen wollen, wirst du hier und jetzt sterben.«
»Das tue ich doch so oder so.« Der Orlock zeigte nicht die geringste Angst. Er griff in die Blutlache um sich, hob die Hand, von der die schwarze Flüssigkeit zäh herabtropfte, und schleuderte das Blut mit einer verächtlichen Bewegung in unsere Richtung. Leanna schrie wütend auf, als einige Tropfen sie im Gesicht trafen.
»Gut, du Mistkerl«, schnaubte Eysha und hob ihre Klinge. »Dann stirb!«
»Halt!«, rief ich. »Wartet einen Moment!« Mein Finger wanderten in meine Tasche.
»Was ist los?«, fragte die Kriegerin, ohne sich nach mir umzudrehen.
»Ich habe eine Idee«, erklärte ich und fummelte die beiden Kristalle hervor. »Er wird uns helfen, ob er will oder nicht.« Damit näherte ich mich dem Orlock mit dem einen Kristall in der Hand. Das Wesen versuchte sich wegzudrehen, aber Eyshas Klinge war so fest gegen seinen Hals gedrückt, dass er

sich nicht wehren konnte. Mit einer schnellen Handbewegung hatte ich den Kristall zwischen seine kleinen, böse funkelnden Augen gedrückt.
Der Orlock griff danach und knurrte aus tiefer Kehle, als er den Kristall nicht lösen konnte. »Verdammt, was ist das für ein Dreck?«, brüllte er.
Statt einer Antwort griff ich nach seinem Geist, packte ihn und schauderte zurück. Dieses Wesen tötete mit Lust und sinnlose Grausamkeit war ihm das Schönste auf der Welt. Fast hätte ich seinen Geist wieder losgelassen, aber ich zwang mich weiter in seine Gedanken und Erinnerungen einzudringen. Nun merkte ich, dass ich einiges aus meinen Erfahrungen mit der Echse gelernt hatte. Mühelos unterdrückte ich alle störenden Eindrücke und forschte in seinem Gedächtnis nach dem Wissen, das wir dringend brauchten. Es war nicht gerade einfach, mich durch alle Erinnerungen dieses Wesens zu graben . . . Dann endlich hatte ich die richtigen Bilder vor Augen.
Doch plötzlich stürzte von überall her Dunkelheit auf mich ein. Ich war einen Moment verwirrt, doch dann begriff ich und versuchte verzweifelt mich von dem sterbenden Orlock zu lösen.
»Trennt mich von ihm!«, keuchte ich, als mein menschlicher Körper zusammenbrach.
Sofort packten mich feste Hände und meine Hand mit dem Kristall wurde gegen den Kristall am Kopf des Orlock gepresst.
Die Steine verbanden sich miteinander und mir war, als tauchte ich atemlos aus einem schwarzen See auf.

»Geht es dir gut?«, fragte Leanna besorgt und schüttelte mich heftig, während ich schweißüberströmt nach Luft schnappte. »Ist alles in Ordnung?«
»Ja, ja.« Ich nickte und befreite mich aus ihrem Griff, obwohl mir immer noch schwindelig war. »Wir müssen zum Thronsaal. Ich weiß, wo Lîfstein ist!«
»Hervorragend«, sagte Eysha mit ehrlicher Anerkennung in der Stimme. »Das mit den Kristallen war eine gute Idee.«
»Wir werden allerdings einige Male auf seinesgleichen treffen«, warnte ich. »Ich habe keine Ahnung, wie wir in den Thronsaal kommen sollen, ohne entdeckt zu werden.«
»Wir werden uns diese Mäntel anziehen«, drängte Leanna auf einmal. »Macht schon! Unter diesen Kapuzen kann niemand unsere Gesichter sehen.«
»Glaubt Ihr wirklich, dass Ihr unter so einem Mantel wie diese Monster ausseht?«, war Eysha skeptisch. »Kapuze oder nicht, diese Monster sind größer und viel breiter als wir.«
»Ich denke, dass ich da helfen kann«, ließ Leanna nicht locker. »Es wird zwar nicht möglich sein, uns völlig zu verändern. Aber einem flüchtigen Blick können wir standhalten.«
Leannas Augen begannen zu leuchten und dann flüsterte sie: »Kommt her, nehmt meine Hand! Schließt die Augen und stellt Euch vor, dass ihr diese Monster seid!«
Zuerst konnte ich mir beim besten Willen nicht vorstellen, wie man sich wohl fühlen mochte, wenn man den gleichen massigen Körper hatte wie diese Monster. Doch dann wurden die Erinnerungen des toten Orlock in mir lebendig. Ein warmes Gefühl durchlief meine Hand und strömte von dort aus

durch meinen ganzen Körper. Schließlich wurde es schwächer und Leanna ließ meine Hand los.
»Geschafft«, stellte sie fest. »Helft mir hoch!«
Eysha und ich zogen sie in die Höhe und sahen uns an.
»Erstaunlich«, sagte die Kriegerin spöttisch. »Es ist nichts geschehen.«
»Ich kann auch keine Veränderung feststellen«, stimmte ich zögerlich zu.
»Natürlich nicht«, nickte Leanna ungduldig. »Es wäre zu schwer gewesen, uns alle einzeln zu verändern. Ich habe uns gewissermaßen das Aussehen einer Gruppe dieser Monster gegeben. Jeder, der uns drei betrachtet, wird uns für Orlocks halten.«
»Hoffentlich«, sagte Eysha.
»Denkt daran – wir dürfen uns nicht allzu weit voneinander entfernen«, warnte Leanna uns und rieb sich müde die Augen. »Sobald wir mehr als zwei oder drei Schritte voneinander weg sind, wird sich der Schirm auflösen.«
»Gut, bleiben wir zusammen«, nickte die Erste Kriegerin und schlüpfte in den Gang hinaus. Leanna und ich folgten ihr leise. »Mein Fürst, wenn Ihr vorangehen wollt – Ihr wisst den Weg.«
Rasch lief ich den Gang vor uns entlang, dicht gefolgt von Eysha und Leanna. Immer wieder verglich ich unsere Umgebung mit den Erinnerungen des Orlocks, um nur ja keine falsche Abzweigung zu nehmen. Der Schweiß brach mir aus, als ich entsetzt feststellte, dass die fremden Erinnerungen sich bereits wieder verflüchtigten.

»Wo sind denn alle?«, murmelte Eysha hinter mir leise. »Ihr habt doch gesagt, dass wir auf andere Orlocks stoßen würden.«
»Das werden wir noch. Sie werden alle im Thronsaal sein«, antwortete ich und überlegte, ob wir bei der nächsten Abzweigung links oder rechts gehen sollten. »Wenn wir schnell genug sind, können wir zuhören«, meinte ich und entschied mich den rechten Gang zu nehmen. Er wurde rasch breiter und höher, als immer mehr andere Gänge in ihn mündeten.
»Gehen wir weiter«, sagte ich, als ich sah, dass am anderen Ende des Ganges ein paar Dutzend Orlocks verschwanden. »Wir müssen die Monster da vorne noch erwischen.«
»Warum?«, fragte Eysha argwöhnisch nach. »Wäre es nicht besser, jeden unnötigen Kontakt zu vermeiden? Vor allem, wenn es so viele sind?«
»In unserem Fall ist es aber nötig«, zischte ich nur und lief eilig los, »denn ich weiß den Weg nicht mehr. Wir müssen ihnen folgen. Ich hoffe nur, dass Leannas kleiner Trick funktioniert.«
»Wunderbar«, schnaubte Leanna, während Eysha nur ein leises Stöhnen von sich gab.
Eng hintereinander rannten wir durch den Gang. Sobald uns nur noch einige Dutzend Schritte von den letzten Orlocks trennten, wurde ich langsamer. Ich hatte keine Lust, diesen Wesen zu nahe zu kommen, und so folgten wir ihnen in gebührendem Abstand. Nach etwa einer Viertelstunde drang uns der Lärm einer großen Menge entgegen und bald standen wir vor einem Torbogen, der bestimmt fünfzehn Meter hoch und

von oben bis unten mit menschlichen Totenschädeln beschlagen war.
Dahinter erstreckte sich eine riesengroße Halle, deren Decke aus einem spitzbogigen Gewölbe bestand, das sicherlich hundert Meter über dem Boden in die Höhe ragte. Es stand auf riesigen Säulen, die wie Knochen geformt waren. Die Wände des Saales waren mit abertausenden von menschlichen Schädeln verziert, die kunstvoll aus dem schwarzen Stein herausgehauen waren. Auch von ihnen ging dieses sanfte rote Licht aus, was ihren Anblick noch grausiger machte. Den Boden des Saales konnte ich nicht erkennen, denn die ganze Halle war bis zum Bersten gefüllt mit den Heerscharen des Dunklen Herrschers.
»Wie viele mögen das sein?«, flüsterte Leanna stockend.
»Ich schätze, dass in dieser Halle fünfzehntausend Männer Platz finden«, gab Eysha tonlos zurück. »Aber es können auch zwanzigtausend sein.«
»Wo kommen diese Massen nur her?«, brachte ich heraus und sah über die unglaubliche Menge von Orlocks hinweg.
»Der Dunkle Herrscher hat seine Methoden, um unheiliges Leben zu schaffen«, raunte Eysha. »Mithilfe von Lîfstein dürfte es ihm noch wesentlich leichter fallen.«
»Seht euch diesen Thron an«, flüsterte Leanna und packte meine Hand.
Am Kopfende des Saales erhob sich auf einem Podest aus mehreren Stufen düster der Thron des Dunklen Herrschers. Er war aus schwarzem Marmor gehauen und rundum mit Gold verziert. Im Gegensatz zu den Wänden leuchtete er nicht,

sondern lag da wie ein steinerner Schatten. Dem Thron war die Form eines Löwen gegeben worden, der sich an der Rückwand aufrichtete. Die Armlehnen endeten in riesigen Pranken mit goldenen Klauen und über der Rücklehne ragte ein riesiger Löwenkopf aus der Wand, in dessem weit aufgerissenen Maul goldene Zähne glänzten. Die goldenen Raubtieraugen funkelten lebendig und auf dem Haupt trug das marmorne Biest eine goldene Krone.

Eine fremde Erinnerung schoss mir durch den Kopf. »Seht euch mal den Löwenkopf an«, wisperte ich.

»Grausig«, befand Leanna und wollte sich bereits abwenden, als sich ihre Augen weiteten. »Da ist er«, sagte sie mit gepresster Stimme. »Wir haben ihn gefunden.«

Eysha fuhr herum und starrte uns an. »Wo?«, fragte sie mit scharfer Stimme. Sie hatte sofort verstanden, was Leanna meinte.

»Inmitten der Krone«, flüsterte Leanna und drückte meine Hand so fest, dass ich beinahe aufgeschrien hätte. »Er ist in der Krone.«

Mit zusammengekniffenen Augen starrte ich zum Löwenkopf hinüber. Zwischen den goldenen Zacken der Krone ragte ein kleines, schwarzes Gebilde empor. Es hatte die Form von zwei aufeinander stehenden Pyramiden und trotz seiner dunklen Umgebung leuchtete es in einer seltsamen Helligkeit.

Es war kein Irrtum möglich. Wir hatten Lîfstein gefunden.

In diesem Augenblick fielen alle Orlocks im Saal auf die Knie und drückten ihre Stirn auf den Boden. Sofort taten wir es ihnen gleich und kauerten uns nieder.

Langsame schwere Schritte erklangen, Stoff raschelte, ein angstvolles Seufzen hing in der Luft, als sich die Orlocks leise wieder erhoben und zum Thron starrten. Die Luft war jetzt dick wie Blei und ich hatte das Gefühl, als ruhten tonnenschwere Blicke auf meinem Rücken.

Zusammengekauert blieb ich am Boden und verbarg das Gesicht in den Händen. Selbst wenn ich gewollt hätte, ich hätte jetzt nicht aufstehen können.

Ein Fuß stieß mich hart in die Seite. Ich sah auf. Eysha stand mit steinerner Miene neben mir, doch ich konnte ihre wütenden Gedanken förmlich hören. Ich brauchte all meine Kraft, um mich zu erheben, und stand schließlich mit gesenktem Kopf da. Und dann ertönte leise eine Stimme, die mich so in ihren Bann zog, dass ich vergaß, wer und wo ich war. Sie schien direkt in meinem Kopf zu ertönen – düster, uralt und schwer wie Granit.

Meine Kinder, flüsterte es in mir. *Es ist so weit. In diesem Moment beziehen eure Brüder Stellung vor Hohenstayn – der Festung der Herrscherin des Inneren Reiches. Die letzten Menschen ziehen sich hinter die brüchigen Mauern zurück und erwarten uns. Bald schon werden wir vollendet haben, was mit der Überbringung von Lîfstein begann.*

Während wir hier stehen, hat sich das Volk der Nachtmahren um diese Festung versammelt und erwartet uns. Noch heute werden wir aufbrechen und euren Brüdern zur Seite eilen. Sobald wir sie erreicht haben, werden wir den letzten Funken des Lebens auslöschen. Macht euch bereit, meine Kinder! Einmal noch kämpft und dann werdet ihr Ruhe finden.

Wieder raschelte Stoff, ertönten Schritte – und dann brachen die Orlocks in ein tosendes Gebrüll aus. Mühsam öffnete ich die Augen und sah mich nach Leanna und Eysha um. Sie standen da und wirkten ebenso benommen wie ich. Doch Eysha hatte sich schnell wieder in der Gewalt.

»Los«, flüsterte sie uns zu. »Wir müssen verschwinden. Wenn diese Kerle alle hier rausrennen, werden wir Schwierigkeiten haben, nicht mitgerissen zu werden.«

Mit weichen Knien folgte ich ihr und zog Leanna mit, die kaum noch stehen konnte. Eysha sah sich kurz um, dann verschwand sie hinter einem der beiden riesigen Torflügel.

»Solange niemand die Tore schließt, wird man uns hier sicher nicht entdecken«, sagte sie und ließ sich erschöpft an der Mauer herabgleiten. »Götter, was für ein Alptraum. Leanna, was ist mit Euch?« Noch nie hatte Eyshas Stimme so besorgt geklungen.

Ich beugte mich vor – und schrak zusammen. »Ihre Augen! Götter, seht Euch ihre Augen an, Eysha!«

Eysha betrachtete Leannas Gesicht aus der Nähe. »Ihre Augen bluten. Und ihre Nase auch.«

»Was ist nur mit ihr?«, ächzte ich, als ich das dunkle Rinnsal sah, das von der Nase über ihr Kinn hinzog. »Leanna, sag doch bitte etwas!«

Die blutunterlaufenen Augen wandten sich mir langsam zu. Dunkelstes Grauen flackerte darin. »Habe ihn . . . gespürt«, hauchte sie.

»Das haben wir alle«, sagte ich hilflos. »Aber was ist jetzt mit dir los?«

»Nein«, widersprach sie leise. Ihre violettfarbene Haut wurde mit einem Mal vollkommen grau. »Wollte Lîfstein . . . sehen, ob er . . . und dann . . . der Dunkle Herrscher . . . Götter . . . steht mir . . . bei . . .«

Dann sackte ihr Kopf zur Seite und sie kippte auf Eyshas Schoß.

»Ich glaube, ich weiß, was los ist«, murmelte die Kriegerin und bettete Leanna vorsichtig etwas bequemer hin. »Sie wollte nachsehen, ob es wirklich Lîfstein ist, der dort auf der Krone sitzt. Dazu hat sie ihre Kräfte verwendet. Und dann kam plötzlich der Dunkle Herrscher, bevor sie sich gegen ihn abschirmen konnte.« Sie seufzte. »Sie muss ihn in seiner ganzen Macht gespürt haben. Kein Wunder, dass es ihr so schlecht geht.«

»Was sollen wir denn jetzt machen?«, fragte ich leise. »Was ist, wenn sie nicht mehr aufwacht?«

Eysha warf mir nur einen kurzen Blick zu.

»Nein«, sagte ich sofort, weil mir klar war, was die Kriegerin dachte. »Wir werden sie nicht hier zurücklassen. Entweder gehen wir alle oder keiner von uns.«

»Ihr seid der Fürst«, bemerkte Eysha mit kalter Stimme. Ich hätte sie erschlagen können.

Es dauerte sicher eine Stunde oder länger, bis alle Orlocks den Saal verlassen hatten. Dann, als die letzten Schritte in der Ferne verhallten, erhob ich mich und spähte hinter dem Torflügel hervor.

Der Gang war vollkommen leer. Nicht das leiseste Geräusch war zu hören, bis auf das stete Dröhnen und Knarren der Räder. Eilig schlüpfte ich wieder hinter das Tor.

»Sie sind weg«, flüsterte ich und zerrte Leanna in die Höhe. Sie war immer noch nicht aufgewacht. Ich versuchte sie mir auf die Schultern zu heben. Beinahe wäre sie mir aus den Händen gerutscht und zu Boden gefallen, doch im letzten Augenblick packte Eysha mit an und schob sie mir so auf den Rücken, dass ich sie tragen konnte. Ihre Haut fühlte sich furchtbar kalt an.

Ganz vorsichtig traten wir in den Thronsaal. Auch hier war niemand zu sehen. Nur der Löwenkopf über dem Thron starrte uns aus kalten goldenen Augen an.

»Nun gut«, sagte Eysha leise und straffte sich energisch. »Dann wollen wir mal.«

Wir hatten gerade die ersten paar Schritte zurückgelegt, als hinter uns ein dumpfes Knarren ertönte. Eysha fuhr herum und zog in einer blitzschnellen Bewegung das Schwert aus der Scheide. Ich wandte mich ebenfalls um und sah gerade noch, wie sich die Torflügel dröhnend hinter uns schlossen.

Eine Weile standen wir da und starrten das eiserne Tor an.

»Gut, dass wir nicht davor stehen«, sagte Eysha schließlich heiser. »Wahrscheinlich gibt es keinen Weg hier herein, wenn das Tor geschlossen ist.«

»Ich hoffe nur, dass es noch einen Weg hinaus gibt«, fügte ich krächzend hinzu.

»Das wird unsere nächste Sorge sein«, erklärte sie in gespielter Ruhe. »Jetzt holen wir uns erst einmal das, was uns gehört.«

Langsam näherten wir uns dem Thron – doch nichts geschah. Allerdings hatte ich die ganze Zeit die entsetzliche Vorstel-

lung, dass uns die goldenen Augen des steinernen Löwen aufmerksam folgten, als wir die Halle durchquerten.
Dann hatten wir die gewaltigen Stufen, die zum Podest hinaufführten, erreicht. Ich legte Leanna davor nieder und bettete ihren Kopf auf meinen zusammengerollten Mantel. Wenigstens hatte ihre Nase zu bluten aufgehört, das Blut an ihren Augen trocknete und klebte ihre Wimpern zusammen.
»Ihr werdet dort hinaufklettern müssen«, riss mich Eyshas Stimme von Leannas Anblick weg. »Von der Armlehne aus solltet Ihr den Kopf erreichen können.«
»Was? Warum macht Ihr es nicht?«, war ich durcheinander. Irgendetwas stimmt doch nicht mit Leanna. »Ihr klettert wesentlich besser als ich«, hörte ich mich sagen.
»Ich kann den Kristall nicht berühren, erinnert Ihr Euch?«, war die genervte Antwort, die mich vollends wieder zu mir brachte. Eysha hatte Recht. Wie immer.
»In Ordnung. Versuchen wir es«, sagte ich einfach nur.
Ohne weiter nachzudenken, kletterte ich auf den Sitz des Throns.
»Steigt auf die Armlehne«, wies Eysha mich an und glitt mühelos ebenfalls auf den Thron. »Ich werde Euch festhalten, bis Ihr Halt gefunden habt.«
Indem ich mich auf ihren Schultern abstützte, stellte ich mich auf die Armlehne und versuchte an den Löwenkopf über mir heranzureichen. Doch sosehr ich mich auch streckte, er war einen halben Meter zu weit oben.
»Ich komme nicht heran!«, ächzte ich. »Das Ding ist zu hoch angebracht.«

»Ich werde Euch hochheben«, sagte Eysha nur und umschlang meine Knie mit beiden Armen. Dann stemmte sie mich so plötzlich in die Höhe, dass ich mir fast den Kopf am Maul des Löwen angeschlagen hätte. Hastig griff ich nach dem steinernen Kopf. Meine Finger schlossen sich um die goldenen Zähne in dem riesigen Maul und ich baumelte in der Luft.

»Zieht Euch hoch!«, befahl Eysha mir. Keuchend zerrte ich mich nach oben und umklammerte den Hals des Biests mit meinen Beinen. Es dauerte eine ganze Weile, aber schließlich saß ich rittlings auf dem Tier und lehnte mich keuchend gegen die Wand hinter mir. Meine Arme und Beine zitterten entsetzlich, aber ich hatte es geschafft.

Vor mir ragte Lîfstein aus der Krone des Löwen hervor. Ich beugte mich vor und betrachtete ihn aus der Nähe. Der Kristall war mit einer schwarzen ledrig aussehenden Schicht überzogen.

»Na los«, rief Eysha gedämpft von unten herauf. »Nun macht schon! Nehmt ihn und kommt wieder runter!«

Vorsichtig tippte ich den Kristall an. Kaum hatte ich ihn berührt, als die schwarze Schicht in Bewegung geriet. Langsam formte sich vor mir ein Monster aus, das immer höher über mir aufragte, die Decke der riesenhaften Halle auszufüllen schien und mit toten Augen auf mich herunterstarrte. Dann senkte es sich zu mir herunter. Jetzt ist es aus, schoss es mir durch den Kopf . . .

»Ein Schattendämon!«, schrie Eysha von unten. »Springt!«

Ich ließ mich einfach zur Seite hinabfallen, gerade, als das

Monster mit einem seiner tentakelartigen Arm nach mir auslangte.

Meine Schulter prallte dumpf gegen die Lehne des Throns. Dann landete ich hart auf den Stufen des Podestes.

Der Schattendämon senkte sich langsam und drohend auf mich herab und dann wurde alles völlig finster. Ich wollte schreien, doch kaum hatte ich den Mund geöffnet, als sich warme Luft wie zäher Teer in meine Kehle ergoss und mir den Atem raubte.

Der Schatten drang mir in den Hals, die Kehle hinab. Meine Arme und Beine wurden wie von weichen Kissen an den Boden gepresst und dort unnachgiebig festgehalten.

Götter, steht mir bei!, dachte ich verzweifelt, während ich vergeblich nach Luft rang.

Und dann zog sich der Dämon aus mir zurück, ließ von mir ab. Hustend und würgend rollte ich mich auf den Bauch und sah mich um. Eysha stand direkt neben mir und starrte zu Leanna hinüber.

Leannas Augen waren immer noch geschlossen und unter ihrer Nase klebte das getrocknete Blut wie ein kleiner Schnauzbart. Doch unter ihren blutverkrusteten Lidern strahlte ein grüner Schimmer hervor und sie hatte sich auf die Ellenbogen gestützt.

»Was tut sie?«, flüsterte Eysha, als der Dämon quälend langsam auf sie zuschwebte.

»Bekämpft das Mistvieh«, röchelte ich.

Der Schattendämon erreichte Leanna und hüllte sie wie eine wabernde Wolke völlig ein.

»Wir müssen ihr helfen!« entfuhr es mir, und ich richtete mich taumelnd auf.
»Bei diesem Kampf können wir ihr nicht beistehen!«, erwiderte die Kriegerin und hielt mich fest, als ich Leanna zu Hilfe eilen wollte.
In diesem Moment ertönte ein greller Schrei, der wie durch dicke Mauern an unsere Ohren drang. Das schwarze Wesen verfärbte sich einen Augenblick lang grün und sank zu Boden, wo es zerfloss und sich auflöste.
»Sie hat es geschafft!«, stellte Eysha heiser fest. »Das glaube ich nicht! Sie hat einen Schattendämon besiegt!«
Leanna lag inmitten der zerlaufenden grünen Wolke, mit dem Gesicht nach unten. Als ich zu ihr humpeln wollte, hielt Eysha mich fest.
»Sie ist wieder ohnmächtig. Ich kümmere mich um sie«, sagte sie mit fester Stimme. »Ihr habt jetzt etwas anderes zu tun.« Sie deutete zu dem schwarzen Löwenkopf über uns.
Schon wollte ich ihr widersprechen, gab aber dann nach. Ächzend zerrte ich mich wieder auf die Sitzfläche empor und stellte mich mit Eyshas Hilfe erneut auf die Lehne. Mit letzter Kraft zog ich mich ein zweites Mal in den Nacken des Löwenkopfes und blieb dort einen Moment lang keuchend sitzen.
Dann griff ich mit zitternden Händen nach Lîfstein.
Zuerst geschah gar nichts. Doch dann begann der Kristall in warmem, gleißendem Licht zu strahlen. Sein Leuchten wurde so hell, dass ich meine Augen mit der Hand abschirmen musste. Der ganze düstere Saal wurde in ein reinigendes weißes Licht getaucht, das alle Schatten verjagte.

Alle Müdigkeit und Erschöpfung fielen von mir ab. Ich spürte, wie mir das Blut durch die Adern strömte, wie mein Herz kraftvoll schlug. Das pure Leben floss durch meine Hand und von dort durch meinen ganzen Körper. Ich fühlte mich stark und kräftig und mir wurde klar, dass ich mit Lîfstein wirklich ein Stückchen pures Leben in meiner Hand hielt.

»Götter, habt Dank!«, rief Eysha unter mir froh und erlöst. »Wir haben ihn.«

»Geschafft!«, flüsterte ich und drückte den Stein gegen meine Brust. »Es ist geschafft. Endlich.«

Einige Sekunden später war ich von dem Löwenkopf heruntergeklettert und stand vor Eysha. Die Kriegerin sah zu mir hoch. Ihre Augen glänzten feucht. Und dann plötzlich trat sie auf mich zu und umarmte mich. Wie von selbst schlossen sich meine Arme um sie. Lange standen wir da und genossen das Glück, endlich etwas erreicht zu haben – endlich wieder Hoffnung zu haben.

Schließlich lösten wir uns wieder voneinander und sahen uns ein wenig verlegen an.

»Nun haben wir nur noch ein Problem«, stellte Eysha fest. Obwohl ihre Augen ernst waren, stand ein irres Grinsen in ihrem Gesicht. Mir war klar, dass es mir nicht anders erging. »Wir müssen hier raus.«

»Und wir müssen Leanna wecken«, fügte ich hinzu.

»Richtig«, nickte sie. »Kümmert Euch um Leanna, ich werde mich nach einem Ausgang umsehen.«

Während die Kriegerin davonstapfte, kniete ich mich neben Leanna nieder. Ihre Haut war grau wie Stein. Vorsichtig tätschelte ich ihre Wangen. Sie waren eiskalt. Ein schreckliches Gefühl überkam mich wie eine schwarze Welle. Verzweifelt versuchte ich es niederzukämpfen, aber er war nicht aufzuhalten.

Erstarrt saß ich da und hielt Leannas kalte, reglose Hand.

»Ich weiß nicht, wie wir hier rauskommen sollen«, ertönte Eyshas Stimme hinter mir. Als ich nicht antwortete, kniete sie neben mir nieder.

»Was ist mit ihr?«, fragte sie leise.

»Sie schläft«, wisperte ich. »Sie schläft nur.«

Die Kriegerin berührte mit der Hand Leannas Hals, fühlte ihre Brust und näherte zuletzt ihr Ohr Leannas halb geöffnetem Mund. Dann legte sie mir die Hand auf die Schulter und wartete, bis ich sie ansah.

»Es tut mir Leid, mein Fürst«, sagte sie leise. »Aber Leanna hat die Berührung des Dunklen Herrschers nicht überlebt – sie ist tot.«

KAPITEL XX

Leannas graues Gesicht verschwamm vor meinen Augen, aber ich konnte nicht glauben, was ich sah. »Ihr habt nicht richtig hingesehen. Ihr Herz schlägt ganz schwach, aber es schlägt. Ich fühle es doch.« Meine Stimme, ein brüchiges Quieken, verlor sich in der riesigen Halle.

Eysha legte mir die Hand auf die Schulter. »Sie ist für das Reich gestorben, mein Fürst. Sie lag schon im Sterben, als der Dämon Euch angegriffen hat. Nur die Liebe zu Euch und dem Reich muss sie dazu gebracht haben, ein letztes Mal für einen Augenblick aus der Finsternis zurückzukehren und zu kämpfen. Sie ist als Heldin gestorben. Erweist ihr die Ehre und raubt ihrem Tod nicht die Würde«, sagte sie mit rauer Stimme.

»Seid still«, wisperte ich. Mit zitternden Fingern strich ich wieder und wieder über Leannas kaltes Gesicht.

»Leanna«, flüsterte ich, »bitte wach jetzt auf. Wach auf, bitte!«

»Ihr könnt nichts mehr tun, mein Fürst.« Eyshas Stimme war unerbittlich. »Und zum Trauern ist jetzt keine Zeit. Lasst diese

Hülle zurück und kommt endlich! Das Reich braucht Euch jetzt. Macht ihren Tod nicht zu einem sinnlosen Opfer, indem Ihr jetzt noch versagt. Ihr könnt ihren Tod rächen – also steht auf und benehmt Euch wie ein Mann!«

Am liebsten hätte ich die Kriegerin verdroschen. »Geht weg«, bat ich sie stattdessen. »Lasst mich ein paar Minuten in Ruhe! Nur ein paar Minuten, ja?« Ich wandte mich um und sah Eysha an. Sie starrte auf mich herab, dann drehte sie sich um und ging davon.

Am ganzen Körper bebend, zog ich Leanna an mich und beugte mich über sie. Im Tod war sie auf furchtbare Weise so schön wie nie zuvor. Im Leben hatte ihr Gesicht so unglaublich kraftvoll gewirkt. Nun war diese Kraft vergangen und Leanna wirkte zart und zerbrechlich.

Ich hielt sie so fest ich nur konnte, umfasste zärtlich ihren Kopf und drückte sie an mich. Ein Schluchzen schüttelte mich, das mich fast zerriss, und ich weinte, dass mir die Tränen die Wangen hinunterliefen, vom Kinn fielen und ihr übers Gesicht rannen. In meiner Vorstellung suchte ich nach etwas, das mich trösten konnte. Fest umklammerte ich Lîfstein, der in meiner Tasche lag.

Dann, endlich, war das Gefühl da, auf das ich gewartet hatte – Zorn. Vorsichtig bettete ich Leanna auf ihren gefalteten Mantel und stand auf. Meine Beine zitterten, aber ich ballte die Hände zu Fäusten, starrte auf den Leichnam zu meinen Füßen und tat einen Schwur. »Ich werde dich rächen, meine Leanna«, versprach ich. »Du bist nicht umsonst gestorben.«

Mir war es, als stimmte sie mir innerlich zu. »Also gut«, knurrte ich und sah mich nach Eysha um. Die Kriegerin stand am anderen Ende der Halle vor dem Tor, die Hände in die Hüfte gestemmt, und suchte die Wand nach einer Fluchtmöglichkeit ab. Mit festen Schritten marschierte ich zu ihr.

Da klang ein leises Stöhnen durch den Saal.

»Was war das?« Wie der Blitz fuhr Eysha herum, die Hand am Schwertgriff.

»Keine Ahnung«, flüsterte ich und blieb stehen.

Wieder dieses Stöhnen, leise und qualvoll. Mein Blick glitt zu Leannas Leichnam hinüber. Eine Hoffnung stieg in mir auf. Langsam ging ich zurück. Schritt für Schritt durch den Saal, hin- und hergerissen zwischen Hoffnung und Verzweiflung.

»Sie ist tot«, sagte Eysha fest und folgte mir mit gezückter Klinge.

Ohne auf ihre Worte zu achten, kniete ich neben Leanna nieder und berührte ihre Wange.

»Sie fühlt sich warm an!«, rief ich. »Seht sie Euch an! Ihre Haut!«

»Götter, steht uns bei«, flüsterte Eysha und packte mich mit festem Griff am Arm. »Weg von ihr, mein Fürst! Der Dunkle Herrscher muss von ihr Besitz ergriffen haben! Sie ist tot!«

Aufgeregt schüttelte ich Eyshas Hand ab und beugte mich tiefer über Leannas Gesicht.

»Sie atmet! Götter, sie atmet!«

»Lug und Trug! Sie kann nicht mehr atmen! Das ist böse Hexerei!«

In diesem Moment schlug Leanna die Augen auf und gab ein lang gezogenes, gequältes Geräusch von sich.

»Leanna!«, schrie ich und schüttelte sie an den Schultern.
»Götter«, flüsterte sie leise und sah mich mit getrübtem Blick an. »Was ist geschehen?«
»Ich weiß nicht«, schluchzte ich und bettete ihren Kopf an meine Brust. »Du lebst, Götter, habt Dank! Du lebst.«
Von Weinen und Lachen geschüttelt, drückte ich sie an mich, bis sie keuchend versuchte sich aus meinem Griff zu befreien.
»Verdammt, du erdrückst mich ja!«, ächzte sie und wand sich aus meinen Armen.
»Wie fühlt Ihr Euch?«, fragte Eysha misstrauisch.
Leanna sah die Kriegerin an, die immer noch mit gezücktem Schwert über ihr stand. »Schrecklich«, stöhnte sie und setzte sich mühsam hin. »Was ist denn geschehen? Wollt ihr mir den Kopf abschlagen oder was ist los?«
»Ihr wart tot«, erklärte Eysha, ohne ihre Haltung zu ändern. »Und ich bin immer ein wenig misstrauisch, wenn ein Toter zum Leben erwacht.«
»Ihr habt Euch getäuscht.« Leanna schüttelte benommen den Kopf. »Ich muss ohnmächtig gewesen sein.«
»Ihr habt nicht geatmet, euer Herz hat nicht geschlagen, Ihr wart kalt und weiß wie Stein. Eine Ohnmacht sieht für mich anders aus«, gab Eysha noch nicht nach.
»Und warum bin ich dann wieder am Leben?« Leannas Augen blitzten in dem alten wundervollen Feuer. »Sollte ich mich Eurer Meinung nach wieder hinlegen und so tun, als wäre ich weiterhin tot?«
»Ich war mir auch sicher, dass du . . .«, sagte ich leise. »Woran kannst du dich erinnern? Was ist mit dir geschehen?«

Sie schüttelte verwirrt den Kopf. »Alles wurde dunkel . . . Dann hatte ich das Gefühl, als würde ich etwas trinken, das mich mit Wärme erfüllte und . . . ja und dann bin ich aufgewacht.«
Sie sah Eysha und mich fragend an. »Macht das für Euch irgendeinen Sinn?«
Die Kriegerin schüttelte den Kopf. Schon wollte ich auch verneinen, als mir ein Gedanke kam. Meine Hand ballte sich in der Tasche um Lîfstein.
»Ich habe geweint«, sagte ich langsam.
»Das ist lieb von dir«, sagte Leanna lächelnd. »Hätte ich an deiner Stelle auch getan, wenn ich plötzlich tot gewesen wäre.«
»Nein«, erwiderte ich ärgerlich. »Das meine ich nicht. Ich habe geweint und meine Tränen sind über dein Gesicht gelaufen.«
Eysha starrte mit offenem Mund auf mich herab.
»Du meinst, deine Tränen haben heilende Kräfte, die einen Toten wieder aufwecken können«, sagte Leanna, als wäre ich irre. »Wie gut, dass du dann . . .«
»Ich habe keine heilenden Kräfte«, unterbrach ich sie. »Aber *dies* hier.« Damit zog ich Lîfstein aus der Tasche und hielt ihn Leanna vor die Nase. Das gleißende Licht ließ sie die Augen zusammenkneifen, doch sie starrte den Kristall unverwandt an.
»Ihr habt ihn«, sagte sie ehrfurchtsvoll. »Götter, seine Kraft ist so gewaltig, dass ich sie auf der Haut spüre.«
»Ja, wir haben ihn.« Eysha lächelte. Selbst sie konnte sich dem gewaltigen Eindruck des Kristalls nicht entziehen.
»Du hast Recht, Martin.« Leanna schloss die Augen. »Das war

die Kraft, die mich aus der Dunkelheit gerissen hat – mithilfe deiner Tränen.«

Eine ganze Weile standen wir da, versunken in die Kraft des Kristalls.

Ich riss mich los und steckte Lîfstein wieder in die Tasche. »Wir haben nur ein kleines Problem«, seufzte ich. »Wir kommen aus diesem verdammten Saal nicht mehr heraus.«

»Das Tor hat sich von selbst hinter uns geschlossen, kurz nachdem wir hineingegangen sind«, erklärte Eysha auf Leannas fragenden Blick hin. »Es lässt sich scheinbar nicht von innen öffnen.«

»Eine andere Türe?«

»Haben wir nicht gefunden, obwohl der Dunkle Herrscher hier in der Nähe des Throns hereingekommen ist, erinnerst du dich?«

Leanna dachte nach, dann rappelte sie sich auf und trat vor die Wand rechts neben dem Thron hin. »Wartet einen Augenblick«, sagte sie und tastete das schwarze Mauerwerk mit geschlossenen Augen ab. Eysha und ich verfolgten ihre Suche atemlos. Schließlich wandte sie sich uns zu. »Hier kann ich nichts finden«, sagte sie und marschierte mit grimmigem Gesicht um den Thron herum. »Aber wenn da etwas ist, werde ich es schon herausbekommen.«

Sie hatte sich kaum einen Meter an der Wand auf der linken Seite des Throns entlanggetastet, als sie zusammenzuckte. »Ich habe es«, stieß sie hervor. »Kommt her!«

Wir eilten zu ihr und betrachteten die Mauer. Sie wirkte so fest, wie eine Mauer nur sein konnte.

»Was ist da?«, fragte Eysha misstrauisch. »Ich kann nichts erkennen.«
»Das wundert mich nicht«, sagte Leanna leise. »Haltet Euch bereit! Wenn ich es sage, schlüpft rasch hindurch!«
Sie lehnte sich mit beiden Armen schwer gegen die Wand, während unter ihren Lidern das grüne Feuer aufglühte. Die schwarzen Quader vor uns begannen zu leuchten und der Umriss eines hohen, schmalen Durchgangs zeichnete sich vom Rest der Mauer ab. Dann nahmen die Steine einen seltsamen grauen Farbton an, bevor sie durchsichtig wurden.
»Jetzt!«, sagte Leanna gepresst. Sofort trat Eysha auf die geisterhaft verschwommene Mauer zu. Die nebelhaften Steine verschluckten sie, noch während ich hinter ihr herging. Es war, als trete man durch einen schweren Nebel, genauso wie am Eingang zur Quelle des Lebens.
Wir befanden uns in einem kleinen runden Raum, in dessen Mitte eine schwarze schmiedeeiserne Wendeltreppe nach oben und unten führte.
»Das ist ja hier geradezu gemütlich«, stellte Eysha flüsternd fest. »Ich hatte schon gedacht, dass wir jetzt ins Schlafzimmer des Dunklen Herrschers eindringen.«
Leanna kam durch den Nebel zu uns und schon wollte ich aufatmen, da vibrierte der Boden und ein tiefes Donnern ertönte, als ob ein Erdbeben die Festung erschütterte.
»Was ist denn jetzt los?«, zischte Eysha und lief über den schwankenden Boden zur Wendeltreppe.
»Er hat uns entdeckt!«, schrie Leanna. »Er hat gemerkt, dass Lîfstein nicht mehr an seinem Platz ist.«

Eindringlinge!, ertönte die furchtbare Stimme des Dunklen Herrschers in meinem Kopf. *Eindringlinge in meiner Burg! Fasst sie!*

Sie waren schnell.

Schon drang das Grollen eines Orlocks die Treppe hinauf: »Sie sind hinter dem Thronsaal – in den Gemächern des Herrn!«

»Verdammt!«, fluchte Eysha, während Stimmengewirr und Fußgetrampel unter uns ertönten und die eiserne Treppe unter schweren, hastigen Schritten zu zittern begann. »Wir müssen weg! Los, lauft nach oben!«

Ohne Zögern rannten wir die Treppe hinauf. Die Kriegerin blieb immer wieder stehen und versuchte einen Blick auf unsere Verfolger zu werfen. Wir konnten ihre Stimmen laut und deutlich hören, denn die Treppe führte in einem endlosen Schacht nach oben, der ihr Geschrei zu uns weitertrug.

Die ganze Zeit über hoffte ich, dass wir bald an eine Türe kamen, durch die wir fliehen konnten. Aber es ging ohne jede Unterbrechung immer weiter hinauf. Bald taten mir von dem endlosen Laufen die Beine weh. Das Blut rauschte in meinen Ohren, während ich Stufe um Stufe nahm, die eine Hand um *Triuwe*, die andere um Lîfstein geklammert. Plötzlich war die Wendeltreppe zu Ende. Ich stand schwer atmend in einem großen fensterlosen Raum, an dessen anderem Ende eine hohe Steintreppe begann.

Keuchend spähte ich in die bodenlose Tiefe des Schachtes hinunter, aus dem wir eben aufgetaucht waren. Leanna hielt

sofort ebenfalls an, setzte sich auf die Treppe und wischte sich mit dem Ärmel den Schweiß von der Stirn.
»Anstrengend, nicht wahr?«, ächzte ich und rang mir ein Lächeln ab, als ich sie ansah. Sie nickte nur und lehnte sich mit geschlossenen Augen gegen die Mauer.
»Sie sind hinter uns«, sagte Eysha, die neben mich getreten war. Die Kriegerin stand da und sah starr hinunter.
Der Lärm der Orlocks tief unter uns machte mich wieder munter. »Weiter!«, rief ich und stürmte die Steintreppe hinauf. Leanna stöhnte zwar entsetzlich, rannte aber tapfer hinter mir her. Nach wenigen Augenblicken schon hallte auch der Treppenraum wider vom Stampfen und Knurren der Orlocks, die scheinbar unermüdlich hinter uns herhetzten. Wenigstens war unser Vorsprung noch so groß, dass es geraume Zeit dauern würde, bis sie uns erreicht hatten.
Nach einigen Minuten hatten wir das Ende der Treppe erreicht. Ich öffnete die Tür vor uns und stand in völliger Finsternis, umtost von Wind und Regen. Mit einem Blick sah ich, dass wir verloren waren. Das hier musste einer der Festungstürme sein. Ein Entkommen gab es jetzt nicht mehr.
Leanna stellte sich neben mich und ließ sich von den dicken, kalten Tropfen das Gesicht kühlen.
»Und?«, fragte Eysha, als sie uns erreicht hatte.
»Nichts«, sagte ich niedergeschlagen. »Aus.«
Die Kriegerin ging schnell einmal an der gesamten Brüstung des Turmes entlang und sah in die Tiefe. »Hier kommen wir wirklich nicht weiter«, stimmte sie mir zu. »Wir werden kämpfen müssen.« Damit steckte sie ihr Schwert in die Scheide und

setzte sich vor die Tür, durch die unsere Verfolger kommen mussten. »Ruht Euch aus«, sagte sie. »Unsere letzte Gelegenheit.«

Müde lehnte ich mich auf die Brüstung und sah auf die Festung hinunter. Unsere einzige Möglichkeit war gewesen unbemerkt zu bleiben, schoss es mir durch den Kopf. Und diese Möglichkeit hatten wir nicht genutzt – wenn wir sie überhaupt je wirklich gehabt hatten.

Der Turm, auf den wir uns geflüchtet hatten, ragte bei weitem am höchsten über die Mauern der Burg hinaus. Es waren sicherlich gute hundert Meter, die uns nun von der Festung selbst trennten. Und dann sah ich etwas, das mir den letzten Mut raubte.

Ich sah, wie sich die Festung fortbewegte. Sieben Riesen, jeder von ihnen mindestens hundert Meter groß, stampften in dumpfem Trott vor der Festung her. Über ihren Schultern lagen meterdicke Seile, mit denen sie die ungeheuere Burganlage vorwärts zerrten. Fassungslos starrte ich auf die grauhäutigen Giganten, deren Schultern und nackten Köpfe sich mit jedem Schritt wie lebende Gebirge hoben und senkten.

Wie hatten wir uns je einbilden können den Herrscher solcher Kreaturen besiegen zu können? Das Schnaufen und Stampfen der Riesen war selbst in dem Heulen des Windes noch zu hören und ihr Atem schuf kleine weiße Wolken, die sofort vom Sturm zerweht wurden. Fasziniert von dem irrsinnigen Anblick, stand ich da und achtete kaum noch auf die Geräusche hinter mir. Mein Blick schweifte umher, aber ich fand nicht, was ich suchte: Die Draghnars mussten bereits auf dem

Weg nach Hohenstayn sein, denn es war keine einzige der fliegenden Echsen zu sehen.
Die Festung rollte donnernd durch eine Landschaft, die an ein Stoppelfeld erinnerte. Voller Grauen erkannte ich, dass dies der Östliche Wald sein musste – das, was von ihm noch übrig war. Die Bäume standen nackt und kahl da und der Boden war bedeckt von ihren grauen, abgestorbenen Blättern.
»Sie kommen«, rief Eysha schließlich. »Mein Fürst, jetzt brauche ich Eure Hilfe.«
Mühsam riss ich mich von diesem gewaltigen Bild des Todes los und wandte mich um. Leanna saß im Schneidersitz da und hatte das Gesicht in den Händen verborgen. Sie bereitete sich scheinbar auf ihr Ende vor. Ich konnte es ihr nachfühlen. Jetzt, da alle Hoffnung vergebens war, fühlte ich mich unendlich erschöpft. Es wurde Zeit, dass wir unser Ende fanden. Dann war wenigstens die Qual der immer wieder aufs Neue enttäuschten Träume endlich vorüber! Langsam trat ich neben die Kriegerin und zog mein Schwert. Als wollte es der Dunkelheit trotzen, funkelte das Kristallschwert heller denn je zuvor.
»Mein Fürst«, sagte Eysha und sah mich freundlich an. »Es ist mir eine Ehre, ein letztes Mal an Eurer Seite zu streiten.«
»Ich danke Euch, Eysha«, erwiderte ich. »Ich danke Euch für alles.« Und ich meinte jedes Wort.
Wir sahen zu Leanna hinüber. Sie hatte den Kopf in den Nacken gelegt. Unter ihren Lidern begann es, grün zu leuchten.

»Was hast du vor?«, rief ich, während unter uns die ersten Orlocks auf der Treppe in Sicht kamen.

»Stör mich nicht«, sagte sie nur und das Leuchten verstärkte sich.

Dann stürzte der erste Orlock mit Gebrüll auf uns zu und ich fuhr herum. Eysha schlug seine breite Klinge beiseite und durchbohrte seinen Hals mit ihrem Schwert. Doch kaum war er gefallen, sprang der nächste auf uns los. Diesmal war ich es, der ihn erledigte.

Schnell verlor ich jedes Zeitgefühl. Es war wie ein ewig währender Alptraum. Unzählige dieser Monster stürmten zu uns herauf, schlugen sich mit uns und fielen zuletzt schreiend den Schacht des Turmes hinunter. Eysha kämpfte mit einer Leichtigkeit und Eleganz, dass ich schon fast wieder Hoffnung schöpfte. Doch auch ihre Arme wurden müde und irgendwann durchbohrte einer der Orlocks mit seiner Klinge ihren Unterarm.

Die Kriegerin schrie auf, wechselte von der rechten zur linken Hand und erschlug ihren Gegner. Doch nun hing ihre Schwerthand nutzlos herab und jede ihrer Bewegungen wurde von einem leisen Keuchen begleitet.

Mich traf bald darauf eine Axt am Knie. Die Klinge drang zwar nicht durch die schwarze Rüstung, doch etwas knackte und ein siedend heißer Schmerz schoss durch mein rechtes Bein. Ich brüllte auf und sackte zu Boden. Sofort verstärkte Eysha ihre Anstrengungen und tötete mit einem kraftvollen Streich den Orlock, der mich verletzt hatte.

Martin!, drang trotz des Kampflärms und dem Geschrei der

nachdrängenden Orlocks Leannas Stimme flüsternd an mein Ohr. *Ich brauche deine Hilfe.*

Ich fuhr herum. Leannas Körper war in eine grün leuchtende Aura gehüllt und ihre Augen glühten so hell wie nie zuvor.

»Geht, mein Fürst!«, keuchte Eysha. Sie schien Leannas Ruf auch gehört zu haben. »Ich halte hier alleine durch.«

Vor Schmerz und Erschöpfung schwankte alles um mich herum, doch ich kroch zu Leanna hinüber. »Was soll ich tun?«, keuchte ich.

Nimm den Kristall in deine Hände, wies sie mich an, ohne die Lippen zu bewegen. *Halte ihn vor mich hin!*

Ich nestelte Lîfstein aus meiner Tasche und umschloss ihn mit beiden Händen. Das Leuchten des Kristalls durchdrang meine Hände und ließ Leannas Aura fast verschwinden.

Gut so, sagte sie stumm. *Bewege dich nicht!* Damit hob sie langsam ihre Hände und legte sie auf die meinen. Ein merkwürdiges Kribbeln floss vom Kristall durch meine Hände und in die ihren. Je stärker es wurde, desto schwächer wurde das Leuchten des Kristalls. Zugleich nahm die Aura um Leanna an Helligkeit zu und wurde so dicht, dass ich sie kaum noch sehen konnte, obwohl sie keinen halben Meter von mir entfernt saß.

Schon wollte ich die Augen gegen dieses blendende Licht verschließen, als es in einem winzigen Augenblick von ihrem Körper aufgesaugt zu werden schien. Einen Herzschlag lang herrschte völlige Dunkelheit. Dann öffnete sie ihre zum Himmel gerichteten Augen und von ihnen aus stieg mit leisem Zischen eine dünne, grellgrüne Lichtsäule wie eine glühende

Nadel gen Himmel. Das grüne Licht bohrte sich durch die ewige Nacht und stieg mit rasender Geschwindigkeit immer höher in den Himmel hinauf.
Eine Sekunde lang konnte ich hoch über uns ein kreisrundes Stück blauen Himmels sehen. Dann zerplatzte der Strahl in Millionen kleiner grüner Blitze, die in alle Richtungen davonstoben. Als das Licht erlosch, sackte Leanna lautlos in sich zusammen. Ich sah zum Himmel hinauf. Doch nichts geschah. Kein Wunder war zu sehen, das uns retten konnte. Nur der Wind heulte mit aller Kraft und der Regen prasselte mir kalt ins Gesicht.

»Mein Fürst, ich brauche Euch!«, schrie Eysha in höchster Not. Sie kniete im Eingang des Häuschens und focht immer noch erbittert gegen unsere Verfolger. Aber an ihren Bewegungen sah ich deutlich, dass sie am Ende ihrer Kraft war. Die Berührung mit Lîfstein hatte mich zwar wieder erfrischt, aber der Schmerz in meinem Knie war kaum weniger geworden. Mit zusammengebissenen Zähnen kroch ich zu ihr hin, richtete mich an der Mauer langsam auf und schlug mit *Triuwe* wild schreiend auf den vordersten Orlock ein. Doch er wehrte sich geschickt und bald darauf hatte ich eine heftig blutende Wunde an der Wange und meine Arme waren so kraftlos, dass ich *Triuwe* kaum noch halten konnte.
Ich sah dem seelenlosen Geschöpf in die Augen und wartete mit müden Armen auf den Streich, der mich niederschlagen würde, als hinter mir gewaltige Schwingen aufrauschten. *Die Draghnars sind zurück,* dachte ich völlig verzweifelt.

Der Orlock starrte an mir vorbei und ließ seine Klinge sinken. Ich streckte ihn nieder und stieß ihn so weit ich konnte die Treppe hinunter. Dann sah ich mich um und das Herz stockte mir.

Eine riesige geflügelte Echse saß mit ausgebreiteten Flügeln auf dem Turm und starrte aus strahlenden blauen Augen zu Leanna hinunter. Leanna erhob sich mühsam, stolperte auf das goldglänzende Tier zu und umarmte seinen riesigen Hals.

Du hast mich gerufen, wisperte eine Stimme, leicht und rein wie der Frühlingswind, in meinem Kopf. *Wie kann ich dir helfen?*

»Bring uns hier weg!«, Leanna lachte erleichtert und kletterte mit letzter Kraft auf den Rücken der Echse.

Wenn du willst, erwiderte das Wesen mild und starrte mich und Eysha an. Es trat auf uns zu und der Turm erbebte unter seinen wuchtigen Schritten, richtete sich auf seinen Hinterbeinen auf und griff nach Eysha und mir. Die riesigen Klauen umschlossen uns sanft. Dann hob es seine gewaltigen Schwingen und sprang mit einem Satz vom Turm.

Gewaltig rauschte der Wind in meinen Ohren, als wir in die Tiefe stürzten. Der Boden raste auf uns zu und ich schrie entsetzt auf. Doch dann fing das Wesen sich und der Wald unter uns huschte so schnell hinweg, dass die toten Bäume zu schwarz-grauen Schatten verschwommen.

Ich werde kurz landen, damit ihr euch auf meinen Rücken setzen könnt, sagte das Wesen. *Es ist mir zu schwer, Euch die ganze Zeit festzuhalten.*

Damit bremste es seinen Gleitflug ab und landete auf einer

kleinen freien Fläche. Vorsichtig setzte es mich und Eysha ab. Die Kriegerin versuchte sich auf den Füßen zu halten, doch sie war einfach zu schwach. Ich umschloss Lîfstein mit der Hand und das warme Pulsieren stärkte mich so weit, dass ich trotz meines Knies aufrecht stehen konnte.

»Wer seid Ihr?«, fragte Eysha und sah ungläubig zu der riesigen Echse hinauf.

»Ich habe Euch doch erzählt, dass ich auf einem Drachen nach Hohenstayn geflogen bin. Ihr wolltet es mir zwar nicht glauben, aber das ist der Freund, der mich damals aus der Wüste bis zu dem kleinen Dorf am Lôef gebracht hat.« Leanna lachte befreit und ließ sich vom Rücken des Wesens gleiten. »Das ist Kelthaain. Ein Sohn vom Volk der Wüsten-Aardnars.«

Verstehen huschte über Eyshas Gesicht. »Es gibt sie wirklich«, sagte sie mühsam lächelnd. »Jetzt kann ich wieder an alles glauben.«

Ich grüße Euch, Erste Kriegerin des Reiches, tönte die helle Stimme des Aardnars in unseren Köpfen. *Und auch Euch grüße ich, Hüter von Lîfstein.*

»Äh«, ich schluckte und starrte ins blaue Glühen der tellergroßen Augen. »Ich grüße Euch auch, Kelthaain. Es war phantastisch von Euch, uns zu retten.«

»Ich muss Euch um einen Gefallen bitten, Kelthaain«, sagte Leanna. »Wir müssen so schnell wie möglich nach Hohenstayn zur Ewigen Herrscherin.«

Ich helfe Euch, so weit es in meiner Macht steht, erwiderte der Aardnar freundlich. *Doch wir werden nicht sehr schnell sein, wenn ich Euch alle drei tragen muss.*

»Dann bleiben Leanna und ich hier«, sagte Eysha sofort. »Der Kristall muss so schnell wie möglich nach Hohenstayn.«

»Nein«, sagte ich fest. »Entweder gehen wir alle – oder keiner. Ich werde nicht alleine nach Hohenstayn zurückkehren.«

Eysha starrte mich wütend an. Doch schließlich schlug sie ihre Augen nieder. »Ich werde mich nicht mehr mit Euch streiten, mein Fürst«, sagte sie. »Das Schicksal des Reiches liegt in Euren Händen. Handelt so, wie es Euch beliebt.«

Ich atmete auf. »In Ordnung. Kelthaain, dürfen wir aufsteigen?«

Der Wüsten-Aardnar nickte nur und Eysha und ich kletterten auf den schuppigen Rücken des Aardnars. Sobald wir alle saßen, erhob sich die Echse mit uns in die Lüfte und stieg langsam immer höher.

»Leanna«, flüsterte ich, um unseren Retter nicht zu stören, » Warum kämpfen die Wüsten-Aardnare nicht auf seiten des Schwarzen Löwen wie die anderen Dragnahrs?«

Statt Leanna antwortete der Aardnar: *Wir Aardnare sind die Urväter aller fliegenden Drachen der Welt. Als wir sahen, dass unsere Nachkommen unehrenhaft und böse wurden, beschlossen wir uns in die Khalramwüste zurückzuziehen. Nur auserwählten Menschen haben wir unsere Existenz offenbart. Und zu ihnen gehörten schon immer die Weisen der Heyka!*

So verblüfft ich über seine Antwort war, so erschrocken war ich, dass er mein Flüstern gehört hatte. Leise klang Kelthaains Lachen in meinem Kopf. *Ich kann gar nichts hören, aber ich kann Eure Gedanken verstehen. Ebenso, wie Ihr meine Stimme nur in Gedanken hört!*

Ich sah Leanna an, sie nickte nur und drückte lächelnd meine Hand. Sie sagte: »Du musst dir nichts denken, sie sind daran gewöhnt. Als Kelthaan mich zum Lôef brachte, habe ich einmal kurz gegrübelt, ob man aus Aardnar-Haut wohl gute Kleidung machen könnte.«

»Und er war nicht böse?«, fragte ich erstaunt nach.

»Er wusste, dass ich nie auf die Idee kommen würde, ihm deshalb etwas anzutun.« Leanna schüttelte den Kopf. »Eine so seltsame Überlegung hat ihn eher belustigt.«

»So seltsam finde ich die Idee gar nicht«, sagte ich mit einem Schulterzucken. »Man kann doch aus allem Möglichen Kleidung machen. Warum nicht aus Aardnar-Haut?«

»Weil kein Messer oder Schwert dieser Welt scharf genug ist, um durch ihre Schuppen zu schneiden«, erklärte sie mir lächelnd.

Dann saßen wir auf Kelthaains Rücken und sahen nach unten, während der Aardnar uns mit peitschenden Schwingen durch Sturm und Dunkelheit trug. Immer wieder musste er landen und sich von dem anstrengenden Flug ausruhen. Die erste Rast nutzte Leanna, um Eyshas Wunden notdürftig zu verbinden.

Im Laufe unseres Fluges verlor ich jedes Zeitgefühl. Mir schienen Tage vergangen zu sein, bis vor uns endlich die Steppe auftauchte. Beim Anblick des Grasmeeres, das jetzt grau zu uns hinaufschien, erschrak ich. Der Aardnar kam tatsächlich nur sehr langsam voran.

Bei seiner nächsten Rast lehnten Eysha, Leanna und ich an seiner Seite und ruhten aus, als Leanna plötzlich nach meiner Hand fasste. »Was ist das?«, flüsterte sie.

Nun spürte ich es auch. Der Boden vibrierte leise und ins Heulen des Sturmes mischte sich ein fernes Donnern.
»Die Festung des Dunklen Herrschers?«, überlegte Eysha und lauschte angespannt.
»Nein.« Leanna schüttelte den Kopf. »Das hört sich anders an. Und außerdem kann sie noch nicht hier sein. Das ist etwas anderes.«
»Wir müssen hier weg, meine Kinder«, erklang Kelthaains Stimme besorgt in meinem Kopf. »Lasst uns weiterfliegen!«
Sobald wir alle wieder aufgesessen waren, erhob Kelthaain sich aus dem Hof und wuchtete sich in einer langen Spirale in den Himmel. Wir starrten alle in Richtung des Östlichen Waldes. Über die ganze Weite der Steppe hinweg schob sich eine unvorstellbare Masse von schwarzen Gestalten. In kurzer Zeit war die unregelmäßige Linie uns so nahe gekommen, dass man erkennen konnte, was dort wie eine dunkle Flut über die Steppe hereinbrach.
Es waren tausende und abertausende von Orlocks. Sie ritten auf Nachtmahren, deren Bellen und Knurren wie die Musik eines Alptraums durch den Himmel hallte.
»Das Heer des Dunklen Herrschers«, flüsterte Eysha. »Götter, steht uns bei! Er will Hohenstayn erobern, bevor wir dort sind.«
Und dann blieb mein Blick an etwas hängen. Auf einem Nachtmahr, dreimal so groß wie seine Brüder, ritt ein Riese in schwarzer Rüstung. Sein Helm war geformt wie ein Löwenkopf und die Augen des Löwen strahlten ein böses rotes Licht aus.
Die anderen Reiter wahrten einen weiten Abstand zu ihm und

immer wieder zuckte ein Blitz neben ihm in den Boden und setzte trotz des Regens das tote Steppengras in Brand.

»Der Schwarze Löwe«, flüsterte ich und in diesem Moment sah der Dunkle Herrscher empor und starrte mich mit seinen roten Augen an.

KAPITEL XXI

Nicht einmal einen Herzschlag lang sah der dunkle Fürst mir in die Augen. Doch noch heute meine ich seinen Atem zu hören, jede Einzelheit dieser glühenden Augen zu sehen und seine Stimme zu hören: *Du,* flüsterte er in mir mit einer dunklen Gewalt, die mich völlig lähmte. *Du wirst mir nicht entkommen.*

Dann war Kelthaain schon abgeschwenkt.

»Götter«, ächzte ich und sackte gegen Leanna, die hinter mir saß. »Wir müssen uns beeilen.«

Ich tue, was ich kann, versprach Kelthaain und wurde tatsächlich schneller. Mit kraftvollen Flügelschlägen wuchtete er sich und seine Last so rasch vorwärts, dass wir uns tief über seinen Hals ducken mussten, um nicht vom Wind davongeblasen zu werden. Doch nun prasselte Regen gegen unsere Gesichter wie tausend eisige Nadelstiche und die enorme Anstrengung laugte Kelthaain sehr schnell aus. Immer öfter musste er landen und sich ausruhen. Und sosehr er sich verausgabte, es reichte kaum aus, einen kleinen Vorsprung zu halten.

Als wir die Hochebene von Kalhandar erreichten, war Kelthaain so erschöpft, dass er bei seiner Landung beinahe am Boden zusammengebrochen wäre. Uns bescherten der eisige Regen und der Schlafmangel andauernd Krämpfe in Armen und Beinen und mir wurde immer öfter schwarz vor Augen.

»Ich denke, dass wir ein wenig schlafen sollten«, meinte ich, als wir frierend vor unserem mühsam nach Luft ringenden Retter standen. Zwar zeigte mir ein Blick auf die toten Bäume, dass wir schon von weitem zu sehen waren, aber andererseits . . .

Eysha kam mir zu Hilfe: »Der Aufstieg bis hierher wird den Dunklen Fürsten doch einige Zeit kosten«, führte sie meine Gedanken weiter. »Und wenn wir jetzt weiterfliegen, stürzt unser Freund entweder ab oder wir können uns vor Entkräftung nicht mehr auf seinem Rücken halten.«

»Ich werde nicht widersprechen«, sagte Leanna und ich nickte nur, zu müde, um auch nur ein Wort zu sagen.

»Die Wache werde ich vorerst übernehmen«, erklärte Eysha wie selbstverständlich.

Das müsst Ihr nicht, Kriegerin, bot Kelthaain an. *Ich muss nicht schlafen wie ihr Menschen. Ich brauche nur Ruhe, aber ich werde jede Gefahr bemerken, die sich nähert.*

»Wie Ihr meint«, sagte Eysha zögernd. »Aber von uns allen seid Ihr derjenige, der sich am ehesten ausruhen muss.«

Vertraut mir einfach, war Kelthaains leicht belustigt wirkende Antwort. Der Aardnar rollte sich zusammen und breitete seine Schwingen so aus, dass wir darunter wie in einem Zelt vor Wind und Regen geschützt waren. Zitternd kuschelten wir uns eng aneinander, um uns gegenseitig zu wärmen. Ich hatte mich kaum hingelegt, da war ich auch schon eingeschlafen.

Viel zu früh weckte Kelthaain uns wieder, doch das deutliche Beben der Erde schreckte mich trotz meiner Erschöpfung auf. Ohne jedes unnütze Wort kletterten wir wieder auf den Rücken der Echse und flogen weiter, während um uns herum die nackten Baumgerippe erzitterten, die alles waren, was von dem paradiesischen Wald geblieben war, den ich noch mit eigenen Augen gesehen hatte. Offensichtlich hatte die Pause Kelthaain gut getan, denn schon bald hatten wir die Hochebene von Kalhandar hinter uns gelassen und überflogen den Lôef. Der Fluss war vertrocknet und hatte ein schlammiges Bett hinterlassen, das sich wie eine Narbe durch die toten Hügel zog. Doch auch dieser Anblick konnte uns kaum noch erschrecken, denn unsere Augen waren unverwandt auf den Horizont vor uns gerichtet, wo eine dicke schwarze Rauchfahne zum Himmel emporstieg. Um die öligen Wolken kreisten wie Aasgeier die gewundenen Gestalten der Draghnars.

»Das ist Hohenstayn«, sagte Eysha gepresst. »Am Ende sind wir doch zu spät gekommen.«

»Aber wer soll Hohenstayn überfallen haben?«, versuchte Leanna uns Mut zu machen. »Der Dunkle Herrscher und sein Heer sind doch noch immer hinter uns.«

»Ich glaube, ich weiß es«, flüsterte ich mehr zu mir selbst. »So sehen wir uns wieder, mein Bruder.«

Beide Frauen starrten mich entgeistert an. »Das darf nicht wahr sein«, wisperte Leanna und in Eyshas Blick kehrte der reine, brennende Hass zurück.

Wir hatten uns Hohenstayn mittlerweile so weit genähert, dass wir im Rauch etwas erkennen konnten, als Kelthaain auf einmal unruhig wurde.

»Was habt Ihr?«, fragte ich erschrocken, als der Aardnar plötzliche eine scharfe Kurve flog.

Achtet einmal auf meine kleinen, verfluchten Brüder, war seine grimmige Antwort.

Und richtig: Die Draghnars kreisten nicht mehr um die brennende Stadt, sondern kamen mit rasender Geschwindigkeit auf uns zugeschossen. Ihre Schreie gellten uns drohend entgegen. Doch Kelthaain öffnete nur seinen riesigen Rachen und stieß einen furchtbaren, tiefen Schrei aus. Ein letztes Mal noch beschleunigte er seinen Flug, schwang sich höher in den Himmel, bis uns die schwarzen Wolken völlig einhüllten, dann legte er seine Schwingen an und stieß im Sturzflug nach unten, mitten hinein in die Gruppe seiner verdorbenen Verwandten. Sein Gebrüll erfüllte die Luft, als er auf die Draghnars zuraste und seinen aberwitzigen Sturz nur mit kleinen Bewegungen seiner Flügel lenkte. Und wir drei Menschen schrien aus vollstem Halse mit.

Die Draghnars versuchten wütend sich Kelthaain in den Weg zu stellen. Doch der Aardnar war mehr als doppelt so groß wie selbst der mächtigste unter ihnen und keiner unter ihnen wagte es tatsächlich, mit der Riesenechse zusammenzuprallen. Im letzten Moment wichen alle aus, als der Koloss unaufhaltsam wie ein Blitz und schwer wie ein Fels auf sie herabstürzte.

In meinem Kopf hörte ich das grimmige Lachen des Aardnars,

als wir all diese feigen Echsen hinter uns gelassen hatten und er in einen flacheren Sinkflug auf die Stadt überging.

Nun sahen wir auch, woher der Rauch stammte. Die Festung selbst war es nicht, die brannte. Aber die ganze Stadt um Hohenstayn herum stand lichterloh in Flammen. Ein endloser Strom von Flüchtlingen ergoss sich über die sechs Brücken zur Burg, verfolgt von wilden Scharen der Skarven und Orlocks. Der See, in dessen Mitte sich Hohenstayn anhob, war ausgetrocknet. Der Grundschlamm glänzte rötlich im Schein der brennenden Stadt.

»Götter, steht uns bei!«, knirschte Eysha, als sie die tosende Hölle unter uns erblickte. »Jeden Tropfen Blut werdet ihr uns büßen, das schwöre ich!«

Plötzlich brüllte Kelthaain wütend auf. Ein Draghnar kam aus einer Rauchwolke geschossen und glitt so dicht an uns vorüber, dass sich die Schwingen der beiden Echsen berührten. Ein reißendes Geräusch ertönte und Kelthaain schrie vor Schmerzen.

»Was ist passiert?«, kreischte Leanna, als der Aardnar absackte und wie ein Stein dem Erdboden entgegenfiel. Doch dann fing er sich kurz über den brennenden Dächern ab und glitt mit weit ausgebreiteten Flügeln über den ausgetrockneten See der Festung. An seiner rechten Flanke strömte ein dickes schwarzes Rinnsal entlang und ich konnte in meinem Kopf hören, wie sein Geist sich verfinsterte.

Ich dachte, Aardnars wären unverwundbar?, überlegte ich verwundert. Hatte Leanna nicht so etwas erzählt?

Nicht für die Klauen meiner Brüder, erwiderte unser Freund schwach, schwang sich über die erste Burgmauer und landete schwer atmend in einer Straße. Die Menschenmenge auf der Straße stob kreischend auseinander, als er über ihnen dem Boden entgegensackte. Kaum hatten seine Füße das Pflaster berührt, fielen seine Schwingen kraftlos in sich zusammen und seine Beine knickten unter ihm weg.

Wir ließen uns von seinem Rücken gleiten und stolperten mit weichen Knien an seinem lang gestreckten Hals entlang. Direkt an seiner Kehle klaffte eine breite Wunde in der golden glänzenden Schuppenhaut, von der sich ein blutiger Strom auf die Straße ergoss.

»Kelthaain«, flüsterte Leanna mit Tränen in den Augen. »Ihr dürft nicht sterben, verdammt! Nicht Ihr auch noch!«

Im nächsten Leben fliegen wir wieder zusammen, Leanna, hallte es schwach in unseren Köpfen wider. *Und nun rettet das Reich! Lebt wohl!*

Damit verstummte die Stimme und das blaue Glühen der Augen verlosch.

»Er hat das Seine getan, um das Reich zu retten«, sagte Eysha schließlich in Leannas stummes Weinen. »Nun tun wir das Unsere. Leanna, Herzog – Ihr geht hinauf zur Quelle des Lebens. Setzt den Stein endlich wieder an seinen Platz! Das schafft Ihr auch ohne mich. Ich werde hier gebraucht. Viel Glück.«

Sie sah uns noch einmal scharf an und humpelte dann in Richtung des nächstgelegenen Tores davon. Um den toten Aardnar hatte sich rasch wieder eine dichte Menschenmenge geschart, die uns nun trotz der allgemeinen Panik atemlos

begaffte. Unwirsch drängte Eysha sich durch die Menge und steuerte auf zwei Soldaten in rot-goldener Uniform zu.
Nach einem Moment des Zögerns stürzten die beiden ihr entgegen und salutierten vor ihr. Die Kriegerin bellte einige kurze Befehle, dann verschwanden die drei.
Leanna hatte die Arme um den Hals des toten Aardnars geschlungen und weinte hemmungslos. Ich berührte sie sachte am Arm und sie schreckte hoch.
»Lass uns gehen«, sagte ich leise. Sie nickte und stand auf. Wir hielten einander fest bei den Händen und begannen uns durch die panische Menge zu kämpfen. Nach kurzer Zeit waren wir völlig eingekeilt und wurden nur noch träge von der Masse weitergeschoben, die bald zu rennen begann und dann wieder minutenlang stillstehen musste. Sosehr wir uns auch aneinander klammerten, Leanna und ich wurden schließlich auseinander gerissen. Eine Weile noch versuchten wir wieder zueinander zu finden. Doch irgendwann gab ich es auf und kämpfte mich allein verbissen weiter vorwärts.
Und dann kam der Moment, an dem gar nichts mehr weiterging. Hilflos war ich zwischen tief entsetzten Menschen eingekeilt, die sinnlos nach vorne pressten. Langsam bekam ich Angst und dann wagte ich es: »Macht Platz!«, schrie ich, griff in die Tasche und hob den gleißenden Kristall in die Höhe. »Verdammt, macht mir sofort Platz! Ich bin der Herzog von Fraterna. Ich habe Lîfstein!«
Es war unglaublich. Eben noch war ich so bedrängt gewesen, dass ich kaum Luft holen konnte. Und nun wich die Menge mit einem gemeinsamen Keuchen mehrere Schritte von mir

zurück. »Der Kristall«, raunte es. »Er ist es wirklich, der Herzog!«

»Macht Platz! Der Stein des Lebens!«

»Wir sind gerettet!«

Um mich herum fielen die Menschen auf die Knie und dankten den Göttern.

»In Ordnung«, rief ich verlegen. »Und jetzt lasst mich bitte durch, weil ich . . .«

Weiter kam ich nicht. Ein Sausen erfüllte die Luft über mir, ich versuchte noch mich zu ducken, aber da die Menschen ehrfurchtsvoll vor mir zurückgewichen waren, stand ich ungeschützt und bot dem jungen, schlanken Draghnar, der mich entdeckt hatte, ein perfektes Ziel. Er stürzte auf mich herab, die scharfen Klauen trafen mich gegen die Brust und schleuderten mich durch die Luft.

Sofort war die Echse über mir und setzte mir eine Klaue auf den Oberkörper. *Smirts* unnachgiebiges Gewebe konnten die scharfen Krallen zwar nicht durchdringen, aber meine Rippen knackten unter dem puren Gewicht des Biestes. Es mochte zwar noch nicht besonders groß sein, doch um mich zu zermalmen, reichte es sicher dreimal.

»Hilfe!«, ächzte ich, als der Druck immer stärker wurde. Die Augen der Bestie blitzten in böser Freude, als sie mich langsam zerquetschte. Der riesige Echsenkopf schwenkte zu mir herunter. Der faulige Atem des Monsters blies mir heiß ins Gesicht, während mein Oberkörper jeden Augenblick nachzugeben drohte. Ich bekam keine Luft mehr.

Ein Fauchen ertönte. Dann tröpfelte schwarzes Blut auf mich

herab. Ich sah hoch. Im linken Auge des Draghnar steckte ein Pfeil und im rechten Auge des Monsters erlosch das Glühen langsam. Der Druck auf meine Brust wurde schwächer, dann fiel die Echse wie ein gefällter Baum um und regte sich nicht mehr.

Jemand trat neben mich und rüttelte vorsichtig an meiner Schulter. »Mein Fürst«, ertönte eine Stimme aus einer anderen Zeit. »Mein Fürst, seid Ihr in Ordnung?«

»Jetzt schon, denke ich«, sagte ich und musste trotz meiner Schmerzen lachen vor Freude. Über mir ragte ein altvertrautes, vernarbtes Gesicht mit einem blonden Bart auf. »Ich danke Euch, Rasuth.«

»Götter, wie seht Ihr denn aus! Wir dachten schon, Ihr wärt tot!«, rief er, lachte und drückte begeistert meinen Arm. »Was ist mit . . .?«, begann er, brach dann aber ab.

»Ich habe ihn, Rasuth«, sagte ich und sah ihm in die Augen. »Ich habe Lîfstein!«

»Götter, habt Dank!«, flüsterte der Schwertmeister und einen Moment dachte ich, er würde mich stolz in seine Arme nehmen. Doch Rasuth hielt an sich. »Wo ist er?«, fragte er nur.

Ich hielt ihm den Kristall hin, den ich die ganze Zeit fest umklammert hatte.

»Götter!«, war alles, was Rasuth sagen konnte. Er lächelte mich an, dann schwang er sich in den Sattel und trieb sein Pferd auf mich zu, während die Menschen uns freudig Platz machten. Damit beugte er sich zu mir hinunter, hob mich hoch wie ein Kind und setzte mich vorsichtig vor sich in den Sattel des Rosses. Dann schnalzte er mit der Zunge und gab dem Tier die Sporen. Erst direkt vor dem roten Tor mit der goldenen Zeichnung von Lîfstein zügelte Rasuth das Pferd, sprang ab und hob mich vorsichtig hinunter. Ich konnte immer noch nicht von selbst stehen und taumelte gegen seine breite Brust.

»Ich werde Euch tragen, mein Fürst.« Er lachte dieses gute, raue Rasuthlachen und hob mich hoch. »Ihr müsst mir nur sagen, wo wir hinmüssen.« Damit eilte er in den verlassenen Thronsaal. Ich zeigte ihm den Weg zum Saal mit dem kristallenen Dach. Als er die Türe zum Saal aufstieß, blieb er abrupt stehen.

»Götter, ist das schön«, raunte er überwältigt. »Aber wie geht es weiter?«

»Setzt mich auf der schwarzen Fläche in der Mitte ab«, befahl ich. »Das ist der Eingang zur Quelle des Lebens.«

Der Schwertmeister zögerte kurz. Dann setzte er mich neben dem schwarzen Steinkreis in der Mitte des Saales ab.

»Wenn ich Euch ab hier nicht mehr helfen kann«, sagte er und durchwühlte seine Taschen, »dann nehmt noch einen kräftigen Schluck hiervon.«

Er beförderte eine kleine hell polierte Flasche zum Vorschein und reichte sie mir.

»Was ist das?«, fragte ich, schraubte den Deckel ab und roch daran. Ein beißender Gestank schlug mir entgegen.

»Das wird Euch Eure Schmerzen einige Zeit lang vergessen lassen.« Er lächelte. »Aber nur einen kleinen Schluck. Ihr seht nicht so aus, als hättet Ihr besonders viel im Bauch.«

»Überhaupt nichts«, erwiderte ich und trank. Das Zeug rann mir die Kehle hinunter wie flüssiges Feuer.

»Tut gut, nicht wahr?«, fragte der Schwertmeister mit verschwörerischem Grinsen. »Ein Rezept von meinem Vater. Ihr solltet es eigentlich kennen.«

»Erstaunlich«, murmelte ich und stand vorsichtig auf. Mein Knie knirschte, als bestünde es aus Sand, aber ich spürte nicht mehr den geringsten Schmerz. »Danke, Rasuth«, sagte ich und trat auf die schwarze Fläche.

Die Augen des Schwertmeisters weiteten sich, als ich vor ihm langsam in dem Stein versank. Sobald ich die schwarze Masse verlassen hatte und mich der funkelnde Schein der Höhle empfing, bekam ich fast keine Luft mehr. Es war schlimmer, als ich befürchtet hatte. Hier war alles tot. Der kleine See war ausgetrocknet, nur das nackte Felsbecken starrte mich an. Zu spät, dachte ich völlig verzweifelt, ich bin zu spät gekommen. Mit zitternden Händen griff ich in die Tasche, um Lîfstein hervorziehen, als jemand mich anrief.

»Sieh mal einer an! Wir bekommen Besuch.«

Ich fuhr herum. Einige Meter neben mir hatte es sich Martéen am Boden gemütlich gemacht. Neben ihm lag reglos die Ewige Herrscherin. Ihr Gesicht war grau und verfallen und das wundervolle Haar, mit dem er wie gedankenverloren spielte, war schlohweiß.

Sprachlos starrte ich meinen Zwilling an. Nun sah ich ihn zum ersten Mal aus nächster Nähe. Er sah tatsächlich bis aufs Haar genauso aus wie ich. Doch ich sah den Unterschied sofort. Es war der Ausdruck seines Gesichts, vor allem der Hass in seinen Augen, die einen ganz anderen Menschen aus ihm machten.

»Hier steckst du.« Er hatte mich übertölpelt und ich musste mich erst einmal wieder fangen. »Wie bist du hier heraufgekommen?«

»Ein befreundeter Draghnar war so nett mich hier abzusetzen«, lachte Martéen und stand auf. »Übrigens war es derselbe, der deine fliegende Blindschleiche erledigt hat – ein braves Kerlchen.«

»Nun gut, dafür erledige ich dich jetzt«, sagte ich ungeschickt. Ich hätte mich ohrfeigen können. Warum verunsicherte mich der Kerl bloß so?

»Aber warum denn?«, fragte er und breitete die Arme aus. »Was habe ich denn schon getan?«

»Du hast das Innere Reich beinahe zerstört, du dreckiger Mistkerl!« Alle Erschöpfung fiel von mir ab. Stattdessen kam in mir eine riesengroße Wut an die Oberfläche. Wut auf diesen Kerl, dem wir alle Mühsal und alle Schrecken, den Verlust der Kameraden, den Tod von Leannas Volk verdankten. Ich kochte förmlich: »Wegen dir haben tausende und abertausende den Tod gefunden!«, schleuderte ich ihm ins Gesicht.

»Das glaubst auch nur du«, sagte er mit einem amüsierten Funkeln in den Augen. »Du hast ja tatsächlich keine Ahnung, was hier vor sich geht, du Armer. Gut. Ich will es dir erklären – da es sonst niemand getan hat. Es ist ein Geheimnis, das nur die Herrscherin, der Herzog von Patray und wir beide kennen. Diese Welt, das ganze Innere Reich, das ist alles nur Phantasie. Irgendwo, an einem anderen Ort, gibt es eine junge Frau. Ihr Name ist Sarah.«

»Sarah«, flüsterte ich und mir wurde kalt, als ich begriff, dass

Martéen von jener anderen Sarah sprach, meiner Schwester, die mir immer wieder im Traum erschienen war.
»Schön hast du das gesagt, Sa-rah.« Er grinste und lehnte sich gegen die Wand, die Hände hinter sich haltend. »Die liebe Sarah nun hat wie jeder Mensch ein Bewusstsein. Das sind ihre Gedanken und die Gefühle, die sie kennt. Doch das ist nicht die ganze Wahrheit über Sarah – oder jeden anderen Menschen. Es gibt da noch etwas anderes, etwas Größeres, Tieferes – wir wollen es einmal die Seele nennen.« Er drückte sich ein wenig von der Wand ab und ließ sich wieder dagegen fallen. »Diese Seele ist das, was hier alle das Innere Reich nennen.«
Mein Mund war staubtrocken und mir war ein wenig schwindelig. »Und . . . wir?«, flüsterte ich heiser.
»Du und ich, wir sind Teile ihrer Seele«, sagte er leichthin, als wäre dies das Normalste der Welt. »Denn unsere kleine Sarah hat einen Bruder, der in ihrer Seelenwelt natürlich eine wichtige Rolle spielt«, fuhr er fort und lachte leise. »Darum haben wir das größte Herzogtum des Inneren Reiches, Fraterna. Kannst du mir folgen?«
»Doch, ich denke schon«, wisperte ich und setzte mich auf den Boden, da ich meinen Beinen nicht mehr traute.
»Tja, als Sarah jünger war, war alles wunderbar und der liebe, kleine Bruder Martin wurde von Sarah bedingungslos geliebt und verhätschelt. Doch dann ist Sarahs Mutter gestorben.« Er senkte übertrieben seine Stimme. »Das große, legendäre Äußere Reich, erinnerst du dich? Die Mutter der so genannten Ewigen Herrscherin.«

Ich konnte nicht antworten, sondern versuchte nur noch den Sturm der Gedanken in meinem Kopf zu beruhigen.

»Und so kam zum ersten Mal der Tod in die heile Welt der kleinen Sarah. Vielleicht kannst du dir denken, wer das wohl ist – richtig, der Schwarze Löwe höchstpersönlich. Sarah wäre mit ihm schon fertig geworden, besonders mit Hilfe ihres Vaters. Aber sie musste nicht nur sich selbst verteidigen. Denn da gab es diesen armen, kleinen Jungen – ihren Bruder.« Er drehte eine kleine Pirouette und deutete mit dem Finger auf mich. »Dich also, den lieben Martin, Herzog von Fraterna. Ach je, was hat der Junge gelitten, als die Mutter nicht mehr da war!« Er schnalzte verächtlich mit der Zunge. »Er brauchte Hilfe. Und diese Hilfe hat die herzensgute Sarah ihm gegeben. Immer war sie für ihn da, hat ihn getröstet und ihn in den Arm genommen, sobald auch nur das kleinste Tränlein in seinen Augen stand.« Damit sprang er vor mich hin und beugte sich mit vor Zorn gerötetem Gesicht zu mir herunter. »Und weil die dumme Kuh unbedingt Mutter spielen musste, brauchte er nie lernen selbst stark zu sein!«

Ich betrachtete sein wutverzerrtes Gesicht und dachte an all die Anstrengung, die es mich gekostet hatte, stark zu werden, die körperlichen Strapazen, den seelischen Schmerz, wenn einer meiner Kameraden gestorben war, an Eyshas Misstrauen, ihre Sticheleien ...

Martéen hatte nicht bemerkt, dass ich mit meinen Gedanken gewandert war. Er fuhr fort: »Ich bin der Teil von dir, der erkannt hat, dass ihre Stärke dich schwach hält. Und ich habe begonnen sie zu hassen für ihre Fürsorge, ihr Mutterspielen, ihre verfluchte *Liebe!«* Das letzte Wort hatte er plötzlich wieder gebrüllt. Ich zuckte zusammen und entfernte mich innerlich immer weiter von ihm. Ungerührt hörte ich, wie er sagte: »Und so kam es, dass plötzlich zwei Herzöge da waren. Der eine durfte weiterregieren und der andere wurde fortgeschickt wie ein räudiger Hund.«

Eine Weile herrschte Ruhe. Ich sah ihn starr an. »Eines verstehe ich aber nicht«, sagte ich leise. «Warum vernichtest du das Reich? Wir gehen doch auch dabei drauf.«

»Weil ich das für uns tue, du Idiot!«, brüllte er. »Wir gehen nicht drauf – im Gegenteil. Wir werden frei sein. Wir werden unser eigenes Inneres Reich haben. Verstehst du nicht, ich will Ewiger Herrscher in meinem Inneren Reich sein!«

Langsam sah ich zu ihm hoch. Ich hatte nicht alles verstanden, aber eines wusste ich sicher.

»Nein«, sagte ich tonlos. »Wir sind nicht frei, wenn sie tot ist. Wir sind nur einsam.«

Damit stand ich langsam auf, *Triuwe* in der Hand. Die Kristallklinge erfüllte die Höhle mit ihrem wunderbaren Glitzern.

»Was du nicht sagst.« Mein Bruder lachte böse. »Aber das ist jetzt schon bedeutungslos. Du hast nicht aufgepasst. Du hast vergessen, dass unsere liebe Sarah keine Zeit mehr hat, und hier kommt er auch schon. Spürst du es?«

Ich stand einen Augenblick ganz still. Der Boden bebte leise und selbst in dieser Höhle konnte man das Herandonnern des schwarzen Heeres hören.

»Es ist nie zu spät«, sagte ich fest und hob mein Schwert.
»Martin, nimm doch Vernunft an! Du kannst mich nicht töten«, beteuerte er. »Ich bin ein Teil von dir.«
»Vielleicht kann der Herzog von Fraterna seinen Bruder nicht töten«, gab ich zu. »Aber ich bin nicht der Herzog. Ich bin Martin – Sarahs Bruder.«
Unsere Klingen trafen hell klirrend aufeinander. Schwarzer Stahl schlug auf gleißenden Kristall und versprühte Funken. In einen tödlichen Tanz der Klingen verstrickt, trieben wir uns gegenseitig durch die Höhle. Ich schlug zu und parierte, ohne nachzudenken, so wie Sedev es mich gelehrt hatte. Die Minuten verstrichen, ohne dass einer von uns die Oberhand gewann.
Keiner landete einen Treffer, so verbissen wir auch aufeinander einschlugen. Jeder hatte stets die richtige Antwort auf den Angriff des anderen bereit und nicht das Geringste geschah, während der Boden immer stärker bebte.
»Siehst du, Bruder«, keuchte Martéen lachend, »wir können uns nichts anhaben. Unser Blut fesselt uns.«
Schon wollten meine Arme wieder zuschlagen, als ich kurz stockte und schlagartig ein Letztes begriff. Bisher hatte ich es immer dem Herzog Martin von Fraterna überlassen zu kämpfen. Aber diesmal musste ich, Sarahs Bruder, der ein anderer geworden war, kämpfen. Ich lenkte den Schlag ab und schlug statt gegen seine Schulter gegen seinen Oberschenkel. Er parierte, als hätte ich auf die Schulter gezielt. Meine Kristallklinge durchschlug mühelos seine schwarz-goldene Rüstung und fuhr tief in seinen Schenkel. Mit einem Schrei stürzte mein

Bruder auf die Knie, ließ das schwarze Schwert fallen und hielt sein Bein umklammert.
Ungläubig sah er zu mir auf. »Das kannst du nicht«, keuchte er. »Du kannst mich nicht schlagen.«
»Ich kann jeden Teil von mir schlagen«, brüllte ich mit ganzer Kraft. »Besonders so einen widerlichen Mistkerl wie dich.«
Damit stieß ich zu und *Triuwe* fuhr tief in das Herz meines hasserfüllten Bruders. Mit weit aufgerissenen Augen starrte er zu mir hoch, bevor er umfiel und starb.
Eine ganze Weile stand ich schwer atmend da und sah auf ihn hinab. Mit zitternden Fingern holte ich schließlich Lîfstein aus der Tasche. Der Kristall leuchtete so hell, als spürte er, was gleich geschehen sollte. Und dann hob ich ihn endlich wieder an seinen Platz.
Zuerst geschah überhaupt nichts. Doch dann füllte ein hoher, hell klingender Ton, der mich an Kelthaain erinnerte, die Höhle, brachte den Fels zum Vibrieren und ließ mir die Zähne im Mund klappern. Als der Ton in sich zurücksank, quoll helles Wasser unter dem leuchtenden Kristall hervor und floss ins Becken, in dem ich noch immer stand.
Dann sah ich nach der Ewigen Herrscherin. Zitternd beugte ich mich über die Gestalt, die wie tot vor mir lag. Voller Liebe und Mitleid hob ich sie hoch, trug sie zu dem Felsbecken, flößte ihr das golden funkelnde Wasser Tropfen für Tropfen ein. Schließlich bettete ich sie hastig in eine helle Ecke der Höhle, rannte zur schwarzen Säule und ließ mich nach oben tragen. Rasuth war nicht mehr in der Halle und das Tosen eines Kampfes auf Leben und Tod erschütterte die Burganlage.

Verängstigte Menschen strömten mir entgegen, als ich verzweifelt durch die Straßen der Festung nach unten rannte. War ich zu spät gekommen? Hatte Martéen mich wirklich so lange hingehalten, bis es keine Rettung mehr gab? Als ich am zweiten Mauerring angekommen war, kletterte ich eine Treppe zum Wehrgang hinauf. Von hier konnte ich das Südtor und die Stadt dahinter sehen. Das Schauspiel dort unten ließ mich vor Schreck erstarren. Die erste Mauer war gesäumt von unseren Soldaten, die das dunkle Heer mit nicht endenden Pfeilsalven eindeckten. Doch in dem ausgetrockneten Bett des Sees rund um Hohenstayn drängten sich die Kreaturen des Schwarzen Löwen wie kochender Teer und aus den Straßen der brennenden Stadt rückten immer mehr der Monster nach.

Ich sah, wie sie sich wie schwarze Rinnsale über den ersten Mauerring ergossen und unsere Soldaten wie Schilfhalme überrannten. Mit Gewalt riss ich mich von diesem furchtbaren Anblick los und rannte weiter.

Aber noch während ich nach unten hetzte, durchdrang ein dumpfes Dröhnen die gesamte Festung und ließ Angreifer wie Verteidiger für einen Moment verwirrt in ihrem Tun innehalten. Das Dröhnen wurde immer stärker, endete plötzlich – und unter den Mauern von Hohenstayn quollen riesenhafte Sturzbäche hervor, als säße die Burg auf einem gigantischen Springbrunnen. Mit ohrenbetäubendem Getöse rissen die Fluten die Sturmleitern der Angreifer fort und begruben das ganze schwarze Heer im ausgetrockneten See unter sich. Keine der finsteren Kreaturen konnte sich aus dem grün schäumen-

den Wasser retten und nicht einer der Verschütteten wurde je wieder gesehen.
Ein Schrei der Begeisterung hob unter den Menschen in der Festung an. Die Feinde, die es über die Mauer geschafft hatten, waren plötzlich von ihrem Heer abgeschnitten. Mit grimmiger Fröhlichkeit fielen die Soldaten über sie her und erschlugen jeden einzelnen von ihnen. Als ich die begeisterte Menge erreichte, atmete bereits keiner der Eindringlinge mehr. Ich drängte mich zum Südtor vor und kam gerade noch rechtzeitig, um Eysha zu sehen. Sie saß auf einem Streitross und sammelte, wild brüllend und mit ihrer Klinge fuchtelnd, eine Kriegerschar hinter sich. Dann öffnete man das verrammelte Tor und wie die Wassermassen zuvor donnerte das Heer des Inneren Reiches unter ihrer Führung über die Brücke und brach über die verwirrten Horden des Schwarzen Löwen herein.

Mit dem zurückweichenden dunklen Heer zogen sich auch die finsteren Wolken immer weiter zurück und über Hohenstayn bildete sich ein kreisrundes Stück strahlend blauen Himmels, das immer größer wurde. In stummer Freude saß ich auf einer umgestürzten Mauer und wartete darauf, dass der Schatten so weit zurückwich, dass er mich nicht mehr bedeckte. Irgendwann war es so weit und zum ersten Mal seit einer Ewigkeit spürte ich den warmen Schein der Sonne auf meiner Haut. Ich wandte mich ihr zu und genoss mit geschlossenen Augen das wunderbare Gefühl, am Leben zu sein.

Ein Schatten schob sich zwischen mich und die Sonne und mich überlief ein eisiges Gefühl.

Zitternd sah ich zu der Gestalt hoch, die da vor mir stand. Meine Hand tastete nach dem Griff von *Triuwe*, doch jede Bewegung fiel schwer unter dem glühenden Blick dieser roten Augen, die mich aus dem stählernen schwarzen Löwengesicht betrachteten.

Du hast es also geschafft, flüsterte es eisig in meinem Kopf. *Nicht schlecht. Ich hätte das nicht erwartet.*

Eine Antwort brachte ich nicht heraus, aber der Dunkle Herrscher konnte anscheinend meine Gedanken lesen.

Nein, ich bin nicht böse auf dich. Du hast das Richtige getan. Vielleicht hat die Ewige Herrscherin es dir schon gesagt – aber dieses Land gehört mir schon. Nur ist die Zeit noch nicht gekommen, um es zurückzufordern.

Wann wirst du das tun?

Wenn die Zeit reif ist. Ich denke, es wird jetzt noch ein ganzes Weilchen dauern. Wenn du nicht gewesen wärst, hätte ich diesen Krieg nie beginnen müssen.

Ich habe dich doch nicht dazu gezwungen, oder?

Das Wort ist schlecht gewählt. Wenn ein Boot ein Leck hat, so zwingt doch auch niemand das Wasser, in den beschädigten Rumpf einzudringen. Trotzdem tut es alles, um das Boot zu versenken. Es ist . . . nun, so ist die Natur eben. Es ist mir nicht gegeben, jemandem einen Gefallen zu tun. Das ist Sache der Menschen.

Warum bist du zu mir gekommen? Willst du mich holen?

Nein. Ich wollte dich nur darauf hinweisen, dass dein Kampf noch nicht beendet ist. Es gibt da ein anderes Inneres Reich, jenseits des Horizonts. Dort muss sich der Ewige Herrscher endlich so um alles kümmern, dass die treue Herzogin Sarah nicht immer alles für ihn erledigen muss.

In Ordnung. Danke für den Hinweis.

Bitte. Leb wohl. Und – Auf Wiedersehen.

Moment mal.

Ja.

War dieser Hinweis nicht gerade so was wie ein Gefallen? Das hättest du doch gar nicht sagen dürfen.

Da war der Schatten fort und die Sonne blendete mich, hell und warm.

Das Heer kehrte unter dem grenzenlosen Jubel der Bevölkerung spät in der Nacht wieder zurück, geführt von einer Ersten Kriegerin, die zwar dem Tode nahe war, aber dennoch vor Zufriedenheit schier barst. Kaum hatte sie das Südtor hinter sich gelassen, fiel sie bewusstlos vom Pferd. Ihre begeisterte Garde trug sie hinauf zum Sitz der Ewigen Herrscherin.

Eine Weile sah ich mich noch nach Leanna und Rasuth um, gab die Suche aber bald auf. Die Festung wimmelte wie ein Ameisenhaufen und ich war mir sicher, dass es ihnen gut ging. Schließlich fand ich mich vor dem Quartier wieder, in dem ich bei meinem letzten Besuch auf Hohenstayn gewohnt hatte.

Die Türe war offen und ich trat ein. Es schien niemand außer mir Anspruch auf diese Behausung zu erheben. Also schloss ich die Türe, zog endlich meine schwarze Rüstung aus und legte mich nur in meiner schmutzstarrenden Leibwäsche in das frisch duftende, herrlich kühle Bett.

Und sobald ich aufwache, wasche ich mich, schwor ich mir mit meinem letzten klaren Gedanken.

KAPITEL XXII

Hoch über der Welt ritt ich auf Kelthaain durch die Lüfte. Es war ein warmer Sommertag und die goldenen Schuppen des Aardnar glänzten in der Sonne.

Hier steckt er also, sagte die Flugechse mit Leannas Stimme. *Das gibt es doch nicht. Und ich sterbe vor Sorge!* Die Stimme des Aardnar klang plötzlich wie die von Rasuth. *Und draußen sucht das gesamte Heer des Reiches nach seiner Leiche.*

Was redest du denn da?, fragte ich verwundert, als das Bild plötzlich verschwand.

»Martin, aufwachen.« Leanna rüttelte herzlos an meiner Schulter. »Los, steh schon auf! Wir haben eine Audienz bei der Herrscherin.«

»Hmm«, murmelte ich und kuschelte mich genüsslich in mein Kopfkissen. »In Ordnung, ich komme.«

»Meint Ihr nicht, dass er noch ein wenig schlafen kann«, drang Rasuths Stimme gedämpft durch das warme, weiche Kopfkissen an mein Ohr. »Die Herrscherin hat doch gesagt, er solle kommen, wenn er ausgeschlafen hat.«

»Es wäre unhöflich, die Herrscherin lange warten zu lassen, und vor allem – seht ihn Euch doch an. Er muss sich unbedingt waschen, so wie er riecht. Außerdem muss er mir alles erzählen, was gestern geschehen ist. Martin! Verflucht, steh jetzt auf!«

Ich versuchte es mit dem Trick, so zu tun, als würde ich bereits wieder tief und fest schlummern. Niemand würde es wagen, den Retter des Reiches einfach so zu wecken, wenn er ...

Ein Schwall eisigen Wassers ergoss sich über meinen Kopf und ich fuhr hoch.

»Nein!«, brüllte ich Leanna an. Sie stand neben mir, die tropfende Waschschüssel in der Hand. Rasuth lehnte neben der Türe an der Wand und sah halb verunsichert, halb belustigt zu mir herüber. »Nein! Ich stehe nicht auf! Ich habe es mir verdient, zu schlafen! Geht weg und lasst mich in Ruhe!«

»Martin, benimm dich nicht wie ein kleiner Junge«, schnauzte meine wunderschöne Leanna aufgebracht. »Die Herrscherin ist oben auf ihrer Terrasse und wartet auf dich. Eysha ist auch schon da und außerdem steht die Sonne schon hoch am Himmel. Also steh jetzt auf und wasche dich gefälligst!«

Eine Weile starrte ich sie hasserfüllt an. Völlig unbeeindruckt erwiderte sie den Blick über ihre verschränkten Arme hinweg. Ihre Augen strahlten in kristallklarem Grün, die Haare flossen glänzend über ihre Schultern. Die violettfarbene Haut hob sich dunkel gegen ein eng anliegendes Kleid aus weißer Seide ab.

Seufzend gab ich das gegenseitige Anstarren schließlich auf und kletterte aus dem nassen Bett.

»Und wie soll ich mich jetzt bitte schön waschen?«, brummte ich missmutig.
»Das Erste ist ja immerhin schon getan«, lachte sie und entspannte sich. »Ich werde versuchen jemanden zu finden, der dir ein Bad einlässt, in Ordnung?«
»Und warum musste ich dann jetzt schon aufstehen?«, ächzte ich. »Ich hätte liegen bleiben können, bis das Bad fertig ist.«
»Stimmt.« Sie nickte fröhlich. »Schade nur, dass dein Bett jetzt nass ist. Na ja, schau doch solange aus dem Fenster. Die Sonne scheint so schön.«
»In Ordnung«, seufzte ich ergeben. »Aber dann mach doch jetzt schnell, ja? Ich warte solange.«
»Ich fliege«, versprach sie. »Das Bad für den Herzog ist sofort bereitet.«
»Dann werde ich derweil Bescheid geben, dass man Euch nicht mehr suchen muss«, erklärte der Schwertmeister. »Viel Spaß beim Baden, mein Fürst.«
»Danke«, nickte ich, gähnte ausgiebig und trat ans Fenster. Sobald die beiden die Türe hinter sich geschlossen hatten, wartete ich noch, bis ihre Schritte nicht mehr zu hören waren. Und dann lief ich hastig ins zweite Schlafzimmer, warf mich ins unbenutzte Bett und schlief sofort wieder ein.
Als Leanna mich dann weckte, störte es mich kaum noch. Die halbe Stunde Schlaf hatte ich genossen wie ein kleiner Junge. Und Leannas Gesicht alleine war es wert gewesen.
»Daran hätte ich denken müssen«, sagte sie nur und trieb mich unbarmherzig ins Bad. Sobald ich in dem gekachelten Raum stand, war ich völlig mit der Welt versöhnt. Aus der

Öffnung am Rand des Beckens strömte heißes Wasser, das den Raum schnell mit dichten Dampfwolken erfüllte. Einen Moment lang fürchtete ich, dass sie am Ende wieder mitbaden wollte.

»Nun, dann viel Spaß«, sagte sie aber nur. »Ich werde versuchen noch ein paar Handtücher für dich aufzutreiben. Seife liegt dort drüben – und benutze sie bitte auch! Du stinkst erbärmlich.«

»Sehr freundlich, danke«, schnaubte ich. Sobald sie gegangen war, schälte ich mich aus meiner Wäsche und stieg ins heiße Wasser. Glücklich seufzend legte ich mich so hinein, dass nur noch meine Nase herausschaute.

Als Leanna mit einem dicken Stapel Handtücher wiederkam, hatte ich mich bereits von Kopf bis Fuß abgeschrubbt und mir mein völlig verfilztes Haar gründlich gewaschen.

»Na, das sieht doch schon besser aus«, stellte sie fest. »Aber du solltest dich jetzt abtrocknen und anziehen. Ich habe entdeckt, dass in der Kleiderkammer sogar noch deine Sachen liegen.« Sie grinste. »Du sollst schließlich hübsch aussehen für die Leute draußen.«

»Was für Leute?«, fragte ich verblüfft, während ich versuchte so aus dem Bad zu steigen, dass sie wenigstens nur meine Kehrseite zu Gesicht bekam.

»Es hat sich herumgesprochen, dass wir es waren, die Lîfstein wieder zurückgebracht haben«, sagte sie. »Herrje, du bist furchtbar mager geworden. Dein Hintern war früher viel breiter.«

»Wieso gehst du nicht schon mal vor?«, fragte ich giftig und

wickelte mich hastig in ein Handtuch. »Du könntest der Herrscherin doch sagen, dass ich gleich komme.«
»Ich weiß ja nicht, ob du alleine hier zurechtkommst.« Sie grinste, ging aber hinaus und brachte mir meine Sachen. Als wir die Wohnung verließen, fühlte ich mich endlich wieder wohl. Ich war sauber und roch auch so, meine Füße steckten in schwarzen Lederstiefeln, ich trug die schwarze Wollhose mit dem gestickten Silbermuster an der Seite und ein weißes Hemd aus Kammgarn. Die Weste aus dunkelblauem Samt mit silbernen Stickereien und mein Umhang mit dem Wappen von Fraterna machten meinen herzöglichen Aufzug vollständig.
Ich war natürlich darauf gefasst gewesen, dass ein paar Leute draußen sein würden, um mir persönlich zu danken – doch der Anblick der wartenden Massen warf mich schier um. Schweigend und mit großen Augen betrachtete uns die riesige Menge, die die gesamte Straße verstopfte. Es war so still, dass man jedes leise Husten oder Räuspern hören konnte.
»Jetzt musst du etwas sagen«, raunte Leanna mir ins Ohr.
Ich sah verwirrt zu ihr und starrte dann wieder die Leute an. Was bitte sagte man in so einer Situation? Schließlich versuchte ich dieselbe Taktik wie beim Schwertkampf und tat einfach das, was mir gerade einfiel.
»Hallo«, sagte ich krächzend. »Hallo zusammen . . .«

»Hallo zusammen, ich muss jetzt was essen«, äffte Leanna mich kurz darauf nach, als wir die jubelnde Menge an der Treppe zur sechsten Ebene hinter uns ließen und hinaufstiegen. »Und das ist alles, was dir in so einem Moment einfällt?«

Sie schüttelte ungläubig den Kopf. »Die Leute wollen ein paar Worte von dir hören und du sagst nur, dass du essen gehst!«
»Es scheint ihnen gefallen zu haben«, verteidigte ich mich. »Sie haben sich gefreut.«
»Du hättest furzen können und es hätte sie in grenzenlose Begeisterung versetzt«, schnauzte sie.
»Na, also«, hatte ich endlich einmal das letzte Wort und sie sah mich völlig baff an.
Wir betraten die Terrasse. Am festlich gedeckten Steintisch saßen bereits die Ewige Herrscherin, der Herzog von Patray, Eysha und Rasuth. Der Herzog, die Kriegerin und der Schwertmeister erhoben sich, als wir uns ihnen näherten. Leanna und ich fielen vor der Herrscherin auf die Knie und neigten den Kopf.
»Ich grüße Euch, Ewige Herrscherin«, sagte ich und sah zu ihr hoch. Ihr Gesicht war jung und frisch und ihr Haar glänzte.
»Und ich grüße Euch, Herzog«, erwiderte sie herzlich. »Ich grüße Euch, mein Retter. Es erfüllt mich mit der größten Freude, Euch wohlbehalten und munter wieder zu sehen. Setzt Euch und esst etwas! Wenn Ihr satt seid, könnt Ihr uns vielleicht endlich erzählen, was Ihr erlebt habt.«
Ohne weitere Umschweife ließ ich mich an der Tafel nieder und betrachtete das Essen darauf. Es wirkte auf mich wie ein Wunder aus einer anderen Welt. Ich hatte seit so vielen Tagen nichts mehr in den Magen bekommen. Und nun häuften sich da feinstes Weißbrot, verschiedenste Schinken- und Käsesorten, kalter Braten, Marmelade, Honig und Obst, süßes und deftiges Gebäck. Zu trinken gab es Bier, Wein, Fruchtsäfte

und Met. An den großen Krügen perlten Wassertropfen herunter, denn die Sonne brannte heiß vom wolkenlosen, strahlend blauen Himmel.
Ich frühstückte ausgiebig, dann nahm ich noch einen letzten Schluck Wein und begann zu erzählen. Von der Schlangenwolke, den Khârzon, der Khalramwüste und den Heyka. Ich berichtete von unserer Begegnung mit meinem Bruder, mit den Taddogs und vom Ritt auf der Sandechse. Mit Schaudern erzählte ich, was uns mit dem Fürsten Thanatos auf Burg Longwaîth widerfahren war und von unserem Eindringen in die Festung des Schwarzen Löwen.
Die Sonne senkte sich rot glühend dem Horizont entgegen und ein sanfter Abendwind blies über die Terrasse hinweg, als ich zu unserem Ritt auf dem Wüsten-Aardnar kam, der uns zurück nach Hohenstayn gebracht hatte. Und dann endlich berichtete ich von meinem Kampf mit Martéen in der Quelle des Lebens.
Dies war die einzige Stelle in meiner Erzählung, an der mich Leanna nicht unterbrach, um etwas richtig zu stellen oder anzufügen. Diese Geschichte kannte nur ich, denn auch die Ewige Herrscherin hatte nichts davon mitbekommen. Sie hatte sich in die Höhle geflüchtet, um dort zu sterben. Dann war sie ohnmächtig geworden und war erst erwacht, als die Quelle wieder munter sprudelte und Martéen tot neben ihr lag.
Nach kurzem Zögern beschloss ich nichts von meiner Unterhaltung mit meinem Bruder zu berichten. Dies ging nur den Herzog und die Ewige Herrscherin etwas an. Außerdem hatte ich in diesem wundervollen Augenblick meines Lebens, in

dem ich der strahlende Held war, schlicht keine Lust, mir darüber Gedanken zu machen.
Auch vom letzten Besuch des Schwarzen Löwen erzählte ich nichts, sondern überließ es Eysha, vom Ausgang der Schlacht zu berichten. Während ich ihrer Erzählung lauschte, nippte ich an einem Glas Rotwein und folgte gespannt ihren Worten. Das schwarze Heer war tatsächlich fast vollständig aufgerieben worden – geschwächt von der Sonne und vom Leben, das auf einmal wieder kraftvoll das Land durchströmte, waren die Kreaturen des Äußeren Dunkels leichte Beute gewesen. In ihrer kopflosen Flucht nach Süden sahen sie sich schließlich gefangen zwischen dem reißenden Lôef und dem Heer des Inneren Reiches. Wer nicht von den Soldaten erschlagen wurde, ertrank in den grünen Fluten des großen Stromes.
Zuletzt wollte ich noch von Rasuth hören, was aus dem Gegenangriff geworden war, den er geführt hatte. Voll Bitterkeit berichtete mein Schwertmeister, wie er mit den Männern mit aller Gewalt ins Äußere Dunkel vorgestoßen war – nur um eine entsetzliche Niederlage nach der anderen einstecken zu müssen. Schließlich hatten sie nur noch dafür gesorgt, dass möglichst viele Menschen zur rechten Zeit nach Hohenstayn fliehen konnten. Falkenfeste selbst war völlig zerstört.
Als die Nacht kam und den Himmel mit sternenflimmernder Dunkelheit überzog, verabschiedeten sich Eysha, Rasuth und Leanna, um zu Bett zu gehen. Ich war zuerst ein wenig verblüfft darüber, doch als die Ewige Herrscherin und der Herzog einen verständigen Blick tauschten, wurde mir klar, dass dies mit den anderen so abgesprochen war.

»Habt Ihr mit Eurem Bruder in der Quelle des Lebens nicht noch ein wenig mehr besprochen als Euch gegenseitig Eurer Geringschätzung zu versichern?«, fragte Herzog Georg sachte, sobald die drei außer Hörweite waren.

Bedächtig trank ich einen Schluck Wein. »Stimmt es?«, fragte ich einfach. »Wir alle sind nur – Gedanken? Geistesblitze?«

»Nein. Nein, so einfach ist das nun auch wieder nicht.« Die Herrscherin schüttelte den Kopf. »Wir sind mehr als das. Wir drei zumindest. Aber auch Eysha und Leanna, Rasuth und alle Einwohner des Inneren Reiches sind mehr. Wir sind Teile einer Welt, die so wirklich ist, wie eine Welt es nur sein kann.«

»Aber es ist nicht so wie die Welt, aus der ich stamme?«

»Ihr meint, ebenso wirklich? Doch, das schon. Aber auf einer anderen Ebene der Wirklichkeit. Die Welt, der Ihr entstammt, ist das Fundament der unseren. Unsere Wirklichkeit baut auf der Euren auf. Doch bestehen kann keine der beiden Welten ohne die andere.«

»Martéen hat gesagt, das Innere Reich wäre die Seele meiner Schwester Sarah«, erinnerte ich mich. »Ist das so?«

Die beiden nickten nur stumm.

»Aber wenn das so ist«, fuhr ich leise fort, »dann seid Ihr doch tatsächlich kaum mehr als Gedanken. Was soll daran wirklich sein?«

»Eine gute Frage.« Herzog Georg lachte leise. »Was ist für Euch denn wirklich? Muss man es anfassen können? Dann ist zum Beispiel schon das Licht äußerst unwirklich.«

»Natürlich muss man es nicht anfassen können, damit es wirklich ist«, sagte ich und suchte nach einer Beschreibung. »Man muss es spüren können, es muss – nun, es muss irgendwie etwas bewirken können.«

»Denkt ihr denn, dass Gedanken nichts bewirken können?«, warf die Herrscherin ein. »Dass man Schmerz nicht spüren kann? Liebe? Trauer? Freude?«

»Doch, natürlich«, gab ich zu.

»Die Seele eines Menschen ist voll von diesen Dingen«, fuhr der Herzog fort und goss uns allen nach. »Gefühle und Gedanken sind es, die uns leiten und unser ganzes Handeln bestimmen. Glaubt mir – es gibt kaum etwas Wirklicheres. Und aus ihnen setzt sich die Seele eines Menschen zusammen.«

»Da habt Ihr wohl Recht.« Ich nickte und steckte mir eine gerollte Schinkenscheibe in den Mund. »Nun gut. Wenn die Seele eines Menschen wirklich ist und wenn das Innere Reich die Seele meiner Schwester ist, wer seid dann Ihr in dieser Seele?«

»Überlegt selbst«, forderte der Herzog mich auf. »Die Herrscherin leitet und lenkt die Geschicke des ganzen Reiches. Sie ist für Eure Schwester das, was sie selbst als ihre Person wahrnimmt.«

»Ihr Bewusstsein«, vermutete ich und der Herzog nickte. »Nur verstehe ich immer noch nicht ganz, welche Rollen wir dabei spielen. Was seid Ihr?«

»Ich bin der Platz, den Sarahs Vater in ihrer Seele einnimmt«, erklärte der Herzog. »Ebenso, wie Ihr – ich meine nun den Herzog von Fraterna – der Platz seid, den ihr Bruder in ihrer Seele einnimmt.«

»Und Martéen?«

Die Herrscherin seufzte. »Martéen war seit seinem Entstehen ein Unglück.«
»Es ist so«, fuhr der Herzog für sie fort. »Zunächst liegt es natürlich im Ermessen eines jeden Menschen, wem er einen Platz in seiner Seele einräumt. Doch seine Eltern und Geschwister haben fast immer einen solchen Platz in unserer Seele. Dann kommen noch andere Menschen im Laufe der Jahre hinzu – Freunde und Geliebte. Etwas ganz anderes ist jedoch das, was diese Menschen aus dem Platz machen, den sie im Leben eines anderen bekommen haben. Sie haben die Macht, ihren Platz zu nutzen, um ihn zu schützen, ihm zu helfen und seine Seele zum Erblühen zu bringen. Oder sie zu zerstören.«
Ich schloss die Augen. »Und ich habe mich dazu entschlossen, sie zu zerstören«, sagte ich bitter. »Aber warum denn? Ich liebe Sarah doch.«
»Ihr habt Euch nie dazu entschlossen, Eurer Schwester zu schaden«, widersprach mir die Herrscherin ruhig. »Im Gegenteil. Aber nach dem Tod Eurer Mutter begannt Ihr irgendwann von Sarahs Schutz und Trost abhängig zu werden. Aber da niemand gerne von jemand anderem abhängig ist, entstand Martéen – der Teil in Euch, der Sarah für ihre Hilfe hasste, der sie um ihre Stärke beneidete.«
Ich saß klein und demütig in meinem Sessel und auf einmal waren die Erinnerungen da. Ich erinnerte mich an die unzähligen Male, als ich Sarah grundlos angeschrien hatte, wie ich mit Fäusten auf sie losgegangen war. Und jedes Mal hatte Sarah versucht mich zu beruhigen und mich zu trösten.

Nicht einmal hatte sie zurückgeschrien oder gar zurückgeschlagen.
»Ich dachte immer, dass es ihr nichts ausmacht«, murmelte ich in Gedanken. Ich fühlte mich hundeelend. Sarahs Gesicht erschien mir im Geiste, wie sie plötzlich zusammenbrach. Und das hatte ich ihr angetan. Es war ganz einfach meine Schuld.
»Ich hätte sie beinahe umgebracht«, flüsterte ich und nahm mit zitternden Händen einen Schluck. »Nur weil sie mir immer geholfen hat.«
»Tröstet Euch! Sie hat alles getan, um Martéen erst entstehen zu lassen«, sagte der Herzog. »Die Schuld liegt zum Teil auch bei ihr selbst. Sie hat sich ganz einfach übernommen.«
Er lächelte freundlich, stand auf und sah über das Land hinweg, das schwarz im Schutze der Nacht dalag. »Dies alles hättet Ihr beinahe zerstört, weil Ihr zu schwach wart den Schwarzen Löwen und später auch Martéen überhaupt sehen zu wollen – oder gar ihm zu trotzen. Schämt Euch!«
»Glaubt mir, das tue ich«, brachte ich mühsam hervor und meine Augen brannten von Tränen der Wut auf mich selbst und meine Schwäche. »Das tue ich.«
Der Herzog trat neben mich und hielt mir sein Glas entgegen. »Aber ich verrate Euch ein letztes Geheimnis«, sagte er und zwinkerte mir zu. »Ihr alleine habt Euren Fehler wieder bereinigt – und den Eurer Schwester dazu. Ein glückliches Schicksal hat Euch in diese Welt verschlagen, die Ihr zu zerstören drohtet. Und diese einmalige Gelegenheit habt Ihr so gut genutzt, wie es nur möglich war. Ich trinke auf Euer Wohl, Martin.«

Er stieß sein Glas gegen das meine und die Herrscherin tat dasselbe. Dann stellten sie sich nebeneinander an die steinerne Brüstung der Terrasse und sahen still ins Land hinaus, während in der Ferne der Lôef leise rauschte.
Ich trank mein Glas leer und ging leise zurück. Mein Kopf schwirrte von dem Gespräch, und je länger ich darüber nachdachte, desto schlimmer wurde es. Was ich mit dem neuen Wissen anfangen sollte, wusste ich nicht. Die Lösung kam mir, als ich in mein Schlafzimmer trat und aus dem Nebenraum Leannas leises Schnarchen ertönte: Gar nichts würde ich damit anfangen. Das Reich war gerettet, der Schwarze Löwe fürs Erste besiegt und Martéen war tot.
Müde vom Wein und den vielen Gedanken, zog ich mich aus und legte mich ins trockene, frisch bezogene Bett. Wenn ich das alles richtig verstanden hatte, war Sarah gerettet, ihre Krankheit zum Stillstand gekommen. Dann fühlte ich in meinem Herzen, was ich für sie empfand. Und als ich dort nichts als Zuneigung, ein neues Verstehen und Dankbarkeit dafür, eine Schwester zu haben, fand, seufzte ich erleichtert und schlief ein.

Die nächsten Tage waren ein einziges rauschendes Fest. Überall in der Burg wurde gegrillt und gebraten, gegessen und getrunken. Man hatte die Vorratskammern von Hohenstayn weit geöffnet und nun taten die Bewohner des Inneren Reiches alles, um die Sorgen und Nöte des Krieges zu vergessen. Wo auch immer Eysha, Leanna und ich hinkamen, wurden wir eingeladen und schon nach dem ersten Tag taten mir die Füße weh vom ständigen Tanzen. Am Abend des dritten Tages saßen wir mit Eysha in einer stillen Ecke bei einem Krug schweren, süßen Weins zusammen und unterhielten uns.

»Was werdet Ihr nun tun, Herzog?«, fragte Eysha. Seit wir wieder in Hohenstayn waren, war ich nicht mehr »mein Fürst« für sie.

»Rasuth drängt darauf, dass wir morgen nach Fraterna aufbrechen«, sagte ich. »Die Burg muss wieder hergerichtet werden und die Leute wollen in die Dörfer zurückkehren. Dafür brauchen sie unseren Schutz. Fraterna liegt immer noch verdammt nahe am Äußeren Dunkel, auch wenn sich die Grenze mittlerweile nach außen verschoben hat.«

»Von so langweiligen Bedrohungen wie Wölfen und Bären ganz zu schweigen.« Die Kriegerin lachte leise. »So werdet Ihr also nach Falkenfeste gehen.«

Ich nickte und schenkte uns nach. »Sosehr ich Hohenstayn mag . . . Es wird doch Zeit, die Dinge in meinem Herzogtum selbst in die Hand zu nehmen. Und ich muss sagen, ich freue mich auch darauf. Es gibt so viel zu tun, so vieles aufzubauen.«

»Das darf man wohl sagen«, stimmte sie mir zu.

»Ihr werdet hier vermutlich auch einiges in Ordnung zu bringen haben«, stellte ich fest. »Was werdet Ihr als Erstes tun?«

»Wohl gar nichts«, lachte Leanna und die beiden Frauen stießen an.

»Ich habe die Herrscherin um einen längeren Urlaub gebeten«, erklärte Eysha, als ich sie fragend ansah. »Leanna will in die

Wüste gehen und nach Überlebenden ihres Volkes suchen. Ich werde sie begleiten.«

»Ach!«, stieß ich verblüfft hervor. »Ich hatte gedacht . . . nun, äh, dass . . .«

»Dass ich nach Falkenfeste mitkomme?« Leanna kicherte kokett, wurde dann aber ernst. »Ich habe es mir überlegt. Und ich verspreche dir, dass ich zu dir komme, wenn ich wirklich die letzte Heyka sein sollte. Aber solange ich das nicht sicher weiß, werde ich keine Ruhe in Fraterna haben. Deshalb muss ich nach Hause gehen und Eysha wird mich begleiten.«

Ich schluckte, aber ich verstand. »Dann sagt allen, die ihr trefft, einen schönen Gruß von mir«, bat ich sie. »Ach ja, und irgendwo in der Steppe solltet ihr ein paar Pferde treffen. Eines davon gehört mir und heißt Karm. Bringt ihn mir wieder zurück, ja?«

»Das werden wir bestimmt tun«, versprach Eysha. »Ihr sollt Euren lahmen Gaul zurückhaben. Noch vor dem Winter.«

»Ich nehme Euch beim Wort«, sagte ich und stand ächzend auf. »Und nun werde ich Rasuth suchen und ihm sagen, dass er unsere Männer benachrichtigen soll.«

Ich fand einen mürrischen Rasuth in den Quartieren der Soldaten. Doch sobald ich ihm meinen Entschluss mitteilte, heiterte sich seine Miene auf und er vertraute mir an, dass ihm das wachsende Häuflein Bauern an die Nieren ging, die alle unter unserem Schutz nach Fraterna zurückkehren wollten. »An Euch wendet sich ja keiner mehr«, schloss er vorwurfsvoll. »Alle finden, dass man Euch nur noch ansprechen darf, um sich bei Euch zu bedanken.«

»Ein guter Gedanke, Rasuth.« Ich lachte und hieb ihm auf die Schulter. »Nehmt Euch ein Beispiel an diesen braven Leuten!«
In Wirklichkeit hatte ich Probleme mit der grenzenlosen Verehrung, die mir die Menschen auf Hohenstayn entgegenbrachten, und ich war froh bald nach Fraterna zu kommen, wo handfestere Probleme auf mich warteten.
Am nächsten Morgen ging ich, um mich bei Herzog Georg und der Ewigen Herrscherin zu verabschieden. Wir unterhielten uns noch freundlich über ein paar Belanglosigkeiten und dann war es endgültig Zeit für mich, zu gehen. Ein wenig traurig verabschiedete ich mich von den beiden und wir versprachen uns einander bald zu besuchen. Doch dann drückte die Ewige Herrscherin mir ein Glasfläschchen in die Hand.
»Trinkt das, wenn Euch danach ist«, sagte sie nur.
Ich fragte nicht weiter, denn ich hatte schon eine Ahnung, was es wohl sein mochte und warum sie es mir gab.
»Eine Frage habe ich noch«, sagte ich, bevor ich zur Türe hinausging. Die Ewige Herrscherin und der Herzog sahen mich aufmerksam an. »Warum um alles in der Welt habt Ihr mir nicht früher gesagt, was diese Welt, was Ihr – verdammt, was ich bin?«
Die Herrscherin lächelte mich nur an. Der Herzog griff sich sein Weinglas vom Tisch und nahm einen kleinen Schluck.
»Manchmal ist es nicht gut, wenn man den Menschen zu schwere Lasten auf eine Reise mitgibt«, erklärte er schließlich. »Ihr hättet vor lauter Schuldgefühlen Sarah gegenüber keinen klaren Gedanken mehr fassen können. So konntet Ihr han-

deln, wie Ihr es für richtig hieltet – und nicht, wie Ihr vermutet hättet, dass es richtig wäre.«

Eine Weile kaute ich auf dieser Überlegung herum.

»Georg«, sagte ich zuletzt lächelnd. »Ihr könntet mein Vater sein.«

In meiner letzten Nacht auf Hohenstayn legte sich Leanna zu mir ins Bett. Wir schmiegten uns aneinander, und obwohl wir nicht in Wind und Regen schliefen, tat mir die Wärme ihrer Berührung unendlich wohl. Am nächsten Morgen war sie bereits vor mir aufgestanden und ich ahnte schon, dass wir uns nicht wieder sehen würden. Zum ersten Mal seit einer halben Ewigkeit legte ich meinen eigenen Kettenpanzer an und schnürte mir mein eigenes Schwert um. Die Rüstung war schwer und klobig und das Schwert aus glänzendem Stahl statt aus gleißendem Kristall. Dennoch wogen die Dinge unendlich viel leichter als *Triuwe* und *Smirt*, die ich dem Herzog und der Ewigen Herrscherin am Vortage dankbar zurückgegeben hatte.

Gefolgt von unseren Bauern und deren Familien, verließen wir in einem langen Zug die Festung der Ewigen Herrscherin, zogen durch die Ruinen der Stadt Hohenstayn und durch die Hügel der Lôefauen. Voller Freude stellte ich fest, dass aus dem saftigen Waldboden bereits neues Gras spross. Dieser Frühling mitten im Sommer zog wie ein lautloser Sturm des Lebens durch das ganze Land. Es war, als wollten die Pflanzen sich gegenseitig an Eifer überbieten, und als unser langsam dahin zottelnder Zug von der Hochebene von Kalhandar he-

runterstieg, erstreckte sich vor uns bereits ein tiefgrünes saftiges Grasmeer.
Als endlich die Silhouette von Falkenfeste vor uns auftauchte, stellte ich mich in den Steigbügeln auf und sah mich stolz nach meinem Gefolge um. Viele hundert Männer, Frauen und Kinder wanderten da mit fröhlichen Gesichtern durch das kniehohe Gras. Sie alle folgten mir und vertrauten auf mich. Erst in den Gesprächen, die ich mit ihnen während unseres Heimweges geführt hatte, war mir wirklich klar geworden, was es hieß, ein Herzog zu sein: Es war eine Menge Verantwortung.
Noch bevor der Winter kam, erblühte Fraterna wie nie zuvor. Die Bauern hatten auf gut Glück einfach noch einmal die Saat ausgebracht, und als der Herbst nahte, stand das Korn tiefgolden auf den Feldern.
Als der Herbstwind die bunten Blätter von den Bäumen fegte und die ersten schweren Regengüsse einsetzten, war Falkenfeste praktisch wie neu. Alle Dächer waren ersetzt worden, die eingebrochenen Mauern neu errichtet und die Möbel frisch gezimmert. Nachdem mein Haushofmeister Degov (der den Krieg zu meiner Freude ebenfalls unbeschadet, wenn auch etwas abgemagert in Hohenstayn überstanden hatte) die Schäden gesehen hatte, war er zuerst fast in Tränen und dann in blinden Arbeitseifer ausgebrochen. Zwei Tage später überreichte er mir eine Liste mit den fehlenden und beschädigten Gegenständen, die wir selbst so bald nicht ersetzen konnten. Ich schickte umgehend einige Fuhrwerke nach Hohenstayn und gab ihnen die Liste sowie ein Schreiben an die Ewige

Herrscherin mit. Darin bat ich sie mir bis auf unbestimmte Zeit mit den Sachen auszuhelfen. Schon bald kamen die Fuhrwerke hoch beladen zurück und mir wurde warm ums Herz als ich sah, wie großzügig die Herrscherin mir auch auf diesem Weg dankte. Kein Wunder, dass Falkenfeste zum Erntefest in nie gekanntem Glanz erstrahlte. In allen Höfen der Burg feierten die Bewohner meines Herzogtums. Wir lachten und tanzten, aßen und tranken, als wäre es nie anders gewesen. Es wurde auch ein Schauspiel aufgeführt, das meine Heldentaten im Kampf gegen die Dunklen Horden darstellen sollte, und ich platzte fast vor unterdrücktem Lachen über die phantasievollen Ausschmückungen unserer Reise ins Äußere Dunkel. Noch während des Schlussapplauses kam Rasuth auf mich zu. »Da ist jemand, der Euch zu sehen wünscht, mein Fürst«, sagte er nur. Seine Miene verriet, dass er nicht mehr sagen wollte, und ich folgte ihm neugierig.

Im ersten Innenhof stand eine Frau mit kurzen roten Haaren in voller Rüstung, die zwei Pferde am Zügel hielt.

»Eysha!«, rief ich begeistert und stürmte auf sie zu. Wir umarmten uns kurz, doch dann löste sie sich schnell wieder von mir. Sie war einfach die Erste Kriegerin des Reiches und als solche schien sie Herzöge nur ungern zu umarmen.

»Ich sehe, Euch und Eurem Land geht es gut«, stellte sie freundlich fest. »Und hier kommt noch jemand, der dabei sein möchte.«

Dankbar nahm ich Karms Zügel entgegen und streichelte die weiche Schnauze des Wallachs. Er wieherte leise und fing an an meinem Ärmel zu knabbern.

»Was ist mit Leanna?«, fragte ich schließlich und spürte einen kleinen Stich in der Brust, weil ich die Antwort schon kannte.

Eysha sah kurz weg. »Es geht ihr sehr gut«, berichtete sie dann. »Wir haben ihr Dorf besucht und es stellte sich heraus, dass sich fast die Hälfte der Heyka in die Höhlen retten konnte, bevor die Orlocks das Dorf überrannten. Alle waren überglücklich, als sie Leanna wieder sahen. Außerdem fehlte ihnen die Hüterin des Wissens nach dem Tod Marlenas.«

»Ich verstehe«, war alles, was ich sagen konnte.

»Es tut mir Leid für Euch, Herzog«, sagte Eysha erstaunlich sachte. »Aber ich soll Euch nur ausrichten, dass sie Euch besuchen kommt, wenn sie kann.«

»Ich danke Euch, Eysha«, seufzte ich. »Aber nun kommt herein und esst und trinkt mit uns! Wir feiern gerade das Erntefest.«

»Danke für die Einladung.« Die Kriegerin sah mir in die Augen. »Ich nehme gerne an.«

Doch Eysha blieb nur ein paar Tage auf Falkenfeste. Den Winter verbrachte ich mit geruhsamen Geschäften in der warmen Geborgenheit meiner Gemächer auf Falkenfeste. Ich schlief solange ich wollte, übte mich mit Rasuth im Schwertkampf und im Bogenschießen, ritt auf Karm durch die verschneiten Lande und besuchte meine Bauern in ihren Dörfern. Zum ersten Mal seit Menschengedenken litt selbst bei der größten Kälte niemand Hunger oder Einsamkeit in meinem Herzogtum. Und als der Frühling kam und der Schnee in Windeseile von einer warmen Sonne vertrieben wurde, knackte und rauschte der Wald von dem erwachenden Leben.

An einem ungewöhnlich heißen Aprilmorgen ritt ich auf Karm alleine in den Östlichen Wald. Die Sonne brannte so stark herab, dass mir trotz meines gemächlichen Tempos der Schweiß auf der Stirn stand, als ich mein Ziel erreichte. Düster schimmerten die Mauern des alten Friedhofs zwischen den Bäumen hindurch. Am eingefallenen Tor ließ ich Karm zurück und ging langsam zwischen den verwitterten Grabsteinen hindurch. Schließlich fand ich die Stelle, an der ich diesen Ort zum ersten Mal erblickt hatte. Fast meinte ich noch zu sehen, wo ich im Schlaf das Gras niedergedrückt hatte. Das war natürlich unmöglich, aber die Vorstellung gefiel mir trotzdem.

Sicher eine Stunde oder so saß ich an einen Baum gelehnt und dachte nach. Dann zog ich mich langsam aus, Stück für Stück. Ich legte alles sorgfältig zusammen und stapelte es vor dem Marmorengel auf, der mir im Traum erschienen war. Mein Schwert legte ich daneben. Schließlich war ich völlig nackt und hielt nur noch ein kleines Glasfläschchen in der Hand. Die klare Flüssigkeit darin bekam einen goldenen Schimmer, als ich sie gegen das Licht hielt. Mit bedächtigen Bewegungen legte ich mich ins feuchte Gras und blinzelte in die warme Frühlingssonne.

»Also dann, Herzog«, flüsterte ich und zog den kleinen Korken aus dem langen Flaschenhals. Noch einmal zögerte ich kurz, dann setzte ich die Flasche an den Mund und trank das Wasser vom Quell des Lebens in ein paar Schlucken aus.

EPILOG

Mein Kopf fühlte sich an wie nach meinem ersten Saufgelage in Falkenfeste und drohte bei jeder kleinsten Bewegung zu zerspringen. Wo waren denn alle? Stöhnend richtete ich mich auf und rieb mir die Augen. Ein nerviges, regelmäßiges Piepen neben mir wurde plötzlich schneller. Es kam aus einem kleinen Kasten neben meinem Bett. Ein seltsamer grüner Funke tanzte an der Vorderseite des Kästchens auf und ab und da war ein weißer gewundener Strick, der von ihm zu einem Pflaster an meiner Brust führte. Irgendetwas stimmte hier nicht! »Verdammt!«, knurrte ich. »Rasuth? Jossad? Wo bin ich hier?«

Niemand antwortete mir. Dieses Zimmer war sehr niedrig, hatte keinen Kamin und scheußlich angestrichene Wände. Zu meiner Linken befand sich ein Fenster, dessen riesige Scheiben völlig durchsichtig waren. Zu meiner Rechten stand noch ein Bett, das genauso wie meines aussah. Ich erschrak furchtbar, als ich erkannte, wer dort schlief.

Unter der glatt gestrichenen Decke lag die Ewige Herrscherin. Ihre Wangen waren gerötet und ihre Brust hob und senkte sich. Doch etwas an ihrer Haltung wirkte unnatürlich. Die Arme lagen flach und gerade an ihrer Seite, die Beine waren völlig ausgestreckt. Sie musste ohnmächtig sein. Ich wollte aufstehen und nach ihr sehen, als das Piepsen zu einem lauten, durchdringenden Pfeifen wurde. Ich dachte kurz darüber nach, den Kasten zum Schweigen zu bringen, verwarf den Gedanken aber gleich wieder und stolperte zum Bett der Ewigen Herrscherin hinüber. Dort angekommen, ließen mich meine Beine plötzlich im Stich und ich musste mich heftig neben sie auf das Bett setzen. »Verzeiht mir, Herrscherin«, murmelte ich und rieb mir erneut die Augen. Was war das hier? Ich hatte von so etwas einmal geträumt, wie mir schien.

»Hoppla!«, rief eine Frau hinter mir, die mit weit aufgerissenen Augen in der Türe stand und mich anstarrte. Sie trug ein einfaches Kleid aus Leinen, das jedoch viel zu kurz für sie war und bereits am Knie endete. »Das gibt es doch nicht!«, sagte sie voller Erstaunen und trat näher.

Ich versuchte aufzustehen. Doch kaum war ich auf den Beinen, wurde mir schwarz vor Augen und meine Beine knickten unter mir weg.

»Langsam, langsam«, sagte die Frau und fing mich mit erstaunlich festem Griff auf. Sie bugsierte mich zu meinem Bett zurück und ließ mich hineinfallen.

»Wer seid Ihr?«, fragte ich schwach und kämpfte gegen die drohende Ohnmacht an. »Was ist mit der Ewigen Herrscherin?«

»Es ist alles in Ordnung«, beruhigte mich die Fremde, ohne mir zu antworten. »Ich hole nur schnell den Doktor. Bitte bleib jetzt liegen, ja? Ich bin gleich wieder da.«

Ohne mich über die respektlose Anrede weiter aufzuregen, ließ ich mich kraftlos ins unbequeme Kissen zurücksinken und versuchte nachzudenken.

Nach kurzer Zeit kam die Frau mit einem Mann zurück. Ich kannte sein Gesicht nicht, aber er trug einen engen Mantel aus demselben schlichten weißen Stoff wie die Frau.

»Einen guten Morgen«, sagte er und griff nach meinem Gesicht. Schwach versuchte ich seine Hand abzuwehren, doch es gelang mir nicht. Er zog einen kleinen Stab aus der Tasche und hielt ihn vor mein Auge. Das Lid zog er mit dem Daumen in die Höhe und plötzlich flammte ein kurzer Blitz in dem Stab auf, der mich schmerzhaft blendete.

»Verflucht!«, schrie ich und schlug seine Hand beiseite. Der Stab fiel zu Boden und der Mann fuhr erschrocken zurück. »Was soll dieser Unfug?«, krächzte ich. »Wer seid Ihr? Stellt Euch gefälligst vor, bevor Ihr mich anfasst! Wo bin ich? Und was ist mit der Ewigen Herrscherin? Was ist mit ihr los?«

»Das hat er vorhin schon gefragt«, flüsterte die Frau dem Mann leise zu, der mich mit gerunzelter Stirn betrachtete. »Das mit dieser Herrscherin.«

»Nun gut«, sagte der Mann und setzte ein gezwungenes Lächeln auf. »Mein Name ist Helm, ich bin der Stationsarzt. Und du bist hier im Krankenhaus.«

»Krankenhaus«, murmelte ich und schloss die Augen. Eine immer stärker werdende Flut von Erinnerungsbruchstücken

stürmte auf mich ein. Ich wischte sie mühsam beiseite und richtete mich auf.
»Was ist mit der Frau neben mir?«, fragte ich schließlich. Das mussten sie ja wohl verstehen!
»Er erinnert sich nicht an sie«, flüsterte die Frau.
»Natürlich erinnere ich mich!«, brüllte ich aus Leibeskräften. »Das ist die Ewige Herrscherin!«
Der Mann rieb sich das stoppelbärtige Kinn. »Nein«, sagte er fest. »Das ist deine Schwester Sarah. Erkennst du sie nicht?«
Deine Schwester Sarah. Die Worte lösten ganze Wellen an unterschiedlichen Erinnerungen aus, die drohten mich zu begraben. Ich schloss die Augen und versuchte mich unter der Bilderflut hervorzuwühlen. Es dauerte eine ganze Weile. Und gerade als ich es geschafft hatte und darüber rätselte, ob alles nur ein langer Traum gewesen war, öffnete sich die Tür und mein Vater kam ins Zimmer gestürzt. Seine Augen glänzten feucht, als ich mich ein Stück aufrichtete und ihn schwach anlächelte. Er sah furchtbar aus. Sein Gesicht war hohl und eingefallen, die Augen saßen tief in den dunklen Höhlen und sein Haar war tatsächlich ein wenig grau geworden. Noch während ich ihn musterte, beugte er sich über mich und drückte mich heftig schluchzend an sich.
»Oh Gott«, flüsterte er und brach mir fast das Rückgrat, »ich bin so froh! Ich bin ja so froh!«
Irgendwann ließ er von mir ab und setzte sich neben mich aufs Bett, seine Hand so fest um meine geklammert, als wollte er mich nie wieder loslassen.
»Wie lange habe ich geschlafen?«, fragte ich vorsichtig.

»Zwei Wochen«, sagte der Arzt. »Seit dich der Bus überfahren hat.«
»Dreizehn Tage«, verbesserte Vater ihn strahlend, »und dreieinhalb Stunden.«
»Und was ist mit Sarah?«
»Sie liegt immer noch im Koma«, erklärte der Arzt ruhig. »Ihre Krankheit ist zwar mittlerweile ausgeheilt und ihr Zustand stabil, aber sie wacht nicht auf.«
»Das sollte sie aber«, sagte ich stirnrunzelnd.
»Da hast du Recht«, sagte Vater mit leise zitternder Stimme.
»Nein, so meine ich das nicht.« Ich schüttelte den Kopf und rappelte mich hoch.
»Bleib noch ein bisschen liegen«, riet der Arzt. »Dein Körper muss erst wieder in Schwung kommen.«
»Wem sagt Ihr das?« Ich grinste frech und schwang mich aus dem Bett. Vater stand neben mir und verfolgte beunruhigt mein Tun, hielt mich aber nicht auf. Diesmal konnte ich bereits aus eigener Kraft stehen, stakste vorsichtig zu Sarahs Bett hinüber und setzte mich neben sie.
»Sarah«, sagte ich leise und nahm ihre Hand in die meine. »Sarah, wach auf! Es ist vorbei!«
Als meine Schwester kurz darauf stöhnte und schließlich die Augen aufschlug, gab mein Vater ein unbeschreibliches Geräusch von sich. Es klang, als müsste er sich daran hindern, sich vor Glück und Erleichterung zu übergeben.

Diese ganze Geschichte ist nun bereits fast ein Jahr her. Sarah und ich wurden schon am nächsten Tag von einer Horde misstrauischer Ärzte in die Freiheit entlassen. Keiner konnte sich erklären, was mit uns geschehen war. Und ich sagte es ihnen sicher nicht.

Vater nahm sich danach eine ganze Weile frei und wir machten erst einmal Urlaub. Ich habe es mir rasch wieder abgewöhnt, die Leute mit »Ihr« anzureden, und fand mich in der normalen Welt erheblich schneller zurecht als einstmals im Inneren Reich. Dennoch sehnte ich mich oft nach diesem zauberhaften Land zurück, nach Falkenfeste, Rasuth und Karm. Ein letztes Mal hatte ich nach meinem Erwachen im Krankenhaus noch einen Blick ins Reich werfen können. Das war, als Sarah die Augen aufschlug. In diesem Moment sah ich die Ewige Herrscherin in ihrem Gesicht und es war wie ein letzter Gruß von ihr.

Obwohl ich Sarah nie auch nur ein Sterbenswörtchen von meinen Erlebnissen berichtete, bin nicht nur ich es, der sich verändert hat. Wir sehen uns immer seltener, denn außer auf dem Pausenhof und am Frühstückstisch begegnen wir uns kaum noch. Jeder von uns beiden hat mit Staunen entdeckt, dass es in seiner Schulklasse tatsächlich Menschen gibt, mit denen man noch wesentlich mehr tun kann als nur ein paar Stunden am Tag das Zimmer zu teilen.

Und doch gibt es immer wieder Stunden, in denen wir einander suchen und zusammen über unsere Problemchen reden, etwas spielen oder auch einfach nur mit heiligem Ernst um die Fernbedienung streiten. Und dann ist es mir wieder, als säße ich mit Eysha, Rasuth, Herzog Georg und der Ewigen Herrscherin am Tisch auf der Terrasse des Inneren Reiches.

Und ich blicke glücklich hinaus über das blühende Land, das zum Teil mir gehörte.
Der einzige Mensch, den ich in Sarahs Verhalten nie mehr wieder erkenne, ist Leanna. Aber dann brauche ich mich nur daran zu erinnern, wie wir in der letzten Nacht auf Hohenstayn zusammen im Bett gelegen waren, wie sie sich an mich geschmiegt hatte und welche Gefühle sich bei mir geregt hatten – und dann muss ich mit einem Lächeln doch zugeben, dass es vielleicht ganz gut ist, dass Leanna in der Khalramwüste lebt, weit weg von Hohenstayn und Fraterna.
Eine Nachwirkung hat mein Abenteuer in der Seele meiner Schwester allerdings, die mir das Leben nicht unbedingt leichter macht. Ich tue mich seither ziemlich schwer diese manchmal sehr bequeme Gleichgültigkeit gegenüber anderen Menschen zu fühlen. Ich habe Mitgefühl für die Mitschüler, die von den anderen die ganze Zeit nur fertig gemacht werden. Dann sehe ich nackte Baumstämme und graue Blätter vor mir, die sich mit jedem fiesen Witz weiter über ein Land ausbreiteten, das eigentlich lebendiger und fruchtbarer ist als jeder Boden dieser Erde.
Und dann bedauere ich die Menschen, die nicht verstanden haben, welche Ehre und welches Glück es ist, auch nur ein Bauer im Inneren Reich eines anderen Menschen zu sein – ganz zu schweigen von einem Herzog, der die Macht hat, das innerste Leben dieses Reiches zu berühren.